ARQUITETURA DE UM SONHO

Nancy Horan

ARQUITETURA DE UM SONHO

O romance de Frank Lloyd Wright

Tradução de
ALYDA SAUER

Título original
LOVING FRANK

Copyright © 2007 by Nancy Drew Horan
Todos os direitos reservados

Arquitetura de um sonho é um romance histórico. Apesar das pessoas, acontecimentos e locais não fictícios que aparecem na narrativa, todos os nomes, personagens, lugares e incidentes são produtos da imaginação da autora ou foram usados de forma ficcional. Qualquer semelhança com eventos ou lugares reais, ou pessoas vivas ou não, é mera coincidência.

Sinceros agradecimentos pelas autorizações de reproduzir materiais previamente publicados.
Holy Cow! Press: "Farewell" de Else-Lasker Schüler, tradução para o inglês de Janine Canan de *Star on My Forehead*, copyright da tradução © 2000 by Janine Canan.
Reproduzido com autorização da Holy Cow! Press, Duluth, MN.
Sony BMG Music Entertainment: extrato de *Mefistofele*, tradução para o inglês de Barrymore Laurence Scherer, copyright © 1990 by Barrymore Laurence Scherer & Sony BMG Music Entertainment.
Reproduzido do disco compacto da Sony Classical *Boito: Mefistofele* (S2k$_{44}$83) cortesia da Barrymore Laurence Scherer & Sony BMG Music Entertainment.
1914 cartas de Frank Lloyd Wright à *Weekly Home News* e palestra intitulada "The Ethics of Ornament" ministrada por Frank Lloyd Wright em 1909, reproduzidas por cortesia de
Frank Lloyd Wright Foundation, Talies West, Scottsdale, AZ.

Tradução da edição brasileira publicada mediante acordo com a Ballantine Books, um selo da Random House Publishing Group, uma divisão da Random House, Inc.

Direitos para a língua portuguesa reservados
com exclusividade para o Brasil à
EDITORA ROCCO LTDA.
Avenida Presidente Wilson, 231 – 8º andar
20030-021 – Rio de Janeiro – RJ
Tel.: (21) 3525-2000 – Fax: (21) 3525-2001
rocco@rocco.com.br
www.rocco.com.br

Printed in Brazil/Impresso no Brasil

CIP-Brasil. Catalogação-na-fonte.
Sindicato Nacional dos Editores de Livros, RJ.

H774a	Horan, Nancy Arquitetura de um sonho: o romance de Frank Lloyd Wright / Nancy Horan; tradução de Alyda Sauer. – Rio de Janeiro: Rocco, 2008. Tradução de: Loving Frank ISBN 978-85-325-2379-2 1. Wright, Frank Lloyd, 1867-1959 – Ficção. 2. Cheney, Martha Borthwich, 1869-1914 – Ficção. 3. Arquitetos – Ficção. 4. Romance norte-americano I. Sauer, Alyda Christina. II. Título.
08-3211	CDD–813 CDU–821.111(73)-3

PARA KEVIN

VIVEMOS APENAS UMA VEZ NESTE MUNDO.
– *Johann Wolfgang von Goethe*

PARTE UM

Foi Edwin quem quis construir uma casa nova. Eu não me importava com a velha casa estilo Rainha Ana na Oak Park Avenue. Estava repleta de coisas da minha infância e eu a achava reconfortante depois de tantos anos longe. Mas Ed estava obcecado pela idéia de uma casa moderna. Fico pensando se ele reflete sobre aqueles dias agora, sobre o fato de apenas ele ansiar por um lugar só dele.

Quando voltamos da nossa lua-de-mel no outono de 1899, mudamos para a casa onde eu tinha sido criada, para ficar com meu pai, viúvo, que jamais se acostumou a viver sozinho. Aos trinta anos de idade, depois de anos de estudo, solidão e independência, eu me vi partilhando refeições não só com um novo marido, mas também com meu pai e minhas irmãs, Jessie e Lizzie, que iam sempre nos visitar. Papai ainda saía para trabalhar na administração das oficinas Chicago & North Western's.

Pouco tempo depois que Edwin e eu nos instalamos, meu pai chegou do trabalho, certo dia, encolheu-se todo na cama e morreu. Aos setenta e dois anos, não era jovem, mas sempre pareceu invulnerável para minhas irmãs e para mim. A perda súbita nos abalou muito. O que eu não sabia na época era que o pior ainda estava para acontecer. Um ano depois, Jessie morreu ao dar à luz uma menina.

Como posso descrever o sofrimento daquele ano? Só me lembro de certos períodos de 1901, de tão atordoada que passei por ele. Quando ficou claro que o marido de Jessie não ia conseguir cuidar direito do bebê que batizara de Jessica, em homenagem à minha irmã, Ed, Lizzie e eu assumimos a guarda da nossa sobrinha. Eu era a única que não estava trabalhando, por isso coube a mim os cuidados com a menina. No meio do nosso luto, a criança trouxe uma alegria inesperada àquela velha casa.

O lugar estava cheio de lembranças que deviam me assombrar. Mas eu me ocupava demais. Em determinado ano, Ed e eu já tínhamos o nosso filho, John, que andou cedo. Não tínhamos babá naquela época, e apenas uma faxineira em meio expediente. À noite eu estava exausta demais para conseguir erguer um livro.

Mesmo assim, naqueles três anos de casada, não foi tão difícil ser a sra. Edwin Cheney. Ed era bom e raramente reclamava – ele tinha orgulho disso. No princípio, chegava em casa quase todos os dias para encontrar a sala cheia de mulheres Borthwick, e parecia sinceramente satisfeito de nos ver. Ele é um homem sofisticado. Mas se satisfaz com pequenas coisas — charutos cubanos, a viagem matinal no bonde com os outros homens, cuidar do seu automóvel.

Porém, a única coisa que Edwin jamais conseguiu suportar foi desordem, e deve ter sido uma provação bem difícil suportar aqueles anos na Oak Park Avenue. Seus pontos de referência eram as superfícies dos móveis: seus papéis bem arrumados sobre a mesa no trabalho de manhã; sua escrivaninha onde guarda a pasta e as chaves quando chega em casa; a mesa de jantar onde seu maior desejo é encontrar um assado e as pessoas que ama reunidas em volta, à sua espera.

Imagino que tenha sido a ordem, ou a falta dela, que finalmente o impulsionou a agir além de falar sobre uma nova casa. Eu tentava manter tudo organizado, mas o que se pode fazer num lugar escuro e velho com janelas emperradas de tanta tinta e arabescos de madeira entulhando todos os batentes das portas? O que fazer com a mobília estofada com crina de cavalo, com duas décadas de poeira simplesmente impossível de ser removida?

O que Edwin fez foi discretamente começar sua campanha. Primeiro, ele me levou para a casa de Arthur Huertley e da mulher dele. Arthur e ele viajavam juntos de bonde toda manhã. Praticamente todos na Oak Park se acostumavam a passar pela frente da nova casa de Huertley na Forest Avenue. Era uma aberração ousada, ou então um marco de brilhantismo, dependendo do que pensavam do arquiteto Frank Lloyd Wright. Uma "casa de pradaria" alguns a chamavam, pelas fileiras de tijolos estreitos e longos arrumados horizontalmente por ela, como as linhas das planícies de Illinois.

A primeira vez que vi, a casa dos Huertley me pareceu uma pesada caixa retangular. Mas lá dentro senti que meus pulmões se expandiam.

Tudo era espaço aberto, um cômodo fluía no outro. Vigas sem pintura e peças de madeira da cor dos troncos brilhavam discretamente, e uma luz radiante jorrava das vidraças verdes e vermelhas das janelas. Dentro, a casa parecia sagrada, como se fosse uma capela do interior.
Edwin, engenheiro que é, sentiu mais alguma coisa entre aquelas paredes. Ele se embebia da harmonia induzida por sistemas racionais. Gaveteiros embutidos. Cadeiras de linhas simples e mesas feitas especificamente para cada cômodo, a mobília com um propósito. Não havia nenhum objeto supérfluo à vista. Edwin saiu de lá assobiando.
– Como é que vamos poder pagar uma casa dessas um dia? – perguntei quando ninguém podia nos ouvir.
– A nossa não precisa ser tão grande – ele disse. – E nossa situação é melhor do que você pensa.
Edwin era presidente da Wagner Electric, naquela época. Enquanto eu trocava fraldas, tentando encontrar um tempinho para dar uma caminhada ao ar livre, Edwin galgava metodicamente os degraus da empresa.
– Eu conheço a mulher de Frank Wright – confessei.
Eu tinha dúvida se queria ou não encorajar Edwin, por isso não tinha mencionado isso.
– Ela faz parte do Comitê de Artes e do Lar, lá no clube, comigo.
Foi aí que a campanha dele ganhou força. Edwin não é do tipo que exige, mas ele passou a insistir enfaticamente depois disso, como quando me fazia a corte. Persistência. Persistência. Se ele vivesse no tempo das Cruzadas, seria esta a inscrição em sua bandeira enquanto galopava para a batalha.
Foi essa teimosia que fez com que eu cansasse e resolvesse casar com ele.
Nós nos conhecemos na escola em Ann Arbor, mas eu passei anos sem pensar nele. De repente, ele me aparece um dia na pensão onde eu morava em Port Huron. Tinha o dom da conversa e uma risada contagiante. Não levou muito tempo para conquistar os moradores da pensão da sra. Sanborn na Seventh Street. E quando começou a aparecer às sextas-feiras à noite, para meu desencanto, a dona da pensão e a pequena família de hóspedes, inclusive minha colega do

colégio Mattie Chadbourne, tratavam de sair da varanda para o relacionamento poder florescer.

Naquela época eu administrava a biblioteca pública e costumava estar muito cansada nas noites de sexta-feira, na hora em que Edwin ia me visitar. Certa noite, só para preencher o silêncio constrangedor entre nós, contei sobre uma funcionária que estava sempre choramingando pelos cantos, apesar de todo o esforço que eu fazia para animá-la.

– Diga a ela que felicidade é apenas questão de prática – ele disse. – Se ela agir como se estivesse feliz, ela será feliz.

Naquele momento percebi algo muito sensível naquelas palavras. Edwin não era do tipo literário, nem especialmente reflexivo, suas qualidades eram diferentes das minhas. Ele era um bom homem. E realizava coisas.

Todos aqueles anos em Port Huron, enquanto eu lecionava no ensino médio e depois, quando trabalhava na biblioteca, eu romanceava o que eu fazia durante o dia – criada do conhecimento, doutora da alma, receitava livros como pílulas para meus alunos e clientes. À noite, entretanto, não ficava à vontade no meu quarto, entre pilhas de papéis, um longo e inacabado ensaio sobre o individualismo no Movimento Feminista, uma tradução não publicada de algum ensaísta francês do século XVIII que me possuiu por um tempo, livros e mais livros com as páginas marcadas com recortes de jornais, envelopes, lápis, cartões, pentes. Apesar de ter grandes explosões de energia, não conseguia redigir sequer um artigo de revista decente, que dirá o livro que imaginava escrever um dia.

Fiquei em Port Huron seis anos. Todas as minhas amigas estavam se casando. Quando olhei para Ed Cheney aquele dia, do outro lado da varanda, pensei que talvez as nossas arestas fossem se aparar umas nas outras.

Acho que eu disse sim para a nova casa do mesmo modo que disse sim ao jovem que já começava a perder cabelo e que viajava sempre de Chicago para Port Huron para me pedir em casamento. Depois de um certo ponto, eu simplesmente mergulhei.

Naqueles primeiros dias do nosso casamento, Edwin não desejava apenas ordem. Ele queria um lar onde pudéssemos receber amigos.

Talvez tivesse passado anos demais na casa sem vida dos pais, talvez fosse a tristeza que ainda pairava nos cômodos da casa da minha família, mas ele queria um lugar cheio de jovens e de amigos, todos se divertindo. Eu suspeitava que ele imaginasse o clube dos colegas do colégio sentados na sala de estar, cantando "I Love You Truly". Em todo caso, as coisas se aceleraram depois que Catherine Wright marcou uma reunião conosco no estúdio de Frank.

Quem não ficaria encantado com Frank Lloyd Wright? Edwin ficou. Eu fiquei. Lá estávamos nós naquela sala octogonal cheia de luz, anexa à casa, com o enfant terrible *da arquitetura de Oak Park, o "tirano do gosto", como alguém no clube o tinha chamado, e ele ouvia o que dizíamos. Nós dávamos muitas festas? De que tipo de música gostávamos? Eu cuidava do jardim?*

Ele parecia ter uns trinta e cinco anos, mais ou menos a minha idade, e era muito bonito. Cabelo castanho ondulado, testa alta, olhos inteligentes. As pessoas diziam que era excêntrico, imagino que de fato fosse, já que uma árvore enorme crescia bem no meio da sua casa. Mas também era tremendamente engraçado e intensamente sério. Lembro que dois de seus filhos estavam na varanda acima de nós, jogando aviões de papel nas mesas de trabalho. Havia alguns jovens debruçados sobre os projetos, mas o principal arquiteto que trabalhava para ele era uma mulher... Uma mulher!... Marion Mahony. Frank estava calmamente sentado, desenhando no meio daquilo tudo, aparentemente indiferente ao caos à sua volta.

No final da tarde já tínhamos um esboço para levar para casa: era uma casa com dois níveis, parecida com a dos Huertley, só que em escala menor. Podíamos morar no andar de cima, com uma sala de jantar, sala de estar e biblioteca que se abriam umas para as outras, uma grande lareira no centro da casa e bancos nas janelas que acomodariam muita gente. Uma porta envidraçada na frente da casa se abria para um enorme terraço cercado por um muro de tijolos para manter a privacidade. Da calçada, na frente da casa, não dava para alguém ver a casa por dentro, por causa do muro. Mas dentro, lá do alto, teria uma bela vista do mundo lá fora. Na verdade, quem morasse nela sentiria que era parte da natureza, porque Frank Lloyd Wright tinha projetado a casa em torno das árvores que já existiam no terreno.

Pequenos quartos foram encaixados nos fundos da casa. E havia um andar mais baixo onde minha irmã Lizzie podia ter um apartamento no futuro.

Depois dessa visita, Edwin não precisou mais insistir. Eu assumi a tarefa de trabalhar junto com Frank, que parecia encantado com minhas tímidas sugestões. Supervisionando a obra na East Avenue com John no colo, comecei a entender de telhados em balanço e da beleza rítmica de grupos de janelas envidraçadas que ele chamava de "painéis de luz". Em pouco tempo eu fazia parte da equipe. Passava horas sonhando com o projeto de um jardim junto com um arquiteto paisagista, Walter Griffin, no estúdio. Quando nos mudamos para a "casa dos bons momentos", como Frank a chamou desde o início, já contávamos com os Wright entre os amigos.

Ainda penso na velha casa dos meus pais na Oak Park Avenue. Lembro-me perfeitamente da noite em que Ed e eu nos casamos lá. Minhas irmãs tinham enchido a sala com flores amarelas e azuis, as cores da Universidade de Michigan. Uma orquestra de bandolins tocou a marcha nupcial de Lohengrin. Mattie, minha melhor amiga, foi minha dama de honra, e lembro que achei que ela estava mais bonita do que eu naquela noite. Eu estava nervosa demais, transpirava muito com meu vestido de seda. Mas Edwin mantinha a mesma tranquilidade de sempre. Ele me puxou para um canto quando a festa terminou e prometeu ser a minha âncora. "Tenha certeza do meu amor", ele disse, "e farei o mesmo em relação a você."

Por que eu não escrevi essas palavras na época? Quando olho para elas agora, parecem uma receita para o desastre.

Sempre foi pelas páginas escritas que o mundo entrou em foco para mim. Se eu puder juntar todas essas peças da memória com os diários, as cartas e os pensamentos escritos que lotam a minha cabeça e minhas estantes de livros, então talvez eu seja capaz de explicar o que aconteceu. Talvez os mundos nos quais vivi nos últimos sete anos assumam alguma ordem, alguma lógica e integridade no papel. Talvez eu possa contar a minha história e ela possa ser útil para alguém.

Mamah Bouton Borthwick
agosto de 1914

1907

CAPÍTULO 1

Mamah Cheney deslizou para o Studebaker e pôs a mão de lado na manivela. Já dera a partida centenas de vezes antes, mas ainda ouvia o conselho de Edwin sempre que segurava a manivela. *Deixe o polegar livre. Senão, a manivela pode voltar com força e arrancar o seu dedo.* Ela girou com fúria, mas não se ouviu nenhum ruído embaixo do capô do carro. Amassou um pouco de neve antiga para aliviar as mãos e foi até o banco do motorista, verificou o acelerador de mão, a ignição, depois voltou para a manivela e girou outra vez. Nada ainda. Alguns flocos de neve provocantes flutuaram sob a aba do seu chapéu e caíram em seu rosto. Ela olhou para o céu e partiu a pé da sua casa para a biblioteca.

Era um dia muito frio no fim de março e a Chicago Avenue era um rio de neve misturada com lama, tudo congelado. Mamah passava desviando de bosta fumegante de cavalos, levantando bem alto a barra do seu casaco preto. Três quarteirões para oeste, na Oak Park, ela subiu na calçada e correu para o sul enquanto a neve molhada endurecia.

Quando chegou à biblioteca, seus dedos dos pés eram tocos congelados e o casaco estava praticamente branco. Subiu os degraus correndo e parou à porta do auditório para recuperar o fôlego. Lá dentro, um bando de mulheres ouvia atentamente a presidente do Clube de Mulheres do Século Dezenove ler a apresentação.

– Há alguma mulher aqui entre nós que não enfrente, quase que diariamente, alguma escolha sobre o modo de decorar sua casa? – a presidente olhou para a platéia por cima dos óculos. – Ou até, ouso dizer, ela mesma?

Ainda ofegante, Mamah sentou num banco da última fila e tirou o casaco. À sua volta, o cheiro fraquinho de cânfora exalava dos casacos de pele molhados, estendidos no encosto das cadeiras.

– Nosso convidado de hoje não precisa de apresentação...

Então Mamah se deu conta de um zumbido contagiante, das últimas filas de cadeiras para frente, enquanto uma figura seguia decidida, com sua capa preta enfurnada como vela de barco, pela ala central. Ela viu quando ele jogou primeiro a capa, depois o chapéu de aba larga, numa cadeira ao lado do púlpito.

— A decoração moderna é uma paródia da beleza, tão ridícula quanto dispendiosa — a voz de Frank Lloyd Wright ecoou pelo salão cavernoso.

Mamah entortou o pescoço para tentar enxergar pelos lados e por cima dos chapéus à sua frente, que balançavam como bolos nos pratos. Num impulso, ela sentou em cima do casaco dobrado para ver melhor.

— A medida da cultura de um homem é a medida da sua escala de valores — ele disse. — Nós somos o que valorizamos e nada mais.

Ela percebeu que havia algo diferente nele. O cabelo estava mais curto. Será que estava mais magro? Ela examinou a cintura com cinto estreito da jaqueta Norfolk que ele usava. Não, parecia saudável como sempre. Os olhos estavam alegres naquele rosto sério de menino.

— Nós hoje vivemos rodeados de coisas mortas — ele dizia —, formas nas quais não há mais alma. E nos devotamos a essas coisas, tentamos tirar alegria delas, tentamos acreditar que ainda têm poder.

Frank desceu da plataforma e ficou bem perto da primeira fila. Ele movia as mãos abertas, falava com a voz tão suave que podia estar falando com um grupo de crianças. Ela conhecia aquele recado muito bem. Ele tinha dito quase as mesmas palavras para ela quando o conheceu no seu estúdio. Decorar não é embelezar alguma coisa por fora, ele dizia. Deve ter "qualidade, proporção, harmonia, e o resultado de tudo isso é o repouso".

A palavra "repouso" flutuou no ar enquanto Frank olhava para as mulheres em volta. Parecia estar avaliando cada uma, como um pastor faria.

— Pássaros e flores nos chapéus... — ele continuou.

Mamah sentiu um certo prazer eivado de culpa quando percebeu que ele insistia naquele ponto. Ele ia puni-las pelo mau gosto, antes de salvá-las.

Seus olhos dardejaram em volta, vendo as plumas e laços balançando à frente, e pararam em uma imitação de azulão pousado na faixa de um chapéu. Ela inclinou a cabeça para um lado, procurando ver os rostos das mulheres.

Ouviu Frank dizer "imitação" e "falsificação" antes de o silêncio se impor mais uma vez.

Ouvia-se o ronco de um aquecedor. Alguém tossiu. Então alguém começou a aplaudir e, num segundo, cem outras mãos fizeram o mesmo até a ovação ribombar nas paredes.

Mamah conteve uma risada. Frank Lloyd Wright estava convertendo todas elas... Praticamente todas, diante dos seus olhos. Porque, pelo que constava, cinco minutos antes elas podiam muito bem ter vaiado. Agora a sala transmitia a sensação de uma tenda de renascimento. Elas estavam entendendo a religião dele, jogando fora suas muletas. Cada uma delas achava que as observações depreciativas de Frank eram dirigidas a outra pessoa. Ela imaginou as mulheres correndo para casa para arrancar as capas de suas poltronas superestofadas e encher vasos com qualquer mato morto que encontrassem no meio da neve.

Mamah se levantou. Moveu-se lentamente para vestir seu casaco e calçar as luvas de camurça apertadas, prender cachos do cabelo escuro sob o chapéu de feltro molhado. Tinha uma visão boa de Frank, sorrindo para a platéia. Ficou lá na última fila, com o sangue pulsando no pescoço, observando os olhos dele para ver se iam encontrar os dela. Deu um sorriso largo e pensou ter visto um brilho de reconhecimento, uma suavidade espontânea nos lábios, mas, no segundo seguinte, duvidou ter visto qualquer coisa.

Frank gesticulava para a primeira fila, e o cabelo ruivo bem conhecido de Catherine Wright surgiu no meio das ouvintes. Catherine foi até a frente e ficou ao lado do marido, com o rosto sardento vibrante. Ele passou o braço pelas costas dela.

Mamah afundou na cadeira. E um calor se espalhou por dentro do seu casaco.

Do outro lado, uma mulher idosa se levantou.

— Conversa fiada — ela resmungou, passando na frente dos joelhos de Mamah. — É só mais um homenzinho de chapéu grande.

Minutos depois, na saída, um grupo de mulheres cercou Frank. Mamah andava devagar com a multidão, a caminho da escada.

– *May-mah!* – ele chamou quando a viu, e abriu caminho para se aproximar dela. – Como vai, minha amiga?

Ele segurou a mão dela com força e puxou-a para um canto.

– Nós íamos procurá-lo. Edwin está sempre perguntando quando vamos começar aquela garagem.

Ele passou os olhos pelo rosto dela.

– Vocês vão estar em casa amanhã? Digamos, às onze?

– Eu vou. Infelizmente, Ed não estará. Mas nós podemos conversar sobre isso.

Ele sorriu. Ela sentiu as mãos dele apertando as suas.

– Sinto falta das nossas conversas – ele disse baixinho.

Ela olhou para baixo.

– Eu também.

QUANDO IA PARA CASA, a neve parou de cair. Mamah ficou admirando sua casa da calçada. Quadradinhos minúsculos e iridescentes nas vidraças cintilavam refletindo o sol do final da tarde. Ela lembrou que ficou ali naquele exato lugar três anos antes, na festa de inauguração que Ed e ela ofereceram depois que se mudaram. Havia mulheres sentadas nos bancos ao longo do muro do terraço, olhando para a rua, chamando os filhos, com os rostos brilhantes feito uma série de luas. Naquele dia, Mamah percebeu que a casa baixa parecia pequena como uma jangada perto da transatlântica casa vitoriana do vizinho. Mas que jangada espetacular, com a música de Scott Joplin, "Maple Leaf Rag", saindo pela porta da frente e pessoas entalhadas nas bordas.

Edwin viu Mamah lá na calçada e foi abraçá-la.

– Nós conseguimos nossa casa dos bons momentos, não foi? – ele disse.

O rosto dele estava radiante aquele dia, tão cheio de orgulho e de excitação com aquele recomeço. Para Mamah, no entanto, a festa de portas abertas parecia o fim de algo extraordinário.

– PASSEANDO numa tempestade de neve, é?

A voz da babá surpreendeu Mamah, que estava deitada no sofá da sala, com os pés apoiados no braço de rolo.

– Eu sei, Louise, eu sei – ela resmungou.

– Quer um grogue quente para o resfriado que você vai pegar?

– Quero. Onde está John?

– Aí do lado, com o Ellis. Vou lá buscá-lo.

– Diga a ele para vir falar comigo quando chegar. E, por favor, acenda as luzes, está bem?

Louise era pesada e lenta, apesar de não ser muito mais velha do que Mamah. Estava com eles desde quando John tinha um ano de idade. Era uma enfermeira irlandesa sem filhos que nascera para ser mãe. Ela acendeu as arandelas de vidro colorido e saiu arrastando os pés.

Mamah fechou os olhos de novo e fez uma careta ao lembrar-se de sua própria imagem poucas horas antes. Tinha se comportado como uma louca, tentando fazer o carro pegar até o braço doer, depois correndo a pé pela neve e pelo gelo para ver Frank rapidamente, como se não tivesse opção.

Uma vez, quando Edwin lhe ensinava a dar partida no carro, ele contou de um sujeito que chegou perto demais. O homem teve o maxilar esmagado pela manivela e morreu em seguida, com uma infecção.

Mamah sentou de repente e balançou a cabeça como se tivesse água nos ouvidos. *Amanhã de manhã eu falo com Frank para cancelar.*

Segundos depois, no entanto, já estava rindo dela mesma. *Pelo amor de Deus... É apenas uma garagem.*

CAPÍTULO 2

Mamah despertou ao som de Edwin em suas abluções matinais. O tinir do pincel de barbear no copo de porcelana, a batida suave de um colarinho na cômoda. Estalo de abotoaduras. Era uma manhã de sábado, mas ele tinha uma viagem até Milwaukee planejada. Em poucos minutos sairia pela porta com seu chapéu-coco e sua pasta.

Em seguida ela ouviu os passos descalços de John pelo corredor.

– Mamaaaaaa – ele gritou, pulou na cama e jogou seu corpinho magricela em cima do dela.

Ela fingiu estar dormindo, depois virou o menino de costas e fez cócegas até ele ficar sem ar.

– Qual é a palavra mágica?

John gritou histérico.

– Qual é a palavra mágica?

– Eu não lembro!

– Vou dar uma pista – ela disse. – É uma planta.

Ele gemeu.

– Podemos trocar de palavra?

Mamah pensou um pouco.

– Está bem. Então é pirata.

John ficou surpreso.

– Gosto dessa.

– Todo mundo gosta dos piratas – disse Edwin –, por piores que sejam – ele beijou o topo da cabeça dos dois. – Vejo vocês por volta das oito, hoje à noite, se tudo correr bem.

Ela levantou da cama, vestiu um robe e foi pegar a neném no berço. Martha estava de pé segurando na grade, balançando-se e balbuciando. Mamah trocou sua fralda, depois a pôs de pé no chão. A menina agarrou os polegares da mãe e andou meio trôpega pelo corredor, até a sala. Nessa época do ano, as janelas viradas para o poente e a pesada decoração em madeira entalhada conspiravam para tornar a sala de estar escura. Mamah guiou a filha até a biblioteca ao lado, onde o sol entrava por uma janela para o sul. Lá ela parou para ficar sob a luz. O calor era a própria sensação de alegria para Mamah. Às vezes parecia que, quando o sol tocava-lhe o rosto daquele jeito, sua pele adquiria memória própria. Podia ter cinco anos de idade de novo, espiando os campos no verão pela janela da casa de fazenda em Iowa, onde nasceu.

Meu Deus, como amava o sol. Este último inverno tinha sido o mais escuro, o mais paralisante de que se lembrava. Era quase abril, mas ainda não havia sinal da primavera. A costumeira tristeza molhada teria de ser vivida mais um mês inteiro. Tudo que ela realmente precisava, Mamah pensou, era apenas de um raio de sol. Podia sentar naquele lugar e pensar no dia que tinha pela frente, fazer planos. Talvez, para variar, pudesse realizar alguma coisa.

Lizzie estava na sala de jantar, ainda de camisola e lendo o jornal da manhã, o cabelo solto caindo sobre os ombros.

– Uma grande liquidação na Field's hoje – ela disse à irmã.

– Ninguém morreu? – Mamah pegou Martha no colo e a carregou até o seu cadeirão.

– Bem, na verdade... Sabe a Mulher Gato? De Elmwood? Ela morreu.

Mamah instalou Martha, depois acariciou a sobrinha, Jessica, que comia cereais ao lado de John. Ela gostava da sensação de descanso, de alívio temporário, trazida pelos sábados, as crianças de chinelos, com seus pijamas a manhã inteira, sem domésticas, Lizzie em casa, lendo os obituários em voz alta durante o café-da-manhã.

– Como foi o discurso do Homem da Capa ontem? – perguntou Lizzie.

– Ah, você conhece o Frank. Ele seduziu todas até a morte – Mamah deu risada.

A irmã atribuía apelidos particulares às pessoas com características que ela achava divertidas. Lizzie era bonita, do mesmo jeito que Jessie tinha sido, de feições delicadas e cabelo castanho claro. Enquanto Jessie era a líder da festa e sempre otimista, Lizzie tinha tiradas secas e irônicas.

– Você é má mesmo. Quem ia adivinhar que a doce professora da segunda série da Escola Irving tem um traço de perversidade da largura da faixa de um gambá?

Lizzie abaixou o jornal e piscou os olhos límpidos para John.

– Eu acho que a sua mãe acabou de me chamar de gambá – o menino de cabelo preto se curvou de tanto rir. – Está precisando de alguma coisa da Field's? – ela perguntou a Mamah.

– Estamos precisando de lençóis novos para as camas de John e de Jessica – disse Mamah, amarrando um guardanapo no pescoço de Martha. – Mas eu não posso ir. Tenho de...

Louise chegou da cozinha, secando as mãos numa toalha.

– Eu posso levar as crianças – ela se ofereceu.

– Você nem devia estar trabalhando hoje – Mamah a repreendeu.

– E o que é que eu ia fazer? – Louise plantou as mãos nas cadeiras. – Sair para nadar?

– Você não consegue empurrar o carrinho nessa lama.

As crianças maiores levantaram as cabeças dos potes de cereal. Farejavam aventura.

– Eu vou junto e nos revezamos carregando a Martha – sugeriu Lizzie.

– Vocês devem ir de carro, se ele pegar, Liz. Vou ver se consigo fazer funcionar.

– Então, está bem. Eu me visto em dez minutos. E o resto de vocês?

Num segundo, John e Jessica já estavam de pé, voando no corredor.

CAPÍTULO 3

Quando a casa ficou vazia, Mamah foi até o banheiro para encher a banheira. Sentou na beirada, olhou para o teto, furiosa com ela mesma. *Por que cargas-d'água convidei o Frank para vir aqui?*

Devia fazer uns seis meses desde que ela e Ed tinham ido ao teatro com Frank e Catherine. Durante determinado período depois da construção da casa, eles encontraram os Wright com bastante freqüência, talvez uma vez por mês. Mas agora mantinham uma distância amigável. A reputação de Frank crescera consideravelmente desde aqueles primeiros dias quando estavam encomendando o projeto da casa. E, a partir dali, Frank e ela não tiveram nenhuma conversa privada.

Durante a obra, havendo algum detalhe da construção como tema inicial, eles ficavam muito tempo distraídos, conversando. Aqueles seis meses de colaboração agora pareciam encantados para ela. Frank Lloyd Wright incendiara-lhe a mente como nenhuma outra pessoa que conhecia. No início, as conversas dos dois eram sobre idéias. Conversaram sobre Ruskin, Thoreau, Emerson, Nietzsche. Mamah falou de sua paixão por Goethe. Ele falava com reverência dos anos em que trabalhou para Louis Sullivan, o grande arquiteto que ele chamava de "Lieber Meister", querido mestre.

Passaram a se ver como forasteiros amigos, e faziam piadas sobre o "Descanso dos Santos", nome que Oak Park recebeu por causa dos espigões das igrejas e da ausência de tabernas. Na aldeia, não havia dúvida de que as pessoas consideravam Frank um artista quase marginal. O que mais fascinava Frank era que ela também se considerava uma alienígena.

– Acho que sou como o tronco de um cacto – ela disse para ele. – Eu tomo uma dose de cultura e passo um tempo com amigos, depois me retiro e vou viver disso até ter sede novamente. Não é bom viver recluso tanto assim. Na verdade, é um exílio voluntário. Isso nos torna diferentes.

As conversas profundas que entabulavam contrastavam de forma marcante com os discursos entre ela e Edwin. E foi quando Mamah se descobriu guardando idéias e descobertas de Frank – pensamentos que jamais partilharia com o marido – que ela soube que ele se tornara próximo demais.

Nessa altura, os dois casais já eram bons amigos. Quando ela compreendeu que estava caminhando à beira do precipício, a casa estava quase pronta. Então ela voltou-se para Catherine, para cultivar uma aproximação com ela.

Foi na festa da nova casa que Mamah convidou Catherine para fazer uma apresentação conjunta sobre Goethe, no Clube das Mulheres do Século Dezenove. Agora ela entendia sua atitude. Estava usando Catherine, sem perceber, como um pára-choque entre ela e Frank.

Mamah afundou na água da banheira e se lembrou de um dos seus últimos encontros com ele. Essa lembrança era um lugar muito particular que ela costumava visitar inúmeras vezes nos últimos dois anos. O ano era 1904. A casa estava quase terminada. Ela, Edwin e John já estavam morando lá. Frank estava no meio da obra do Templo Unity, ocupado demais para ir até lá e dar os retoques finais na casa. Mesmo assim, ele apareceu uma manhã, jogou alguns projetos na mesa e disse:

– Vamos resolver umas coisas.

Ela olhou para ele inocentemente, mas estava apavorada com a idéia de que ele pudesse fazer alguma declaração dos seus sentimentos.

– Para começo de conversa, onde foi que você arrumou esse nome, Mamah?

Ela explodiu numa risada.

– É estranho, não é? Bem, meu verdadeiro nome é Martha, mas minha avó começou a me chamar de Mamah quando eu ainda era bem pequena. Acho que inventou isso porque parecia francês. Ela era francesa, sabe, e descendia de Philippe de Valois, Marquis de Villette, oficial condecorado da Ordem Militar Real de Santo alguma coisa.

– É daí que vem o seu dom para línguas?

– Foi aí que começou. Ela insistia para que falássemos francês em casa quando ia nos visitar. – Mamah então se levantou. – Você gostaria de ver a minha avó de vestido de baile? Acabei de encontrar uma foto em uma das caixas.

Ela foi até o quarto, onde o pessoal da mudança tinha posto suas coisas, pegou uma caixa e levou até a mesa de jantar.

Frank riu alto quando viu o retrato. Uma delicada Marie Villette Lameraux sentada diante de um fundo pintado do Monte Olimpo no estúdio de algum fotógrafo muito antigo, sua personagem pueril enfeitada com guirlandas nas tranças enroladas sobre as orelhas até os laços de fita presos entre rosas de pano no vestido. Ela olhava com tristeza para a câmera.

Frank estava sorrindo quando se levantou para espiar dentro da caixa.

– O que mais tem aí?

– Só umas coisas minhas antigas. Papéis...

Ele sentou de novo e olhou para ela.

– Conte-me tudo – ele disse.

Conte-me tudo. Ele podia ter dito: tire o seu vestido. Mamah tirou uma coisa de cada vez da caixa. Mostrou a ele sua tese de mestrado e a foto da formatura. Falou dos anos que passou em Port Huron, ensinando inglês e francês no ensino médio com sua colega e amiga Mattie. Mostrou-lhe as fotos da família na frente da casa deles na Oak Park.

– Essa deve ser você.

– Hã-hã. Essa é minha irmã Jessie. Era a mais velha.

Mamah apontou para a menina sorridente de dezesseis anos e sentiu o familiar aperto no peito.

– E Lizzie. Bem, ela está igualzinha, não está? É a filha do meio.

Frank voltou para a menina de cabelo preto que fazia uma pose muito segura, um bastão de croquet na mão, com uma perna cruzada elegantemente na frente da outra.

– Quantos anos você tem aqui?

– Doze.

– Bastante confiante para uma menina tão nova.

– Ah. Eu tinha a idade certa então, eu acho. Mais inteligente do que antes e depois também. Não existia nada cinza, tudo era preto ou branco. Eu venerava meu pai. Adorava meu cachorro. Eu amava ler.

Mamah ficou olhando para a foto da família. A visão dela e das irmãs com blusas largas com golas de marinheiro suscitou outras lembranças.

– Nós éramos crianças livres, mesmo. Meu pai era um naturalista amador. Essa era sua grande paixão, maior ainda do que a estrada de ferro. No verão, ele nos levava para o leito seco de um rio perto de Kankakee e procurávamos fósseis. Era uma área onde houvera um mar pouco profundo na era pré-histórica. Ele nos ensinou a olhar atentamente, e meus olhos... pelo menos a minha visão de perto... tornou-se muito acurada. Nada me deixava mais feliz do que me arrastar pelo leito seco do rio horas a fio, à procura de minúsculos desenhos de conchas nas pedras. Meu pai sempre levava um martelo. E quando eu abria uma pedra que parecia promissora, quando realmente encontrava as marcas deixadas por criaturas que viviam ali quinhentos milhões de anos antes... bem, era como abrir um mundo inteiro e mergulhar dentro dele – Mamah deu risada. – Minha mãe morria de preocupação comigo.

Frank demonstrou surpresa.

– Por quê?

– Porque ela preferia encontrar Deus no segundo banco da Igreja Episcopal da Graça. Ficava nervosa de ver as filhas quebrando pedras com martelos. Ela desconfiava dos trilobitas, de Darwin e da conversa do meu pai sobre o "animal humano". E também achava que eu era sonhadora demais, eu acho, ou então sugestionável. Lembro quando meu pai levou para casa um telescópio, mais ou menos nessa época. Era um aparelho dos bons e ele ficou muito animado de mostrar para nós como funcionava. Aquela noite, todos fomos lá para fora, e Jessie e Lizzie espiaram por ele primeiro. Ficaram deslumbradas com a quantidade de estrelas que conseguiam ver pelo telescópio. Mas, depois que minha mãe deu uma boa olhada por ele, ouvi quando disse ao meu pai: "Não mostre para Mamah. Vai ser demais para ela."

Frank ficou olhando para ela pensativo.

Pouco tempo depois, minha mãe resolveu cuidar de mim. Meus dias de quebrar pedras terminaram e começaram as aulas de dança. Àquela altura, eu já era meio esquisita, não me interessava pelo que a maioria das meninas gostava. Tornei-me introvertida, devoradora de livros, acho que é como chamavam.

Mamah ficou excitada com a atenção de Frank e um pouco envergonhada de estar revelando tanta coisa sobre ela mesma. Mas continuou a tirar coisas da caixa.

– Mais um projeto edificante de minha mãe – ela explicou, mostrando a Frank os livros de leitura em alemão com os quais aprendeu a língua. E então mostrou-lhe sua certidão de nascimento.

Ele segurou o papel contra a luz.

– Dezenove de junho de 1869 – ele leu. – Interessante. Eu nasci no dia oito de junho do mesmo ano.

Em qualquer outro momento, aquela observação não pareceria incomum, mas naquela tarde, os dois sentados à mesa de jantar na casa nova que planejaram juntos, Mamah achou a coincidência coisa do destino. Ela não era supersticiosa, nem particularmente religiosa, mas parecia uma espécie de sinal de que eles estavam fadados a se conhecer, que o destino os tinha posto no mundo ao mesmo tempo, quase no mesmo lugar, com um propósito.

Ele olhou para a foto de formatura de Mamah e falou com tristeza na voz:

– Imagino como seria a minha vida se eu tivesse encontrado essa jovem vinte anos atrás. Conhecer alguém tão... – ele parou de falar um tempo. – Eu era um menino quando me casei com Catherine, tinha só vinte e um anos. E ela apenas dezoito. Na verdade, nunca deviam ter permitido esse casamento. Agora...

Ele olhou para outro lado e deu um suspiro profundo.

Quando virou o rosto, estava dominado pela ternura. Segurou a mão dela.

– Você é a mulher mais adorável que eu conheci na vida – ele disse e inclinou-se para a frente para beijar-lhe o rosto.

Mamah deixou a boca de Frank encostada em sua pele um instante, antes de recuar.

DEPOIS DISSO, ele apareceu três dias seguidos. Para mostrar a Mamah outras garagens que tinha construído... Este era o pretexto. Nem Lizzie nem Edwin suspeitaram de nada, pelo menos aparentemente.

Na primeira manhã, de um dia brilhante e claro, ele a levou de carro para o campo ao norte. Desceram do carro e caminharam no meio do capim alto. Frank quebrou a ponta de uma lâmina que parecia de trigo.

– Eu não era quebrador de pedra – ele disse.

– O que você era?

– Ah, coisa parecida. Quando menino, trabalhava na fazenda do meu tio, no Wisconsin, nos verões. No fim do dia, quando não estava exausto, porque ele me fazia trabalhar duro, eu subia as colinas e ia explorar. Desmontava as coisas para ver como eram feitas, as flores, plantas como esta...

– E você mergulhava nelas?

Ele sorriu.

– Mergulhava. Primeiro nos brotos das flores, claro, porque eram muito sedutoras. Mas depois eu via como o cabo levava inevitavelmente até a folha e a flor. Não importava que planta eu examinasse. A estrutura era sempre firme, e o essencial do projeto estava sempre lá: proporção, escala, unidade da idéia. E não esqueça que, naquela época, eu era apenas um menino que desmontava coisas.

– Você sempre soube que queria ser arquiteto?

– Sempre. Desde que me lembro. A idéia de construir casas que nos fizessem sentir que vivíamos ao ar livre... isto veio depois. Mas o instinto, a sensibilidade para isso foi semeada em mim lá nas encostas. Por isso, quando fui para a universidade, fiquei muito animado porque já tinha todas essas idéias sobre a arquitetura orgânica baseada no funcionamento da natureza quando constrói seus projetos. Mas ninguém queria falar de arquitetura sob esse ângulo. Era tudo sobre janelas paladianas, ou colunas coríntias. Por isso larguei a faculdade.

– Foi aí que veio para Chicago.

– Foi. Virei aprendiz de Silsbee aos dezenove anos e passei para o estúdio de Sullivan um ano depois.

Soprava um vento forte que empurrava o capim e as flores silvestres para o leste.

– Você caiu em boas mãos.

– Não lhe contei isso quando trabalhávamos na casa?

– Contou, mas não tudo.

– Bem, Sullivan foi um professor maravilhoso e eu era o lápis na mão dele. Ele sempre falava em fazer prédios americanos. Quando saí do seu estúdio para iniciar o meu trabalho solo, queria fazer alguma coisa nova, casas que falassem dessa terra, suas colinas e campos, e não a idéia de algum duque francês sobre como devia ser uma casa.

Mamah afastou mechas de cabelo da boca, levadas pelo vento.

– Para você, arquitetura sempre foi de casas?

– Eu não conseguia pensar em nada mais nobre do que fazer uma bela casa. E não consigo até hoje.

Ele apontou para o horizonte, onde o céu claro fazia limite com o capim da pradaria até onde a vista alcançava.

– Depois de um tempo, fiquei enfeitiçado por aquela linha lá longe. Era tão simples: um imenso bloco de azul sobre um bloco de capim dourado, e a linha tranqüila entre o céu e a terra se estendendo ao infinito. A sensação era da própria liberdade quando olhava para o horizonte. Eu me embriagava com formas desde quando era menino, e ali estava aquela simples linha que expressava tanta coisa sobre esta terra.

Mamah observou as mãos dele. Sempre que Frank falava sobre arquitetura, suas mãos assumiam uma linguagem própria, movendo-se graciosamente enquanto formavam ângulos retos com o polegar e o indicador, ou imitavam planos com as palmas abertas.

– É claro que o horizonte não é uma linha reta perfeita, mas eu não pretendia imitá-lo, de qualquer modo. Eu queria abstraí-lo de modo que exprimisse sua essência. Quando comecei a empilhar um plano horizontal sobre outro, paralelos à pradaria, como fiz na sua casa, as casas que eu projetava começaram a parecer e a dar a sensação de estarem enraizadas, como se pertencessem a este lugar – Frank olhou logo para ela. – Estou te aborrecendo?

– De jeito nenhum. O fato é que você acabou de me fazer lembrar de quando eu era pequena. Morávamos em Iowa, e ainda havia a pradaria à nossa volta naquele tempo. Meu pai me punha nos ombros para eu poder ter aquela visão mais ampla, e ele falava das flores silvestres, do capim e das nuvens. Ele costumava dar um nome para o fundo do céu, era "a barra do céu".

Frank sorriu.

– Gostei disso.
Ele ficou um tempo em silêncio.
– Você estava falando sobre a arquitetura orgânica – Mamah disse.
– É o único tipo de arquitetura que faz sentido para mim. É tudo que quero fazer agora.
– Então deve fazer. Na verdade, acho que é o seu destino.
Ele deu risada e abraçou Mamah.
– Sabe o que é maravilhoso em você, Mamah? Você entende coisas que os outros nem têm idéia do que sejam. As pessoas acham que estou sendo sentimental, louvando as pradarias porque quase desapareceram. Mas não é isso que estou procurando.
Ela se sentiu constrangida e se soltou dos braços dele. *E o que eu estou procurando,* ela pensou, *cortejando o desastre aqui sozinha nesse campo com você?*
Eles se afastaram. O vento parecia ter acalmado um pouco.
– Desculpe – ele disse. – É que é um alívio muito grande conversar. E é muito fácil com você. O fato é que tenho uma existência bastante inútil em casa. Eu amo os meus filhos, mas... – ele sacudiu os ombros. – Minha vida não está na deles como a de Catherine está. Todo o ser de Catherine está investido neles. Eu fiz a mesma coisa com o meu trabalho, eu sei... refugiei-me nele. Mas ela e eu chegamos a um impasse. E já passamos do ponto de consertar isso.
Mamah pensou, *leve-me para casa.* Eles tinham saído do território seguro da arquitetura.
– As pessoas mudam com o tempo – ela disse. – Acho que acontece em muitos casamentos.
Frank esperou.
– Mas não foi isso que aconteceu no meu caso – ela disse. – Eu já era bastante madura... madura demais. Minha cabeça enganou meu coração.
Ela olhou para o chão, envergonhada de trair Edwin daquele jeito.
– Ed é um homem bom, um homem decente. Nós apenas não combinamos.
Mamah não confidenciou o que andava sentindo aqueles dias. Que ultimamente, quando seu marido entrava no cômodo em que ela estava, ela sentia que o ar tinha se esvaído.

No terceiro dia, não adiantava mais fingir. Houve carícias furtivas, seguidas de longos silêncios.

Na quarta manhã, Mamah acordou nauseada e soube quase que imediatamente. Telefonou para o escritório de Frank e deixou recado com a secretária dele: a sra. Cheney não pode comparecer à reunião hoje.

Ele apareceu sem avisar na terça-feira seguinte, então ela manteve a porta de tela fechada quando disse para ele que não o veria mais. Parado ali no degrau, ele ficou arrasado.

Ela pôs a palma da mão na tela entre os dois.

– Frank – ela disse, inclinando a cabeça para trás para as lágrimas não escorrerem dos olhos. – Eu acabei de descobrir – ela forçou alegria na voz. – Ed e eu estamos esperando um filho.

Mamah despertou daquele devaneio, saiu da banheira e voltou para o quarto. Ficou olhando para o armário, sem ver.

Sinto falta das nossas conversas. Será que ele dizia aquilo tudo para as outras mulheres? Nos dois anos que se passaram desde o dia em que ela contou estar grávida, Mamah viu Frank dirigindo seu Stoddard-Dayton pela cidade com uma mulher depois da outra ao seu lado. As pessoas chamavam o carro dele de "Diabo Amarelo", não só por causa da cor e da velocidade, mas também, ela desconfiava, pela sua atitude desdenhosa em relação às fofocas. Era humilhante pensar que ele podia considerá-la como fazia com aquelas outras clientes ou possíveis clientes, ou o que quer que elas fossem.

Quando Mamah olhou para o relógio, percebeu que só tinha meia hora antes de Frank chegar. Vestiu uma blusa branca e saia preta, procurou em sua caixa de jóias o cordão fino de ouro com uma pérola grande. Escovou o cabelo, prendeu num coque baixo e se aproximou do espelho para examinar o rosto. Sabia que fazia muito isso ultimamente, procurando mais provas, como se precisasse, de que estava com quase trinta e nove anos de idade.

Quando era criança e magrinha, achava suas feições bizarras, pescoço fino e comprido, maxilar quadrado e desproporcional para o resto do rosto, maçãs largas e salientes que lhe garantiram o apelido de "cara de caveira". Os óculos de chifre escondiam os olhos verdes que seu pai dizia que eram bonitos. Só as sobrancelhas arqueadas podiam ser mais aceitáveis se não se comportassem tão mal. Elas entregavam tudo. "Você está zangada", dizia a mãe dela, analisando a linha preta formada pelas sobrancelhas de Mamah.

Por volta dos dezoito anos, seu rosto se formou por completo. Braços e pernas desajeitados tornaram-se esguios e ela se via movendo-se no mundo com renovada facilidade. Os meninos que a perseguiam de repente apareciam para elogiá-la.

Agora, com o cabelo preso, o pescoço comprido parecia bonito com a pérola na cavidade em forma de concha entre as clavículas. Passou gotas de água de colônia nos pulsos, tirou os óculos e fechou a porta do quarto.

CAPÍTULO 4

— Onde estão todos? – perguntou Frank quando entrou no hall.
Ele deu para ela os desenhos em folhas enroladas que carregava embaixo do braço e tirou do pescoço a longa echarpe de seda.
– Lizzie e Louise levaram as crianças até a Marshall Field's.
Mamah ficou constrangida enquanto esperava para tirar o casaco dele, parada tão perto que podia sentir a fragrância do creme de barbear que ele usava. Frank não era mais alto do que ela, e os olhos dele, sempre tão diretos, estavam na mesma altura dos dela, era impossível evitar olhar para eles. Ele parecia brilhar. O rosto estava vermelho de frio.
– Ah, Field's – ele disse, respirando fundo com serenidade fingida –, o pináculo da civilização.
– É sempre uma questão de gosto para você, não é? – provocou Mamah, apontando a sala de jantar para ele.
– Bem... – ele rolou os olhos para uns cravos cor-de-rosa bem melosos no aparador.
Mamah tinha comprado num florista.
– Eu sei. Você preferia ver algum galho velho e morto. Mas gosto deles.
– Isso é bom.
– Não me paternalize, Frank Wright – ela disse, meio séria, meio brincando. – Não sou mulher de cliente que deixa você vesti-la.
As palavras não eram para ser essas, saíram errado, mas ele sabia o que queria dizer. Ela não era uma daquelas mulheres que deixava... até pagava... para ele desenhar sua louça, sua roupa de cama, até os vestidos que combinassem com uma casa Wright. Mamah não ia deixar que ele dissesse que ela não podia pôr flores cor-de-rosa no aparador.
– Nunca pensei em você como mulher de cliente. Nem por um segundo.

Já começou, pensou Mamah. Ela sentou à mesa, alisou os projetos.

– Onde estávamos quando abandonamos este projeto? Já faz algum tempo.

Ele sentou numa cadeira de frente para ela.

– Falávamos de coisas verdadeiras – a voz dele adquiriu um tom sério. – Coisas que me mantiveram são por um tempo. Ou será que não se lembra?

– Lembro.

– Você lembra a primeira vez que foi me procurar no estúdio? Você tinha acabado de passar pela casa de Arthur Huertley. Citou Goethe. Chamou de "música congelada".

– É verdade. Eu queria dançar pela casa toda.

Frank balançou a cabeça.

– Nem sei como explicar a impressão que você causou. Ali estava aquela bela mulher, muito articulada e talentosa, que compreendia... Diga-me uma coisa, Mamah. Todas aquelas horas que passamos juntos, só eu senti aquele deslumbramento?

Ela olhou fixo para as mãos no colo.

– Não.

– Então não foi a minha imaginação?

Mamah olhou para ele. *Tão rápido*, pensou. *Eu viro argila nas suas mãos com tanta rapidez...* Ela hesitou, apertou os lábios.

– Você se lembra da minha terceira visita ao estúdio?

– Terceira?

– Bem, eu lembro – ela disse – muito bem. A sua secretária abriu a porta para mim. Eu cheguei cedo para uma reunião marcada bem cedo, de modo que acho que deviam ser umas oito e meia da manhã. Já havia uma enorme fogueira na lareira. Você estava lá em cima na varanda batendo papo com aquele artista...

– Dickie Bock.

– É – Mamah respirou fundo. – Bem, ele estava lá em cima esculpindo. Lembro que você não me viu porque eu estava em um canto. Então Marion Mahony entrou e ela também não me viu. Eu devia estar num canto escuro.

Mamah sorriu, lembrando o prazer que sentiu observando a manhã se abrir no estúdio.

– Marion estava muito elegante – ela disse. – Usava um casaco pesado e um turbante de estampado vivo. Lembro com nitidez. Você olhou para ela lá de cima e disse: "O que é essa coisa na sua cabeça?" Eu tive vontade de rir alto, mas fiquei quieta porque no início ela pareceu magoada. Ela disse: "Você não gostou?"

"Você chegou na balaustrada e então implicou com ela. Você disse: 'Num mágico, eu gosto.' E, sem perder um segundo, ela retrucou: 'Eu sou uma maga.'"

Frank deu uma gargalhada.

– Lembra do que você fez então? – perguntou Mamah.

Ele deu de ombros.

– Você levantou as mãos em gesto de rendição.

Agora Frank estava sorrindo de orelha a orelha.

– Ela acha que faz milagres por mim.

– E faz mesmo?

– Ela me mantém em forma. Ela é rápida nas respostas vivas e inteligentes.

– Bem, vou dizer uma coisa. Eu quis *ser* Marion Mahony aquele dia, mais do que pode imaginar. Eu queria iniciar cada manhã fazendo você dar uma gargalhada.

Lá vou eu de novo, ela pensou, sentindo que os olhos se enchiam de lágrimas.

– Sentar ao seu lado, olhar para cima e ver alguém esculpindo... Sentir a energia criativa rodopiando naquela sala... Naquele dia, no estúdio, eu queria ser alguém de quem você dependesse. A verdade é que ainda quero.

Frank estendeu a mão, passou na testa dela, depois em um lado do rosto. Tocou na pérola pendurada no pescoço de Mamah com o indicador.

Ela sentiu o coração disparar.

– Você sempre se apaixona pelas suas clientes?

– Só uma vez – ele disse. – Só por uma.

Ele se levantou, segurou a mão dela e a levou para o sofá da sala de estar, onde a fez deitar com delicadeza. Ficaram deitados, juntos, algum tempo, ela com a cabeça no peito dele, e então as mãos de Frank começaram a se mover. Os ossos dos pulsos estalaram quando ele desabotoou a blusa de Mamah e abocanhou-lhe o seio. Uma vibração elétrica percorreu seu corpo, elevou seus quadris. As mãos dela o procuravam, lutavam freneticamente contra o tecido das roupas. Num minuto, ele inteiro estava colado nela, a paisagem nua do corpo dele deslizando sobre o dela e, calados, descobriram o ritmo comum.

CAPÍTULO 5

Foi um verão arriscado, de tirar o fôlego.
Para cada plano cuidadoso, havia uma visita temerária. Ela ouvia uma batida na porta e via Frank lá parado, com as mangas da camisa enroladas e a planta da garagem embaixo do braço, como se tivesse aparecido só para ver algum detalhe com ela.
A maior parte do tempo Louise e as crianças estavam em casa. Nesses dias, ele ficava de joelhos e brincava com elas, carregava John, Martha e os amiguinhos deles nas costas enquanto Mamah sentava no banco da janela na biblioteca, mexendo a ponta da saia, fazendo bolinhas com a linha, depois alisando de novo. Imaginava se sua agitação era aparente para Louise, se as centelhas piscando como vagalumes sob sua pele apareciam por fora.
– Você parece radiante – Mamah disse uma tarde quando Frank chegou.
Ele andava com passos leves e os olhos faiscavam. O rosto e os braços estavam queimados das horas em que trabalhava nas obras, ao sol. Parado na biblioteca, ele olhou para os outros cômodos.
– Estão no Forest Park – ela disse. – Foram todos ao parque de diversões. Uma hora atrás, mais ou menos.
Frank jogou os projetos no banco da janela, pôs a mão na cintura dela e rodopiou pela biblioteca minúscula, como se estivessem num salão de baile.
– Frank – ela protestou, dando risada.
Sentia-se exposta perto das janelas com as cortinas abertas. Uma vez, no fim de um jantar para convidados, ela sentou no banco da janela com outra mulher, as duas bebiam vinho e fumavam cigarros. Ela olhou para cima e viu as meninas Belknap olhando para ela, da janela do quarto delas na casa vizinha, e teve a sensação bem nítida de estar sendo espionada. Será que havia alguém lá em cima agora?

Era impossível saber. Ela tentou levá-lo para um cômodo dos fundos, mas ele a puxou para baixo, para o chão, e então era tarde demais. O amor que fizeram foi abafado e furioso.

Depois ela ficou um tempo com a cabeça apoiada no braço dobrado dele, prestando atenção para ouvir passos na calçada. Raios de sol desciam inclinados pelo telhado da casa ao lado e incidiam quentes sobre suas pernas.

– Vai ser a melhor garagem de Oak Park – disse Frank, alisando o cabelo dela. – Mas pode levar anos para ficar pronta.

MAMAH SE ASSUSTOU de perder o controle daquele jeito. Mas qualquer idéia de terminar o relacionamento desaparecia no minuto em que ele chegava onde ela estava. Frank Lloyd Wright era uma força vital. Parecia preencher todo o espaço que ocupava com uma energia pulsante que era espiritual, sexual e intelectual, tudo ao mesmo tempo.

E a maravilha disso tudo era que ele *a* queria.

Quando olhava no espelho, Mamah via uma mulher com o rosto corado de desejo. E por *ser* desejada. Meu Deus, que narcótico! Ela não tinha essa sensação de poder desde os vinte anos de idade, na faculdade, com um bando de pretendentes.

– Deixe o telefone tocar uma vez e desligue. Eu ligo para você depois – Frank instruiu.

Ela fez isso só duas vezes. Isabelle, assistente dele, atendia, e Mamah logo perdia a coragem. Em vez disso, ela esperava que ele entrasse em contato e essa espera lhe parecia a morte.

MAIS TARDE, naquele verão, quando Frank montou seu escritório no Prédio de Belas Artes, no centro da cidade, os encontros dos dois ficaram mais fáceis. Mamah usava a desculpa de uma aula quarta-feira à tarde para sair de casa. Pegava o trem para Chicago, ia andando até a Michigan Avenue e subia no elevador até o décimo andar. Certa vez, quando ia apressada pelo corredor, torcendo para não encontrar ninguém, a porta na frente da porta de Frank se abriu e, de soslaio, ela viu Lorado Taft esculpindo em seu estúdio. Mamah sabia que o famoso escultor era amigo de Frank e de Catherine de longa data. Naquele dia ele tirou os olhos do seu trabalho, olhou para ela e deu um sorriso perturbador, como se soubesse. Cheia de vergonha, Mamah entrou na sala de Frank, afundou numa poltrona, inclinou-se para frente e escondeu o rosto no colo. Depois disso passou a usar um grande chapéu com um lenço em cima, amarrado embaixo do queixo, como se tivesse descido de um carro naquele instante.

Em outra ocasião, quando saía do elevador, avistou um vizinho, um dos antigos clientes dele, parado no corredor, diante da porta da sala de Frank, já de saída. Ela abaixou a cabeça para esconder o rosto com o chapéu e desceu a escada até o andar de baixo. Ficou lá na escada, esperando, e ouvindo algum candidato a Paderewski batucando um concerto para piano. De outra sala, a voz de uma professora ditava posições acima do suave ruído de sapatilhas de balé no chão.

O coração dela estava descompassado quando voltou para o décimo andar. A salvo dentro de sua sala, ele trancou a porta e fechou as cortinas das janelas. E eles retomaram o fio de sua quase-vida juntos então, se entregando na sala escura.

Eles queriam sair pelo mundo, abraçá-lo juntos. No início do verão, quando tomavam o máximo de cuidados, combinaram de chegar separados a um cinema no centro onde estava passando um filme de Tom Mix. Sentada duas filas à frente, Mamah ouvia a risada profunda de Frank explodindo no teatro inteiro, e ela caía na gargalhada. Frank saiu antes dela. O plano era ela ir até a esquina, onde ele a pegaria. Quando ela chegou na rua, notou que um vendedor empreendedor tinha montado uma exposição de chapéus de vaqueiro na frente do cinema. Ela parou e impulsivamente escolheu um marrom com aba larga.

– Esse é o B.O.P. Stetson, madame – disse o homem. – O melhor. Quer dizer *Boss of the Plains* ou *Dono das Planícies*.

Ela deu risada.

– Perfeito.

– Vai custar mais um pouco – avisou o vendedor. – São doze dólares.

– Eu vou levar.

Ela pôs o dinheiro na mão dele.

Frank apareceu minutos depois em seu carro amarelo, e mal conseguia disfarçar seu prazer. Ele pôs o chapéu e foi dirigindo até o norte, em direção a um minúsculo restaurante alemão. Que figura ele era, vestido com um jaleco que ia até os saltos das botas de cano longo, com o Stetson sobre os óculos de motorista.

Instalados num cubículo, Frank quis relembrar cada cena do filme. Ela se divertiu vendo que ele parecia um menino, sentado ali com aquele chapelão ao lado, quase despencando do banco de tanto rir com a lembrança dos bandidos caindo dos cavalos enquanto Tom Mix os perseguia.

Às VEZES IAM PARA O CAMPO e o carro amarelo seguia por estradinhas de terra, em velocidade apavorante. Paravam no caminho para comprar o que estivesse à venda – morangos, melões. Frank tinha um cobertor no carro que ele esticava na grama, tirava os sapatos e mexia os dedos dos pés.

– Meu Deus, como isso é bom! – ele dizia sempre que tirava as meias.

Ele adorava Whitman. Deitava de barriga para baixo e lia *Folhas de relva* para ela. Mas por vezes ficavam longos períodos sem dizer nada, só ali sentados, perto um do outro. Eles podiam apenas murmurar de boca fechada, ela pensava, e se entender perfeitamente.

Um dia, quando acabaram de comer, Frank lavou as mãos numa poça perto de onde eles estavam, depois tirou do carro um portfólio cheio de xilogravuras japonesas. Espalhou as gravuras cuidadosamente sobre o cobertor.

– Estas são de Hiroshige – ele disse, apontando para três delas. – Imagens do mundo flutuante.

Ela estudou a gravura de uma cortesã se abanando.

– Eu nunca entendi o que significa "o mundo flutuante".

– São imagens de pessoas comuns que vivem apenas para aquele momento, que vão ao teatro, que fazem amor. Elas flutuam como folhas num rio, sem se preocupar com dinheiro, ou com o que vai acontecer amanhã.

"Comprei essas gravuras quando estive no Japão", ele disse, tirando duas paisagens do portfólio.

Mamah se lembrou das histórias de Catherine Wright sobre aquela viagem ao Japão. Ela contou que Frank saía toda noite vestido como japonês, de chapéu de palha, e desaparecia, junto com um tradutor, pelas ruas da periferia de Kyoto, à caça de gravuras.

– A natureza é tudo para os japoneses – ele disse. – Quando constroem uma casa, ela sempre fica de frente para o jardim.

– Eu sabia que o Japão tinha influenciado você, só não sabia quanto – Mamah teve a impressão de que ele fez uma careta. – Você não gosta da palavra influência, não é?

– Odeio. Os esnobes das Belas Artes, os acadêmicos, é que usam.

– Desculpe.

– Não se desculpe. Mas quero que você entenda. Ninguém me influenciou. Por que eu copiaria os japoneses, ou os astecas, ou qualquer outro, se posso fazer algo belo que seja só meu? Tudo sai daqui – ele bateu com um dedo na têmpora. – E da natureza.

– Eu sei disso – disse Mamah.

Ela não gostava da sensação de ser repreendida por Frank.

– Foi só uma palavra errada – ela olhou de novo para as gravuras. – Eu gosto muito desta – ela olhou bem de perto para a imagem de uma cortesã reclinada numa cama, lendo um livro.

– Então é sua.

Ela ficou excitada ao levar a gravura para casa aquele dia. Pôs entre as páginas de um grande álbum de imagens onde Edwin jamais veria.

QUANDO CATHERINE CONVIDOU Mamah e Edwin para jantar na casa deles no início de agosto, Mamah não teve como recusar. Ela não via Catherine havia semanas. Depois do jantar, os homens foram para o estúdio, as mulheres se instalaram na sala de estar. Conversaram sobre notícias do clube, sobre os filhos e os livros que estavam lendo. Em certo ponto, Catherine se levantou para pegar um livro numa estante no outro lado da sala.

— Você já viu isso? – ela perguntou.

Catherine tinha nas mãos um exemplar de *The House Beautiful*.

— Você conhece o reverendo Gannett, não conhece? Frank ilustrou os ensaios dele para este livro. Deve ter sido por volta de 96 – ela brincou. – Era nossa bíblia naquele tempo.

Catherine folheou o livro e recordou os dias bem no início do seu casamento, quando Frank estava construindo a casa.

— Ele queria gravar uma frase em cada porta. Eu lhe disse que gravasse apenas uma. Nem me pergunte de onde tirei a audácia de bater o pé desse jeito...Você conhece o Frank... mas funcionou. Nós éramos jovens, estávamos apaixonados, e ele concordou comigo.

Mamah olhou para as palavras tão conhecidas sobre a lareira: A VIDA É A VERDADE.

— Como você conheceu Frank? – ela perguntou impulsivamente e ficou na mesma hora horrorizada com aquela curiosidade perversa.

— Num baile à fantasia na igreja do tio dele, Jenk, no sul – respondeu Catherine. – Perto de onde eu fui criada – um sorriso se espalhou pelo rosto dela com a lembrança. – Estávamos todos fantasiados de personagens de *Os miseráveis*. Frank era um policial com ombreiras e espada. Eu era uma donzela francesa. Acho que era uma dança do tipo quadrilha escocesa, porque quando todos trocaram de pares, nós demos de cara um com o outro. E literalmente caímos os dois com a trombada.

Catherine folheou até o fim do livro.

— Tem esse poema que o reverendo Gannett cita, chamado "Togetherness", que é simplesmente lindo. Foi escrito por uma mulher que viveu apenas onze anos com o marido, então ele morreu. Não é triste? Tome, leia. Eu vou servir a sobremesa.

Mamah ficou com o livro no colo. Ela podia se ver de fora, sentada na mesma poltrona que tinha sentado muitas vezes antes. A sala não tinha mudado. Catherine tampouco tinha mudado. Ela é que tinha se transformado em alguém que conseguia avaliar com um único olhar tranquilo as falhas no lar do seu amante.

Percebeu que agora quase não havia sinal de Catherine nos objetos da casa, cada centímetro do lugar era o olho de Frank, desde o friso de gesso em torno do teto, com reis e gigantes mitológicos envolvidos em batalhas, às cortinas cor de musgo, de veludo, dos dois lados do canto da lareira. Na comoção da casa, entretanto, entradas e saídas de crianças procurando a mãe, nos ruídos da casa, não havia dúvida de quem presidia.

Mamah examinou o poema rapidamente e chegou aos últimos versos.

Juntos saúdem a realidade solene da vida,
Juntos se apoderem de um ideal positivo,
Juntos riam, juntos sofram,
E pensem só nisso – pelo bem do outro,
E tenham só uma esperança – no tempo do novo mundo,
Continuar em frente e sempre juntos.

– Porcaria – Mamah resmungou para ela mesma.

Mas já estava nauseada quando Catherine chegou com a sobremesa, e apressou Edwin para irem embora, alegando mal-estar.

Nas primeiras horas da manhã, ela levantou da cama, foi à cozinha buscar um biscoito para acalmar o estômago. Quando abriu o armário, uma pequena mariposa marrom saiu de lá voando. Mamah sabia o que aquilo significava. Se não jogasse fora a farinha, o arroz e os cereais do armário, se esperasse até quarta-feira, dia da faxineira, haveria duas dúzias de mariposas penduradas de cabeça para baixo nas prateleiras. Levou um saco de grão após o outro até a luz da cozinha, à procura das larvas brancas e minúsculas, e jogou qualquer coisa suspeita na lata de lixo. Por fim, acabou jogando fora tudo que havia no armário, depois encheu um pote de água quente com amônia.

Como foi que as coisas chegaram a esse ponto?, ela pensou enquanto esfregava. Sempre achou que era uma pessoa com senso de moral. Não uma pudica, de jeito nenhum, mas alguém decente. Respeitável. Nunca sublinharia o texto de um livro na biblioteca, assim como nunca deixaria que o açougueiro desse troco a mais. Como é que tinha chegado ao ponto de concluir com tanta facilidade que o adultério com o marido de uma amiga era normal?

Na manhã seguinte Mamah abriu seu diário pela primeira vez desde o inverno anterior. Folheando o caderno grosso, entendeu por que Lizzie e Edwin estavam tão preocupados com ela. A maior parte do mês de fevereiro tinha simplesmente ficado sentada na cama, imóvel e meio ausente, espiando pela janela do quarto, olhando para os cones de gelo pendurados nos batentes.

Agora, dando uma lida rápida no diário, Mamah reconheceu seus desejos incipientes em uma citação que anotou para ela mesma enquanto lia um livro naquele longo inverno.

Não basta ser mãe: uma ostra pode ser mãe. Charlotte Perkins Gilman

Desde quando conseguia lembrar, Mamah, no fundo, sentia um desejo por algo que não sabia bem o que era. Jogava tudo naquele lugar vazio, livros, reuniões do clube, luta pelo sufrágio, aulas, mas nada preenchia aquele oco.

Na faculdade e por um longo período depois, em Port Huron, ela teve grandes ambições. Queria ser escritora para valer, ou talvez tradutora de grandes obras. Mas os anos foram passando. Estava chegando aos trinta quando Edwin finalmente a conquistou. Quando se casou com ele, deixou esses sonhos de lado.

Voltando para Oak Park, vivendo como esposa, ela fez o que toda mulher fazia: teve filhos. Ela realmente quis ter filhos, era o motivo principal que a levou a casar-se com Ed. Mas agora tinham uma babá e ela retornara ao velho hábito da reclusão, de se encolher para ler e estudar. Quando saía numa explosão de socialização, todos pareciam satisfeitos de vê-la. "Decidida" era uma palavra que ouvia de vez em quando, referindo-se a ela. Significava inteligente. Mas também ouvia "adorável".

No Clube das Mulheres do Século Dezenove, ela às vezes lançava uma idéia incendiária na conversa.

– Se as babás são pagas pelo seu serviço, por que não as donas-de-casa?

Ou então dizia:

– Charlotte Gilman diz que as operárias das fábricas poderiam ter verdadeiras carreiras profissionais se vivessem em comunidades com cozinhas comunitárias e se contratassem cozinheiras e babás para os filhos.

As mulheres gostavam dela, apesar das provocações. Achavam que qualquer pessoa com hábito de estudar era excêntrica, mas ela era casada com Ed Cheney, afinal de contas... Um homem esplendidamente normal. Ou talvez, simplesmente, não acreditassem que ela falava sério quando dizia essas coisas, pois o que tinha feito, na prática, em relação a tudo que dizia?

E durante todo aquele inverno escuro, ela se julgou culpada, uns dias por não ser boa mãe, outros por não fazer outra coisa senão cuidar dos filhos.

Olhe para Jane Adams, ela escreveu no diário, *e para Emma Goldman. Olhe para Grace Trout, a mais comum das criaturas, enfrentando a assembléia legislativa de Illinois em favor do sufrágio feminino. O que há de errado com você?*

Louise ia e vinha nessas semanas, levando o bebê para ela ver, como se não houvesse nada de errado. Em março, Mamah começou a sair daquela depressão. Uma das primeiras escapadas foi para assistir à palestra de Frank no clube.

Lendo o diário, ela pensou se tinha visto sua vulnerabilidade como via agora. *Será que eu escolhi apenas o que era mais fácil, será que era apenas comodismo?*

Quando o encontrou logo depois, foi logo lhe perguntando. Estavam no carro dele, parados numa rua no sul.

– Mamah, uma coisa muito boa começou aqui. Não desmereça tudo em dúvidas. Você não pode acreditar que é errado, não é?

– Não me pergunte isso. Pergunte se estou feliz.

– Eu já sei a resposta.

ELA SENTIA QUE INCHAVA de tanta alegria que transbordava em todas as partes da sua vida. Ficava encantada com o doce cheirinho de bebê de Martha e com seus dedinhos minúsculos, perolados e transparentes. Mamah podia ficar tardes inteiras brincando com John e seu amigo Ellis, vizinho deles, escondendo-se atrás dos arbustos no jardim da frente enquanto eles a procuravam. Ela se surpreendeu fazendo bolos, pondo todas as crianças da vizinhança no carro e levando comida para as pessoas que sabia que estavam doentes ou que tiveram filho recentemente. Uma vez, quando Lizzie leu para ela sobre um menino entregador que se feriu quando seu cavalo colidiu com um carro, Mamah descobriu onde ele morava e mandou um envelope com vinte dólares dentro.

Edwin ficou profundamente aliviado com a mudança em Mamah. Ele disse que ela estava mais linda do que nunca. Quando encostou a mão na cintura dela, os dois deitados na cama, ela não se afastou e deixou que ele tivesse seu prazer enquanto pensava em outras coisas.

No início do verão, ela pensou, *não pode durar; é impossível. Nove filhos entre os dois, sem falar de Catherine e de Edwin.* Mamah sabia que jamais abandonaria os filhos. Mas para ter algo perfeito, algo só dela por um tempo... quem ia sofrer mais ainda se eles nunca descobrissem isso? *A gente só vive uma vez neste mundo.*

No fim do verão, porém, ela admitiu para ele o que sabia. Que o amava com cada célula do seu corpo. Que encontrava prazer em cada parte dele, sua risada irreprimível, os olhos alegres que quase sempre davam a impressão de que ele acabara de ouvir a piada mais divertida, sua presença em todos os momentos de vigília. Ela adorava o jeito que ele passava impulsivamente as costas da mão em seu rosto em momentos inesperados.

Ele fazia com que ela se sentisse livre e querida. Raramente se encontrava com ela sem levar alguma pequena surpresa. Punha a mão fechada sobre a dela, aberta, e dizia para ela fechar os olhos. Quando abria, Mamah encontrava um bombom enrolado em papel metálico, ou um pedacinho de osso da asa de um passarinho, e a forma ou a cartilagem provocava uma conversa sobre aerodinâmica.

Ela adorava a flexibilidade da mente de Frank, o fato de ele passar dias encaixando formas geométricas e, mesmo assim, conseguir se expressar eloqüentemente por escrito e tocar piano com tanta sensibilidade e beleza. Quanto à sua alma extraordinária, bastava ver as casas que ele projetava para saber que estava ali exposta, para quem quisesse ver.

Mamah compreendeu que gostava dele pelos mesmos motivos que outras pessoas desgostavam de Frank. Ele era franco e destemido. E era excêntrico sim, mas era o tipo de excentricidade que ela aprendera a admirar no próprio pai. Qualquer pessoa ligada como Frank era, à ordem da natureza, qualquer pessoa criada para raciocinar liberta do senso comum, não podia ser enquadrada nas regras da sociedade. O pai dela também reagira à ordem do mundo natural. Tinha mais interesse nos hábitos das vespas do que na política de Oak Park. Não dava a mínima para a moda ou para a opinião dos vizinhos sobre os bodes que criava no quintal da casa no subúrbio. Ele era "eu-mesmo", como chamava os obstinados iguais a ele, e alimentara a mesma independência nos filhos.

Frank era assim. Seus ouvidos, seus olhos e seu coração eram afinados na busca da verdade em locais onde outras pessoas não iam procurar. Nisso e em muitas outras coisas, ela sentia que seus espíritos se irmanavam.

NA MEDITAÇÃO SOMBRIA do inverno, ela escreveu a data em seu diário.

20 de agosto de 1907

Tenho ficado à margem da vida, observando enquanto ela passa. Quero nadar nesse rio. Quero sentir a correnteza.

1908

CAPÍTULO 6

— Tem alguma coisa estranha acontecendo aqui – disse Lizzie.

Era uma magnífica manhã de outubro, um sábado, e ela estava na frente do fogão enquanto a borda da clara de um ovo se retorcia e virava um babado marrom na banha de toucinho.

Mamah desviou os olhos do jornal que estava lendo.

— O que quer dizer?

Ela sentiu o estômago dando nós.

— Está na página três, eu acho. Há homens indo de porta em porta vendendo manteiga cremosa. Bem aqui em Oak Park. Você viu isso?

Os ombros de Mamah relaxaram.

— Não.

— Temos de dizer a Louise, quando vier na segunda-feira, para ela não abrir a porta.

— O que você vai fazer hoje?

— Vou levar Jessica ao cinema – disse Lizzie, virando o ovo.

— Você é um doce, Liz.

Todos tinham se apegado à menina depois da morte de Jessie, mas era Lizzie que realmente fazia o papel de mãe.

— Quer vir conosco?

— Não. Esta tarde eu vou até a universidade.

Mamah nem piscava mais quando mentia. E a mentira vinha fácil. Era quase rotina. Frank ia estar à sua espera no escritório dele, talvez com flores que tinha comprado, ou chá e sanduíches encomendados em um restaurante.

— Robert Herrick vai apresentar um novo programa sobre a Nova Mulher – ela disse para Lizzie. – E Edwin vai levar as crianças ao zoológico.

— CATHERINE SABE — disse Frank.
Estavam deitados no tapete. Mamah ouvia um violinista tocando escalas em algum lugar.
Ela sentou depressa e olhou para ele. Frank estava de olhos fechados.
— É por isso que você está quieto.
— Ela não diz como descobriu.
— O que você disse para ela?
— Contei a verdade. Pedi o divórcio.
Mamah segurou a mão dele e apertou. Isso ia acabar acontecendo mesmo. Ela pegou sua combinação no chão ali perto.
— Não se levante ainda. Fique comigo aqui.
A sala estava iluminada e fresca. Ela puxou o cobertor dobrado da companhia de mudanças que estava em cima de uma caixa e cobriu o corpo com ele. Arrepios de frio percorriam seus braços e pernas.
— Catherine será discreta — ele disse com tristeza. — Ela é orgulhosa demais para contar para alguém.
Mamah imaginou Catherine soluçando. Catherine jogando *The House Beautiful* na cabeça do marido. Catherine subindo numa escada com um martelo e destruindo as adoráveis figuras do friso do teto da sala de estar. E sentia um arrepio só de pensar no que Catherine ia querer fazer com ela, uma mulher que considerava amiga.
Mamah se encolheu ao pensar na traição. *Mas eu não roubei Frank*, raciocinou. O casamento dele já estava ruim havia muito tempo. Era possível que ele tivesse algum relacionamento íntimo com outras mulheres antes dela. Nunca o pressionou para revelar isso porque nunca quis saber. Mas essa possibilidade criava um estranho consolo neste momento.
— Eu vou contar para Edwin — ela disse.
Nos dois últimos meses, ela e Frank tinham conversado sobre simplesmente abrir o jogo, pedir seus divórcios. Era o que os dois queriam, viver honestamente. Hoje em dia as pessoas se divorciavam; não era nenhum bicho de sete cabeças. Em restaurantes, caminhando ao longo do lago Michigan, passeando de carro pelo campo, eles conversaram sobre formas que iam funcionar, como podiam viver

em Chicago e ela podia ficar com os filhos de algum jeito. Se Edwin concordasse, se Catherine concordasse...

Ela ensaiou o discurso que ia fazer para Edwin uma dúzia de vezes. Mas agora que o momento chegara, não conseguia parar de tremer.

De pé e se movendo, parecia sentir-se mais decidida. Ela se vestiu e então encostou-se à beira da mesa, esfregando os braços.

– De certa forma, estou aliviada – ela disse depois de um tempo. Entrelaçou os dedos, nervosa. – Não teremos mais de encenar essa farsa.

Frank continuou deitado de olhos fechados, massageando as têmporas. Depois de um tempo ele também se levantou, muito sério, e se vestiu lentamente. Suas costas ainda eram juvenis, não tanto musculosas, mas largas para sua estatura pequena, e rijas, como as costas de um nadador forte.

– Ela quer um ano para ver se podemos consertar isso. Se não funcionar, ela me dará o divórcio.

Mamah olhou espantada para ele.

– Eu sei. Eu sei. É absurdo.

– E o que você disse?

– Eu aceitei.

O corpo de Mamah pulou, reagindo a um reflexo irracional.

– Mas nós combinamos que quando isso acontecesse...

– Eu sei o que combinamos, Mame. Você sabe o que eu penso disso tudo. Mas Catherine... – ele sacudiu os ombros e balançou a cabeça. – Ela não abre mão. Está lutando por sua vida. Que opção eu tenho, senão esperar?

Mamah sentiu a cabeça rodando, meio confusa, meio zangada. Frank passou um braço pelas suas costas e com o outro encostou o rosto dela no seu pescoço. Ficaram assim longos minutos, com um abismo de silêncio entre os dois.

Nas horas intermináveis que sucederam aquela tarde no Prédio de Belas Artes, ela ficou em estado de suspensão na casa da East Avenue, esperando um telefonema ou um bilhete, ou qualquer coisa. Mas não recebeu nada.

Mamah saiu de carro e ficou rodando, vendo locais de obras que sabia que eram dele, com a esperança de revê-lo. Quando soube que

Frank tinha finalmente começado a construir a grande casa que projetara no Hyde Park, foi até lá, estacionou o carro e esperou. Depois de horas observando para ver se o seu carro amarelo aparecia, ela desistiu e voltou para Oak Park.

Em duas noites diferentes, ao voltar para casa de concertos na ópera depois de meia-noite, Edwin e Mamah passaram na frente da casa de Frank na Forest Avenue. Nas duas ocasiões, o estúdio dele estava todo iluminado. *Ele mergulhou no trabalho*, ela pensou.

As semanas se passaram e nenhuma notícia dele, então Mamah ficou mais perplexa. Não tinha exigido nada de Frank quando se falaram pela última vez, e ele não prometera nada. Meio a contragosto, ela admirava a honradez dele em cumprir o acordo que fizera com Catherine. Ele podia sair com algum fiapo de integridade. Em outros momentos, porém, Mamah ficava histérica de tanta incerteza e insegurança. *Como ele pode ficar longe*, ela pensava, *se mal consigo me conter para não invadir o seu estúdio? Como é que ele consegue manter a promessa?*

Às vezes a cabeça dela ficava tão confusa que não conseguia se concentrar em nada. Via o filho John parado na sua frente, dizendo, pacientemente, mama... mama... mama... puxando seu vestido, procurando chamar sua atenção para dizer-lhe alguma coisa. Nesses momentos, quando despertava para o menino magricela de olhos verdes diante dela, era dominada pelo remorso e o abraçava com força.

Mesmo assim, não olhava para trás e se arrependia do que Frank e ela tinham feito juntos. Era o amor mais verdadeiro que conhecera com um homem. Mas o que era o relacionamento deles agora? Cada vez mais, nas horas mais calmas do dia, um medo tomava forma. *Ele voltou para Catherine.*

Quase um ano antes, Mamah tinha aceitado fazer uma apresentação de *A megera domada* no Clube de Mulheres do Século Dezenove. Dezembro se aproximava e ela questionava o porquê da escolha dessa peça, entre tantas.

Naquela época eu vivia perigosamente, ela pensou. Estava muito segura, cheia de indignação quanto aos limites que a sociedade impunha às mulheres, confiava na retidão do seu relacionamento com Frank e quase desafiava o mundo a descobrir o segredo dos dois. Agora se escondia em casa a maior parte do tempo.

Um ano atrás, quando escolheu o discurso de Kate sobre a obediência da esposa ao marido, ela imaginou uma leitura irônica e vistosa, depois da qual ela falaria sobre a mudança do papel da mulher. Agora, relendo a frase "Vosso marido é vosso senhor, vossa vida, vosso provedor", ela queria estar na China, em Budapeste, na África, em qualquer lugar, menos em Oak Park, Illinois.

Quando o dia chegou, ela interpretou do modo que tinha imaginado – com grande ironia – e quase desmaiou de alívio quando a platéia riu e demonstrou, assim, aprovação. Entremeado nela como um fio fino, um laivo da antiga coragem a fez manter a postura tempo suficiente para chegar ao fim. Catherine não compareceu, mas a mãe de Frank, sim. Mamah viu de relance Anna Wright de cenho franzido na platéia, e ficou pensando se ela sabia. Ou se alguém mais sabia, aliás.

A leitura penosa, no fim, parece que a ajudou a vencer um obstáculo. Retornou para dois cursos que tinha iniciado no outono na Universidade de Chicago, ambos ministrados por Robert Herrick – um de literatura e outro sobre escrever romances. Ela mergulhou nos livros de Herrick, compareceu às aulas e escreveu furiosamente.

O desejo por Frank que a atormentava continuava lá, mas agora era acompanhado de um mal-estar. Como podia estar tão disposta a se divorciar do marido, enquanto Frank estava tão disposto a dar mais um ano para a mulher dele? Ainda bem que não tinha dito nada para Edwin.

No dia do Ano-Novo, ela acordou e viu o marido sentado na beira da cama com seu pijama listrado, com o cabelo fino em volta das orelhas eriçado como penas. Ele se abaixou e beijou a testa dela.

– Feliz 1909, minha querida.

Mamah sentou e esfregou os olhos.

– Feliz Ano-Novo – ela disse, cheia de sono.

Ele pôs na mão dela uma caixa pequena embrulhada para presente.

– Não resisti.

Ela abriu a caixinha e encontrou um broche de ouro em forma de uma coruja com olhos de rubi.

Anos antes, Edwin lhe dera um cordão com um pingente de prata em forma de coruja. *Para a minha acadêmica,* dizia o cartão. Ela cometeu o erro de demonstrar muito prazer e recebeu muitos outros presentes em forma de coruja, um tapete, um relógio com uma coruja esculpida, sempre com um cartão sentimental.

Ele sabia tanto sobre o conteúdo dos livros que ela lia quanto Mamah do funcionamento dos transformadores elétricos. No entanto, ele obviamente se sentia engrandecido pelo fato de sua mulher ser uma intelectual. Nos jantares e reuniões, ele às vezes direcionava a conversa para ela e, de forma cordial, lhe dava a palavra quando sabia que ela queria expor alguma de suas causas. Quando a conversa girava em torno de livros, ele olhava fixo para a mulher enquanto ela falava, com o queixo apoiado no indicador curvado para baixo. Quando, certa vez, um convidado o provocou sobre seu silêncio, numa discussão sobre uma peça de Ibsen, Edwin sacudiu os ombros com sua modéstia característica.

– Mamah é que cuida do sr. Ibsen nesta casa. Eu cuido do carro dela.

– Ele adora você – disse a mulher sentada ao lado de Mamah aquela noite. – Você é uma mulher de muita sorte.

– Obrigada, Ed – Mamah disse, agradecendo o pingente de coruja, fechando a caixinha e se espreguiçando. – Isso é cheiro de salsicha?

– É. Com ovos. E toranja em calda caramelada.

– Onde estão as crianças?

– No porão com a Lizzie.

– Está bem. Já vou me levantar – ela disse.

Mamah desceu da cama, vestiu um robe e foi para a sala de estar.

– Martha! Johnny! Jessica! – Edwin berrava da cozinha.

– Já estamos indo – John gritou lá de baixo.

Mamah agarrou Martha, que andava alegremente pela sala, e sentou sua filha de faces coradas no cadeirão. John chegou em seguida, depois Jessica, que sentou e esperou pacientemente a barulheira acabar. Mesmo com apenas oito anos e nunca tendo conhecido a mãe, a menina era a imagem da compostura, tão igual a Jessie que chegava a ser aflitivo.

Louise estava de folga, assim como a cozinheira e Lizzie tinham ido encontrar amigas na igreja. Mamah gostava demais de estarem apenas os cinco juntos. Depois do café-da-manhã tomariam banho, depois viriam as brincadeiras e teria de pensar no jantar mais tarde. O dia tomaria forma. Ultimamente muitos dias não tinham forma.

Ela não acreditava em tomar decisões no dia primeiro de janeiro, e não rezava de verdade havia muito tempo. Mas achou muito bom estar presente à mesa aquele dia. *Vai ficar tudo bem,* ela pensou.

À TARDE, Martha tirou uma soneca, John foi brincar na casa do vizinho. Mamah se acomodou para examinar os eventos do calendário de *Oak Leaves*. Quando viu o aviso WRIGHT FARÁ PALESTRA SOBRE A ARTE DA MÁQUINA, ela sentiu um arrepio no corpo todo. Desceu os olhos até a coluna de informações para ver onde seria o evento. E então se levantou, agitada. *Maldito Frank. Não posso nem ler o jornal.*

E já começou a sentir a velha nuvem negra em sua cabeça.

1909

CAPÍTULO 7

12 de abril de 1909

Querida Mamah,

    Sobrevivemos a mais um inverno, apesar de tudo ainda estar congelado por aqui e eu descobrir que estou ficando redonda. Sei que sou velha demais para carregar mais um filho no colo. Mas aqui estou eu (feliz da vida), pronta para parir no fim de setembro. Mas não estou achando nada bom pensar num verão confinada, já que Alden passa muito tempo longe de casa. Como pude ignorar esse pequeno detalhe quando aceitei me casar com um engenheiro de minas?
    É aqui que você entra. Por que você e as crianças não vêm nos visitar um tempo? Boulder é o lugar mais bonito do mundo no verão. Há passeios de trem pelas montanhas para catar flores silvestres e muitas palestras interessantes no campo Chautauqua. Você estaria perfeitamente acomodada no seu elemento. E poderíamos nos divertir muito pondo a conversa em dia. Diga que virá! Garanto que vai se divertir.
    Dê meu carinho para Edwin e peça perdão adiantado a ele por eu seqüestrá-la umas duas semanas. Melhor ainda, diga para ele vir também. Beijos para todos.

                                                      Mattie

    Mamah chegou primeiro ao campo. Manobrou o Studebaker por uma estrada que levava aos lotes vazios apenas a dois quilômetros ao norte da cidade. Ela e Frank tinham se encontrado ali duas vezes na última primavera. A estrada estava surpreendentemente seca para o mês de abril.
    Ela passou pelos postes instalados no ano anterior, no início do verão, mas nunca acesos. Os postes esperavam as casas, as pessoas e os gramados.

— Você vai à aula? — Edwin perguntou esta manhã para ela.

Ele falava sempre com muito cuidado aqueles dias, sem saber o que podia provocar alguma mudança em seu comportamento.

— Não.

— Mas pensei que adorava ir.

Ela suspirou. A idéia de subir no trem expresso e ir até Hyde Park, depois ficar assistindo a uma aula de duas horas, provocava cansaço e não vontade, como costumava sentir.

— Herrick é um tédio — ela comentou. — Como está sua toranja?

— Ótima.

— E o trabalho?

— A Wagner Electric continua de pé.

— Desculpe, Edwin. Eu não tenho perguntado nada sobre o seu trabalho. Eu sei que você teve negociações de contrato, e eu nem...

— Não faz mal.

Mamah espiou pela janela da sala de jantar.

— É que... o céu tem estado tão cinzento ultimamente...

— Hoje não. Você precisa sair e pegar sol. Está um dia lindo — ele deu-lhe um beijinho no rosto e saiu.

Quando chegou a carta de Mattie aquela manhã, Mamah ficou muito feliz. Procurou os horários dos trens no jornal e até pensou que ainda teria de esperar mais um mês para partir. Por volta das duas, logo que sentou à sua escrivaninha para escrever para Mattie, Louise bateu à porta.

— O sr. Wright está aqui, madame. Com outro homem.

Mamah sentiu a caneta começar a tremer na mão. Foi até a sala de estar e encontrou Frank com o desconhecido, olhando para a seqüência de janelas envidraçadas do lado oeste da sala. E foi tomada por uma onda de raiva.

— A linha horizontal é a linha da domesticidade, é claro — Frank dizia.

Mamah pigarreou e os dois homens viraram para ela.

— Sra. Cheney — disse Frank, curvando-se elegantemente. — Perdoe-nos por essa intromissão. Este é o sr. Kuno Francke, acadêmico visitante da Alemanha.

Frank se curvou e beijou-lhe a mão.
– Ele veio da Alemanha para ver o meu trabalho. Já lhe mostrei outras três casas. Importa-se se mostrar-lhe a sua?
– De modo algum.
Mamah olhou furiosa para Frank enquanto o sr. Francke olhava para o teto.
– A sra. Cheney fala alemão fluentemente – disse Frank.
– Ah, é? – disse o homem com um sotaque carregado. – Perdoe-me se assassino o inglês, mas estou praticando. Estou tentando convencer o seu arquiteto que seus talentos são desperdiçados aqui na América. A arquitetura vanguardista na Alemanha está muito acima dos arquitetos modernos daqui. Excetuando o sr. Wright, que acho que é melhor do que eles todos. Seria muito melhor para ele trabalhar na Alemanha agora.
– Bem, não consigo imaginar lugar melhor para ele – disse Mamah. – Agora, se me derem licença, eu estava me arrumando para sair.
Quando ela foi para o corredor, Frank se apressou e a alcançou.
– Encontre-me no campo esta noite. Às nove horas. Por favor?
Ela não respondeu, entrou no quarto e fechou a porta.

Contenha meu coração, Deus da trindade. Faça-me parar. Por favor.
Dirigindo o carro para a pradaria do norte, Mamah se viu rezando em sonetos. Ela olhou em volta com um pouco de esperança de ver um clarão de luz brilhante. Mas o céu estava negro e parado.
Até onde podia ver no escuro, nenhuma fundação fora cavada desde a última vez em que se encontraram. O campo continuava como antes, marcado por algumas estradas, dividido no esquema quadriculado.
Mamah pensou em como saiu de casa.
– Reunião esta noite – ela disse para Edwin.
Usava um vestido simples que não era *plain* nem requintado, apenas um vestido para "reunião".
– Vá! Saia de casa e divirta-se! – ele respondeu.
Agora ela estava sozinha no carro no meio de um campo escuro. Sabia como era a pradaria de dia, touceiras de capim e árvores. Ela

e Frank tinham ousado deitar-se ali no chão ao pôr-do-sol no último verão. Sentiam-se surpreendentemente seguros, escondidos na savana cor de milho, com o cheiro da terra quente em volta. Mas aquela noite, à luz fraca da lua, Mamah só conseguia ver as silhuetas dos carvalhos que espalhavam seus galhos como braços ameaçadores contra o céu noturno.

Eram nove horas e Frank não tinha aparecido. Ela já pensava em ir embora quando viu os faróis de um carro entrando na estrada que dava no loteamento. Uma ansiedade fria tomou conta dela e ela pegou um cobertor do banco de trás.

E se não fosse Frank? E se o empreiteiro tivesse resolvido ir até o loteamento por algum motivo? Como ia se explicar, sentada lá no escuro? Ela abriu a porta e desceu, escondeu-se atrás do carro, enrolada no cobertor.

Contenha meu coração. Contenha meu coração.

O carro parou a uns seis metros de onde ela estava. Mamah espiou pelo lado do pára-choque de novo e viu Frank pular do carro dele e correr para ela. Mamah saiu de trás do carro.

Frank não disse absolutamente nada, ele só a abraçou e a balançou para lá e para cá.

SENTARAM NO STUDEBAKER e ficaram espiando os campos em volta. Os olhos de Mamah tinham se adaptado à escuridão. Com pouca luz, ela conseguia discernir brotos verdes sobressaindo entre as lâminas ressecadas de capim mais velho.

– Você está tão linda agora.
– Psiu.
– Estou falando sério.
– Não tente me seduzir.
– Pensei que você tinha entendido.
– Você podia ter mandado um recado, Frank. Eu tenho vivido um inferno.
– Eu queria procurá-la. Não houve um dia sequer...

Mamah sentiu que alguma coisa se rendeu dentro dela. Segurou a mão dele e passou os dedos nas formas tão conhecidas.

– Ela não vai cumprir o acordo – ele disse. – Ela mergulhou num mundo só dela. Sabe como passa os dias? Enchendo um caderno de poemas sentimentais sobre paternidade e com cachos do cabelo das crianças. Nós não dormimos no mesmo quarto há mais de um ano, mesmo assim ela nem quer ouvir falar de divórcio.

– Tudo isso é muito triste.

Frank ficou calado. Quando falou, sua voz estava pesada de desespero.

– Henry Ford esteve no estúdio esta semana. Na segunda-feira – ele olhou para a janela do carro. – Foi um desastre.

– Por quê? O que aconteceu?

– Ele marcou uma reunião para tratar de uma casa de campo. Quando apareceu, eu simplesmente... eu não consegui demonstrar nem um pingo de entusiasmo.

Ela observou a silhueta do rosto dele.

– Não foi a única empreitada que perdi ultimamente. Eu topei com uma espécie de muro. Simplesmente não posso mais viver assim. Sinto essa terrível tristeza, que terei de passar o resto dos meus dias cuspindo casas em Oak Park até cair morto sobre a mesa.

Ele deu um suspiro abatido, bateu com o dedo no volante do carro.

– É estranho, não é? Que eu tenha um homem da importância de Henry Ford no meu estúdio, que algum reconhecimento aconteça depois de todos esses anos, e que não signifique quase nada...

– Eu compreendo.

– Sabe o que será construído aqui neste terreno um dia? Pequenas caixas cobertas de argamassa que algum babaca vai chamar de "casas da pradaria". Serviço completo, com "janelas Frank Lloyd Wright" compradas por quase nada em alguma vidraçaria vagabunda de Chicago. Você percebe a ironia disso?

Quando ele olhou para ela, viu algo novo, uma mágoa ultrajada.

– Tenho sido um pária nesta cidade desde que me mudei para cá, e agora tenho imitadores! Eles pensam que é só uma questão de tirar as frescuras, como costureiras que reformam vestidos. Os filhos da mãe não têm a inteligência para roubar as idéias certas.

– Os clientes que entendem vão pagar pela obra verdadeira, Frank.

— Sabe o que está errado? — ele passou os dedos no cabelo dela. — Eu quero você, Mame. Perto de mim. Quero sair pelo mundo e ver as coisas com olhos limpos, como fazia quando tinha vinte anos. Estou sentindo que quase não vivi. Preciso de um tempo longe daqui... uma aventura espiritual... — ele ficou quieto, como se calculasse alguma coisa. — Kuno Francke não é o único alemão que está atrás de mim. Há um gráfico em Berlim chamado Ernst Wasmuth. Ele faz livros de arte de alta qualidade e está convencido de que poderia ganhar muito dinheiro publicando uma monografia sobre o meu trabalho. Seria uma declaração do que eu fiz. E se der certo, vai atrair encomendas. Eu não sei. Mas conversei com ele sobre uma viagem para a Alemanha em agosto.

— Ninguém faz o trabalho que você faz, Frank. Uma monografia é o seu bilhete para uma reputação internacional. Você precisa ir. É o seu próximo passo.

— Você não entende. Seria um trabalho enorme preparar tudo. Eu poderia ficar lá um ano.

Dentro dela, a tristeza crescia como uma onda. Ela cruzou os braços e enfiou as unhas na carne.

— Venha comigo, Mamah. Você adora Berlim... você me disse isso. Tire umas férias... mulheres fazem excursões o tempo todo. Chame como quiser. Fique apenas uns dois meses para podermos estar juntos. Podíamos experimentar e ver se funciona.

— Se fosse simples assim... — ela balançou a cabeça. — De certo modo, é mais fácil para você o fato de Catherine saber. Eu quase contei ao Edwin, mas, como você não fez contato nenhum comigo, desisti — Mamah sentiu lágrimas quentes escorrendo pelo rosto até a boca. — Pensei que não me quisesse mais.

— Mamah... — disse Frank, puxando-a para perto.

— Somos dois nessa história — ela disse. — Você não vê que é impossível? Eu não posso continuar de onde paramos, me esgueirando escondida por aí de novo. É um peso muito grande para mim — ela se mexeu sem jeito no banco do carro. — Vou passar um tempo no Colorado, ficar com amigos, Mattie e Alden Brown. Mattie vai ter neném em setembro e precisa de companhia. Vou para lá com as crianças assim que terminarem as aulas do John.

Frank olhou para ela atônito.

– Não vai.

– Vou sim.

– Meu Deus... – ele suspirou. – Olha, eu espero até setembro se souber que...

Mamah balançou a cabeça.

– Eu também preciso sair daqui, Frank, ficar longe de Edwin e de Oak Park. E de você. Preciso acertar as coisas na minha cabeça – ela secou os olhos e deu de ombros. – Preciso encontrar o caminho certo para mim.

Depois de alguns minutos, Mamah viu Frank subir desconsolado no carro dele e esperar enquanto ela acendia os faróis e ia embora. Ela fizera a coisa certa, a coisa mais difícil. Mas não havia nem um pingo de alívio nisso.

CAPÍTULO 8

Mamah e Edwin levantaram a cabeça ao mesmo tempo quando ouviram as marteladas. O sol de junho já estava um forno às oito horas, e o banquinho de concreto estava quente sob seus pés. Havia uma escada bem alta encostada na casa dos Belknap. Sobre ela um carpinteiro afixava cuidadosamente tábuas de madeira numa janela do segundo andar.

– Que estranho – disse Edwin, tirando o paletó e dobrando sobre o braço. – Aquela é uma janela de um closet, não é? Por que diabos eles iam querer fechá-la?

Mamah roeu uma cutícula.

– Não sei.

Ele deu de ombros.

– As pessoas são esquisitas. Uma janela ótima, mesmo dentro de um closet.

Edwin beijou a testa de Mamah e saiu.

Ela se curvou na mureta. Um pica-pau furava uma árvore em algum lugar, como um contraponto às marteladas. Observou brotinhos minúsculos de bordo que tinham nascido no seu canteiro de flores a partir das sementes que voavam com suas "hélices" da árvore do vizinho. Ela desceu e arrancou-os do solo.

Gostaria que você fosse cruel, Edwin, ela pensou. *Gostaria que fosse falso, ou preguiçoso, ou egoísta. Qualquer coisa, menos bom.*

Mamah espiou pela janela e imaginou o que as meninas da casa ao lado tinham visto no último verão. A mão de Frank sobre a dela, um beijo ou coisa pior? E por que os Belknap estavam selando aquela janela agora? Ela imaginou as meninas continuando a espionar no inverno, esperando ver mais. Será que foram flagradas pela mãe e confessaram?

Faltavam só três dias para pegar o trem para Boulder. Três dias. Mas agora ela via claramente o que tinha de fazer. *Quando Edwin voltar para casa esta noite,* ela pensou, *vou lhe contar a verdade. Antes que outra pessoa o faça.*

A irmã de Mamah, Lizzie, apareceu do lado da casa, saindo para algum lugar. Parou ao ver a cara de Mamah.
– Você está bem? Parece doente.
– Não.
– Não o quê? Está doente?
– Você tem um minuto para conversar comigo?

O olhar de Lizzie subiu a escada até a janela entabuada. A expressão dela registrava culpa quando olhou de novo para Mamah, como se tivesse sido pega mentindo.
– Claro que sim, Mame.

Ela largou a bolsa e sentou na mureta.
– Não estou doente, Liz, mas também não estou bem. Tem uma coisa... – Mamah recuou e começou de novo – Ed e eu não temos sido felizes ultimamente. Imagino que saiba disso.

Lizzie abriu a bolsa e pegou um maço de cigarro. Deu um para Mamah, depois levou um tempo acendendo um para ela.
– Isso é sobre Frank Wright?
– Então você sabe – Mamah olhou para o rosto de Lizzie, mas não viu nada, não havia emoção nenhuma como um ovo de alabastro.
– Edwin também sabe?
– Não sei como poderia deixar de notar – o tom de Lizzie era muito tranquilo. – Mas é possível que não saiba.

Mamah ficou olhando para a calçada, com o estômago revirado.
– Eu me perdi, Liz.

A irmã deu uma tragada longa e profunda no cigarro.
– As pessoas cometem erros. Você pode consertar isso.
– Não. Quero dizer, é mais do que o Frank. Eu me casei com Edwin e lentamente... – ela deu de ombros. – Neste momento estou sentindo que se ficar nesta casa, se continuar fingindo muito tempo, o que resta de mim vai simplesmente se desmanchar.

Lizzie olhou nos olhos dela.
– Frank Wright não está resolvendo a sua situação.
– Está sim. Frank me fez lembrar quem eu era antes. Com ele eu posso conversar, Liz. Eu nunca consegui conversar de fato com Ed –

Mamah riu com tristeza. – Às vezes penso que o motivo de termos ficado juntos tanto tempo é que você está à mesa do jantar para manter a conversa fluindo – ela secou um olho com o pulso.

– Vá clarear a sua cabeça, Mamah – Lizzie deu um tapinha no ombro da irmã. – Se quiser, deixe as crianças aqui comigo e tire umas férias.

– Não, quero que vão comigo e elas estão animadas para ir. Mas obrigada, Lizzie.

– Tenho a sensação de que você verá as coisas diferentes, de longe.

Lizzie apagou o cigarro e levou a guimba para a lata de lixo do beco. Quando voltou, passou a mão no cabelo despenteado de Mamah.

– Estou indo para o centro – ela disse, com a voz triste.

Mamah ficou vendo a irmã andando para a rua. Quando a perdeu de vista, olhou para o canteiro de flores ao longo da mureta da varanda. Lizzie e ela tinham plantado juntas na última primavera. Mamah plantou mudas doadas por uma vizinha, de malva-rosa, apentostera, ruibarbo de folhas grandes. Lizzie tinha comprado alissos que formavam um perfumado tapete branco embaixo das gigantes de Mamah e conseguiu, assim, unir toda a colcha de retalhos maluca com um toque suave.

O alisso era pura Lizzie. Ela se movia sem parar nos bastidores, fazendo as coisas funcionarem. Só três anos mais velha do que Mamah, sempre pareceu uma geração inteira mais à frente. Era reservada, muito educada, com a graça tranqüila de sua irmã mais velha, Jessie.

As duas eram estrelas no céu para Mamah quando era pequena. Como filhas mais velhas, tinham sociedade própria, até o dia em que Jessie morreu ao dar à luz. Depois disso, quando Mamah e Edwin pegaram a recém-nascida de Jessie para criar, Mamah e Lizzie viraram uma equipe. O espaço embaixo da nova casa que Frank tinha visualizado como uma garagem embutida tinha se transformado num apartamento para Lizzie.

As pessoas balançavam as cabeças confusas, sem entender por que Lizzie não tinha se casado. Imaginavam em voz alta se aquela maçã perfeita estaria bichada, talvez um coração amargo devido a algum amor antigo. Mamah sabia que não era isso.

Houve pretendentes sim, mas Lizzie preferia sua independência. Ela adquiriu uma família por acaso. Para que precisava de um marido? Gostava de sair todo dia para o trabalho, ela era professora na Irving Elementary School. Gostava de voltar para casa, fumar seus cigarros o quanto quisesse, sem ter de pedir licença para ninguém. Ela fazia sua parte – mais do que sua parte – na criação da pequena Jessie. Depois da morte da irmã delas, Lizzie assumiu os papéis que Jessie havia desempenhado: organizava as férias, fazia os álbuns de fotos, lembrava-se dos nomes das tias-avós, era guardiã das histórias dos Borthwick.

Lizzie era a melhor tia para John, Martha e Jessie que eles podiam esperar. Mas a vida em família acontecia no andar de cima. Sem dizer palavra, ela treinou todos eles a respeitarem sua privacidade. Seus aposentos lá embaixo eram sagrados. Só ia alguém lá quando era convidado.

No Natal, Mamah adorava entrar no mundo de Lizzie. Cada centímetro quadrado do apartamento ficava coberto de fitas, papel, caixas de presentes embrulhadas ou para serem embrulhadas. Ela era assim... tremendamente generosa. Ela pagou grande parte dos estudos de Mamah com seu parco salário, e tinha muito orgulho disso. Mas não era o tipo de pessoa que exigia retorno, mesmo quando se ressentia de seu salário ser mais baixo do que dos professores homens. Ela nunca foi defensora do sufrágio feminino, mas seu coração era pela causa. Era reservada em relação às suas opiniões.

Não, Lizzie preferia viver discretamente, cuidando das suas coisas com prazer, suas delicadas antenas avisando para sair de uma sala quando a conversa ficava particular ou constrangedora. Ela morou com Mamah e Edwin quase a vida toda deles. Pela primeira vez Mamah se deu conta de que outras mulheres podiam considerar isso um fardo. Mas não foi, nem um segundo. Todos amavam Lizzie, especialmente as crianças. Edwin tinha muito apreço por ela, e ela retribuía.

Era ela que devia ter se casado com Edwin, pensou Mamah. *Lizzie seria uma grande companheira para ele.*

Ela entrou em casa e escreveu uma carta para Mattie.

Boa notícia. Resolvi ficar aí mais do que duas semanas. Você acha que encontra uma pensão para as crianças e para mim? Se passarmos o verão em Boulder, eu me recuso a sobrecarregá-la com a nossa hospedagem o tempo todo. Fará isso por nós, querida Mattie? Estamos todos loucos para vê-los.

Carinhosamente,
Mamah

CAPÍTULO 9

Edwin estava parado numa faixa de luz empoeirada na plataforma do trem. Como todos os outros homens, usava um terno leve de verão, mas, para Mamah, parecia que ele ia pegar fogo. O rosto vermelho pingava suor. Cerrava e abria os punhos. Ele olhava fixo através dela, para a plataforma de embarque onde carregadores subiam com malas e crianças nos degraus prateados da Rocky Mountain Limited. John apoiava-se num poste poucos metros dali, espiando os pais.

– Sinto muito, Ed – sussurrou Mamah.

Ela segurava Martha no colo, e a menina tinha apoiado a cabeça suada no seu ombro.

– Alguns meses longe devem clarear as coisas.

– Por que você está fazendo isso conosco? – Edwin rosnou.

Mamah deu as costas para ele, mas Edwin continuou sussurrando com raiva, falando na nuca dela.

– Você pensa que é a primeira a cair de amores por aquele babaca? *Pelo amor de Deus*, tenha juízo.

– Ed, por favor. Preciso de um tempo.

– Se ele aparecer por lá, que Deus me ajude...

Ouviram o apito de um trem. Os últimos passageiros estavam embarcando. Ela pôs Martha nos braços dele para que a abraçasse, viu o corpo de Ed ficar mais relaxado quando beijou a cabeça da menina. Ele chamou John e abaixou-se para beijá-lo.

Quando chegaram nos seus lugares, o trem já estava em movimento. As crianças se debruçaram nas janelas, acenando. Com uma das mãos segurando o chapéu e a outra levantada em adeus silencioso, Edwin foi diminuindo e depois desapareceu quando o trem finalmente partiu.

Martha ficou inquieta em todos os cantos do compartimento quando o trem saía ruidosamente da cidade, passando pelos currais onde homens de avental fumavam, do lado de fora de galpões. Mamah chamou a atenção para um cachorro deitado à sombra do toldo de uma quitanda, um poste de barbearia rodando com o vento, qualquer coisa para distrair a filha enquanto o trem passava pelos subúrbios onde não havia mais postes telefônicos, onde começavam os celeiros velhos cheios de feno, pelas ravinas e florestas e campos de trigo, pelas pequenas casas das fazendas onde havia mulheres ao lado de varais com camisas infladas de vento, com a mão na testa para proteger os olhos do sol. Quando a agitação de Martha diminuiu, Mamah afundou na sua poltrona, exausta.

Meia hora depois de sair da cidade, o aceno chocado de Edwin já a atormentava. Naquela última semana ela torturou a alma do seu bom marido e não conseguia esquecer a crueldade disso. Repassou inúmeras vezes na sua cabeça o momento em que lhe contou tudo. Ele quase caiu com o golpe, como um soldado que levasse uma bala de canhão na barriga. Ele afundou na cama deles e ficou olhando incrédulo para ela.

Horas depois, quando ele começou a falar, ele a interrogou, tentando juntar todos os pedaços. Como é que uma coisa dessas podia ter acontecido? Para ele não tinha sentido nenhum.

Nem Mamah nem Edwin dormiram aquela noite. Conversaram, discutiram, até meia-noite, quando ele foi desesperado para o armário das bebidas, pegou uma garrafa e saiu pela porta lateral. Quando Mamah entrou no quarto por volta das três da madrugada para pegar um cobertor e dormir no sofá da sala, viu o brilho da brasa do charuto dele lá fora, tremeluzindo no escuro.

Na manhã seguinte sentaram cara a cara no quintal dos fundos para poder conversar com privacidade. As crianças ainda estavam em casa, mas Louise tinha farejado uma mudança na maré da casa assim que chegou, por isso tratou de levá-las para o parque mais cedo.

Mamah estava melhor do que ele aquela manhã. Conseguiu tomar um banho, pôs uma saia nova, brincos. Ele estava sentado na mesma cadeira de jardim que havia ocupado a noite inteira, com os ombros que pareciam de urso, curvados e inclinados para frente, os cotovelos apoiados nos joelhos. Um dos sapatos estava desamarrado. Restos de charuto no chão em volta dele, fumados até o toco.

De vez em quando ele passava um lenço nos olhos. Mamah jamais tinha visto Edwin chorar, nem uma vez sequer em dez anos de casamento, e agora ele soluçava intermitentemente.

– Você me amava naquela época, tenho certeza disso – ele disse.

Atrás dele, pela janela aberta do quarto dos dois, ela viu a empregada tirando a roupa da cama. Mamah apertou os lábios.

– Na escola – ele disse –, eu sabia que era o cara desengonçado, e você era a... Você era tão linda... Eu a via parada nos degraus, conversando com alguma outra menina inteligente... – ele balançou a cabeça. – E todos aqueles anos depois, quando viajava até você em Port Huron? Eu realmente acreditava numa nova era. Acreditava que estava salvando você daquela cidade atrasada. Eu queria trazê-la para a cidade grande e dar-lhe tudo que você merecia.

Edwin fixou os olhos nos dela.

– Você se lembra de quando nos casamos? Eu tinha ido ao dentista, ele extraiu dois molares, voltei para casa e deitei no sofá. Pus a cabeça no seu colo e você leu para mim... um livro inteiro. Foi um dos momentos mais felizes da minha vida.

Mamah continuou em silêncio. Se fossem agora o que tinham sido antes, ela poderia brincar e dizer, você estava sob efeito da morfina. Em vez disso, ela respirou devagar e apenas engoliu. Devia isso a ele e muito mais.

– Eu nunca lembro o nome do livro – ele continuou –, mas lembro que a história era sobre um casal que vivia numa ilha, só os dois. Eles plantavam o que comiam e construíram a própria casa. Você disse que queria fazer isso comigo um dia – os olhos dele se encheram de lágrimas de novo. – Eu lhe dei as coisas erradas, não foi? – Edwin abriu o braço apontando para a casa.

Mamah olhou para suas mãos no colo, postas como as de uma penitente. Descruzou os dedos.

– Apenas aconteceu, Ed. Não é culpa sua.

Da janela do quarto de Martha uma risada ecoou nas paredes.

Edwin estava com a cabeça abaixada, na frente dos joelhos de Mamah, amarrando o cadarço do sapato. Os poucos fios de cabelo que ele sempre penteava para trás, por cima da calvície, agora pareceram absurdos, como cordas em um banjo. Por um breve momento, ela quis pôr a cabeça dele no colo, acariciá-la. Mas quando ele levantou os olhos, tinham uma expressão de raiva.

– Pode levar nossos filhos para o Colorado com você – ele disse. – Mas nem pense que vai conseguir a custódia deles.

Linhas e mais linhas de milho do Illinois se abriam no horizonte como raios verdes de uma roda que não parava de girar. Em toda a extensão do campo a oeste de Chicago, a terra preta se separava do céu com uma linha reta feita a lápis.

– Lá vamos nós para as Rochosas – ela disse baixinho.

John segurava Martha enquanto ela colava o nariz na janela. Ele estava se comportando de modo muito mais carinhoso com a irmã do que de costume. Mamah tinha certeza de que ele tinha percebido a crise na casa naquela última semana. Aos sete anos de idade, John era a criatura mais simpática e sensível que ela havia visto. Mesmo quando era bebê, ele observava tudo. Cuidadoso, reservado. Quando tinha seis meses de idade, ficava sentado no colo dela, com uma exclamação de cachos castanhos no topo da cabeça que em volta era toda careca, e observava. Ela se lembrou de quando fraturou o tornozelo numa queda de bicicleta. John tinha quatro anos na época. Ele entrou no quarto dela e a encontrou deitada com o pé enfaixado e elevado numa roldana. Ele ficou parado na porta com expressão de pena e disse, simplesmente:

– Dói em mim.

Ela estendeu a mão e acariciou as costas do filho.

– Seu avô era homem de trens, sabia?

– Você sempre diz isso. Mas o que ele fazia?

– Bem, ele não foi sempre homem de trens. Primeiro foi arquiteto, depois construtor de carruagens – Mamah contou, injetando animação na voz. – Mas quando os trens da Chicago & North Western passaram por Boone, ele se empregou na estrada de ferro. Ele consertava qualquer coisa, e se aperfeiçoou no conserto dos trens. Em pouco tempo, ficou encarregado de todos os homens que consertavam os trens da North Western.

– Foi por isso que vocês saíram de Iowa?

— Acho que foi. Papai começou a trabalhar na estrada de ferro mais ou menos quando eu nasci. E eu tinha seis anos quando saímos de lá. Talvez já fosse encarregado de tudo nessa época.

— Como era Boone?

— Nós morávamos numa casa velha no campo. Foi lá que eu nasci. Lembro que tínhamos galinhas e eu é que tinha de pegar uma para o jantar. Usava um pedaço comprido de arame que dobrava na ponta e enganchava nas pernas da galinha. Era uma fazenda e nós éramos livres. Pegávamos cobras venenosas e tirávamos o couro, com a ajuda do meu pai, é claro. Não tínhamos medo das coisas selvagens, sabe, porque nós também éramos meio selvagens. Meu pai tinha uma lei: qualquer coisa que encontrássemos, podíamos criar. Uma noite uma rata teve ratinhos, umas coisinhas cor-de-rosa, e a mãe fugiu. Então nós os alimentamos com conta-gotas e quisemos mantê-los, mas eles fugiram também. Minha irmã gostava dessas enormes lagartas de tomate, as com chifres... nossa, como eram feias. Mas eram as queridinhas dela. Tivemos um gambá por um tempo e demos o nome de Petúnia, mas não serviu bem como animal de estimação.

"Naquela fazenda parecia que a cada meia hora ocorria algum grande evento. Alguém gritava, venham ver!, e todos corriam. Podia ser uma tartaruga pondo ovos, ou uma cobra trocando de pele, ou alguém que tinha capturado o maior sapo-boi."

— O que mais?

— Bem, um ou dois dias antes de sairmos de Boone, eu pus um bilhete embaixo de uma tábua solta do assoalho no meu quarto. Dizia: meu nome é Mamah. Espero que você seja uma menina. Assinei meu nome completo e pus a minha idade.

— Você acha que ela encontrou o bilhete?

— Ah, eu nem sei se houve uma menina lá. Mas esperava que sim. Eu queria que alguém soubesse que eu tinha morado lá. Esperava que a menina espiasse o caminho através do capim da pradaria pela janela e pensasse, *Mamah deve ter andado por esse caminho*. E então, quem sabe, ela seguiria o caminho e encontraria o que eu deixei lá.

— O que você deixou lá?

— É segredo.

— Não — ele gemeu.

Mamah deu risada.

— Mas vou contar para você. Eu arrastei um tapete velho e uma cadeira para o campo. Nós saímos de lá em agosto, o capim estava alto, acima da minha cabeça. Não dava para ver aquele tapete e a cadeira, a não ser que você estivesse explorando por lá. Mas se encontrasse e se sentasse, ia descobrir um quartinho particular ali. Quando o capim crescia, formava paredes em volta.

— Por que você fez isso?

— Eu não sei. Por que as crianças estão sempre construindo esconderijos? É você que vai responder.

John pensou um pouco.

— Porque gostamos de ter lugares secretos que talvez só os melhores amigos conheçam.

— É claro — ela disse. — Tinha quase me esquecido disso.

Mamah não conseguia andar de trem sem pensar no pai. Ele passou quarenta anos mantendo os vagões da North Western funcionando bem e rodando seus milhares de pares de rodas em uníssono sobre uma vasta rede de trilhos todos os dias, o ano inteiro. Quando ele morreu, tão de repente, pegou todo mundo de surpresa. A companhia inteira foi ao seu enterro, desde o presidente até os mecânicos que cuidavam de meia dúzia de vagões Pullman.

Desde quando era muito pequena, Mamah compreendeu que seu pai era íntegro e confiável. Ele dava muito valor a essas qualidades, e as reconheceu em Edwin quando ele entrou para a família. Ed e o pai dela não eram apenas família, mas bons amigos. O que Marcus Borthwick pensaria daquela confusão toda se estivesse vivo?

Naquele instante surgiu uma imagem em sua cabeça, de Lizzie e Edwin, perdido, se esbarrando na casa vazia da East Avenue. *Será que vão continuar a jantar juntos?*

Sentiu que as lágrimas afloravam e empurrou suas lembranças para onde estavam antes, aquele lugar em que ela estava com doze anos outra vez, saída da escola e sentada perto da janela de um trem, com o cheiro do trigal nas narinas. O apito de um trem podia fazer suas pulsações acelerarem naquele tempo. Significava um desconhecido com histórias para contar e bife fumegante na louça pesada e branca do vagão-restaurante. Agora bastava que o apito a distraísse da confusão que deixara para trás em Oak Park.

Ela pensou no anúncio da Rock Island Line que chamou sua atenção na manhã seguinte à chegada da carta de Mattie. Na ilustração, uma jovem reclinada e pensativa, com o queixo apoiado na mão, espiava pela janela de um trem e via montanhas e nuvens brancas e gordas.

Férias no planalto do continente, dizia o anúncio. *Valerá a pena por todas as idéias que terá e a energia a mais que sentirá o resto do ano.*

Lá fora, Mamah viu uma fileira de bétulas amarelo brilhante, eletrificadas pelo sol do fim de tarde. *Se existe alguém que precisa de novas idéias*, ela pensou, *esta sou eu.*

MARTHA AINDA ESTAVA AGITADA e se recusava a dormir. John tirou um barbante do bolso e a divertiu com uma cama de gato. Quando ela cansou disso, inventou com que se entreter. Começou a empurrar John, até ele se levantar e rolar os olhos nas órbitas.

Agora Martha empurrava as pernas de Mamah.

– Sai, mamãe – ela insistia. – Sai você.

– Não, eu não vou sair daqui, Martha. Esses assentos são para todos nós.

– Sai! – Martha já estava berrando.

Mamah continuou estoicamente sentada enquanto a menina de três anos atacava suas pernas, depois rolou pelo chão do vagão com seu vestido amarelo, aos berros.

– John – Mamah sussurrou perto da orelha do filho. – Deixe ficar. Ela vai se cansar e depois pára.

John sorriu, satisfeito de ser o bom filho.

Martha continuou a berrar até seu corpinho estremecer com soluços secos.

– Quer subir aqui, Martha? – perguntou Mamah.

Ela subiu na poltrona e pôs a cabeça no colo da mãe. Mamah fechou os olhos, que ardiam.

Quando Martha acordou, Mamah levou as crianças até a locomotiva, onde o maquinista tocou o apito para eles. No jantar, Martha reclamou de uma dor de estômago e começou a chorar de novo. Mamah retirou-se com ela para a cabine e John ficou brincando à mesa de jantar com um menino da idade dele.

Na cabine, Martha berrava de dor. Mamah vasculhou a memória, tentando se lembrar das últimas horas em casa. O intestino dela tinha funcionado antes de sair? Mamah não prestou atenção. Só Louise saberia, porque Martha não ia falar. Mamah levou-a para o banheiro. A porta abria e fechava quando o trem balançava nos trilhos. Martha deu uma espiada no buraco escuro e fedido do assento de madeira e abriu o berreiro.

O que Louise faria?

– Vou fazer com que se sinta melhor, querida – disse Mamah, abaixada, segurando a porta com um pé e Martha com as mãos para ela não cair, que era seu medo. Ela nem fez força.

– Vou lhe dar uma bala. Quer uma?

Martha só berrou mais alto, agarrada a ela, apavorada. Quando os gritos se transformaram em gemidos, Mamah desistiu e levou-a de volta para a cama.

Quando passaram por Nebraska, ela se sentiu enganada pelo apelo romântico do anúncio. Pensou no título de outro que tinha visto: COLORADO CRIA HOMENS NOVOS. Quando saiu de Chicago alimentou a esperança secreta de que Colorado tivesse o mesmo efeito nas mulheres.

O trem seguia balançando e as crianças dormiram na paisagem deserta de Great Plains. Mamah dormiu assim também quando era criança, num trem. As batidas, o balanço e o ruído do vagão-dormitório eram música para ela. Agora a mantinham acordada. Mamah pensou em recomeçar, iniciar uma nova viagem na manhã seguinte. Imaginou um café-da-manhã reforçado para todos, depois mergulhou, finalmente, num sono vazio e profundo.

CAPÍTULO 10

Passaram para a Rock Island Line, em Denver, e depois para a Union Pacific até Boulder.
— Estamos perto de onde vamos? — perguntou Martha desamparada quando subiram no trem.
— Ah, muito perto — disse Mamah, erguendo-a nos degraus.
As crianças e ela se sentiram mimadas nas largas poltronas luxuosas do vagão novo em folha, com a forma de um torpedo. Martha aceitou usar o banheiro. John abriu uma das janelas ovais e ficou sentado, sorrindo, com o cabelo açoitado pelo vento.
Na estação de Boulder havia uma multidão na plataforma. Mamah não tinha certeza se reconheceria Alden Brown. Não o via fazia sete anos, desde que se casara com Mattie. De repente, um homem com um belo terno, uma pequena barba pontuda, gritou como um tropeiro e depois os sufocou com mil abraços.
— Você não é a única celebridade que chega hoje — disse Alden enquanto abriam caminho no meio da multidão.
Ele pegou Martha no colo e pôs em cima dos ombros.
— O reverendo Billy Sunday deve estar chegando na cidade a qualquer minuto — ele piscou. — Querem esperar um pouco?
Mamah deu risada.
— De jeito nenhum.
Fora da estação, ele empilhou as malas no carro. Mamah observou Alden enquanto subia a ladeira para longe da estação. Ele parecia mais um banqueiro do que um engenheiro de minas, ela pensou.
Houve um tempo em que Mamah acreditava que Mattie era louca de casar com um homem mais jovem que parecia em tudo errado. Alden Brown estava acostumado a viver em barracas com mais dez homens perto do último projeto de mineração, e não numa cidade com ruas asfaltadas e uma agência de correio. Mattie já tinha viajado para Paris e para Nova York. Ela adorava teatro. Estava com trinta e dois

anos de idade quando se casou com ele, idade suficiente para saber que não era uma boa. Como é que ia levar a vida com um homem assim?

Alguns anos antes, Mattie mandou para Mamah um retrato dela com seu novo marido na frente da casa deles em Boulder. Era um belo bangalô, de madeira e telhas, numa fila de belas casas novas. A foto tranqüilizou Mamah. Agora eles estavam chegando nessa mesma casa na Mapleton Street. Um menino e uma menina louros pularam da varanda e correram para a rua.

– Mattie está lá em cima – disse Alden. – O médico a mandou descansar todas as tardes – ele descarregou as malas. – Suba. Ela está muito animada.

Mamah subiu a escada correndo e encontrou a amiga sentada na cama, sorrindo de orelha a orelha. Esfregou as mãos na barriga e depois lançou-as para o alto, num gesto que indicava: o que posso dizer?

– Mattie – disse Mamah quando viu a amiga. – Você está parecendo...

– A Lucrécia depois do estupro?

– Bem... você está começando a... amadurecer.

Mattie recostou nos travesseiros, mortificada.

– Pobre Mattie – a testa de Mamah franziu com simpatia.

Então ela deixou escapar o riso que segurava e logo as duas choravam de tanto gargalhar.

– Não me faça molhar esta cama – gritou Mattie.

– Está bem, então, vamos falar sério. Trouxe o remédio.

Mamah enfiou a mão na bolsa e tirou uma caixa de chocolates.

– Como fez isso?

– Bem, persuadir o carregador do vagão-restaurante a pôr no gelo foi a parte fácil. Você sabe quantas vezes eu quase usei esses bombons como suborno para manter a paz?

A porta rangeu e o filho de Mattie, Linden, enfiou a cabeça no quarto.

– Entre, querido – disse Mattie.

Linden entrou na ponta dos pés, seguido pela irmã, Anne e mais John e Martha.

Mamah levantou a filha e pôs no colo.

– Conheça sua xará, Mattie. Senhorita Martha Cheney.
Mattie abriu um sorriso enorme.
– Quantos anos você tem?
– Três – respondeu Martha.
Os lados e a frente do seu cabelo castanho estavam presos com uma fita branca.
– Bem, então você é grande. E se parece mais com sua mãe do que ela mesma, menina.
– A natureza providenciou o empate – disse Mamah. – Estou criando a mim mesma.
– E você, rapazinho, você é a cara do seu pai.
– Eu sei – disse John.
– Então deve desprezar chocolate.
– Não – John arregalou os olhos. – Eu adoro chocolate.
– Ah, então tem um pouco da sua mãe em você – Mattie abriu a caixa, pôs as pernas do lado da cama e se levantou para passar a caixa de bombons meio derretidos.
Quando todos pegaram um, Mattie afundou numa poltrona perto da cama.
– Jessica não veio nessa viagem?
– Ela está passando umas semanas com os pais do pai dela.
– Linden, quer mostrar para John e para Martha onde eles vão dormir esta noite?
Quando as crianças saíram correndo do quarto, Mamah tirou da bolsa um livro.
– Mais remédio – ela disse. – Trouxe pelo título, *O eremita e a mulher indomável*. Me fez lembrar de você.
– Pelo que lembro, você é que era a mulher indomável. Então eu sou a eremita aí?
Mattie pegou o livro.
– É de contos... Perfeito. Estou com a capacidade de concentração de uma pulga.
– Eu leio para você.
– Oh, Mamah. Acredite ou não, eu ainda sei ler.
– Eu vim para ajudar.

— Eu sei. E vai ajudar, só por estar aqui. Não sou uma inválida. Podemos fazer caminhadas. Mas durmo muito. Você vai precisar de alguma distração.

— Achei que podia caminhar pelas montanhas.

— Há milhões de coisas para se fazer aqui. Quero que você saia e aproveite. Minha babá pode cuidar das crianças.

QUANDO ABRIU OS OLHOS na manhã seguinte, Mamah ficou aliviada de ver que estava sozinha no quarto de hóspedes de Mattie e Alden. O quarto era todo branco, as paredes, os lençóis, a mobília pintada. A única cor entrava pela janela de frente para a cama, e era o castanho moreno das escarpas Flatirons.

Ela percebeu que se sentia em casa naquelas montanhas. As subidas e descidas combinavam com sua paisagem interior, nos melhores e nos piores momentos. Era a promessa de alguma coisa logo depois do cume que a atraía. Tão diferente das pradarias de Illinois e de Iowa, onde dava para ver tudo de uma vez, até onde a vista alcançava.

Naquele primeiro dia, a vida em Boulder provava ser tudo que ela esperava. A menina e o menino de Mattie tinham idades mais próximas de Martha, mas John brincava com eles como se tivesse três anos de novo, em vez de sete. Quando Mamah ouviu o carro de Alden se afastar, ela desceu.

Não importava onde Mattie morava, refletiu Mamah, se era numa pensão ou numa bela casa. Ela possuía um jeito de pendurar samambaias ou quadros de paisagens que criavam uma sensação de aconchego que Mamah invejava.

Num lance da escada, ela parou para examinar duas fotos nas quais não tinha reparado na véspera. Eram imagens misteriosas que pareciam, à primeira vista, pinturas em preto e branco. Em um delas, uma montanha coberta de neve tinha um brilho sobrenatural, contrastando com o primeiro plano bastante escuro, em que mal dava para discernir uma mula pastando. Mamah levou a foto com ela para a sala de jantar.

— Explique isso para mim.

— Nem diz oi?

Mattie comia uma torrada, com o cabelo louro afastado do rosto cheio de sardas. Era sempre assim com elas, continuavam a conversa de onde tinham parado anos antes sem o menor esforço. Guardavam as verdadeiras conversas entre as duas, uma para a outra, às vezes durante anos.

Acho que me separei de Edwin, Mamah queria dizer. *Amo outro homem.* Em vez disso, ela disse:

— Bom dia, Mattie. Agora me diga o que é isso.

— Chama-se pintura com luz. É o que eu costumava fazer assim que nos mudamos para cá. Quando eu morei em Nova York, estudei fotografia com um homem que usava esse método. Depois que você amplia uma foto, pinta com uma mistura de cola: goma arábica e dicromato de potássio. Uma camada grossa dessa coisa faz com que a imagem pareça granulada, como num sonho. Essa camada fina faz com que fique menos granulado, mas mesmo assim irreal — Mattie suspirou. — Eu adoro fazer fotos de paisagens, mas não faço desde que tive Linden.

— Por quê?

— Ocupada demais, eu acho. "Mimando meus tesouros", como diz Alden. Você acha que eles são mimados?

— Seus filhos? De jeito nenhum — Mamah segurou a foto contra a luz. — Mas isso. Isso é maravilhoso, Mattie. Eu quero ir a esse lugar.

— Não fica longe daqui. Levo você até lá um dia desses.

— Você precisa dar um jeito de voltar a fazer esse trabalho. Porque você tem um dom para isso.

— Obrigada.

— Admito isso dominada pela maior inveja. Adoraria ter algum dom artístico só meu, algo que me fizesse viajar.

— Você não está traduzindo nada?

— Ultimamente não.

— Mas continua ativa no seu clube.

Mamah rolou os olhos.

— Fazendo origami para decorar o Dia dos Namorados.

— Ai, pare com isso. A última vez que escreveu, você estava preparando uma leitura. *A megera domada?*

— É, para um bando de mulheres que pensavam no almoço. É a culminação de todos aqueles anos na universidade, não é mesmo? E não vamos esquecer o ensaio que eu fiz no ano passado sobre Goethe com Catherine Wright.
— Sua amiga que é casada com o arquiteto, certo?
— Essa mesmo.

E lá estava, a primeira migalha. Mamah sabia que ia deixar cair mais migalhas até haver a grande evidência entre elas. E então provavelmente contaria tudo, porque nunca tinha sido capaz de guardar segredo de Mattie. Mas nunca teve um segredo tão amaldiçoado. *Posso perder a amizade que mais prezo.*

Aquela noite ela ficou deitada sozinha no quarto branco, imaginando as perguntas de Mattie. *Como é que chegou a esse ponto?* Ela explicava e explicava de novo na sua cabeça, mas parecia tudo inadequado.

Porque simplesmente chegou, Mattie. Porque algumas coisas são inevitáveis.

CAPÍTULO 11

— Quando começou?
Mattie estava sentada na cama. Tinha questionado calmamente Mamah naqueles últimos minutos. Edwin sabia? A mulher de Frank sabia? A não ser pelos cachos de cabelo dourado frisado que escapavam dos rolinhos dos lados da cabeça, ela era a imagem da serenidade.
Mattie não se chocava com facilidade. Os raios a tinham atingido com tanta freqüência que, quando tinha dez anos, ficou impermeável a surpresas. A mãe morrera quando ela estava com dois anos. Depois um irmão e uma irmã morreram e sobrou apenas um irmão, uma madrasta e um pai que parecia resistente ao choque como ela. Mamah passou boa parte do tempo de faculdade tentando provocar alguma reação na companheira de quarto.
Não desejava isso agora. Andava de um lado para outro no quarto, compondo e recompondo a história.
– A nossa amizade simplesmente evoluiu. Ele chegava para discutir os projetos e acabávamos em algum lugar completamente diferente, conversando sobre qualquer coisa. Ele é apaixonado por tantas coisas... educação, literatura, arquitetura, música. Ele adora Bach.
– É claro – Mattie piscou seus cílios claros.
– Era fácil conversar com ele e ele se abria. O pai tinha morrido duas semanas antes de Frank começar a construir a nossa casa. Ele mencionou a morte dele um dia, ao acaso, e não parecia perturbado com isso. Eles não eram muito chegados porque o pai tinha largado a família quando Frank tinha uns seis ou sete anos. Mas eu acho que a morte do pai deixou-o reflexivo, porque ele passou a conversar muito comigo desde então.
– Sobre...
– Sobre a infância, na verdade sobre suas férias de verão na fazenda de um tio no sudoeste do Wisconsin. Que ele aprendeu a amar a pradaria e as montanhas de lá. Como resolveu ser arquiteto. E falou

sobre o casamento com Catherine. Já estava ruim havia muito tempo. Eles simplesmente se distanciaram... ela envolvida com os filhos, e ele com o trabalho. Bem, e foi assim que aconteceu. Eu também falei de mim para ele.

Mamah continuou a andar de lá para cá, relembrando em voz alta o dia em que abriu a caixa de lembranças, uns cinco anos antes. Quando olhou para Mattie, viu que ela franzia a testa.

– Você o seduziu com os pequenos leitores de alemão?

– Não, não, foi só dois anos depois... – Mamah despencou na cadeira e escondeu o rosto nos lençóis na beirada da cama. – Oh, meu Deus, Mattie, em que confusão eu fui me meter.

– Ufa – assobiou Mattie. – É mesmo.

– Foi tão fácil entrar nessa – Mamah disse, balançando a cabeça. – Frank tem uma alma imensa. Ele é tão... – ela sorriu para ela mesma. – Ele é incrivelmente gentil. E ao mesmo tempo muito másculo e galante. Algumas pessoas pensam que ele é um egoísta colossal, mas ele é brilhante e odeia falsa modéstia. Só que comigo ele é realmente bastante humilde. E despretensioso – Mamah vasculhou as feições neutras da amiga e não viu nada. – Ele é um visionário, Mattie, e vai ser famoso algum dia por desenvolver a arquitetura verdadeiramente americana. Ele se recusa a compactuar com tudo que detesta, por mais rica que você seja. Ele escolhe os clientes, tanto quanto eles o escolhem.

Mattie levantou as sobrancelhas.

– Ah, entendo como funciona. Ele faz você sentir que é brilhante porque o contratou.

– Não é lisonja, Mattie. Ele descobre quem você é, como qualquer bom arquiteto faz. Seus hábitos, seus gostos. Ele se informa e depois orienta, ensina para você. É um processo. Em pouco tempo você passa a ver o mundo através de novos olhos.

Mattie parecia cética.

– Eu sei que tudo isso parece um monte de besteira para você, mas a verdade é que ele mostra que você pode viver de um jeito muito melhor. Que você pode ser muito melhor. Não se pode ter uma conversa com Frank sobre arquitetura sem que caia na natureza. Ele diz que a natureza é o corpo de Deus, e que é o mais próximo que vamos chegar do Criador nesta vida – as mãos de Mamah desenhavam linhas no ar. – Algumas casas dele parecem mais árvores do que caixas. Ele projeta o telhado em balanço, de forma que o seu largo beiral funcione como abrigo, como se fossem galhos de uma árvore. Ele faz o mesmo com os terraços, projetando-os para fora da casa, em balanço, se é que dá para você imaginar. Suas fachadas são seqüências de janelas e de portas, com os mais maravilhosos painéis de vidro com motivos de flores abstratas da pradaria. Todo esse vidro dá a sensação de que você está vivendo livre na natureza, e não separada dela.

Mamah se levantou e recomeçou a caminhar, ainda movendo as mãos.

– Gostaria que você pudesse experimentar uma das casas dele. Ele gosta de esconder a porta para você ter de encontrar. Ele a atrai e depois a surpreende. Ele chama isso de "o caminho da descoberta".

Mamah fez uma pausa e lembrou-se nitidamente da primeira vez em que ela e Edwin foram visitar o estúdio de Frank. Ele os encontrou na frente da casa, do lado de fora, onde havia uma placa de pedra gravada FRANK LLOYD WRIGHT, ARQUITETO, e pássaros que pareciam cegonhas montavam guarda dos dois lados de um pórtico afastado. Uma pequena porta à direita dava para um vestíbulo baixo e escuro, com paredes em estuque ouro queimado e com teto envidraçado que permitia a entrada de pequenos raios de luz amarela e verde. A cabeça de Ed quase encostava no teto de vidro. Frank sorriu quando Edwin levantou o braço e tocou no teto com a mão.

– Por que tão baixo? – perguntou Edwin.

– Suspense antes da surpresa – disse Frank. – É criado para dar sensação de intimidade. Para que a pessoa que tem, digamos, um metro e setenta passe por aqui confortavelmente.

– É a sua altura? – Ed perguntou.

– Prerrogativa do projetista – Frank responde, sorrindo.

Quando saíram desse vestíbulo e entraram no estúdio na frente da casa de Wright, Mamah levou um susto com a súbita abertura de espaço e de luz, a "surpresa" à qual ele aludira. Mas foi quando entraram no estúdio, com as paredes subindo dois andares e com um mezanino suspenso por correntes de ferro, que ela soube que iam contratar Frank Lloyd Wright para projetar a casa deles.

Agora Mamah estava espiando pela janela do quarto de Mattie.

– Se você visse uma das casas dele – ela disse, recuperando o fio da conversa –, não ia rir quando ele dissesse que a lareira é uma espécie de altar da família. É o coração da casa.

– É o coração do *dilema* dele – resmungou Mattie. – Os valores do homem voaram direto para fora de suas janelas abstratas.

– Eu sei o que parece. E vejo a sedução que representa, Mattie. Se eu dou valor ao trabalho de Frank Lloyd Wright, então sou uma pessoa de peso e substância. Não sou totalmente burra. Eu vi as mulheres cujos corações disparam quando ele entra numa sala. E ele excita os homens também. Ele tem um jeito de despertar as células.

– Você está confundindo a obra com o homem?

– Certamente que não.

A voz de Mattie ficou meio incerta enquanto ela mexia na bainha do lençol.

– Há quanto tempo vocês estão...

– Íntimos? – Mamah desviou o olhar e, quando virou de novo, viu a pergunta nos olhos da amiga. – Martha é filha do Edwin, Mattie – Mamah sentiu o rosto pegar fogo.

– Desculpe, Mame. Não quero tornar as coisas ainda piores do que já são.

O QUARTO ESTAVA FRIO quando Mamah voltou. Ela levou um prato de sopa.

– É constrangedor – disse Mattie –, conhecendo Edwin tão bem.

– Eu sei. É terrível. Você me odeia?

– Não, mas você me assusta. Acho que sempre assustou.

– Por quê?

– No colégio você já parecia temerária... sempre entrava em discussões sobre o sufrágio universal e tudo. Eu estava ocupada demais procurando um marido para ficar discutindo com qualquer um dos pretendentes. Você parecia não ligar para isso.

– Não é que eu não quisesse me casar. Eu *gostava* dos homens.

– Gostava? Você se apaixonava por um novo a cada duas semanas.

– Só no colégio. Não em Port Huron. Meus candidatos já tinham diminuído muito na época, você lembra. Mas sim, eu adorava a atenção no colégio. Você não? Era tão bom.

– Ah, eu estava procurando terra firme naquele tempo. E você? Você procurava outra coisa.

– Bem, pode me condenar agora? É maravilhoso se sentir desejada. Na realidade, dá uma sensação de poder.

Mattie mexeu a sopa lentamente.

– Você não vê o que aconteceu? Você queria se apaixonar de novo. Ter aquele sentimento, quando um homem que você mal conhece olha nos seus olhos e parece o único ser humano que jamais entendeu quem você realmente é.

– Eu amo este homem mais profundamente do que jamais imaginei. E ele me ama. O casamento dele está morto há anos.

Mattie semicerrou os olhos.

– Você deixou o Edwin?

– Eu não sei.

– Você se mudou para Boulder sem me contar, minha amiga? Por isso queria que eu achasse uma pensão para vocês?

Mamah balançou a cabeça desconsolada.

– Eu não sei. A única coisa que eu sei é que estou aqui e preciso descobrir isso. A gente pode conseguir o divórcio depois de dois anos de separação. Talvez eu pudesse arrumar um trabalho.

– O que vai acontecer se você largar o Edwin e esse homem jamais deixar a família dele?

Mamah chegou para trás e cruzou os braços.

– Então eu terei uma vida honesta, pelo menos.

Mattie largou a colher.

– E as crianças?

– Essa é a parte...

– Quantos filhos ele tem?

– Seis.

Mattie caiu deitada nos travesseiros.

– Já começou a mudança?

– Não!

– Bem, certamente está agindo assim. Mulheres fazem loucuras. Você já viu aquelas histórias no jornal, de uma mulher que larga a família para se tornar missionária, ou mata o marido com um tiro numa crise de raiva.
– Não pensei em nenhuma dessas coisas.
Mattie ficou em silêncio.
– As pessoas estão se divorciando mais hoje em dia – Mamah disse depois de um tempo. – Não é impossível.
– É, não é impossível. Mas se você acha que suas opções são limitadas agora, imagine só divorciada. E quem sabe, se tudo acontecer como você pretende, se ainda estiver apaixonada por ele daqui a um ano? Você pode acabar sofrendo muito, e *sem* seus filhos.
– Algumas mulheres conseguem a guarda dos filhos quando se divorciam. Edwin está furioso neste momento, mas com o tempo...
Mattie jogou as pernas do lado da cama e se levantou. Pôs as mãos nos ombros de Mamah.
– Recomponha-se para ver a situação com mais clareza. Dê umas caminhadas. Distraia-se por aí. Em poucas semanas vai pensar que idéia era aquela?
– Mas eu não amo Edwin.
– E os deveres? E a honra? – Mattie balançou os ombros de Mamah. – Eu conheço você. Você não destruiria duas famílias, Mame. Não poderia se olhar no espelho.

CAPÍTULO 12

Depois de uma semana na casa dos Brown, Mamah se mudou com as crianças para uma pensão administrada pela organista da igreja de Mattie. O pequeno quarto deles na casa de madeira e tijolos era apertado e só tinha uma nesga de vista das montanhas. De qualquer maneira, ela achou o lugar atraente. Era na esquina da Pine Street com a Biblioteca Carnegie, ficava apenas a três quarteirões da casa de Mattie e a uma curta caminhada das lojas na Pearl Street.

Marie Brigham era viúva, uma mulher de ossos grandes e feia, com uma rede de veias vermelhas que descia do nariz espalhando os riozinhos vermelhos pelas bochechas. Era a clássica dona de pensão, uma sobrevivente. A sra. Brigham cuidava da sua vida com tranqüilidade e alegria, trocava a roupa das camas e fazia o café-da-manhã como se tivesse optado por isso, como se não fosse o único ofício permitido para uma viúva.

Um bom café podia ser tomado toda manhã às sete, e a maior parte dos dias Mamah e as crianças já estavam sentados à mesa da cozinha naquele horário.

– A melhor época em Boulder é o verão. Sem dúvida nenhuma – Marie secou a testa com a manga da blusa. – Tem a ida anual até Ward pela Trilha Suíça – ela piscou para John. – O trem sempre pára e vocês podem jogar bolas de neve.

– Podemos fazer isso? – ele perguntou.

– Claro que sim – disse Mamah.

– O circo chegará daqui a duas semanas. Há um programa de verão na escola. E tem a hora da história com Clara Savory todos os dias na biblioteca. As crianças podem praticamente...

Marie não terminava todas as suas frases. Ela estendeu o braço por cima das bocas do fogão e tirou uma panela de ferro de um gancho, cantarolando de boca fechada.

— Mas tem uma coisa em Boulder com que vocês precisam tomar cuidado — Marie disse um minuto depois. — Há tísicos por toda parte. Eles vêm para cá por causa do ar frio e seco, mas trazem a tuberculose com eles. As pessoas fingem que isso não é problema. É ruim para os negócios, sabe como é. Mas eu aviso os meus hóspedes — ela cortou fatias grossas de toucinho e jogou na panela. — Podem pegar pelo sapato só de pisar no cuspe deles.

John, sempre preocupado com tudo, abaixou-se para dar uma espiada nas solas dos sapatos.

— É por isso que todos que ficam aqui precisam deixar os sapatos na entrada.

Mamah e as crianças entraram logo na política. Ela sentia alívio de estar longe de Oak Park, mesmo que cercada de gente doente. De manhã eles andavam pelas calçadas de pedra, explorando a cidade, cuidando de onde pisavam. A luz clara do verão no Colorado realmente dava a sensação de boa saúde. Ela pensava nas ruas como a sua casa, onde trabalhadores derramavam óleo para evitar as nuvens de poeira, como faziam todo verão. O céu azul de Boulder fazia Chicago parecer uma mina de carvão, se comparassem os dois.

Ela se deu um prazo até julho para clarear a cabeça. Havia muitas outras coisas em que se concentrar. John pegou uma inflamação de garganta séria e gripe na terceira semana. O lábio dele ficou em carne viva de tanto secar com o lenço.

— Espero não ter febre de nariz — ele disse.

John estava deitado na sua cama de armar ao lado da cama que ela e Martha dividiam.

— Quando se bebe salsaparrilha demais com febre de nariz, a gente pode morrer.

Mamah engoliu uma risada.

— Onde foi que você ouviu isso?

— Foi a sra. Brigham.

Ela pôs a mão na testa dele.

— Sabe, as pessoas nem sempre dizem as coisas certas. Até os adultos. Não existe esse negócio de febre de nariz, querido.

Mamah jurou que ia levá-los para passear e conhecer outras crianças. Eles precisavam de mais amigos além de Linden e Anne, os filhos de Mattie. Alguns dias depois ela os matriculou no turno diurno da Escola Mapleton para passarem lá duas manhãs por semana. Então atravessou a rua e foi até a biblioteca, onde encontrou Clara Savory sobrecarregada.

– Está precisando de uma voluntária? Talvez eu pudesse trabalhar na catalogação, não? – perguntou Mamah.

– Eu ficaria eternamente grata – disse a mulher. – Não tenho um minuto para a classificação decimal de Melvil Dewey.

Depois disso Mamah passou a trabalhar na biblioteca duas manhãs por semana, uma hora ou duas organizando a coleção da biblioteca. Às vezes assumia a hora da história e lia para as crianças para dar um descanso para Clara.

À tarde, acompanhada dos filhos, ela ia para a casa de Mattie. Seus passos sempre ficavam mais lentos quando passava por um bangalô na Mapleton Street. Havia jardineiras nas janelas cheias de papoulas cor-de-laranja, e ela ficava imaginando Martha e John brincando nos largos degraus da entrada.

– Veja no jornal – Mattie disse para Mamah uma tarde logo depois da chegada deles. Ela estava sentada numa poltrona pesada de carvalho e couro na sala de estar.

– Tem um circo completo aqui hoje.

Martha e John correram à procura de Linden e Anne enquanto Mamah pegava o jornal na cozinha. Tinha se oferecido para levar todas as crianças para a parada e a grande exibição de gala no dia seguinte. Todos estavam muito satisfeitos com esse plano, exceto Mamah, que não tinha mencionado para ninguém que não gostava de circo. Bem, não de tudo no circo, só os palhaços, toda aquela alegria falsificada. E também sentia pena dos elefantes.

– Mattie, já falei que esse jornal é muito ruim?

– *The Daily Camera?*

– Desde que cheguei aqui eles dão uma coluna na primeira página de cada exemplar para Billy Sunday. E têm um de seus seguidores escrevendo a coluna no lugar dele. É sério. Eles põem um pequeno aviso em cima, mas é um da equipe dele mesmo que dá ao Billy toda essa cobertura de primeira página.

– Ah, eu sei, é horrível – concordou Mattie. – Nós somos muito caipiras por aqui.

– Ouça essa manchete – Mamah disse, sem acreditar. – A dança é um banquete de amor sensual! Agora eu tenho de ler essa coisa. Vejamos... Parece que o reverendo Sunday conheceu uma mulher em uma de suas reapresentações em Nova Jérsei. Ah, o negócio fica bom aqui.

"O cabelo dela era como a asa de um corvo, disse o reverendo Sunday, tinha o nariz grego e olhos grandes, enormes, castanhos, rosto oval e pele morena, e dedos bem longos e pálidos... uma menina para quem todos olhariam uma segunda vez, a menina mais linda que eu tinha visto, tirando a minha mulher."

– Ele chama a mulher dele de Ma. Não é uma gracinha? – interrompeu Mattie.

– Ma Sunday não é nenhuma boba – riu Mamah. – Ela viaja com ele. Para garantir que ele deixe o velho assanhado guardadinho nas calças.

– Ela deve saber que ele tem uma queda por dedos pálidos.

– Ela adorava fazer – Mamah continuou a ler, dando um tom lascivo. – Eu a encontrei de joelhos chorando e disse para ela: Qual é o problema? Ela respondeu: Eu adoro fazer essas coisas contra as quais o senhor prega. Você quer dizer adultério? Ah, não, não, não! Você não bebe uísque, bebe? Ah, não! Qual é o problema, então? Bem, ela suspirou e disse... eu adoro dançar.

Mattie não conseguia parar de rir.

– Você sabe que isso não vai acabar bem...

Mamah desceu ao fim da coluna.

– É isso mesmo, está aqui. Parece que ela foi a um baile, voltou para a casa de um cara casado cuja mulher estava viajando e morreu na casa dele porque ele tinha remendado a borracha do gás do fogão com a borracha de uma mangueira de jardim.

– Eu diria que não era um cara muito inteligente.

– É toda essa história de pecadores nas mãos da ira de Deus que eu não suporto – disse Mamah. – Nós rimos, mas algumas pessoas lêem esse jornal e acreditam mesmo nisso.

– Ah, pelo amor de Deus. Dê esse jornal aqui.

Mamah passou o jornal para Mattie.

– Dois rolos de papel higiênico White Rose custam quinze centavos na promoção da Critenden's. Prefiro acreditar nisso. O Bazar Wilson está fazendo um concurso de quebra-cabeças só para meninas. – Mattie virou a página. – Hummm... o programa em Chautauqua esta noite tem o seu nome escrito nele todo. Vão tocar árias de óperas na Victrola e mostrar imagens de stereopticon dos cantores. Parece maravilhoso.

– Eu não sei.

– Ah, olha só isso. Os alunos da Universidade Michigan vão nadar e participar de um banquete no sábado em Eldorado Springs. Será um programa organizado em conjunto pela Associação Rocky Mountain e pelo Clube das Mulheres da Universidade de Michigan. – Mattie largou o jornal e olhou para Mamah. – Pronto. Você não tem mais desculpa para ficar emburrada pelos cantos.

– Eu não ando emburrada pelos cantos, ando?

– Bem, dadas as circunstâncias, podia ser pior. O que eu quis dizer foi que você está fazendo o que sempre fez, querida. Você rumina demais. Simplesmente saia e faça algo de novo. Pode deixar as crianças aqui a qualquer hora.

– Está bem. Está bem.

CAPÍTULO 13

Em julho, as cartas de Edwin começaram a chegar na pensão. Escritas em papel da Wagner Electric, todas diziam a mesma coisa. *Eu te amo. Eu te perdôo. Nós podemos superar qualquer coisa.*

O marido de Mattie, Alden, chegou em casa logo depois do Quatro de Julho com fogos de artifício de San Francisco. Ele fez sua própria comemoração da independência, no dia 6 de julho, disparando velas romanas e estrelas amarelas incandescentes que piavam como papa-figos no meio da rua. As crianças pulavam no gramado, gritando de prazer, enquanto os vizinhos aplaudiam o tempo todo. Mamah percebeu que Alden era uma espécie de figura romântica em Boulder, um "vistoso" mineiro de ouro, se é que existia esse tipo.

Na semana que ele ficou em casa, Mamah jantava com ele e com Mattie. Uma noite, quando Mattie foi para a cama mais cedo, Alden ofereceu vinho na sala de estar para Mamah.

– Só um pouquinho – ela disse.

Alden ficou falando o tempo todo, presenteando Mamah com histórias dos tipos estranhos com quem ele vivia em Jamestown e outros acampamentos de mineiros.

– Colômbia! – ele gritou depois de duas doses de uísque. – Essa é a próxima fronteira.

– Você fala da América do Sul?

– É isso mesmo. É para lá que se vai hoje em dia, na minha linha de trabalho.

– Você já falou disso com Mattie?

– Ainda não – ele deu risada. – Ela tem outras coisas para pensar.

Mamah percebeu que ele falava sério e se deu conta de que a vida conjugal deles era mais difícil do que aparentava ser.

– A voz do Alden fica muito alta quando ele bebe – disse Mattie no dia seguinte. – Não se preocupe. Ele não vai fugir para a Colômbia. Não agüentaria ficar longe de nós tanto tempo.

Ela parecia enorme aquela manhã, a barriga inchada parecia um grande morro.

– Nem consigo mais ver meus pés – ela gemeu.

– Eu consigo. Eles parecem grávidos.

– Ficam assim toda vez que engravido – suspirou Mattie. – Você se lembra daqueles dias em Port Huron? Nós juramos que seríamos professoras solteironas, mas não seríamos jamais donas-de-casa.

– E quase conseguimos. Acho que você resistiu mais tempo do que eu.

– Não foi de propósito. Quando Alden demonstrou algum interesse, eu quase dei uma paulada na cabeça dele e o arrastei comigo como uma mulher das cavernas.

Mamah deu risada.

– Acho que Alden se saiu bem – ela pensou no próprio casamento. – É triste pensar que minha mãe não viveu para ver eu desfilar na igreja... Era o que ela mais queria na vida. No fim, ela amaldiçoou o dia em que mandou Lizzie, Jessie e eu para a faculdade, porque nenhuma de nós estava casada quando ela ficou doente.

– Ela devia querer ver as coisas encaminhadas – disse Mattie. – Queria saber que todas vocês estavam a salvo. Eu conheci sua mãe. Ela se orgulhava de vocês.

– Ah, primeiro pensei que ela se orgulhava mesmo. Queria que nós tivéssemos as chances que ela não teve. Mas sabe o que eu acho? Que no fundo da cabeça dela, ela achava que ter filhas cultas ia significar melhores casamentos para todas nós. Só que, em vez disso, fomos todas trabalhar. No fim, ela ficou decepcionada, disso não tenho dúvida – Mamah balançou a cabeça pensativa. – Ela passou a pensar que a educação nos tornou inadequadas para o casamento. E às vezes penso que ela estava com razão.

– Você ficou um pouco amarga agora.

– Bem, naquela época eu achava que o mundo estava prestes a mudar. Mas olhe só para nós. Estamos em 1909. Naquele tempo eu não podia imaginar que não teríamos direito ao voto a esta altura.

– Essas coisas levam tempo.

– Estou muito cansada disso tudo – disse Mamah. – Todas as conversas giram em torno de poder votar. Isso devia estar implícito. Há muito mais liberdade pessoal para conquistar além disso. Mas as mulheres são parte do problema. Nós planejamos jantares e fazemos flores de papel crepom. Há mulheres demais levando vidas pequenas demais.

– A minha vida parece assim para você?

Mamah foi pega de surpresa com aquela pergunta.

– Não, Mattie. Você faz um trabalho importante nesta cidade. Você sabe o que eu quero dizer.

MAMAH LEVOU MATTIE de carro ladeira abaixo aquela tarde até uma barraca de frutas da qual gostava.

– E então, como estavam as hordas na biblioteca hoje? – perguntou Mattie.

– Animadas.

– Clara Savory é divina, não é?

– Ela era sim, até eu deixar escapar que tenho mestrado. Depois disso ela esfriou um pouco.

– Ela está intimidada com você?

– Você sabe que ela não tem nenhuma formação específica. Eu nunca mencionei que administrava a biblioteca de Port Huron, e é claro que obedeço a ela. Mas às vezes eu sou capaz de responder a perguntas que ela não sabe, e isso a deixa constrangida. Hoje, antes de sair, ela disse para mim, sem mais, nem menos: Eu trabalho das oito da manhã até as dez da noite. E por isso recebo oito dólares por mês. Além de moradia, que é um quarto numa pensão.

– Hum.

– Eu não disse absolutamente nada sobre a minha situação. Será que é óbvio que estou meio perdida?

– Não importa o que Clara Savory pensa. É o que você está pensando que me interessa – o olhar de Mattie pedia uma resposta.

– Acho que estou experimentando Boulder. Para ver se serve.

– Não pensa seriamente em largar Edwin, pensa?

– Penso. Mas toda vez que penso em começar a vida aqui, dou de cara com a dura realidade.

Mamah encontrou uma vaga e desligou o carro.

– Vamos imaginar a melhor situação possível. Digamos que Edwin concorde com o divórcio e que, por algum milagre, deixe que eu fique com as crianças a maior parte do tempo. Ele permite que nos mudemos para uma cidade a dois mil quilômetros de distância e até nos sustenta. Eu continuo sendo uma mulher marcada, até aqui em Boulder. A partir do momento em que não sou mais uma mulher casada que veio visitar a amiga e sim uma divorciada, até o meu trabalho voluntário correrá perigo. Ninguém quer Hester Prynne cuidando da hora da história das crianças.

– Ah, você está exagerando. Boulder não é tão atrasada assim.

Mamah ajudou Mattie a descer do carro e segurou o braço dela enquanto andavam até a barraca de frutas.

– Ou então – continuou Mamah –, digamos que Edwin permita que eu fique com as crianças, mas sustente apenas elas, não a mim. Ora, então eu preciso trabalhar, já que o dinheiro da família acabaria em um ano, e isso na melhor das hipóteses. Tudo bem que eu não seja convidada para os chás que você freqüenta. Como bibliotecária, quanto eu poderia ganhar? Dez dólares por mês, no máximo? Eu gastei isso em um chapéu.

Elas chegaram ao grupo de pessoas em volta da barraca.

– Para começar – disse Mattie –, você ganharia mais do que isso. Em segundo lugar, não teria de ser bibliotecária. E em terceiro lugar, pode passar a comprar chapéus mais baratos – Mattie inclinou-se para o lado de Mamah. – Tem uma coisa que ainda não te contei – ela sussurrou. – Tem uma mulher chefiando o departamento de língua e literatura alemã na Universidade da Califórnia, Mary Rippon. Há muitos anos. Dizem que está para se aposentar – Mattie pôs no chão o cesto que tinha levado. – Eu não sabia se contava para você, mas, se realmente quer se mudar para cá, então deve se candidatar a esse cargo. A oportunidade é perfeita e não há ninguém melhor qualificado do que você. Alden e eu conhecemos o presidente da universidade – ela falava rápido de tão animada que estava. – E você não está divorciada, ainda não. Pode dizer que seu marido vem para cá mais tarde, e depois de um tempo, se não acertar tudo de novo com Edwin, bem, não teria mais importância. Aí você já seria indispensável.

As duas mulheres se olharam sob o toldo da barraca de frutas. Um vozerio enchia o espaço enquanto as pessoas escolhiam melões e tomates, contavam fofocas. Atrás de Mattie, Boulder se espalhava na direção das montanhas, abrindo um leque de possibilidades... Todas as lojas, escolas, pessoas e escarpas à espera de serem descobertas.

– Mas você devia ir até lá imediatamente – ela sugeriu. – Não é fácil. Há mulheres por toda Boulder que fazem isso todos os dias. O trabalho de Mary Rippon pode ser um dos melhores, mas continua sendo trabalho duro. Ela não teve grande coisa de vida pessoal.

"Só para constar... Alden se mata de trabalhar. Acho que os homens não levam vida mais fácil do que as mulheres por aqui. Todos trabalham muito. Nem me lembro da última vez que fiz uma flor de papel crepom."

– Ah, Mattie! Você sabe que eu não quis dizer...

– É que... Às vezes, Mamah, eu acho que você teve uma vida muito privilegiada desde que se casou com Edwin.

Mamah olhou para os seus sapatos, magoada.

Mattie deu um tapinha no cotovelo da amiga.

– Viver aqui faz qualquer um enxergar a realidade.

NA SEMANA SEGUINTE, Mamah comprou um vestido e um casaco na Pearl Street, algo apropriado para o caso de conseguir a entrevista na universidade. Mattie tinha enviado uma carta e elas aguardavam alguma resposta. O calor de agosto estava abafado. Ela subia a ladeira para Mapleton carregando o novo vestido, querendo mostrar para Mattie. Mas quando chegou à casa da amiga, a babá entregou-lhe um envelope com o emblema de Frank, um quadrado vermelho endereçado para ela, aos cuidados da sra. Alden Brown. Mamah foi à varanda para ler.

Mamah,

Escrevo muito aflito, por causa da nossa última conversa. Pesa muito contra mim o fato de você não ter escrito, mas acredito que seus sentimentos por mim não desapareceram. Não dissemos muitas coisas da última vez em que nos encontramos, e agora espero esclarecer qualquer mal-entendido.

Andei tão envolvido aqui tentando arrumar essa confusão que pode parecer que não levei em consideração a sua situação e o alto nível do seu intelecto e do seu espírito. O fato é que nunca pensei que você me "seguiria" até a Europa. Não é minha intenção seduzi-la a querer se livrar de tudo. O tempo todo você me disse que a liberdade não é uma coisa que pode ser dada por outra pessoa. É algo que existe dentro de você, é sua maneira voluntária de ser.

Você falou da sua vontade de encontrar isso... esse dom... que faz seu coração cantar. Se é escrever, como já sugeriu no passado, será que encontraria inspiração para iniciar esse trabalho na Europa? Pense em juntar-se a mim por um ou dois meses, não como uma "seguidora", mas companheira na busca da verdade, em sua própria aventura espiritual.

Planejo ficar em Berlim o tempo que precisar para completar os projetos para Wasmuth e garantir que a impressão esteja acertada. Estou imaginando que isso deva durar de nove meses a um ano. Partirei daqui nessa viagem no fim de setembro ou início de outubro. Você sabe o que eu sinto. Pretendo agora acertar minha vida comigo mesmo, com ou sem divórcio.

Minha maior esperança é que você venha. Aguardarei com prazer até sua amiga ter o bebê para você poder vir me encontrar.

Se resolver não vir, não vou julgar nem concluir que preferiu não ser livre. Tenho o maior respeito por você.

Por favor, escreva para mim. Penso em você em todas as horas.

Frank

Mamah alisou o papel pesado, cheirou-o. Ficou com a carta o resto do dia presa à cintura da saia.

Depois disso a voz dele ecoou em seus ouvidos. Na sexta-feira ela foi até a agência telegráfica e mandou uma mensagem para Frank.

MATTIE TERÁ O BEBÊ 25 SETEMBRO. MBB

CAPÍTULO 14

— Em breve — Mamah respondeu quando John perguntou quando iam voltar para casa.

O menino muitas vezes ficava inquieto, entediado, sem amigos, agora que os filhos de Mattie estavam de volta à escola. Mamah pegou cadernos emprestados da Escola Mapleton e começou a dar aulas para ele pela manhã.

As crianças tinham mudado no verão, quase a cada dia. Mamah tinha gostado daquele tempo só com Martha e John. Redescobriu a agradável intimidade de dar banho e alimentá-los, rituais que tinha delegado a Louise muito tempo atrás. Os minúsculos pés de Martha, miniaturas perfeitas dos pés da própria Mamah, não eram mais pés de bebê. A pele da sola tinha engrossado por conta de tanto brincar descalça fora de casa.

John, que sempre fora parecido com Edwin, agora andava com as pernas um pouco arqueadas, o que fazia Mamah lembrar-se do próprio pai. Ele tinha começado a falar grosso e às vezes bancava o durão. À noite, porém, era o mesmo que sempre fora, desde que aprendeu a falar. Subia na cama com ela e Martha, e puxava sua manga. Era um sinal entre os dois. Queria dizer: história. E as histórias sempre começavam do mesmo jeito.

— Era uma vez um menino chamado John, um cavalo chamado Ruben e um cachorro chamado Tootie.

As histórias eram bastante simples quando ele tinha três ou quatro anos. Com o tempo, foram ficando mais fantásticas, povoadas de capitães de navio, sultões e cavalos que fugiam, e John sempre acabava resolvendo tudo no final. Numa noite em Boulder, quando ficou evidente que Martha estava começando a entender as histórias, Mamah acrescentou: "E uma menininha chamada Martha."

— Não... — gemeu John.

A presença da irmã no mundo imaginário que ele partilhava com a mãe era demais para ele. Depois disso, Mamah passou a contar uma história diferente para Martha.

Talvez os nervos das crianças estivessem tão abalados quanto os dela, Mamah pensou. As últimas cartas de Edwin exigiam saber o que ela ia fazer a respeito da volta de John à escola e quando ela planejava ir para casa. Ela sentou duas vezes para responder, mas não escreveu nada. Achava que tinha decidido, mas não tinha certeza absoluta. Aquela tensão crescia havia semanas, e agora mudava de idéia de um minuto para o outro. Era como se ela também estivesse esperando para ver o que acontecia.

No dia 20 de setembro chegou um bilhete curto de Frank.

Encontrei um homem que me deixará tranqüilo assumindo o estúdio enquanto eu estiver fora e terminando o que ainda está na prancheta. As últimas semanas foram uma correria, juntando os desenhos para levar para Wasmuth. Marion Mahony ficará para completar os projetos e mandar para mim, na Alemanha. Devo estar no Plaza Hotel em Nova York no dia 23. Por favor, escreva. Estou preparado para esperar por você.

Mattie balançou lentamente no balanço da varanda, de frente para Mamah. O rosto dela estava branco como papel e muito sério.

– O que você está pensando? – ela perguntou.

Mamah não queria perturbá-la agora.

– O quê? – insistiu Mattie.

– Você não entende? – Mamah reagiu. – Como posso saber se é isso que devo fazer se eu não for? Se não tiver um tempo para viver com ele lá, mesmo que seja curto? Você tem um casamento feliz. Eu não tenho. Você jogou suas cartas direito na primeira vez. Eu não. E isso significa, então, que tenho de jogar essa mão até o amargo fim, cheia de remorso? Sabendo que poderia ter a vida mais feliz do mundo com o homem que amo mais do que qualquer outro que já conheci?

Mattie parecia exausta.

– Você já decidiu.

– Já.
Uma lufada de ar quente soprou poeira no pátio.
– Quando vai partir?
– Quando souber que você está bem.
– Quanto tempo ficará fora?
– Uns dois meses. Direi para Edwin vir buscar as crianças.
Mattie secou o suor do pescoço com um lenço.
– Pode deixar as crianças aqui em casa até Edwin vir buscá-las. A mãe de Alden estará aqui, além da babá.
– Devem ser só uns dois dias.
A amiga assentiu com a cabeça.
– Obrigada, Mattie. Obrigada.

NA QUINTA-FEIRA DE MANHÃ, 23 de setembro, Mattie começou a sentir as dores. Alden, que tinha voltado para casa uma semana antes, segurou a mão dela. Mamah se lembrou de uma semana assim, com dores, antes de parir Martha, mas a mãe de Alden, que ia lá todos os dias dar uma espiada nela, afirmou que o bebê ia nascer aquele dia.

– Mal posso esperar para me livrar desta cama – Mattie resmungou quando Alden saiu do quarto. – Essa é a última vez que vou me permitir ficar nesse estado.

Mamah passou a esponja na amiga e trocou-lhe a camisola. Era difícil mover Mattie. Mamah se preocupava com o fato de Mattie estar toda inchada. A pele dela estava rosada com pontos brancos, como uma fatia de mortadela, naquelas últimas semanas. Bastava a pressão de um polegar em seu braço e surgia uma marca branca, sem sangue.

Nas duas últimas semanas, Mamah tinha se preparado para o momento cortando quadrados de gaze e juntando lençóis limpos, uma bolsa de água quente, tubos, termômetro e uma camisola limpa. Já tinha passado por isso duas vezes, assistido a meia dúzia de outros partos. Conhecia a rotina. Mas também tinha visto a irmã Jessie sangrar até morrer. Quando os gemidos de Mattie ficaram mais altos, o médico apareceu e Mamah retirou-se para a sala com Alden, para esperar. Pela janela, viu as folhas de bordo brilhando douradas à luz do sol de outono.

Às nove horas da noite, Mattie provou que a sogra estava certa.

– Você ganhou uma menina – disse o médico quando foi chamar Alden.

Mamah ficou no andar de baixo, aliviada, enquanto Alden subia correndo a escada para ver a mulher. Ela balançou na cadeira de balanço e se lembrou do nascimento de John, de como achou milagroso um momento tão comum. Ela e Edwin riram de alegria ao examinar as minúsculas mãozinhas com veias azuis do menino, as unhas mínimas, bem pequenininhas.

O nascimento de Martha foi diferente. Com o bebê embrulhado num cobertor e deitado em cima da barriga dela, Mamah esperou até Edwin sair do quarto para dar de mamar. Dessa vez não quis compartilhar o momento com ele. Ela contou os dedinhos das mãos e dos pés do bebê, passou a palma da mão sobre a cabecinha da menina e saboreou esses prazeres sozinha. Ele não podia entender o que ela sentia, Mamah pensou naquela hora. Nem ela entendia.

– ALDEN DIZ QUE DEVE SER MARY. Você acha comum demais? – Mattie amamentava o bebê de um dia.

– Deixe ele escolher. Nós lhe daremos seu nome verdadeiro – Mamah disse sorrindo. – Vocês duas estão lindas aí deitadas. Ela é igual a você.

Mamah sentiu um nó na garganta e se ocupou de dobrar as roupinhas para não chorar.

Mattie olhou para ela.

– Você contou para Edwin que vai viajar?

– Vou enviar um telegrama hoje.

Os olhos castanhos de Mattie examinaram o rosto de Mamah.

– Então é segunda-feira que você vai.

– Segunda-feira – Mamah respirou fundo. – Trago as crianças para cá no domingo. Ficaremos no quarto de hóspedes de domingo para segunda. Se você não se importar.

– Tudo bem.

– Espero que Edwin esteja aqui em uns dois dias. Tem certeza de que sua babá e a mãe do Alden vão agüentar?

– Tenho. As crianças não são problema nenhum.

– Perdoe-me por trazer meus problemas para a sua casa, especialmente agora. Realmente, não pretendia torná-la cúmplice disso.

Mattie olhava para o bebê enquanto passava para o outro seio.

– Não há nada que eu possa lhe dizer que você ainda não tenha pensado, Mamah – ela passou o mamilo suavemente na boca do bebê, para ele pegar. – Há como segurar a coisa contra a luz e ver cem facetas e, conhecendo você, deve ter encontrado cento e uma – ela levantou a cabeça. – Vá. Veja se deve viver com esse homem. E se ele for tão deslumbrante numa camisola daqui a dois meses, como pensa que ele é agora, então volte e acerte tudo. Faça o que é certo com Edwin e as crianças. Deixe passar um tempo decente e divorcie-se direito.

Mamah se abaixou e beijou a testa da neném, depois encostou o rosto no de Mattie.

– Deus te abençoe – ela sussurrou.

Domingo de manhã Mamah desceu a Mapleton e foi até a Water Street. Na sede da Western Union, ela foi até o balcão de telegramas.

– Seu marido está vindo – disse o funcionário.

Mamah percebeu que ele falava com ela.

– Quarta-feira – ele disse, entregando para ela muito contente o telegrama de Edwin.

Uma onda de fúria tomou conta dela. Devia ser impossível não ler os telegramas que chegavam na agência. Só que o conteúdo da correspondência particular das pessoas devia ser inviolável.

– Preciso enviar outro telegrama – ela pegou um formulário no balcão e preencheu: Frank Lloyd Wright, Plaza Hotel, Nova York. Parto amanhã. MBB.

O homem pegou o formulário com a mensagem e leu. Tirou um lápis de trás da orelha e coçou a cabeça. Depois virou para ela com cara de quem não está entendendo nada.

Ela olhou friamente para ele.

– Algum problema?

– Não, madame – ele disse e virou para a máquina do telégrafo.

As orelhas dela queimaram enquanto esperava para constatar que a mensagem fosse realmente enviada. O homem começou a bater suas palavras em irrecuperáveis pontos e traços.

Quando ele terminou, Mamah atravessou o saguão, foi ao guichê da estrada de ferro e comprou uma passagem.

No quarto de hóspedes de Mattie, ela escreveu uma carta para Edwin, depois guardou na gaveta da mesa.

– Papai vem esta semana – ela disse para os filhos enquanto os preparava para ir para a cama.

Martha levantou os braços para vestir a camisola.

– Eu quero ir para casa – ela choramingou.

– Ele vai ficar muito espantado de ver como você cresceu, Martha. E você também, Johnny – Mamah falou bem devagar. – Agora prestem bastante atenção. Eu vou partir amanhã, vou viajar para a Europa. Vocês ficarão aqui com os Brown até o papai chegar, daqui a uns dois dias. Eu vou tirar umas férias.

John começou a chorar.

– Eu pensei que isso aqui eram férias.

O coração de Mamah ficou apertado.

– Férias só para mim – ela disse, esforçando-se para manter a calma. – Louise, papai e tia Lizzie vão tomar conta de vocês enquanto estou fora. E a vovó está lá em casa agora. Ah, ela vai ficar muito contente de ver vocês de novo.

John agarrou-se nela, chorando. Ela esfregou as costas dele, abraçou-o.

– Isso tem sido duro para vocês. Eu sei disso, querido, estar longe do papai e de Oak Park por tanto tempo. Mas você vai voltar para a escola e estará com seus amigos, é só uma questão de dias. E eu não ficarei longe muito tempo.

Mamah deitou na cama e puxou os corpinhos curvados dos filhos para perto dela. Ficou escutando o choro de John virar um leve ronco.

De madrugada, bêbada pela falta de sono, ela se levantou para arrumar as malas. Andou cambaleando com a pouca luz do início da manhã, procurando não fazer barulho, descartando algumas coisas no guarda-roupa e enfiando outras, apressadamente, na bagunça confusa da sua mala. Pegou a carta fechada de dentro da gaveta da mesa e pôs perto dos sapatos de Martha na mesinha-de-cabeceira, onde pudesse ser encontrada. Mamah olhou para trás para ter certeza de que as crianças ainda estavam dormindo, e então saiu do quarto.

PARTE DOIS

CAPÍTULO 15

— O que você está fazendo? — Frank perguntou ao abrir os olhos.
Mamah estava deitada ao lado dele. Ela procurou não acordá-lo, apoiando a cabeça com uma das mãos e escrevendo no diário com a outra.
— Você sabia que ri dormindo? — ela perguntou.
A voz dele estava grogue de sono.
— Pode considerar um bônus.
Em algum momento durante a noite eles desembaraçaram pernas, braços e finalmente acabaram adormecendo. Quando acordou e virou para Frank, ela o viu como ele estava agora, na verdade como ficava todas as noites da viagem, deitado de costas, sem travesseiro, com a cabeça inclinada um pouco para trás, a mão direita sobre o peito como se induzisse ele mesmo ao sono.
Para ela, parecia o mais íntimo dos atos — dormir com outra pessoa. Antes de se encontrarem em Nova York para embarcar naquela viagem, Frank e ela nunca tinham dormido juntos uma noite inteira. Ela acordou antes na primeira manhã no navio e não conseguia tirar os olhos dele, vendo suas pálpebras tremendo, o peito subindo e descendo a cada respiração. Uma luz pálida delineava a testa dele, o nariz e o queixo, formando uma máscara tão imóvel e estranha que ela teve uma sensação de pânico. *Eu conheço realmente este homem?* Foi quando um sorriso surgiu nos lábios de Frank e o rosto dele ficou familiar de novo. E poucos minutos antes ele chegou a rir de verdade.
Nós somos muito diferentes, pensou Mamah. Esta manhã ela encontrou o próprio corpo na beirada da cama, de costas para ele e curvado numa bola de cobertores e travesseiros. Ela desceu da cama, vestiu uma nova camisola, escovou o cabelo e pegou seu diário antes de entrar embaixo das cobertas de novo.
Agora ele a observava.
— O que você está fazendo? — ele perguntou novamente.

Ela sorriu.

– Ah, eu estava só pensando naquele maravilhoso teatro de marionetes que você desenhou no ano passado – assim que as palavras saíram de sua boca, ela lamentou tê-las dito, porque o pequeno teatro fora projetado para o filho mais novo dele.

Mamah pôs a mão no ombro de Frank.

– Eu sinto muito.

– Tudo bem.

– Estive tentando lembrar as palavras que você escreveu nele. Alguma coisa sobre o momento logo antes de despertar.

Ele levantou a cabeça.

– Seguir unindo o ser que desperta...

– ... com o ser que sonha. É isso. Adoro isso.

Ela escreveu aquelas palavras a lápis no diário e depois deitou a cabeça de novo. O navio subia e descia nas ondas e fazia os seus corpos rolar suavemente para lá e para cá. Embaixo das cobertas, com o céu cor-de-rosa brilhando na escotilha, Mamah se sentia segura. Não queria se levantar, se vestir, nem ouvir sinos ou passos, nem dizer bom-dia para os que passeavam pelo convés do navio.

Os dois ficaram encolhidos assim todas as manhãs da viagem, sem querer quebrar o feitiço de paz que o sono trazia. Mas por volta das nove horas, o estômago de Frank começava a roncar e eles iam até o restaurante para comer numa mesa discreta.

Frank comportou-se com delicadeza com ela desde o momento em que se abraçaram em Nova York. No início, nada daquilo parecia real para Mamah. Agora, depois de seis dias juntos, a sensação de irrealidade se tornara uma dança solícita e às vezes constrangedora entre eles. Antes de se separarem, ela considerou aquela viagem juntos como uma espécie de prova. De que outra forma duas pessoas poderiam realmente se conhecer, se não vivessem juntas? Mas ela estava descobrindo que havia algumas coisas que não desejava revelar. Escondida, ela passava um pouco de cor na face e nos lábios, quando ele estava fora da cabine.

Os rituais de beleza eram muito fáceis de esconder, comparados com as mudanças de humor que tomavam conta dela sem mais nem menos. Lembrar de John, tão confuso com a partida dela, fazia com que Mamah sentisse remorso de tempos em tempos. Aconteceu uma noite quando Frank e ela dançavam uma valsa de Schubert. Ela ficou sem ar e encostou o rosto no peito dele. Quando confessou o que estava sentindo, Frank reagiu na mesma hora, consolou-a com palavras de tranquilidade. No meio da viagem, contudo, ele já afirmava gentilmente para ela:

– Olha – ele disse um dia, tirando os olhos do livro. – Louise vai cuidar das crianças. E Edwin sabe a verdade.

– Eu sei, eu sei. É só que às vezes eu acho que nós devíamos ter...

– Deixe para lá todos os "devíamos" – ele pôs a mão na dela. – Não desperdice este tempo, Mame. Há quanto tempo falamos de ficar sozinhos, só nós? Cinco anos? Relaxe. Por favor. Esteja comigo.

Quando voltaram à cabine, ela ficou de olhos fechados enquanto faziam amor. Nesses momentos o esquecimento libertava sua mente e ela sentia a alegria dele, de realmente tê-la só para ele.

Mais tarde eles se agasalharam, enrolaram cobertores sobre os ombros e sobre as cabeças para passear pelo convés. A respiração formava nuvens brancas à frente enquanto nuvens negras escapavam das três longas chaminés no alto do navio. O motor rugia e as ondas que batiam na proa dificultavam a conversa.

– Nem estou com frio – ele gritou.

– O que foi?

– Não estou com frio. Você está?

– Não – ela mentiu.

Ele viu Mamah tremendo dentro dos cobertores.

– Abra seus poros, Mamah! – ele deu risada.

– Prefiro minha liberdade quentinha – ela gritou, agarrou a mão dele e puxou-o para dentro das cobertas de novo.

Na hora do jantar, quando tinham de conversar com as outras pessoas à mesa, ela ficou aliviada de ter um francês elegante à sua esquerda. Frank teve o azar de ficar entre Mamah e uma mulher escandalosa de Kansas City.

– Então vocês deixaram a prole em casa – ela ouviu a mulher dizer. – George e eu fizemos uma excursão quando nossas filhas tinham nove e dez anos.

– Não diga – resmungou Frank, cortando seu bife.

– Ah, foi a melhor coisa que podíamos ter feito. Não foi, George? – a mulher deu um tapa no joelho do marido. – Quantos filhos os pombinhos têm?
– Nove – respondeu Frank.
– Nove! – a mulher chegou para trás. – Meu Deus. Sua mulher certamente se manteve em forma.
Mamah virou, com o rosto vermelho, para monsieur... Bonnier, era isso?... que criticava os filmes americanos.
– Madame Wright – ele estava dizendo –, por que os seus jornais fazem pouco do cigarro e das camisolas nos seus filmes? – ele se dirigiu à mesa toda. – Para um país que afirma ser aberto e livre, vocês americanos são uns puritanos.
– Tem razão – disse Frank, erguendo o copo. – Um brinde para cada uma das melhores partes dos nossos países. Aos filmes de cowboys – ele disse, olhando em volta – e à lingerie francesa.
Todos se inclinaram para trás e riram.
– Ah, você é um homem safado – disse a mulher de Kansas City, dando uma risadinha. – Eu reconheço um safado à primeira vista – ela bateu de novo no joelho do marido. – Não é, George?
Quando a orquestra tocou mais tarde aquela noite, Frank arrastou Mamah pelo salão numa valsa alegre e despretensiosa.
Deixe para lá o que as pessoas pensam, ele tinha dito a ela quando saíram de Nova York. Agora, quase no fim da travessia, ela sentiu que estava começando a conseguir fazer isso.
Aquela noite Mamah sonhou que estava voando. Ela se movia como um pássaro, de braços abertos pelo céu. Uma pequena portinha com dobradiças se abriu no peito dela e formas em cores escuras caíram nos campos cobertos de neve lá embaixo.

CAPÍTULO 16

Mamah e Frank estavam exaustos com a viagem de trem de Paris. Saíram lentamente da estação para a luz pálida de Berlim.

– *Eine Gepackdroscke bitte* – disse Mamah para o carregador, que chamou um táxi para bagagem e conseguiu enfiar as seis malas nele e mais o grande portfólio que Frank manteve ao seu lado a maior parte da viagem.

Já no carro, passando por Unter den Linden, pelo Portão de Brandenburgo, o motorista apontou para o hotel deles ao longe, como uma fortaleza guardando a grande avenida arborizada.

Frank tinha sido vago sobre as acomodações deles até o momento em que entraram no táxi. Foi então que anunciou.

– Hotel Adlon.

Frank era misterioso. Adorava embrulhar um momento para presente.

– É novo – foi tudo que disse.

Ele gostava assim... de não saber, das pequenas surpresas.

O Adlon, todos os seus duzentos e cinqüenta quartos, era tão real quanto um palácio bávaro. Quando desceram do carro foram rodeados por carregadores com ombreiras douradas que falavam inglês especialmente para eles. Ela se sentia amassada depois de um dia viajando de trem, mas Frank a acompanhou até o saguão como se fossem um casal da nobreza em visita.

Mamah nunca tinha visto tanta opulência. Enquanto Frank se registrava, os olhos dela seguiram os tapetes vermelhos até a escadaria central de mármore que dava na galeria acima, onde deusas de gesso sobre medalhões sorriam para eles. Não havia campainhas e sim um sistema de luzes que piscavam na central da recepção. Pajens desviavam discretamente das saias e bagagem dos recém-chegados. Grupos de homens e de mulheres sentados, fumando, em banquetas de cabra angorá, conversando em italiano, francês e russo.

Uma figura exótica sentada de frente para ela chamou a atenção de Mamah. A mulher era jovem e bela, tinha cabelos pretos, ondulados e pele morena. Usava um vestido coberto por lenços vermelhos e amarelos transparentes e falava espanhol suave para um papagaio que levava no ombro. Ninguém olhava para aquela mulher do jeito que fariam em casa, onde ela seria uma aberração comparável à menina com cara de cão no museu do centavo na State Street. Ali ela era apenas uma pequena figura numa imensa tapeçaria.

– Tudo isso foi projetado por Herr Adlon – disse o jovem carregador que os levou até o elevador. – Tudo mesmo, até as toalhas de rosto. Até isso – ele disse, tocando as tranças de sutache do punho do seu paletó. – Ele se preocupa com todos os pequenos detalhes.

– Um homem de caráter – comentou Frank.

No terceiro andar, o carregador abriu a porta da suíte deles. Mamah entrou primeiro e se espantou com a mobília dourada e as janelas paladianas do chão ao teto.

Frank foi atrás e deu uma olhada em volta.

– Quartel-general! – ele deu um largo sorriso e os olhos cintilaram de satisfação.

O rapaz mostrou todos os cômodos para eles, as torneiras e os puxadores das cortinas. A cama era imensa, com cabeceira e pé entalhados. No pé da cama, o rapaz montou um maleiro.

– Quer abrir as janelas? – pediu Frank.

O jovem obedeceu. O ar frio e o barulho do trânsito lá embaixo entraram no quarto.

Frank deu uma gorjeta para o carregador. Assim que ele saiu, Frank dobrou o corpo para frente e pôs as mãos na barriga, com os olhos lacrimejando de tanto rir.

– Meu Deus, é tudo folheado a ouro.

– É meio exagerado – disse Mamah –, mas eu gosto.

Ela foi se refrescar e quando voltou para a sala de estar encontrou Frank mudando os móveis de lugar. Já tinha movido algumas poltronas e uma pequena mesa de bronze dourado para perto da janela.

– O que você está fazendo?

– Tornando este lugar habitável.

Ela observou, achando graça, Frank subir no encosto de um sofá e tirar da parede um grande retrato de uma dama de saia rodada e peruca branca.

– *Adieu*, Marie Antoinette. Cortem-lhe a cabeça.

Ele rebocou o quadro para o hall de entrada, onde o encostou à parede. Outros dois quadros com molduras douradas entalhadas seguiram esse primeiro. Frank cruzou os braços, analisando as cortinas.

– Você não faria isso – ela sussurrou, foi até lá e passou a mão no veludo pesado.

– Ah, faria sim, se pudesse. É muito escuro aqui. Mas elas estão presas alto demais e não dá para arrancar.

Ele subiu numa cadeira estofada de brocado. Abraçou um punhado do tecido e amarrou cada banda de modo que as cortinas terminassem em nós a um metro e meio do chão.

– Quer me dar minha bengala, querida?

Mamah pegou a bengala num canto e lhe entregou. Agora ela estava rindo também.

Frank pegou a bengala, pôs embaixo de um nó e guindou o tecido embolado até o alto da caixa da cortina sobre a janela.

– Bravo! – ela exclamou.

Frank repetiu o truque com a bengala e fez o mesmo com a outra banda da cortina. Ainda em cima da cadeira, com a luz do sol nas costas, ele olhou para o candelabro de cristal pendurado no centro da sala de estar.

– Não faça isso! – ela disse rindo. – Você vai se matar. Aí sim, terá uma aventura espiritual.

Frank desceu da cadeira.

– Ainda não terminei – ele disse.

Ele afastou o pesado sofá da parede e pôs de frente para a janela. Os dois despencaram nele juntos e ficaram vendo a cidade se iluminar com a chegada da noite.

– Bem-vinda ao lar, Mamah – ele pôs o braço em volta dela. – Do jeito que dá.

DE MANHÃ ela ficou quieta ao seu lado, enquanto ele dormia. Adorava o cheiro de sabonete dele, o lábio inferior, mais grosso, perfeitamente imóvel, as unhas imaculadamente aparadas, arredondadas. Sentia-se segura com ele ali, como se sentira no navio.

Andaram juntos pelas ruas naquele primeiro dia em Berlim. Não tinham mapa nem compromissos. Frank disse que preferia simplesmente dar de cara com as coisas. Mas quando se viram diante de uma galeria de arte na Kurfürstendamm, Mamah desconfiou que ele havia conspirado desde o início para levá-la até lá. Dentro da galeria encontraram maravilhosas xilogravuras à venda.

Frank ficou impressionado com uma imagem de um homem cavalgando através de uma densa floresta.

– *Waldritt* – ele murmurou, lendo o título escrito a lápis. – O que quer dizer?

– Passeio pela floresta – ela respondeu.

O cavaleiro era iluminado por um raio de sol ocre ao entrar numa clareira.

– Essa figura deve ser um cavaleiro à procura do Santo Graal – ela disse depois de traduzir as poucas linhas perto da imagem.

– Bem, então eu acho que é isso mesmo – disse Frank.

Estava com um sorriso maroto quando pagou pela gravura.

NO DIA SEGUINTE ele saiu cedo para seu primeiro encontro com Wasmuth.

– Hoje será um dia cheio – ele disse quando se encaminhava para a porta. – Trate de se divertir.

Mamah conteve o impulso de ir para a rua. Em vez disso ficou um tempo tirando as coisas das malas, arrumando suas poucas roupas em pilhas perfeitas. Ela queria começar tudo direito.

Tirou um vestido simples de lã do guarda-roupa e calçou sapatos adequados para caminhar. Ao meio-dia desceu no elevador e sentou-se no restaurante.

– Permite-me recomendar a *bouillabaisse*? – perguntou o garçom ao se aproximar da mesa dela. – Não vai encontrar igual em nenhum outro lugar de Berlim.

Mamah hesitou.

– *Bouillabaisse?*

– Uma sopa de frutos do mar que o nosso chef inventou para o kaiser – o garçom se abaixou como se fosse mostrar alguma coisa no cardápio. – Olhe ali, madame – ele disse baixinho. – O kaiser Wilhelm em pessoa.

Um grupo de oficiais militares conversavam animadamente numa mesa do outro lado do salão. O mais condecorado deles evidentemente era o kaiser, que falava enquanto os outros meneavam as cabeças.

– Dizem que eles trocam de uniforme cinco ou seis vezes por dia – cochichou o garçom.

Enquanto Mamah esperava a sopa chegar, ela analisou os outros comensais. Algumas mulheres... esposas de diplomatas e de empresários, sem dúvida... almoçavam sozinhas nas mesas com toalhas brancas de linho espalhadas ao longo de uma parede com janelas altas como as que havia na suíte. O barulho da prataria tilintando na louça ecoava naquele espaço cavernoso. Sob o mural imitando Rafael, no teto, mulheres equilibravam chapéus que pareciam grandes cestos de frutas na cabeça. Faziam lembrar bonequinhas de porcelana, com a cintura apertada, os seios estufados para cima pelos espartilhos em forma de S, levando xícaras de chá à boca.

O prato chegou e o caldo da bouillabaisse, com açafrão, tinha um gosto delicioso. Ela devorou os mexilhões e a lagosta com a rapidez que a boa educação permitia, sorrindo entre mordidas diante da maravilhosa estranheza daquilo tudo. Almoçar sozinha em Berlim, vestida como uma quaker. No meio de um caso amoroso. Sentada bem na frente do próprio kaiser Wilhelm.

Mamah desejou que Mattie ou Lizzie estivessem ali, naquele momento. Queria qualquer uma das duas agora, só para rir. Para jogar a cabeça para trás e uivar com o absurdo daquela situação. Esperava que um dia elas a perdoassem a ponto de poderem fazer isso... rir juntas de novo, de qualquer coisa.

CAPÍTULO 17

2 de novembro de 1909

Frank anda tenso estas manhãs. Ele investiu demais para tornar essa viagem lucrativa. Quer ficar tranqüilo, calmo, mas não consegue. Fica mais feliz fazendo o seu trabalho, não negociando. Além da grande monografia dos projetos de todos os prédios que ele desenhou, Wasmuth vai imprimir um livro de fotos da obra completa de Frank. Este Sonderheft é pequeno em escala, mas tem muitas páginas. Cento e dez ou mais. Por isso Frank está trabalhando em dois projetos e está preocupado, tentando, ainda por cima, arrumar dinheiro.

Ontem fui com ele ao escritório de Wasmuth. É imenso e imponente. Não fazia idéia de que o homem tem cento e cinqüenta pessoas trabalhando para ele. Frank se sente importante quando vai ao escritório dele, mas eu não gostei. Pretensioso demais.

O mais difícil era a hora imediatamente seguinte à saída de Frank, todos os dias. Quando se vestia para sair aquela semana em Berlim, vozes, de Mattie, de Edwin, enchiam sua cabeça, discutindo com ela enquanto calçava as meias. Ela saía correndo para a rua, onde as palavras em sua mente se dissolviam em conversas em alemão de todos os lados.

Mamah acompanhava o ritmo das outras pessoas andando pela Tiergarten. Tinha ido a Berlim uma vez antes, na lua-de-mel com Edwin. Dessa vez, quando chegou, ela se preparou para alguma nostalgia. Mas Berlim não apresentou o fantasma de Edwin. Lembrava muito pouco da lua-de-mel, apenas que eles se aventuravam pelas ruas em volta do hotel em um pequeno raio, e voltavam sempre para tirar um cochilo depois de umas duas horas de museus e jantares.

Agora, com seu pequeno guia Baedecker na mão, Mamah partia todos os dias para explorar uma parte nova de Berlim. Era uma cidade grande e extensa que lembrava Chicago, pois era cheia de poloneses, húngaros, russos, escandinavos, austríacos, italianos, franceses e japoneses. Ela usava o Stadtbahn quando precisava, mas preferia caminhar, espiando lojas e galerias de arte entre os destinos determinados – o palácio real, o Arsenal, o Reichstag.

Rapidamente cansou dos guerreiros sobre musculosos cavalos de bronze. Mamah não sabia o que procurava, mas estava sedenta por algo autêntico. No meio de multidões indo às compras, ela ouvia as conversas e os pequenos dramas dos berlinenses à sua volta. Ficava espantada com o pot-pourri de idiomas a cada esquina. Ouviu um italiano dizendo uma gíria em inglês para um açougueiro alemão e um russo vociferando em francês contra um motorista de táxi alemão.

Andava e andava até os pés pedirem trégua, depois descansava em cafés onde artistas falavam do modernismo nas mesas em volta. Ou então acabava numa livraria das que havia em cada esquina. E lá descansava os pés e lia os jornais de graça.

Foi numa dessas livrarias que ela entrou uma tarde e viu um pequeno livro com "Goethe" impresso na lombada. Pegou-o na estante e sentou num banco. Dentro da velha capa de couro, as páginas tinham manchas pretas de mofo, mas o texto estava todo visível. Hino à Natureza, dizia a pequena página. Mamah tinha estudado Goethe no colégio e mais tarde leu suas obras, por sua conta. Mas não conhecia aquele poema, que parecia ser bastante longo. A data na capa era 1783.

– É a edição original? – perguntou Mamah ao vendedor.

– Acho que não.

– Aceita três marcos por ele?

O homem franziu a testa.

– Talvez tenha descoberto uma coisa importante aí – ele pegou o livro em suas mãos carnudas e analisou. – Doze – ele retrucou.

Ela tornou a pegar o livro e examinou também. Depois ele. E ficaram assim, passando de mão em mão. Mamah acabou pagando dez marcos.

Com o livro embrulhado em papel pardo e enfiado dentro da bolsa, ela voltou correndo para o Adlon. Assim que Frank chegou, correu para mostrar-lhe a preciosidade.
– É muito antigo – Mamah disse sem fôlego. – Tem mais de cem anos.
– E tem cheiro de velho mesmo – ele separou páginas que estavam grudadas.
– Tenho certeza de que não foi traduzido para o inglês – ela olhou bem nos olhos dele. – Não ria, mas estou com a sensação de que era para eu encontrá-lo.
– Pode ser.
– Vamos traduzir juntos – ela propôs. – Nós podemos verter para o inglês pela primeira vez.
Frank parecia cético.
– Mas todo o meu vocabulário se resume a *nein* e *ja*.
– Não é verdade. Você conhece *guten morgen*!
– *Ja*.
– Não faz mal. Eu faço a tradução literal e nós resolvemos juntos a melhor maneira de dizer. É mais importante ser um bom escritor na sua língua. E você é um grande escritor. E acontece que o poema trata da natureza.
– Quer dizer que tradução é assim?
– Bem, é um pouco de alquimia, eu acho. Ajuda demais conhecer a cultura da qual você está traduzindo e também aquela para a qual está vertendo.
– E isso é um poema.
– Exatamente, o que torna a tarefa ainda mais difícil. O ideal seria que você fosse Dryden, aí sentado traduzindo poemas gregos em versos perfeitos em inglês. Mas isso não vai acontecer aqui. Nós vamos buscar a alma dele.
– Eu adoraria isso.
– Mas tem um porém – ela provocou. – Você tem de ser humilde, porque ninguém jamais considera que a obra é sua, claro. O tradutor é um mero filtro – ela olhou para ele por cima dos óculos. – Você consegue ser um filtro?
– Agora você está entornando o caldo.

– Vamos começar durante o jantar.

– Mmmm – ele disse. – Não pode ser hoje – o tom da voz dele indicava que estava brincando. – Tem uma coisa que até você vai preferir fazer.

– O que é? Diga logo. O que é?

– Wasmuth e a mulher dele têm duas entradas extras para a ópera. E nos convidaram para irmos com eles, depois ao Kempinski's. Devemos estar no teatro da ópera em mais ou menos quarenta e cinco minutos.

– Você está com vontade de ir à ópera?

– Negócios – ele rolou os olhos.

Mamah deu um grito de alegria e rodopiou pelo quarto, dançando.

– Qual é a ópera? – perguntou-lhe enquanto vestia rapidamente seu vestido de baile azul escuro.

Ela não escutou o que ele disse. Pôs uma gargantilha preta com tachas no pescoço.

– Deslumbrante – disse Frank quando ela apareceu.

No corredor, um homem careca com um sobretudo com gola de mink esperava o elevador. Quando chegou, ele puxou a porta pantográfica e fez uma mesura para Mamah e Frank entrarem. Ela sentiu o cheiro da água-de-colônia que usava e notou que ele os examinava.

Que imagem será que formamos?, ela pensou. *Será que parecemos marido e mulher, duas partes de uma máquina? Será que dá para ver a verdade?*

No saguão, as pessoas viravam a cabeça e ficavam olhando para eles. Ela sabia que estava linda. Mas o Adlon estava cheio de mulheres lindas. Era Frank que as pessoas deviam estar reconhecendo. Ele não era alto, mas estava bem elegante com sua capa preta, o cabelo grisalho nas têmporas e a postura faziam com que ele se destacasse, à parte e acima dos outros homens. As botas de salto alto e o largo chapéu de feltro eram maravilhosos.

Saíram do hotel bem na hora em que terminava uma garoa gelada. A pele de Mamah formigava no ar vibrante da noite na Pariser Platz.

– Que ópera você disse que é? – ela perguntou.

– *Mefistófeles* de Boito. Chaliapin no papel principal.
Caminharam um quarteirão em silêncio. O que será que ele está pensando?, imaginou Mamah.
– Wasmuth sabe? – ela perguntou.
– Sobre a nossa situação? Não. Nós só falamos de negócios.
Mamah ficou séria. *Eu posso enfrentar isso*, ela pensou.
– Não vou marcar mais nenhum compromisso social para nós – Frank sentiu que ela ficou desapontada. – Só pensei que seria uma chance de você entender o que o homem vem me dizendo. Ele tem um amigo que traduz, mas acho que escapa muita coisa.

No Teatro da Ópera uma recepcionista levou-os aos seus lugares na frente do primeiro balcão. Ernst Wasmuth, um camarada sorridente e bem nutrido, com um bigode castanho de pontas viradas para cima, ficou logo de pé e beijou a mão de Mamah. Apresentou os dois à sua mulher, uma ratinha muito séria ao lado do seu gordo gato Chéshire. Mamah sentou no fim da fila e Frank ao lado de Wasmuth.

Quando as luzes começaram a se apagar, ela olhou para trás, para a platéia. Os ombros e pescoços das mulheres, todas vestidas em veludo, seda e plumas, brilhavam suavemente sua brancura no escuro. Algumas se abanavam com leques que pareciam pequenas asas na frente dos seios. Os homens se inclinavam para frente, suas camisas impecáveis cintilando contra os paletós pretos.

Mamah não tinha visto *Mefistófeles*, mas sabia que era uma versão da lenda de Fausto, uma história a que assistiu na ópera e no teatro e que foi traduzida na faculdade. Ela teve vontade de dar meia-volta na rua quando Frank disse que era esse o espetáculo que iam ver. O programa era uma má idéia.

Quando a cortina finalmente subiu, o imenso coro – devia ter pelo menos cem pessoas – já estava no palco. O coro celestial vestido de branco cantou *Ave Signor!* – Salve, Senhor! Anjos, penitentes e pequenos querubins com penas brancas nos ombros, nos braços e na ponta dos dedos ocupavam todo o palco e suas vozes cresceram em um trovejante "Ave!".

Mamah teve a sensação de estar dentro de uma imensa catedral, como se sua própria alma estivesse sendo elevada pela voz comoventemente doce das crianças.

Então, sem aviso, Mefistófeles entrou com passos largos no meio delas. Meio coberto por uma capa vermelha e bem mais alto do que todos os outros, Chaliapin estava de peito nu e era uma figura ameaçadora, os músculos dos braços irradiavam poder.
– Conhece Fausto? – cantou o Coro Místico.
– O lunático mais estranho que já conheci! – trovejou Mefistófeles. – Sua sede de sabedoria fez dele um sofredor – o diabo jogou a cabeça para trás e deu uma gargalhada de desprezo. – Criatura tão fraca! Nem tenho vontade de tentá-lo.

Mamah traduziu as primeiras frases em sussurros para Frank. Chegou para frente quando Mefistófeles apostava com Deus para conquistar a alma do professor.
– *E sia* – Assim seja, cantou o Coro Místico.

No meio de uma comemoração na aldeia, o velho e culto Fausto parecia exausto, como acontecia em todas as versões da história, no meio dos belos e jovens foliões. Um tenor barrigudo cantou o papel de Fausto. E que Fausto! A voz dele era um contraponto emocionante ao trovejante *basso profondo* de Mefistófeles.

Sim, ele poderia ceder à tentação, facilmente. Sem reclamar muito. Mamah sabia muito bem o que seria a tentação de Fausto, e o tenor cantou plangentemente.

Se me deres
Uma hora de descanso
Para minh'alma encontrar a paz
Se puderes revelar aos cantos mais escuros da minha mente
Meu verdadeiro ser e a verdade do mundo.
Se isso acontecesse, eu diria
Nesse momento fugidio:
Então posso morrer
E deixar sem medo que o inferno me devore.

Mamah olhou para Frank. O rosto dele, tão belo, estava iluminado, como todos atrás dele. Sua testa brilhava.
– *Arrestati, sei belo.* – Fique. Pois és muito lindo.

Mamah começou a chorar. Secou as lágrimas do rosto e assoou o nariz. Sabia o que ia acontecer. Sabia que Fausto, tornado jovem em sua barganha com o diabo, ia amar e seduzir uma camponesa, Marguerita, depois abandoná-la para partir em outra aventura com Mefistófeles. Ela sabia que Fausto voltaria, encontraria a moça na prisão por ter envenenado a mãe dela com uma poção que ele mesmo tinha dado. Apenas três gotas, ele disse para ela, e sua mãe irá dormir um sono profundo, para podermos ficar a sós. Mas a mãe dela morre por causa da poção. Na ausência do amante, Marguerita enlouquece e afoga seu bebê, o filho de Fausto.

Por que cargas-d'água eu achei que ia suportar?, pensou Mamah. Estava zangada de ter se permitido ser levada para assistir à ópera. A loucura de Marguerita deixou-a arrepiada, e a velha história tão conhecida foi como um soco no estômago. Naqueles últimos dias, passados sozinha, meditando, ela temeu que algum tipo de loucura estivesse apenas a um passo do círculo de ouro que ela e Frank tinham criado em volta deles.

No entanto... no entanto... Como é que podia condenar Fausto, como é que qualquer pessoa podia condenar Fausto, tão desesperado por um pouco de felicidade que foi capaz de vender sua alma para poder dizer, *Sim, por um breve momento, eu realmente vivi.*

Mamah afundou na cadeira e tentou parar de chorar.

Quase no fim da ópera, Fausto se apaixona de novo, dessa vez pela linda Helena de Tróia, quando Mefistófeles o transportou para o passado, para a Grécia antiga. Mamah secou os olhos quando o tenor cantou *Ogni mia fibra, E'posseduta dall'amor.* – Cada fibra do meu corpo está possuída pelo amor.

Ela pôs a mão na de Frank. Ele estava de olhos fechados e a cabeça balançava ao ritmo da música. Não era culpa dele. O programa era em italiano e alemão. Como podia saber? Afinal de contas, quem era obcecada por Goethe era ela.

Frank encostou a cabeça no ombro dela um tempo. Ele cantarolava de boca fechada, sem se dar conta da ruína emocional na cadeira ao lado.

KEMPINKSI'S ESTAVA LOTADO com o público da ópera que bebia champanhe e comia ostras. Havia uma euforia no restaurante, as pessoas em volta falavam de Boito e de Chaliapin. Brilhante. Magnífico. Uma noite inesquecível. A dor de cabeça que Mamah sentia começou a melhorar.

A mulher de Wasmuth parecia animada com o sucesso da noite.

– Seus olhos estão inchados – ela disse e segurou a mão de Mamah. – Eu também fiquei comovida, minha querida – a voz dela era constrangedoramente íntima. – Diga ao seu marido, o sr. Wright, que o meu marido considera um privilégio trabalhar com um homem genial como ele.

A raiva que Mamah tinha sentido no teatro voltou inexplicavelmente e lhe subiu à garganta. As têmporas latejavam enquanto traduzia.

Frank curvou-se educadamente para a mulher, depois recostou na cadeira e pensou no assunto antes de falar.

– Diga a ela que um gênio é apenas o homem que vê a natureza e que tem a coragem de segui-la.

Mamah virou para Frau Wasmuth e falou baixinho para ela. O pescoço da mulher ficou vermelho da gola para cima até o rosto ficar quase da cor do vinho do porto em sua taça. Ela se levantou e falou privadamente com o marido. Wasmuth pediu rapidamente licença em nome dela.

– Ela está se sentindo mal? – perguntou Frank.

– Está – disse Wasmuth, pedindo a conta. – Sim. Precisamos ir. Nós nos vemos amanhã.

– Estranho – disse Frank depois que eles se foram. – Será que eu disse alguma coisa errada? Talvez devesse ter retribuído o cumprimento... que besteira.

– Não, meu amor – disse Mamah, inclinando-se para beijar a testa dele. – A culpa foi minha. Eu disse a ela que não sou a sra. Wright.

CAPÍTULO 18

Hino à Natureza

Natureza!
Somos rodeados e envolvidos por ela, impotentes para emergir
e impotentes para penetrar mais fundo.

Estavam sentados no sofá de frente para a janela. O pequeno livro de Goethe entre os dois. Mamah passou o dedo na terceira linha do poema e escreveu rapidamente no papel que tinha no colo.

– Espontâneo e sem previsão... – ela leu.

– Duro demais – disse Frank, coçando a cabeça. – Que tal "sem convite e sem aviso"...

– Soa melhor – ela escreveu a correção sobre o verso, depois traduziu o próximo. – Girando em sua dança ela nos eleva, rodando e nos levando para frente, até que exaustos caímos dos seus braços.

Frank olhou para o papel que Mamah segurava.

– Girando é árido, não acha? Sugiro um rodopio, algo por aí. Acho que essa idéia toda da nossa dança com a vida é mais suave do que isso, mais como uma valsa.

Mamah encostou o lápis na boca, pensativa.

– Não ponha grafite nesses lábios – ele disse.

Ela escreveu umas palavras, riscou outras.

– Que tal isso? – ela disse um minuto depois. – Sem convite e sem aviso, ela rodopia conosco em sua dança e nos arrebata até que, exaustos, caímos de seus braços.

Ele prendeu uma longa mecha de cabelo escuro atrás da orelha dela.

– Adorável – ele disse.

AQUELA MANHÃ ela acompanhou Frank até o escritório. Ernst Wasmuth parecia constrangido de tê-la lá como tradutora, agora que sabia quem... o quê... ela era. Ele tinha entrado no drama pessoal dos dois e não queria estar lá. Wasmuth foi educado, só o suficiente, e solícito, pois ela era uma mulher atraente. Mas ele era um homem de negócios, primeiro. Era claro que achava difícil manter a firmeza, que dirá ser agressivo, com Mamah traduzindo. Com ele estava seu sócio, Herr Dorn, que evidentemente não tinha os mesmos escrúpulos.

Eles queriam nove mil marcos contra entrega de quatro mil cópias do projeto menor, o livro de fotografias. O grande livro com os projetos e desenhos em perspectiva de Frank seria publicado depois disso, quinhentas cópias para distribuição nos Estados Unidos, quinhentas para vendas na Europa. E eles iam e vinham discutindo número de páginas, tamanho da fonte, preço de transporte.

– Temos muito trabalho – Mamah sussurrou para Frank quando saíram do escritório de Wasmuth.

– O que você achou do Dorn?

– Eu não confiaria totalmente nele. Ainda não.

Pararam na recepção onde havia correspondência para Frank. Mamah viu uma pequena pilha separada para ele no balcão. Em cima havia um cartão postal com uma foto do Templo Unity.

– Tem alguma carta para sra. Cheney, Mamah Cheney? – ela perguntou para a recepcionista de Wasmuth.

A mulher usava o mesmo tipo de roupa que Mamah tinha visto pelas ruas, um pequeno laço no pescoço, óculos minúsculos.

– Tínhamos algumas sim – ela respondeu.

– Preciso pegar essa correspondência – disse Mamah.

A mulher ficou muito confusa, olhava para Frank, para Mamah e de volta para Frank.

– Ai meu Deus – ela disse, mexendo na caixa. – Devem ter sido enviadas de volta.

– Esqueci de avisá-los. A culpa é minha – disse Frank. – Não pensei nisso.

Mamah imaginou a cara de Edwin recebendo a devolução de uma carta. Tinha dado para ele o endereço do escritório de Wasmuth na Markgrafenstrasse.

A mulher voltou para a sala da correspondência e Frank foi atrás dela. Mamah pegou o cartão com o Templo Unity que estava em cima da pilha de Frank e virou.

20 de outubro de 1909

Meu querido,
As crianças sentem sua falta, e eu também. Esperamos que esteja bem de saúde e que tudo vá bem com o seu trabalho também.

Sua esposa amantíssima,
Catherine L. Wright

Quando Mamah levantou a cabeça, Frank e a mulher vinham andando na sua direção. Frank ainda estava com ar aborrecido.
– Desculpe, sra. Wright – disse a mulher. – A sua amiga, a sra. Cheney, ela está hospedada com a senhora?
– Está.
A mulher entregou duas cartas, uma de Edwin e uma de Lizzie.
– Esteve um homem aqui, dois dias atrás, procurando a sra. Cheney. Eu disse que tínhamos a correspondência dela, mas não sabíamos quem era. Não me dei conta de que ela estivesse viajando com os senhores.
– Um homem? – Mamah sentiu a garganta apertar. – Como ele era?
A funcionária olhou para a parede, tentando se lembrar.
– Ele usava um grande sobretudo, era careca, com um pouco de cabelo castanho aqui – ela apontou para os lados da cabeça. – Falava inglês. Acho que era americano – ela parou de falar, olhou primeiro para Frank, depois para Mamah. – E ele perguntou pelo sr. Wright também.
Mamah e Frank saíram para o corredor e encostaram-se à parede.
– Edwin – disse Frank.
– Tem de ser – Mamah arregalou os olhos para ele. – Ele deve estar em Berlim.

– Meu Deus – Frank resmungou e esfregou a testa com a base da mão. – Olha, não volte para o hotel sem mim. Você está numa viagem de turismo, certo? Então simplesmente passe os dias como planejou, depois volte para cá e me encontre aqui – ele apontou com a cabeça para a mesa da recepção. – Enquanto isso, vou descobrir se ela contou para ele onde estamos hospedados – ele segurou as mãos dela. – Se ele está na cidade, vamos confrontá-lo nós dois juntos. Não quero que o enfrente sozinha.

– Ele não me faria nenhum mal, você sabe disso. E você? Você conhece Edwin. No fundo, ele é um homem gentil. Ele não encostaria em você, acho que não – ela balançou a cabeça. – Ele está desesperado. Ainda. Não consigo acreditar que veio até aqui.

– Abra – disse Frank, apontando para a carta na mão dela.

Naquele momento Wasmuth apareceu, saído da sala de espera.

– Frank, estou com os outros à mesa agora. Você vem?

– Vá – disse Mamah. – Eu o vejo hoje à noite no hotel, aqui não – ela apertou o braço dele. – Vai dar tudo certo.

Com as cartas na bolsa, Mamah foi para a estação do trem. A linha Charlotenburg estava entupida de gente, por isso ela foi de pé, segurando num poste. Diante dela, um velho cabeceava, então acordou com um tranco, cabeceou de novo, pulou e acordou, ficou assim a viagem inteira. Mamah olhou em volta do vagão e semicerrava os olhos para as pessoas nas ruas, à procura do rosto de Edwin.

MAMAH TINHA ENCONTRADO o Café des Westens no seu guia Baedecker no dia anterior quando traçou o programa do dia. Era um café onde diziam que os intelectuais se reuniam. Ela imaginara uma hora tranqüila, tomando uma sopa com uma boa fatia de pão, ouvindo as conversas das mesas em volta.

Às dez da manhã, estava cheio de homens concentrados, curvados sobre xícaras de café. Mamah procurou no restaurante um ponto mais discreto onde pudesse abrir a carta. Na sua frente havia uma cabine telefônica com um cômico busto do kaiser Wilhelm equilibrado em cima. Ela foi para a mesa ao lado. Exceto por uma mulher excêntrica que usava um fez de lã de carneiro e lia um livro, aquela área estava vazia.

Mamah pediu uma xícara de chá, tirou as duas cartas da bolsa e rasgou o envelope de Edwin.

Mamah,

Lamento não poder falar com você pessoalmente. Por favor, conceda-me a dignidade de não mostrar esta carta para ele.

Eu queria demais ver o seu rosto! Talvez revelasse quais forças puderam movê-la a abandonar Martha e John em Boulder naquela situação. Esta é a parte que eu não entendo, Mamah. Você não é assim, e só posso supor que deve estar muito estressada mentalmente. Mais do que raiva, eu sinto a mais profunda preocupação com você. Frank Wright é um mentiroso contumaz, e temo que você não consiga perceber que ele controla a sua mente. Não acredito que você esteja fazendo essas escolhas de livre e espontânea vontade. Senão, de que jeito posso explicar isso para mim mesmo?

Martha, John e Jessie acreditam que você esteja numa viagem de férias. Louise, Lizzie e minha mãe cuidam deles, mas nenhuma delas a substitui. As crianças sentem a sua falta. Imploro que retorne para nós. Faço o que for preciso para que sejamos uma família novamente.

Não deixei de amá-la.

Edwin

Mamah suspirou profundamente. Ele enviara a carta de Oak Park no dia 23 de outubro. Hoje era novembro... quanto? Dez de novembro. Tempo suficiente para ele pegar um trem até Nova York, depois o navio até lá. O que ele estava fazendo? Indo de hotel em hotel à procura dela? Nem Frank, nem ela disseram a ninguém onde estavam hospedados. Só Wasmuth sabia.

Mamah abriu o desenho de Martha que Edwin pôs na carta. Era uma figura feita com lápis de cera, uma mulher, acenando de um navio.

Estudou a caligrafia de Lizzie no outro envelope. Mais remédio amargo. Manteve o envelope fechado e, em vez de ler a carta, olhou para a pessoa sentada à sua frente. A mulher com ar de boêmia que passava a mão nas contas do colar enquanto lia. Estava com um pé apoiado na travessa da cadeira à frente e usava botas.

Mamah tomou o chá e então abriu a carta de Lizzie.

Mamah,

> *Escrevo com um peso no coração, por muitos motivos, mas especialmente pela terrível notícia que cabe a mim revelar. Mattie morreu. Soube por Alden, numa carta que recebi ontem. O coração dela deve ter começado a fraquejar logo depois que você partiu. Quando Edwin chegou a Boulder, o irmão dela, Lincoln, tinha sido chamado de Iowa...*

Não, pensou Mamah. Isso é uma brincadeira de mau gosto.

Imaginou Lizzie e Edwin sentados de frente um para o outro à mesa de jantar, conversando tarde da noite. Arquitetando algum plano sinistro... cartas para fazer com que ela voltasse para casa. Alimentados pelo desespero, ou pelo amor, sem dúvida, mas isso... E agora Edwin, que deve estar em algum lugar de Berlim...

A cabeça dela começou a rodar como se tivesse um tipo de paralisia. *Não havia nada de errado com Mattie.*

A ponta de um recorte de jornal apareceu no envelope da carta de Lizzie. Mamah puxou e leu a data escrita a lápis no topo. Quinze de outubro. Os olhos dela voaram coluna abaixo, lendo partes das frases.

SRA. ALDEN H. BROWN

> Com a morte da sra. Alden H. Brown ocorrida ontem, Boulder perde uma das melhores pessoas dentre suas cidadãs... residente de Boulder desde a primavera de 1902... Seu caráter exemplar e elevadas realizações intelectuais... mãe e esposa dedicada... Sua mente era grandiosa demais para abrigar qualquer pensamento mau ou egoísta... Universidade de Michigan... lecionou nos colégios de Port Huron... um choque para toda a comunidade, sua saúde aparentemente excelente não deu nenhuma pista desse fim repentino de uma carreira solidária... Doença cardíaca com envolvimento dos pulmões... Velório Mapleton 404... O enterro será em Vinton, Iowa.

Um gemido soou na garganta de Mamah. Ela cobriu o rosto com as mãos. A mulher que lia o livro se levantou e foi até ela.

– Posso fazer alguma coisa para ajudar?

O rosto da mulher estava perto do rosto de Mamah.

– Não, ninguém pode ajudar – soluçou Mamah, chorando. – Minha amiga está morta.

CAPÍTULO 19

Frank estava sentado no chão do quarto do hotel, de pernas cruzadas, fazendo anotações para ele mesmo em pequenos cartões brancos. Espalhados à sua frente duas filas de quatro desenhos cada uma que ele acabara de receber de Marion Mahony. Ele olhou para cima quando percebeu que Mamah estava ao seu lado.
– Vai sair?
– Vou, não demoro.
– Ótimo – ele disse e se levantou. – Ótimo.
– Quer que eu traga alguma coisa?
– Não. Vou levar isso para Wasmuth mais tarde. Como alguma coisa na rua – ele a abraçou por cima do casaco de lã. – E como estamos hoje?
– Estamos pondo um pé na frente de cada vez – ela conseguiu dar um sorriso meio murcho.
Ele pôs o polegar de lado entre as sobrancelhas dela e massageou suavemente as rugas.
– Gostaria que você falasse sobre isso.
Ela deu de ombros com tristeza.
Ele puxou o xale dos ombros dela e enrolou no seu pescoço.
– Está frio lá fora.
Ela atravessou a Pariser Platz para a Unter den Linden. Sob os limoeiros. O nome da rua parecia uma piada soturna para Mamah quando ela caminhava para leste ao longo das árvores desfolhadas do boulevard, encarando uma chuva gélida enviesada. Passou apressada pelo aquário e desviou seu rosto inchado quando olhou nos olhos de uma mulher pretensiosa sob um guarda-chuva diante do Grand Hotel de Rome. Quando Mamah avistou o domo de cobre da igreja de Santa Edwiges, sentiu-se mais relaxada. Lá dentro velhas com xales pretos manuseavam seus rosários. Na quase-escuridão, Mamah encontrou o cheiro que esperava encontrar, o cheiro de parafina queimando até desaparecer em copos votivos.

Já fazia três dias que Mamah queria sentar ali sozinha com Mattie, desde que a mulher do café a pôs dentro de um táxi. Felizmente Frank estava no hotel para recebê-la, para tentar consolá-la. Ele teria ficado horas, com prazer, só ouvindo, só que ele não conhecia Mattie. Como poderia compreender? De qualquer modo, desabafar tristeza demais nele seria injusto. O quarto do hotel já fedia a preocupações demais. O projeto estava lento demais. As cartas de Catherine e da mãe dele chegavam sem parar no escritório de Wasmuth. E havia também o espectro de Edwin, que podia, a qualquer momento, bater na porta e criar só Deus sabe que tipo de escândalo. Isto é, se ele estivesse mesmo em Berlim.

A temporada deles na Alemanha certamente não estava sendo a aventura espiritual que Frank planejou seis meses antes. Tampouco era o que Mamah havia imaginado. Quando ela embarcou no trem para Nova York, esperava sentir alívio com o fato daquilo que ela tanto desejava, com que tanto se preocupava, estar finalmente começando, afinal, a sair de um túnel de indecisão para a luz.

Mas naquele momento não havia nada claro, exceto que ela queria algumas horas num espaço silencioso só dela. Frank estava trabalhando numa mesa de desenho improvisada diante da grande janela. Quando ele estava no quarto, sua presença era muito forte.

Mamah precisava se despedir de Mattie, de acreditar naquela despedida de alguma forma. Mas não havia um corpo para tocar. O rosto de Mattie não estava corado quando Mamah a deixou. Mas também não estava emaciado.

Nos últimos três dias, Mamah procurou entender o que devia ter acontecido. *Doença cardíaca com complicações pulmonares.* O que isso significava? Os jornais nunca disseram. *Outra mulher morreu de hemorragia depois de dar à luz ontem.* Mattie estava fraca depois do parto, mas muitas ficam assim. Será que ela não percebeu que Mattie estava sofrendo? Será que Mamah estava envolvida demais com ela mesma para ver a amiga mais de perto?

Pela centésima vez, ela se recriminou. *Se eu estivesse lá, teria ido para Denver em busca de um médico melhor. Eu podia tê-la salvado.*

Agora não adiantava mais. Não adiantava. Ela precisava pensar em Mattie, inteira e pura, sem sua doentia sensação de culpa cobrir todas as lembranças com aquela camada de fuligem. Queria homenagear a vida de Mattie de algum jeito, mesmo que fosse apenas em sua mente.

Mergulhada no meio-dia gelado da catedral vazia, Mamah chorou e riu com o rosto escondido no lenço em volta do pescoço. *Bem, Mattie, seu cabelo estava todo despenteado, posso admitir isso agora.* Mamah lembrou que a amiga passava uma escova no emaranhado grosso enquanto tentava moldar as mechas com algum estilo. Uma vez ela reclamou, por que será que quando eu entro numa sala, alguém sempre diz: Ah, está ventando lá fora?

Mamah se lembrou do verão logo depois que elas se formaram na universidade. As duas conseguiram emprego de professora em Port Huron e se mudaram para a pensão de lá. Por mero capricho, foram a uma reunião da associação local do sufrágio feminino naquele mês de junho, com a esperança de fazer novas amigas. Havia uma mulher distribuindo panfletos quando elas chegaram. Venha para o Colorado e nos ajude a aprovar a Lei do Sufrágio Feminino – essa era a idéia central da coisa. Mamah se lembrou de uma frase do panfleto: *A colheita é branca, mas há poucos para colher.* No final daquela noite elas tinham assinado uma campanha de conversão. Era a possibilidade de ouvir seus heróis falando que as tinha atraído, como Elizabeth Cady Stanton, Carrie Chapman Catt e até Frederick Douglass agendara palestra. A possibilidade de grandes aventuras depois de um mês de provas finais também era bastante atraente. Em duas semanas elas já estavam indo de casa em casa em Denver, passando os panfletos.

As organizadoras as tinham posto no apartamento de uma voluntária. Era uma viúva de trinta e seis anos chamada Aldine que trabalhava de costureira numa fábrica para sustentar os três filhos. A primeira noite que passaram lá, Mattie e Mamah ficaram de pé perto da mesa, pois não havia cadeiras, e comeram pão dormido com café aguado. No dia seguinte e nos outros dias, andaram pelos bairros mais pobres da cidade, batendo às portas de barracos para entregar panfletos. Mesmo nos piores buracos eram recebidas por pessoas que em geral eram a favor do sufrágio universal.

Certa tarde, porém, quando estavam panfletando numa rua com tabernas dos dois lados, foram agredidas por um proprietário de bar furioso. Ele saiu correndo do bar abanando uma toalha branca para espantá-las.

– Sumam já daqui! – ele gritou para elas.

Mamah e Mattie pararam de estalo, atônitas. E agora Mamah pensava que ninguém jamais as tinha expulsado de algum lugar com aquelas palavras na vida: Sumam já daqui!... Os gritos do homem ficaram mais altos.

– Não queremos forasteiras dando corda para as pessoas.

Homens do outro lado da rua chegaram para se divertir. Mamah e Mattie logo se viram cercadas, bem no meio de um círculo de homens agressivos.

– De onde as senhoras são? – um dos homens que estava mais bem vestido perguntou.

Todos eles fediam a cerveja e a suor.

Mamah levantou o queixo numa pose desafiadora.

– Michigan.

– A senhora viajou de um bocado longe – disse um bêbado que cuspiu um pedaço de tabaco no chão, perto dos sapatos de Mamah.

– Parece que as que criam mais confusão são as que não têm um homem para segurá-las em casa – disse o primeiro homem, erguendo as sobrancelhas – e fazê-las felizes.

Os homens riram e uivaram.

– Senhor – começou Mamah, mas o homem continuou, apontando o dedo para o nariz dela.

– E não me venha com essa conversa de "tributação sem representação", madame. Há apenas uma mulher em cada cem que paga tributos.

– Senhor – disse Mamah –, o senhor está argumentando a favor da minha causa, e não da sua. Isso é um sinal de que pouquíssimas mulheres conseguem encontrar emprego decente.

– Bobagem – disse o homem, abanando a mão com desprezo.

Até aquele momento, Mattie estava paralisada no centro do grupo. Empertigada como a esposa de um ministro religioso, com suas luvas brancas e o pequeno chapéu de palha, ela girou lentamente e olhou bem nos olhos de todos.

– Cavalheiros, dá para ver que vocês todos são trabalhadores – Mattie tinha vinte e um anos, sua voz era aguda e doce. – Com esposas e filhos que vocês amam. Tenho certeza disso. Há algum homem aqui entre vocês que já pensou o que seria da sua família caso morresse? Vocês querem que suas esposas fiquem impotentes, que sejam classificadas politicamente junto com os idiotas, os criminosos, os loucos? Querem que sua esposa trabalhe para ganhar muito menos do que um homem ganha, se ela tiver de alimentar seus filhos? Olhem para aquela criança ali – ela apontou na direção de um menino que parecia ter uns oito anos e limpava o chão de um bar do outro lado da rua. Todos olharam para ele. – Querem que seus filhos sejam obrigados a sair para trabalhar ainda crianças, como aquele menino?

Os homens resmungaram e se dispersaram. Mamah ficou boquiaberta olhando para sua gentil amiga.

Você nunca mentiu, Mattie. Sempre falou com o coração.

Mamah ficou praticamente muda desde que leu a carta de Lizzie. Passou três dias vendo e revendo em sua cabeça o que podia ter acontecido dentro daquela casa na Mapleton. Imaginou John e Martha, conscientes dos problemas, provavelmente apavorados, esperando numa casa com alguém à morte, que o pai fosse pegá-los. Ela rezou para que a babá tivesse o bom senso de ficar brincando com as crianças do lado de fora. Mesmo assim, o que elas tinham visto, ou ouvido?

Imaginou Mattie estendida na sala onde grupos de vizinhos iam examinar suas mãos pálidas e sardentas, como lírios pintados sobre seu peito. Devia haver bolos de velório na longa mesa de jantar e tecido cobrindo os espelhos. A mãe de Alden teria feito as coisas do jeito antigo. Não importava que Mattie desprezasse funerais.

Ela imaginava Alden, arrasado de dor e confuso, sofrendo com as hordas que apertavam sua mão e diziam "Ela está num lugar melhor agora".

Essa é uma mentira que os vivos dizem para os outros, não é, Mattie? Que lugar melhor para você do que dentro da sua própria pele, viva, respirando?

Não havia absolutamente qualquer sinal de coração fraco. Mattie tinha uma constituição muito forte e mais vontade de viver do que qualquer mulher que Mamah conhecia. Quando Mamah lhe deu um beijo de despedida, o rosto sardento de Mattie estava todo enrugado de alegria, seu cabelo louro crespo e despenteado formava um halo dourado. Ela estava amamentando o bebê, com um sorriso de orelha a orelha.

A noite passada Mamah passou agitada, inquieta com os sonhos. Viu o corpo de uma mulher com uma camisola limpa, deitada como se estivesse dormindo. Mamah se viu sentada na cama, estendendo a mão para tocar no braço da amiga. Ou será que era da sua irmã? Acordou quando sentiu que estava frio.

Lembrou-se da hora logo depois da morte de Jessie, quando ela foi sentar ao lado da irmã pela última vez. Os cheiros de alvejante e de parafina permeavam o ar do quarto. Mamah já sabia como era a morte. Tinha visto o corpo sem vida da mãe. Tinha tocado nele, assim como tocara no corpo da irmã, e sabia também que o corpo de Mattie ia ser a mesma coisa. Quando Jessie morreu, foi como se sua alma simplesmente saísse voando. E o que ficou para trás foi uma coisa inútil, não mais um recipiente sagrado, mais parecia uma velha mala.

O que aturdiu Mamah sobre a morte de Jessie foi a rapidez com que o corpo fez a transição completa da força vital para um trapo vazio. O que tinha dentro dele antes, aquela mistura de ternura, humor, lealdade a toda prova, inteligência... a essência de Jessie... tinha simplesmente evaporado.

Mamah sabia como funcionava a perda. Ela sofreria e lamentaria por Mattie, como o fizera por Jessie, depois acordaria uma manhã se sentindo bem. Retomaria a vida de onde tinha parado. Em um ano a amiga preciosa pela qual sofrera um período de luto tão profundo desapareceria dos seus pensamentos de todos os dias. Em dois anos, sem uma foto na sua frente, ela teria dificuldade de visualizar o nariz ou a boca de Mattie. De todas as verdades cruéis que a morte tinha para ensinar, essa parecia a mais cruel de todas.

Mamah se levantou e saiu rapidamente da igreja.

ELA E FRANK PASSEARAM pela Unter den Linden no fim da tarde. A chuva tinha parado. Ela sentiu uma saudade enorme quando viu dois meninos mais ou menos da idade do John fingindo uma luta de boxe da porta de uma farmácia. Parou para vê-los brincar de socar um ao outro, depois fazer pose de valentão, como dois Jack Johnson pequenos e magricelas.

– O mundo continua – ela disse quando continuaram a andar. – Todo mundo que já perdeu alguém sempre pensa isso. Mas é estranho. Sempre parece surpreendente quando vemos as pessoas seguindo suas vidas.

Frank segurou o cotovelo dela e a levou pela calçada, parando para ver uma vitrine ou outra de vez em quando.

– Lembro como foi logo depois da morte de Jessie – disse Mamah. – Eu estava num piquenique da igreja e brincavam de corrida de saco. Olhei em volta para todas aquelas pessoas pulando como doidas, cada uma com uma perna dentro de um saco de batatas. Elas riam, mas também pensavam seriamente em ganhar aquela corrida. E lembro que pensei: *Será que essas pessoas não sabem que vão morrer?*

Frank fixou os olhos nos dela.

– O que ela ia querer que você fizesse?

– Mattie?

– É.

– Ia querer que eu fosse para casa nesse instante – Mamah olhou para a rua. – Eu sei que essa não é a resposta que você queria.

Ele a abraçou para consolá-la. Estavam na frente da vitrine de uma chapelaria, J. Bister, cheia de lenços espalhados sob os chapéus em suportes.

– Entre aqui um minuto – ele disse.

Frank fez a vendedora tirar um lenço vermelho da vitrine. Ele pôs enrolado nos ombros dela.

– Fica parecendo espanhol – ela disse. – Como os xales que a mulher do papagaio usa – ela pegou a etiqueta de preço e balançou a cabeça. – Caro demais.

– Você está linda, e acontece que precisa dele – Frank deu mais de vinte e cinco marcos para a vendedora. – Agora trate de usar, está bem, Mamah? Por mim.

CAPÍTULO 20

— Quanto tempo acha que vai levar para fazer as malas?
A pergunta saiu assim, sem mais nem menos. Frank andava agitado desde que entrou no quarto do hotel e ficou andando de um lado para outro de casaco, como se tivesse voltado para pegar alguma coisa.
Mamah levantou os olhos do livro que estava lendo e ficou espantada de ver aquele olhar febril, esperando uma resposta dela.
— Agora?
Frank suspirou.
— Não era o Edwin nos procurando no escritório de Wasmuth.
— O que quer dizer?
— Sabe a carta que recebi da minha mãe? No dia em que você recebeu a notícia de Mattie? Eu não podia contar naquela hora — ele parou na frente dela, com os punhos cerrados enfiados dentro dos bolsos do casaco. — Tem um repórter bisbilhotando em Oak Park, fazendo perguntas. À procura de fofocas. Eu acho que o *Tribune* pôs o correspondente deles aqui de Berlim atrás de nós. Acho que era ele no escritório de Wasmuth perguntando por nós.
— Contaram para ele onde estamos hospedados?
— A recepcionista de lá afirmou que não disse nada. Mas não acredito nela. Alguém me disse que o cara voltou lá ontem.
O pânico começou a se expandir como um balão dentro do peito dela.
— Temos de sair daqui. Precisamos encontrar outro lugar. Imediatamente.
Ela se levantou e calçou os sapatos.
— Notei uns dois hotéis pequenos na Wilmersdorf — ela sabia tornar sua voz calma quando estava com medo, e foi isso que fez. — Eu pego o bonde. Tenho certeza de que vou encontrar algum lugar.
— Não vai dar em nada, porque Catherine não fala.
— Estiveram na sua casa?
— E na da minha mãe.

Quando Mamah voltou, Frank já tinha feito as malas. Ele a ajudou a jogar suas coisas nas malas dela. Enquanto ele pagava a conta do hotel, ela foi para o bar, onde um grupo de jovens esnobes bebia e gargalhava. Mamah sentou numa cadeira perto de um grupo de mulheres para não ser notada. Dois dos homens estavam muito animados. Ela reconheceu um deles. Era o homem de casaco com gola de mink que tinha visto no elevador umas duas vezes. Outro homem no fim do balcão fumava um cigarro. Ele inclinou a cabeça para trás e fez rodelas de fumaça para divertir os outros. Ela notou que os sapatos dele eram baratos e cafonas. Repórteres, pensou.

– Não há endereço para encaminhamento – disse Frank em voz alta na recepção. – Nós vamos para o Japão.

No táxi, a raiva de Frank aumentou.

– Vou avisar Wasmuth – ele inclinou o pescoço. – Motorista – ele chamou –, Markgrafen Strasse, trinta e cinco.

Ele falava intensamente com ele mesmo.

– Se ele quiser que o seu negócio dê certo, terá de dizer para seus empregados ficarem de boca fechada.

Mamah esperou no táxi enquanto Frank foi ao escritório de Wasmuth. Quando ele saiu, carregava dois grandes portfólios e uma pilha de correspondência.

– O que aconteceu? – ela perguntou.

Frank tinha ficado no prédio pelo menos quinze minutos.

– Você esteve com Wasmuth?

– Não. Ele não estava.

Mamah escolheu um hotel residencial num bairro a oeste da cidade que alugava quartos por noite. Era improvável que fossem procurá-los ali, ela pensou. Eles mesmos carregaram as malas até o segundo andar.

– Não posso trabalhar nessas condições – ele disse, fazendo força para puxar a última mala pela escada.

No quarto, ele bateu numa cadeira perto de uma mesa.
– O que é que eu tenho? Alguns meses para executar um milagre, e já perdi a maior parte de um mês.
– É só temporário. Vou encontrar um lugar melhor amanhã de manhã.
Era a voz corajosa de Mamah falando.
Ele tirou uma carta da mãe dele do bolso e abriu.
– O que me fez acreditar que eu podia escapar disso?
Mamah deitou na cama, ainda de casaco, esticou os braços e as pernas. Em poucos minutos ia se levantar e ser forte. Ia conseguir acalmá-lo, porque tinha feito isso antes, mesmo quando estava com medo. Seus músculos doíam com o esforço de carregar as malas. Estava exausta e sabia por quê: era a tensão que os perseguia desde o início da viagem.
O barulho de reboco quebrando fez Mamah dar um pulo no colchão.
– Maldição! – Frank berrou.
Ela viu um buraco na parede onde ele havia chutado e seu pé tinha chegado até os caibros verticais da construção. Mamah se levantou, confusa, e Frank desmoronou na cadeira com o rosto nas mãos. Os olhos dela foram da cabeça dele abaixada para uma carta e recortes de jornal sobre a mesa.
Aproximou-se ressabiada para dar uma olhada. Era a primeira página do jornal de 7 de novembro.

ABANDONO DAS FAMÍLIAS: FUGA PARA A EUROPA

O ARQUITETO FRANK LLOYD WRIGHT
E A SRA. EDWIN CHENEY
DE OAK PARK SURPREENDEM OS AMIGOS.

ESPOSA ABANDONADA PERMANECE LEAL

ESPOSA DIZ SER VÍTIMA DE UMA VAMPIRA,
E QUE ELE VOLTARÁ QUANDO PUDER;
O MARIDO DA OUTRA GUARDA SILÊNCIO.

Mamah pôs a mão na boca enquanto lia o primeiro parágrafo.

Uma esposa que afirma confiar no marido que fugiu com outra mulher... dois lares abandonados onde os filhos brincam na sala, e uma viagem noturna até a Alemanha – são os ingredientes que criam esse caso sem paralelo mesmo na história cheia de altos e baixos das almas apaixonadas.

O que ela viu depois fez com que emitisse um grito. No canto superior direito da página sete do jornal de 9 de novembro, o rosto dela preenchia quase um quarto da página. Acima dele, o título, ESPOSA QUE FUGIU COM ARQUITETO. A fotografia era o retrato que tinha feito para o anúncio do seu casamento. Tinha embaixo sra. E. H. Cheney.

Mamah apertou os lábios, mas os soluços continuaram subindo-lhe do peito e da garganta, como os berros de um animal ferido.

CAPÍTULO 21

— Agora não posso mais voltar — o rosto de Mamah estava inchado de tanto chorar.
— Você pode sim, e o fará. Essa coisa toda vai desaparecer.
— Não. Eu estou morta.
— Não tem sentido o que você está dizendo.
Então Frank saiu da suíte e quando voltou trazia uma sopa e uma garrafa de vinho de um restaurante daquele quarteirão mesmo. Mamah não tomou a sopa. Ficou apenas observando as árvores sem folhas pela janela e bebendo vinho. Depois de algum tempo, ele a ajudou a erguer-se e a pôs na cama. Quando ele saiu do quarto, ela foi até sua mala e tirou um vidro de xarope para tosse. Bebeu um pouco e pôs o vidro embaixo do travesseiro.

Frank não estava quando ela acordou na manhã seguinte. Mamah se levantou e ficou parada perto da porta do quarto do hotel, esperando ouvir seus passos. Então foi até a mesa e leu de novo os recortes.

A FÉ DA SRA. WRIGHT ESTÁ INABALADA

"O meu coração está com ele agora", disse a sra. Wright para um repórter do *Tribune* ontem. "Ele voltará assim que puder. Tenho fé em Frank Wright, que vai além de toda a compreensão, talvez, mas eu o conheço como ninguém mais conhece. Nesse caso, ele é inocente, não fez nada de errado, como eu...

"Parece um caso reles e comum, com os sinais de tudo que é baixo e vulgar. Mas não há nada disso em Frank Wright. Ele é honesto e sincero. Eu o conheço. Lutei ao lado dele. Meu coração está com ele agora. Tenho certeza de que voltará. Quando, eu não sei. Será quando chegar a uma certa decisão com ele mesmo."

Mamah quase podia ver Catherine parada na porta, com seu cabelo dourado acobreado enrolado num pequeno coque estilo Gibson Girl. Ela era uma mulher bonita e digna.

"O mundo não vai entender tudo que está envolvido nesse caso. Não basta saber que eu não entrarei com nenhuma ação de divórcio, que não farei qualquer apelação para os tribunais, que fico ao lado do meu marido mesmo neste momento? Sou a esposa dele. Ele ama os filhos com ternura e fica muito angustiado com o bem-estar deles. Ele voltará para eles e acabará com todo esse escândalo, no fim. Podem jogar tudo que quiserem em cima de mim que eu estou disposta a suportar, e meu lugar continuará sendo aqui na casa dele."

Frank tinha se enganado em relação à Catherine. Afinal de contas, ela falou sim. Mamah imaginou o repórter dizendo: "Esta é a sua chance de contar o seu lado da história." Mamah leu o resto da matéria e viu o ressentimento de Catherine inúmeras vezes.

"Toda a vida dele foi uma luta. Quando veio para cá como um jovem arquiteto, teve de lutar contra todas as idéias que existiam na arquitetura. E ele lutou, ano após ano, contra obstáculos que teriam feito qualquer homem desistir... Ele lutou batalhas tremendas. Está lutando uma agora e eu sei que vencerá. Lutei ao lado dele e tornei-me forte por essa luta. O que eu sou como mulher, além do berço que tive, devo ao exemplo do meu marido... O portão da moralidade não devia ser o mesmo para todos nós."

Mamah pegou o xarope e bebeu do vidro mesmo. Ela viu o breve título que tinha visto na noite anterior e que a fez cair prostrada nos travesseiros.

UM SIMPLES CASO DE VAMPIRISMO

"Nós temos seis filhos. O menino mais velho está com dezenove anos e veio da faculdade para casa agora. Eles adoram o pai e amam a mãe. Se eu pudesse protegê-los agora, não faria outra coisa. Quanto à sra. Cheney, não tenho nada a dizer. Tenho me esforçado para não pensar nela agora. É simplesmente uma força malévola que tivemos de enfrentar. Nunca senti que respirava o mesmo ar que ela. Era apenas um caso de vampirismo... vocês já ouviram falar dessas coisas."

Mamah deitou na cama. Sentiu uma vergonha e uma náusea mais fortes do que jamais havia sentido ou imaginado.

Catherine. Edwin. Lizzie. A quais horrores eles devem ter sido submetidos? Imaginou a humilhação de Edwin retratado como marido traído. E Lizzie, que passou quase toda a vida procurando não ser notada, por que inferno deve ter passado? Uma manchete dizia, simplesmente: IRMÃ DA SRA. CHENEY CUIDA DA CASA.

Ela pensava mais em John. Martha não ia entender o que estava acontecendo, mas John saberia que havia algo muito errado. Ele devia estar sofrendo.

Os ponteiros de um pequeno relógio na mesa-de-cabeceira marcavam quase nove horas. Ela contou os tique-taques do relógio, desejando que o remédio amortecesse a dor que sentia no peito. E agradeceu a Deus que seus pais já estivessem mortos, especialmente a mãe.

Mamah se lembrou do dia em que comprou o xarope. Sentada na igreja de Santa Edwiges, pegou um panfleto no banco e leu sobre a santa. Ela usava uma camisa de cilício e dormia no chão, aquele tipo comum de mortificação. Mas Edwiges tinha suas particularidades. Ela se cercava de mendigos quando viajava – eram treze, sempre treze – com o único propósito de lavar os pés deles no fim de cada dia. A sorte grande para Edwiges era quando encontrava um leproso que a deixasse beijar suas lesões.

Uma louca, Mamah pensou na hora. Agora ela bem que gostaria de ter a chance de beijar as feridas de um leproso se com isso pudesse desfazer aquelas manchetes no jornal.

Mamah pegou o recorte com a sua foto.

CHENEY É A MAIOR
DAS ESPOSAS DESERTORAS

O HOMEM DE OAK PARK NÃO
TEM CULPA PELA MULHER QUE FUGIU
COM FRANK LLOYD WRIGHT.

TELEGRAMAS PODEM IMPEDI-LOS

Amigos esperam interceptar "almas gêmeas" antes de partirem para o Japão

Uma nova fase da "hégira-espiritual" Wright-Cheney aconteceu ontem quando o marido...

Eles emboscaram Edwin na Wagner Electric.

"A sra. Cheney está levando a pior nessa história o tempo todo, e isso não é justo", ele disse. "Os amigos que entendem a situação sabem que ela não pode ser condenada do jeito que estão fazendo... Nós todos agradeceríamos se esquecessem esse assunto agora. Quanto a qualquer providência de divórcio ou qualquer atitude que eu resolva tomar no futuro, não tenho nada a dizer."

Edwin, ela pensou. *Leal Edwin.*

Amigos dizem que o sr. Cheney suspeitava de Wright havia mais de um ano, mas as relações familiares eram tais que um rompimento provocaria comentários e que por isso manteve-se discreto. Pelos amigos, a sra. Cheney é conhecida por ser altamente temperamental, caprichosa e sentimental até um certo ponto. Ela se formou em Ann Arbor e tem forte inclinação literária. A irmã da sra. Cheney, que é professora, mora com eles. Há uma babá para as duas crianças. Dizem que a sra. Cheney passava pouco tempo com elas.

Mamah deitou de costas na cama. *Dizem que a sra. Cheney passava pouco tempo com elas.*

Imagens de Martha passaram flutuando diante dos seus olhos fechados. Ela a viu aos nove meses, com pezinhos gordinhos. Subia no corpo de Mamah como se fosse uma montanha. Plantava o pé no quadril da mãe e empurrava o corpo para cima, agarrada à camisola de Mamah enquanto subia. E lá ia ela, engatinhando sobre a sua barriga, depois escalando seus seios até ficar cara a cara com a mãe. Os espantosos olhos azuis. Risadas e alegria. O cheiro de talco.

O ranger de uma porta a fez acordar.
– Você não pode se esconder aqui para sempre – Frank estava ao lado da cama.
Ele parecia vibrante, quase de bom humor.
– Alguém andou nos espionando.
– A Medusa fala – Frank largou o que tinha trazido, outro prato de sopa. – Coma isso. Conversamos depois que estiver de barriga cheia.
Mamah pegou o prato fundo e bebeu o caldo.
– Está tudo perdido – a voz dela soava abafada e distante.
– Você está enrolando as palavras. Tome tudo – Frank pegou o vidro de xarope vazio e jogou numa cesta de papéis. – Isso vai passar, Mamah. Em algumas semanas você poderá voltar discretamente, se quiser, e essa história toda será esquecida. Aqueles artigos já tinham dez dias quando chegaram aqui.
– O que nós vamos fazer?
– Vamos viver nossas vidas. Talvez tenhamos de sair de Berlim, mas vou terminar o portfólio – a compostura dele era espantosa. – Você acha que eu me entrego assim com tanta facilidade?
Ela começou a chorar novamente.
– Chega de choro. Venha, vamos levantar – ele pôs as mãos sob os braços dela e puxou seu corpo inerte para a beira da cama, depois ajudou-a a ir até o banheiro. – Vai ficar bem sozinha?
Ela assentiu com a cabeça. Ele saiu do banheiro e fechou a porta devagar.
Mamah segurou-se na pia e olhou para a sua imagem no espelho. *Estou parecendo louca*, pensou.
Ela sentou na beirada da banheira, abriu a água e ficou vendo escorrer. Quando a banheira quase transbordou, enfiou o braço para tirar um pouco de água e a pele saiu cor-de-rosa. Tirou o vestido e entrou na banheira, gostou de sentir-se queimada. Deitou-se e deixou a água encher a boca aberta e chegar até as narinas.
Respire.
A porta se abriu naquele momento e Frank parecia um espectro no vapor, segurando uma toalha e um vestido para ela.
– Venha, querida – ele a tirou da banheira. – Vamos fazer você **ficar boa.**

Na manhã seguinte ela acordou e ele ainda dormia. Ela foi até a mesa e pegou um recorte de jornal. Ler aquilo seria arrancar mais um pedaço do seu coração, mas não conseguia se controlar. Este artigo citava um sermão que foi proferido um dia depois de a primeira manchete sobre o caso aparecer.

PASTOR REFUTA AFINIDADE DE TOLOS

A "afinidade de tolos" foi comentada pelo reverendo Frederick E. Hoskins ontem à noite na Igreja da Congregação Peregrina. Ele falou sobre a mulher que se cansa do marido trabalhador e da sua vida caseira.

Mamah se lembrava de Hoskins na única visita que fez à Igreja Peregrina. Achou que ele parecia um arrogante Billy Sunday que se considerava engraçado, mas que, na realidade, era um homem mesquinho e raivoso. Mas as pessoas em volta dela pareciam sinceramente tocadas por ele.

"Ela procura acreditar que entende muita coisa que é dita no seu clube sobre a vida maior e mais plena, e sobre a sua 'esfera'. E então surge um tratante. Juntos começam a pensar e conversar sobre o entendimento que há entre os dois. Ficam se olhando longamente em silêncio e respiram fundo, como velhas galinhas poedeiras. Que coisas maravilhosas descobrem juntos, e como o mundo parece diferente através dos olhos do outro. E assim eles seguem em semanas e meses na lama, até que um dia mergulham e os dois acabam no mesmo chiqueiro onde milhares caíram antes deles."

Mamah solta um gemido. Não havia dúvida. Era sobre ela.

Quando Frank a encontrou segurando aquele artigo, arrancou-o de sua mão e amassou.

– Mamah... Por favor, não faça isso com você mesma – ele apertou os dedos nos ombros dela. – Por favor.

– Você não vê que isso é inútil?

— Você não pode fraquejar!

Ele se afastou batendo os pés com força no chão, abanando os braços. Era a primeira vez que ele gritava com ela.

— *Preciso* de você agora. É agora que tem de mostrar quem você é.

Ela olhou espantada para ele, abalada com aquela raiva.

— São as crianças. Vão tirá-las de mim.

— Você não vai perder seus filhos porque algum idiota escreveu um artigo no jornal, ou porque algum pregador fala de afinidades. Será que uma semana pode anular o que você foi para seus filhos durante toda a vida deles? É estranho eu estar dizendo essas coisas para você. *Você*. Já esqueceu tudo que disse para mim? Não pode ficar com seus filhos sem ter sua própria vida. Você disse isso para mim uma vez. Você disse: "Eles vão saber. A sua infelicidade plantará as sementes nos seus filhos. E eles vão culpá-lo por isso algum dia." Acreditei em você quando disse isso.

— Eu estava falando da minha mãe. Que ela fez do altruísmo uma profissão, em vez de... Eu nunca imaginei...

— Sei que você está sofrendo. Olha, as pessoas passam por coisas terríveis na vida. A família da minha mãe foi perseguida anos a fio antes de poder ir para os Estados Unidos. E sabe o que isso provocou neles depois de um tempo? Na verdade, eles ficaram mais fortes. Eu já disse qual era o lema da família dela: A verdade contra o mundo. É preciso levar umas boas pancadas para desenvolver uma visão dessas.

"Eu nunca fui como as outras pessoas. Não era como os outros pais, nem como outros homens de negócios. Nunca combinei com qualquer norma social. E sabe de uma coisa? Nem quero."

Frank parecia orientado por uma bússola interna. Não havia arrogância nem fanfarronice. Aquele era o homem sábio e destemido por quem ela havia se apaixonado.

— Então essa confusão significa que devemos nos curvar diante das normas deles? Que temos de dizer "Não valemos nada, não merecemos ser felizes?" — ele olhou bem para ela. — Não acho que somos pessoas más, Mamah. Eu sofro demais pelos meus filhos. Até por ela. Mas isso não quer dizer que vou recuar agora.

"Nós vamos sair daqui. Wasmuth está tratando de arrumar alguma coisa em Florença. Enquanto isso, iremos para Paris. É grande e

anônima. Depois para a Itália. Wasmuth diz que lá nós podemos desaparecer.
Ele foi até a cama e puxou Mamah.
– Vamos tomar nosso café.
– Eles não vão nos ver?
– Quem? E eu estou lá ligando?

No restaurante, Frank estava até sorrindo.
– Queremos tudo a que temos direito – ele disse quando o garçom se aproximou.
Frank apontou para tudo que havia no cardápio. O jovem voltou com cereal, queijos, pães e um prato de frios cortados bem finos.
– Podemos passar por Potsdam antes. Eu quero conhecer. E depois vamos de trem até o Reno. O tempo não é o melhor, mas Dorn diz que temos de experimentar. Então descemos de barco de Colônia até Koblenz. Quero pegar um desvio até Darmstadt para ver Olbrich, se der. Soube que vale a pena ver o trabalho dele. E então para Paris.
Frank atacou seu café-da-manhã com gosto.
Ela ficou olhando para ele incrédula. Frank estava falando sobre a saída de Berlim como se fossem para uma viagem de férias.
Frank ergueu um copo de suco de laranja para ela.
– A verdade contra o mundo – ele disse sério, bebendo um gole do suco. – Lema bem apropriado, não é?

CAPÍTULO 22

1º de dezembro de 1909

Nancy, França. *Estou completamente nauseada com o que Frank acha que é gripe. Sei que não é. Isso é o que o desespero faz com nosso estômago. Ele diz que vamos nos mudar para Paris em poucos dias, quando eu estiver me sentindo melhor. Então podemos decidir o que nós, cada um de nós, fará. Mas como posso me sentir boa de novo?*

A mãe de Frank escreveu em sua carta que a jovem Catherine foi expulsa do colégio por causa do "escândalo". A fúria de Frank é assassina. Ele está magoado com essa confusão toda, mas há alguma coisa nele, um centro duro como pedra, que o faz prosseguir. Seu trabalho é seu refúgio.

A noite passada fiquei acordada, desesperadamente preocupada com as crianças. Gostaria de poder simplesmente voltar e abraçá-las. Gostaria que nada disso tivesse acontecido. Rezo para que Louise agüente firme agora. Não há guardiã mais dedicada do que ela.

– Repugnante – resmungou Frank. – Sentimental, baboseira degenerada. Qual é o problema dessa gente?

Caminhavam pelas ruas de Nancy depois de um jantar sem muita conversa, observando a arquitetura *Jugendstil*. Estavam na frente de uma casa enfeitada em estilo *art nouveau*, cuja fachada, com o topo das janelas em arco como pálpebras sonolentas, fez Mamah lembrar-se de um gnomo.

Um casal parou para ver o que Frank estava olhando enquanto ele batia indignado com sua bengala no chão e depois estocava o ar, na direção da casa.

– É uma merda – ele debochou.

O homem olhou para a casa sem entender, depois para Frank de novo. Mas a mulher obviamente entendeu, fechou melhor a gola do casaco e puxou o marido para que continuassem o passeio.

Mamah ficou contente com a aparência feia da casa porque era alvo de todo o ultraje de Frank. Houve um tempo em que ela ficava mortificada quando Frank parava na frente da casa luxuosa de alguém em Chicago e declarava que era um lixo. Esse tipo de constrangimento parecia ridículo agora.

Ela continuou andando e Frank foi com ela, examinando a rua toda, à procura de outro alvo. Mamah avistou um folheto preso na lateral de uma banca de jornal. O nome "Ellen Key" aparecia em letras grandes no topo. Ela conhecia aquele nome. Tinha lido um livro desta feminista sueca alguns anos antes, mas não lembrava o título.

Mamah pegou um dos folhetos.

– Ela dará uma palestra aqui, quarta-feira à noite.

– Quem é Ellen Key?

– É importante no movimento feminista por aqui. Vejamos. Ela vai falar sobre... – Mamah traduziu movendo os lábios, seguindo as palavras em cada linha com o dedo. – A moralidade da mulher, o amor livre, o divórcio livre e sobre uma nova legislação do casamento.

– Você acha que ela sabe que estamos na cidade?

Mamah tentou sorrir.

– Quero ver se encontro algum dos livros dela.

Numa livraria não muito longe do hotel deles, Mamah encontrou apenas um, *Amor e casamento*. As edições em francês, inglês e alemão estavam empilhadas uma ao lado da outra. Dando uma espiada, ela percebeu que em qualquer língua era leitura pesada.

Encontrou Frank entre os livros de arte.

– O texto é muito denso, daquele jeito acadêmico enrolado – ela disse. – Mas escute isso.

Frank encostou-se à estante com a cabeça baixa, concentrado, enquanto Mamah lia em inglês.

"O grande amor, como o grande gênio, jamais pode ser um objetivo, pois ambos são dons da vida do eleito. Não pode haver nenhum outro padrão de moralidade para aquele que ama mais do que uma vez, diferente daquele que ama apenas uma vez: o enaltecimento da vida. Aquele que em um novo amor ouve o canto de primaveras idas,

sente a seiva surgindo em ramos mortos, a renovação das forças criativas da vida, aquele que é levado de novo à magnanimidade e à verdade, à gentileza e à generosidade, aquele que encontra força e se inebria com este novo amor que é alimento e também um banquete... este homem tem o direito de ter essa experiência."

Ela olhou para Frank e viu que ele olhava para ela.
– Eu já disse isso para você alguma vez? – o olhar dele era terno.
– Disse o quê?
– Que encontrar você foi encontrar um porto seguro para pensar outra vez. Antes de te conhecer eu sentia que podia voar na minha prancheta, mas sempre voltava para a prisão mais estática do meu casamento. Encontrar você me libertou, me fez pensar que existe a possibilidade de algo mais expansivo. Você fez com que eu quisesse ser um homem melhor. Um artista melhor – ele pôs a mão na dela.
– Eu seria uma pessoa muito triste se isso nunca tivesse acontecido.
– Obrigada – ela levou a mão dele ao rosto e encostou-a nos seus lábios.
– Qual versão vai ser?
– Inglês, eu acho. Vai comprar para mim?
– Vou.

No quarto do hotel ela ficou horas lendo *Amor e casamento*. Muito do que acreditava estava lá escrito. Desde o início do livro ela sentiu que Ellen Key não podia ser facilmente enquadrada em nenhum estereótipo. A mulher não se preocupava com o voto, como outras feministas. Para ela, era um direito que esperava sem qualquer questionamento. Ela não era uma Emma Goldman, nem tinha o feminismo ao estilo socialista de Charlotte Perkins Gilman, nem era incendiária como Emmeline Pankhurst. Também não era uma santa subversiva como Jane Addams. Ellen Key parecia ser algo totalmente diferente.

Mamah gostou do seu estilo, tranqüilo e lógico, um tanto dispersivo. Ela introduzia um argumento num ponto e o retomava cinqüenta páginas depois, confiando que os leitores que ainda estivessem com ela até ali seriam os que ela queria do seu lado. Ela fazia o leitor viajar pelos caminhos de seu raciocínio, derrubando uma objeção após a outra às suas visões radicais, de modo que quando chegava à conclusão não havia como não concordar com ela.

Mamah viajou pela ciência evolutiva, pela história da Igreja, estudos sociológicos, antropologia, costumes do folclore sueco, críticas a Georges Sand e a outras escritoras. Houve momentos durante aquela longa tarde e noite devorando *Amor e casamento* em que Mamah sentiu que estava num barco enfrentando grandes ondas. Exatamente quando chegava ao topo de uma linha de raciocínio, era arremessada à base de outra.

– É engraçado – ela disse quando Frank trouxe o jantar. – Essa mulher é conservadora e tremendamente radical ao mesmo tempo.

– Como pode?

Frank estava arrumando um jantar tipo piquenique no chão. Trouxe uma baguete, presunto e um pedaço de queijo, arrumou tudo em cima de um pedaço de papel kraft branco. Ali sentado de pernas cruzadas, com o cabelo castanho ondulado mais comprido desde que iniciaram a viagem, ele parecia mais jovem.

– Bem – disse Mamah pensativa –, por outro lado, ela diz que a natureza da mulher se presta melhor a criar filhos, só que depois argumenta que deviam ser pagas por isso porque é a tarefa mais importante na sociedade. O que eu gosto é que ela defende a liberdade da mulher para compreender a sua personalidade. Por muito tempo não houve quase nenhum debate sobre individualismo no Movimento Feminista. Mas há uma mulher que toca na questão mais profunda, do que a mulher é e do que ela pode ser.

– Você está parecendo muito melhor.

– Obrigada, meu amor. Eu me sinto melhor. Talvez porque este livro esteja me dizendo exatamente o que eu quero ouvir neste momento.

– E o que é?

– Ela diz que quando acaba o amor em um casamento, o casamento deixa de ser sagrado. Mas se um amor muito grande e verdadeiro acontece fora do casamento, este é sagrado e tem direitos próprios. Ela diz que cada casal deve provar que seu amor enriquece suas vidas e que melhoram a raça humana vivendo juntos. Aqui, ouça: "Apenas a coabitação pode decidir a moralidade de um caso específico."

Frank cortava o pão com uma faca pequena.
– Quer dizer que estamos fazendo isso pela raça humana?
– Ah, tem muita eugenia aqui, é claro. Ela afirma que quando as pessoas aperfeiçoarem a cultura do amor, a raça humana vai evoluir para um plano mais elevado onde não haverá necessidade de leis controlando o casamento e o divórcio.
– Então se conseguirmos nos segurar por um milênio ou dois, tudo vai dar certo.
– Você vai gostar desta parte. Há algumas pessoas hoje em dia, em geral artistas, que conseguem lidar com a liberdade de viver honestamente. Ouça: "Sem o 'amor criminoso', as criações de beleza do mundo serão... não só infinitamente reduzidas como bem mais pobres." Na verdade, os artistas têm a *responsabilidade* de mostrar aos outros como viver sem hipocrisia.

Mamah olhou bem nos olhos de Frank.
– Frank, eu quero ficar para ouvir a palestra dessa mulher.
– Você acha que pode ajudar em alguma coisa?
– Se acho? Eu não sei se qualquer coisa pode ajudar por muito tempo – ela deu de ombros. – Pode ser.
– O que acha de eu ir agora para Paris encontrar o contato de Wasmuth lá?
– Ficarei bem sozinha.

Frank não pareceu convencido.
– É verdade – ela disse. – Eu irei em poucos dias. Escreva quando conseguir um hotel. Eu te encontro lá.

MAMAH CONTINUOU LENDO noite adentro, Frank dormia ao seu lado. Houve momentos em que se deparou com frases tão verdadeiras que quis acordá-lo. Mas não conseguia parar de ler, não conseguia encontrar tempo para contar a ele. Teria horas e dias para isso mais tarde. Quando chegou ao capítulo sobre o divórcio livre, foi como se Ellen Key a tivesse entrevistado para escrever o livro: *Por que consideram o coração partido tão mais valioso do que aquele, ou aqueles que precisam provocar essa dor para não morrer?*

Mamah largou o livro logo antes do amanhecer. O único ruído que penetrava as paredes do pequeno quarto de hotel era o ranger dos pinheiros do lado de fora da janela. No escuro, ela via os gigantes, seus galhos cobertos de neve movendo-se quase que imperceptivelmente ao vento. Ela puxou os cobertores sobre o rosto.

Edwin não sabia onde ela estava. Sua irmã também não. Ela havia desaparecido numa parte da Europa que nenhum dedo encontraria apontando para um mapa. Teve uma sensação de alívio. Era como se Mamah Cheney, a mulher perturbada que aparecia nas manchetes dos jornais, não existisse mais. Pela primeira vez em muitos dias, ela não chorou antes de adormecer.

CAPÍTULO 23

Ellen Key falava baixinho na frente da platéia. Ela era bochechuda, parecia uma mãezona, de cabelo grisalho, muito fino, repartido no meio e preso num pequeno coque na nuca, deixando as orelhas à mostra. Usava um vestido solto que pendia dos seus ombros redondos como uma sobrepeliz.

Mamah ficou olhando espantada para a figura que mais parecia uma freira atrás do púlpito, falando, incrivelmente, sobre amor erótico. Procurou imaginá-la como uma mulher jovem, ousada e apaixonada. Mas não havia nada em Ellen Key que sugerisse algum dia perder o juízo por alguma coisa, menos ainda por um homem.

– O amor é moral mesmo sem o casamento – a voz de Ellen ficou mais alta e superou o barulho de saias farfalhando. – Mas o casamento é imoral sem amor.

Os pêlos do braço de Mamah se arrepiaram quando ela chegou para frente na cadeira.

– Um casamento consumado sem amor mútuo, ou mantido sem amor mútuo, não eleva a dignidade de um homem ou de uma mulher. Ao contrário, é uma contrapartida criminosa dos valores mais elevados da vida.

"Na nova moralidade, tudo que é trocado entre marido e mulher deve ser uma dádiva livre de amor, nunca cobrada por um ou por outro como um direito. Tais cobranças não passam de uma precária sobrevivência dos períodos mais inferiores da cultura."

Mamah se esforçava para ouvir cada frase, seu cérebro se agitava. *Se eu pudesse chegar até aquela cadeira lá na frente*, pensou. Em volta dela as mulheres pareciam atentas, mas não viu nada parecido com o que ela sentia. Será que era a única embalada pelas palavras de Ellen Key, seria uma afinidade que todos poderiam ver? Mamah se levantou, pegou o casaco e a bolsa e passou pelos joelhos encolhidos da sua fileira. Sentiu o corpo impulsionado para adiante quando desceu até a frente do auditório e assumiu o lugar desocupado na primeira fila.

– A nova moralidade tem dois tipos de adversários – disse Ellen Key. – O primeiro é o partidário da moralidade convencional que busca algo chamado "amor puro", intocado pela sensualidade. Essas pessoas grudam folhas de parreira sobre a arte moderna e condenam a literatura erótica.

Soaram risos na platéia.

– Os outros, os chamados boêmios, abraçam uniões temporárias que equivocadamente chamam de "amor livre". Essas pessoas não têm idéia do que seja a dedicação de alma inteira.

A voz de Ellen Key era exatamente o que Mamah tinha ouvido no livro na véspera. A mulher exalava um tipo de sabedoria que Mamah associava a mestres hindus ou monges. Ela era uma mistura de sabedoria com empatia.

– Quero falar hoje para vocês sobre o tipo mais nobre de amor – o tipo que une o espiritual com o erótico. Quando os amantes se tornam inteiramente um único ser, quando assim libertam um ao outro para que cada um se desenvolva até a maior perfeição, esta é a forma mais elevada de amor possível entre um homem e uma mulher do mesmo nível moral e intelectual.

"Sentir tal amor é se sentir duplicado. Essa sensação libera e aprofunda a personalidade, nos inspira atos nobres e obras de gênio. Quando este grande amor acontece – e é apenas uma vez na vida –, tem um direito mais elevado do que todos os outros sentimentos. O amor perfeito estabelece o próprio direito na vida."

Mamah percebeu que uma calma profunda havia se instalado nela. Todas as partes do seu corpo estavam cheias de calor humano. As manchetes terríveis que provocaram tanta repugnância pareciam se afastar enquanto escutava Ellen Key. Era como se estivesse na presença de algo maior e mais importante que pequenas notícias de constrangimento público.

Ter seus instintos mais profundos compreendidos – e defendidos! – naquele momento, justamente naquele momento, parecia até uma dádiva de um espírito amoroso de algum lugar.

Quando Ellen Key acabou de falar, as mulheres se juntaram em volta do pódio para falar animadamente com a palestrante. Mamah continuou sentada, calma. Sabia que poderia esperar para sempre, se precisasse. Quando a última mulher se afastou, Ellen Key olhou diretamente para os olhos de Mamah.

– Desabafe logo – ela disse.

Mamah se levantou e foi até ela. As lágrimas quase transbordaram quando ela segurou a mão da mulher entre as suas. Dizer obrigada parecia uma expressão fora de propósito.

– Venha comigo – disse Ellen Key, dando um tapinha maternal nas costas de Mamah. – Ainda tenho uma hora antes de sair meu trem. Vamos tomar um chá.

CAPÍTULO 24

— Ele é bom de cama com você?
Mamah olhava para as colheres de açúcar que a mulher sueca estava pondo na xícara. Três. Quatro. Ela levantou a cabeça e respirou fundo.
– Frank Lloyd. Ele é bom...
– É. Mas é claro que é muito mais do que isso.
– Sempre é. Mas essa é uma das medidas de um homem, se ele se dedica.
– Ele é bom sim.
– Ótimo.
As duas tinham andado na direção da estação de trem quando saíram do auditório. No espaço de quatro quarteirões, Mamah abriu seu coração para uma análise. Desfiou toda a complicada rede para Ellen Key, começando por Frank. Frank, depois Edwin, John, Martha, Jessica. Amigos. Catherine Wright também. Todos os fios que a ancoravam a um lugar chamado Oak Park no meio dos Estados Unidos.
A famosa filósofa Key procurava alguma coisa na bolsa. Tirou uma lata de chá e derramou um pouco no bule sobre a mesa.
– "Cura para sinusite" – ela explicou.
As velas do café da estação ainda não estavam acesas, e Mamah semicerrou os olhos para enxergar as feições da mulher na penumbra.
– Você ama este homem.
– Profundamente.
– E a mulher dele não quer dar-lhe o divórcio. Você pediu para o seu marido também?
– Ainda não.
– Por que não?
– Dúvida. Se eu abandonar Edwin, não posso ficar com meus filhos. Isso não importa mais. O melhor advogado do mundo não pode me ajudar agora.

Ellen Key se endireitou na cadeira, o seio volumoso como uma almofada entre ela e a beirada da mesa.

– Nunca fui mãe, mas meus pais se amaram apaixonadamente até a última hora de suas vidas. Eram cheios de alegria e se interessavam por tudo. O prazer que sentiam um com o outro alimentou a minha pequena alma. Todos têm direito a isso, você não acha? Pessoas que vivem apenas para os filhos não são boas companhias para eles.

Ela bebeu um longo gole de chá.

– Não me entenda mal. Tudo é mais delicado em um divórcio quando há filhos.

– Hoje você falou sobre os grandes amores – disse Mamah. – Os amores que superam todos os outros. E falou sobre as mulheres...

– *Les grandes inspiratrices*. – Ellen Key secou a boca com um guardanapo. – Não é um caminho ignóbil ser uma musa. Você é uma musa para ele?

– Não, exatamente – disse Mamah pensativa. – O impulso criativo de Frank vem de dentro dele mesmo. Se eu quero apoiá-lo? Sim, é claro. Ele é como todos nós, precisa de ternura. – Mamah sorriu. – Mas ele já tem uma musa. É a natureza.

– Eu a conheço há uma hora – disse a mulher –, por isso permita-me alguma abertura. É claro que o seu Frank não é o único que está empenhado numa busca espiritual aqui. Você também está buscando alguma coisa. O que é?

Mamah ficou calada.

– Perdoe a minha intromissão, mas deixar um homem entediante por outro estimulante só é interessante por algum tempo. Depois você volta para o ponto de onde começou. Vai continuar carente. É melhor encontrar a sua estrutura, o que há de força em você. É claro que você tem formação. Que trabalho a atrai mais?

– Não sei ao certo – respondeu Mamah. – Achava que era escrever.

– O que você escreve?

– Observações. Ensaios. Histórias, às vezes. E pequenas coisas no meu caderno, citações e inspirações.

Ellen deu um tapa na mesa que fez balançar as xícaras.

– Então você deve escrever. Algo além de pequenas coisas.

Mamah espiou pela janela. Uma chuva forte tinha começado a cair e os transeuntes seguravam jornais sobre a cabeça, correndo pela rua.

– Quando parti – ela disse –, eu fui imprudente. Achava que se viesse para cá e passasse algum tempo com Frank, e se funcionasse, se *pudesse* funcionar, eu ia compreender qual seria o próximo passo – ela balançou a cabeça. – Nunca imaginei que tudo ia desmoronar.

Ellen deu um tapinha na mão dela.

– O que aconteceria se você voltasse? Se enfrentasse tudo cara a cara?

– Eu podia voltar – havia resignação em sua voz. – Eu podia voltar. Eu seria a adúltera humilhada... eu não sei.

– Você precisa de mais tempo – Ellen olhou para o seu relógio e pediu a conta. – A sua viagem se transformou num escândalo público. Isso não apaga a necessidade que tinha no início, de descobrir quem você é e onde quer ir. Deixe as coisas acalmarem. Permita-se uns dois meses.

– Mas eu me preocupo com as crianças. E logo ficarei sem dinheiro. Edwin certamente não vai me mandar nenhum.

– E o Frank?

– Ele não fala muito sobre dinheiro. Mas acho que só tem o suficiente para sustentar ele mesmo em seus projetos.

– Os filhos são sempre o problema principal – Ellen se levantou e vestiu o casaco. – Mas está me parecendo que você tem de descobrir um jeito de ser auto-suficiente antes de executar qualquer plano.

Mamah mordeu a parte de dentro da boca.

– Eu poderia traduzir os seus livros.

Ellen Key olhou para ela.

– Ah, eu tenho uma tradutora de inglês em Londres.

– Eu sei. Eu li a tradução inglesa de *Amor e casamento*. Falta alma.

A mulher ficou parada e a expressão indignada deu lugar à curiosidade.

– Bem.

– Li umas partes do livro para Frank. Ele disse que a tradução é a morte da poesia. É britânica demais, dura demais.

Mamah prendeu a respiração.

Ellen parecia estar achando graça.
– Você fala alemão perfeitamente. O que mais?
– Francês, italiano e espanhol. Leio grego e latim também. Eu me formei em estudos de línguas.
– E sueco?
– Ninguém entende suas idéias melhor do que eu. Ninguém poderia traduzir para os leitores americanos como eu posso.
– Mas, e o sueco?
– É limitado. Aprendi um pouco de uma empregada na pensão onde eu morava quando dava aulas em Michigan. Mas eu poderia aperfeiçoá-lo... num piscar de olhos.
Ellen se aproximou de Mamah.
– Para onde você vai daqui?
– Paris, depois Itália, eu acho.
Ellen olhou para o relógio.
– Quer me acompanhar até o portão?
Mamah pegou a bolsa e saiu do café com Ellen.
– Sabe – disse Ellen –, você aparece na minha frente num momento interessante, Mamah. Estou no fim da minha excursão. Daqui a duas semanas farei sessenta anos. Meus pés incham sempre que fico de pé no pódio dando palestras, e quase todas as manhãs levo uma hora para mover minhas pernas e meus dedos. Estou cansada dessa vida nômade.

"E no momento estou construindo uma *casa*. No ano passado, o governo sueco me deu um pedaço de terra numa reserva florestal. Fica perto de um lago parecido com o Lago Magiore. Não tenho um lar de verdade desde que saí da casa dos meus pais, vinte anos atrás. A maior parte dos últimos anos tenho viajado, dando palestras. Eu fui me entregando aos pedacinhos e não sobrou muito de mim. Quando minha casa ficar pronta, pretendo viver nela."

– Muito bom – disse Mamah.
– Está vendo aonde quero chegar? Não acabei o meu trabalho, mas meu corpo sente que acabou. Há um tempo sei que a América é a próxima da fila. É a mulher americana que está pronta para ouvir o que eu tenho a dizer.

— Tenho laços sólidos com o Movimento Feminista — disse Mamah sem ar. — Estou nessa luta de coração desde os dezoito anos. Eu entendo a mulher americana. Eu faria traduções excelentes dos seus livros. E poderia distribuí-los.

Estavam ali paradas no portão da estação com milhares de pessoas desviando delas. Ellen tirou da bolsa cópias datilografadas de três ensaios que explicou que seriam reunidos sob o título: *A moralidade da mulher.*

— Traduza esses e mande para mim. Se eu gostar do seu trabalho, talvez possa ser minha tradutora americana.

Mamah abraçou Ellen.

— Mas tem de aceitar uma condição. Eu já aprendi a sua língua. Você tem de aprender sueco para ser minha tradutora.

O coração de Mamah estava disparado.

— Claro que vou aprender.

— A Universidade de Leipzig tem um bom programa de línguas. Posso pagar um pequeno salário enquanto você se atualiza o mais depressa possível. Pelo menos o bastante para você se alimentar.

Ellen Key rabiscou seu nome e endereço num pedaço de papel.

— Toma — ela disse —, envie sua tradução para mim. E me avise do que quer fazer.

1910

CAPÍTULO 25

À SUA ESPERA,

CHAMPS-ÉLYSÉES PLAZA, QUARTO 15.

FLW 19 JANEIRO 1910

O telegrama lacônico de Frank era uma confissão: ele estava sofrendo sem ela. Ela devia esperar mais um dia inteiro e depois ir encontrá-lo, na sexta-feira. Também sentia saudade dele, mas sair de Nancy era a última coisa que queria fazer no momento. Sentada lá no quarto do hotel, traduzindo os ensaios de Ellen, Mamah tinha encontrado mais do que paz de espírito. Havia descoberto o estado da sua alma impresso com tinta.

Enquanto traduzia, Mamah pensava volta e meia no pai. Nos meses em que Edwin e ela viveram com ele na velha casa, ele sentava no seu estúdio e lia o Novo Testamento, hábito que nunca teve quando a mãe dela era viva. De vez em quando, ele saía do estúdio fumacento arrastando os pés de chinelo, falando e balançando a cabeça sozinho. Mamah tinha começado a se comportar do mesmo jeito no seu quarto de hotel.

Aquela manhã mesmo tinha tentado escrever um rascunho de carta de agradecimento para Ellen Key. Queria dizer que realmente compreendia. Que ia levar as idéias dela para a América por gratidão, que ela deixasse para lá o pagamento. Mas cada palavra que escrevia parecia mal escolhida. Riscou a frase *Você salvou a minha vida*. Isso ia acabar afastando a mulher de susto.

Na sexta de manhã, uma chuva fina e gelada derretia a camada de neve na rua enquanto Mamah ia caminhando para a estação de trem.

– Vai para Paris? – perguntou um homem quando ela entrou na fila para comprar o bilhete.

– Vou.

– Nem se dê ao trabalho de ficar aí esperando. Não há trens para Paris porque há uma enchente lá. Parte da cidade já está embaixo d'água. As estações estão todas fechadas.

– Mas eu recebi um telegrama quarta-feira...
O homem deu de ombros.
– Foi muito de repente. O Sena encheu o metrô, estão sem eletricidade. Está tudo parado. Eles nem dão previsão de quando os trens vão voltar a funcionar.
– O senhor conhece o Champs-Élysées Plaza?
– Conheço. É novo – o homem balançou a cabeça. – Não fica longe do Sena.
Um menino que vendia jornais gritava a notícia INUNDAÇÃO!. Sem saber, ela estava presa no seu quarto.
Frank tem iniciativa, pensou. *Uma enchente não vai nem abalá-lo*. Os dois tinham visto o rio Des Plaines perto de Oak Park transbordar muitas vezes. Se ele estava perturbado, era porque estava sozinho e seu trabalho interrompido mais uma vez.
Na ausência de telegramas e de trens, não tinha escolha. Tinha de ficar em Nancy, esperar aquilo passar e continuar a trabalhar. Voltou para o hotel e guardou as roupas dobradas.

QUARTA-FEIRA DE MANHÃ a chuva açoitava as calçadas com fúria. Já fazia cinco dias desde que saíra a primeira notícia da enchente, e o céu continuava despejando água. No café-da-manhã, ela viu um homem de negócios com um jornal, que entendeu a pergunta só de olhar para Mamah. Ele balançou a cabeça.
– Continua subindo – ele informou.– Houve algumas mortes.
Ela comprou um jornal, sentou no saguão do hotel e estudou o pequeno mapa na primeira página, que mostrava o Sena serpenteando do sudeste e dando a volta na cidade. A situação tinha piorado muito. O porão do Louvre estava cheio de água. Uma foto da Gare D'Orsay era de uma piscina, com as locomotivas afogadas como navios afundados.
Será que fiquei tão insensível a ponto de emburrecer? Curiosamente, Mamah não estava preocupada com Frank. Uma estranha e nova segurança a dominava.
A paz de Nancy tomou Mamah de surpresa. Depois de alguns dias era como se tivesse recuado um passo e pudesse observar sua

própria situação. Em certos momentos podia até imaginar que todas as pessoas envolvidas – Edwin, Catherine, as crianças – algum dia seriam felizes.

Parecia insensibilidade comparar a sua humilhação pública com o sofrimento dos parisienses desesperados. No entanto, a alegoria da enchente estava lá, à disposição, e era a referência que queríamos usar.

No dia 30 de janeiro os jornais anunciaram que o cerco terminara. Os parisienses passeavam de barco ao sol, para comemorar. Quando mais tarde chegou a notícia de que os trens já iam circular novamente, Mamah correu para a estação para comprar a passagem.

No meio daquele monte de gente e bagagem na plataforma, ela segurava uma pequena valise apertada embaixo do braço. Dentro estavam suas traduções de *A moralidade da mulher*, *A mulher do futuro* e *A mulher convencional*. Ela protegia os papéis do modo que imaginava que Frank fazia quando carregava seu portfólio de desenhos – como um mensageiro com um projeto que ia mudar o mundo.

O trem avançou lentamente por Frouard, Commercy, Bar-le-Duc e Vitry-le-François antes de parar quatro horas em Chalons-sur-Marne. Mamah comprou comida de um homem com um carrinho perto da estação, depois entrou de novo no trem e adormeceu. Quando acordou estavam quase em Paris. Passavam pelos subúrbios do leste e ela viu pequenas aldeias arrasadas pela água onde barcos a remo eram puxados até os portões dos jardins e havia escadas apoiadas nas janelas do segundo andar das casas.

Passando por campos lamacentos cor de esterco, pastos destruídos, o trem avançava devagar. Mamah viu grandes formas pontilhando um pasto à frente, ao longe. Quando o trem chegou mais perto, ela enxergou as carcaças inchadas de vacas e bois. Mais adiante havia um pequeno cemitério que parecia virado de cabeça para baixo. Lápides e caixões vazios espalhados pelo campo em volta. Ela avistou o que parecia ser o braço de um cadáver pendurado de uma caixa de madeira.

Um burburinho percorreu o trem quando os passageiros mudaram de lugar para ver melhor.

– *Jesu Christe!* – exclamou uma senhora sentada perto de Mamah. – Os mortos foram arrancados de seus túmulos.

Mas a calma que possuía Mamah em Nancy persistia. Raios de sol penetrando as nuvens cinzentas davam foco mais nítido às cenas lá fora. Ela sentia uma clareza, mais ainda do que antes, como se estivesse vendo tudo, até ela mesma, de certa distância. *Como nós, os seres humanos, somos pequenos*, ela pensou. *Toda a nossa correria, tentando nos defender da morte. Todos esses esforços para nos isolar da incerteza com códigos de comportamento e negócios sem sentido.*

Tudo parecia ridículo, se a vida em si era tão curta, tão preciosa. Viver uma mentira parecia um modo covarde de usar o nosso tempo. Apesar de todos os problemas que a vida apresentou diante dela, Mamah pensou, tinha lhe dado também dádivas extraordinárias. Martha e John eram duas. E então, por acaso e na ordem errada, a vida lhe mostrou outro tipo de amor que era, ao mesmo tempo, erótico e rico. Ficar com Frank, aceitar essa dádiva, parecia uma afirmação de vida.

Como conciliar os amores mais profundos da sua alma? Espiando pela janela, Mamah procurou imaginar um tempo no futuro em que explicaria para os filhos essa descoberta. Eles teriam de ser adultos para compreender. Mas ela acreditava que eles perceberiam que a sua escolha quando deixou o pai deles não foi com a intenção de simplesmente satisfazer cruelmente um capricho e torná-los infelizes. Ao contrário, foi um ato de amor pela vida.

Mamah se lembrou de um verso do *Hino à natureza*: *Ela transforma tudo que dá em bênção.*

De alguma forma, ela ia transformar toda aquela terrível confusão numa bênção para os filhos. Acreditava que lhes fosse possível um dia se sentirem engrandecidos pelo amor em volta deles. Pessoas com filhos se divorciavam e casavam de novo. Não era o fim do mundo para elas. Martha e John podiam acabar em situação até melhor, com quatro pais e mães felizes.

A vida inteira de Mamah era como uma peça só naquele momento. Trabalhar para Ellen Key era simplesmente mais uma prova de um impulso dentro dela que crescia como uma planta, se esticava, buscando a luz. Com cada palavra que traduzia, aprendia mais sobre o amor e a vida.

O vozerio alto virou murmúrio quando o trem parou na cidade. Mamah viu um relógio parado às 10:50. Então viu outro, e mais outro. Todos os relógios públicos de Paris tinham parado no mesmo instante, marcando o momento sinistro em que o rio tornou horários irrelevantes. A estranheza daquela cena fez com que ela despertasse do devaneio.

— Champs-Élysées Plaza! — ela disse quando pegou um táxi. — Rápido, por favor.

No hotel, ela largou toda a bagagem, exceto a valise, no saguão molhado e mal-cheiroso e subiu correndo a escada até o terceiro andar. Seu casaco pesado atrapalhava e ela parou para tirá-lo. No quarto 15, ela bateu e esperou.

A porta abriu e Frank, com a barba por fazer, espiou o corredor escuro.

Ela suspirou ao vê-lo.

— Obrigada! Obrigada!

— May-mah! — ele riu, levantou-a do chão com um abraço e saiu rodando com ela. — Que lindo vê-la de novo.

— Eu teria vindo antes, se pudesse.

— Perdi o pior. Fui para o campo quando o rio chegou às barricadas de sacos de areia. Só voltei ontem — ele a puxou para dentro do quarto. — Cuidado onde pisa.

Eles entraram na ponta dos pés sobre desenhos espalhados pelo chão. Frank usava a capa do portfólio como prancheta para desenhar sobre o tapete. Metade de um pão duro estava em cima da cômoda, junto com uma maçã comida e uma jarra de água. Os dois sentaram na cama.

— Eu achei que você estaria bem — ela disse —, mas quando chegamos perto de Paris eu fiquei apavorada...

— Mas estou bem. Tudo está ótimo.

Ele passou o braço por cima do ombro dela.

— ... e pensei: *O que eu faria se alguma coisa acontecesse com você?* A minha vida acabaria.

— Você está tremendo — ele disse. — Vem, deita aqui.

Ele a cobriu com um cobertor.

Mamah encostou nos travesseiros e sentiu a tensão ir embora. A luz entrava pela janela e formava sombras no papel de parede cinza com estampa de urnas e videiras. A quietude da cidade espantou Mamah. Não se ouvia nenhum cavalo ou carro da rua lá embaixo. Tinha tanta coisa para contar a Frank... mas não tinha pressa. Ela o abraçou depois puxou a camisa dele nas costas e enfiou as mãos por baixo para sentir a pele quente. Suas palmas se moveram até o peito dele, lentamente, sentindo o coração sob as costelas, o músculo subindo e descendo sob seus dedos. Ela passou a boca no pescoço dele, no peito, explorando sem pejo, agradecida. Era como se eles fossem os primeiros amantes, como se palavras fossem inúteis comparadas com aquilo.

– Estou morrendo de fome. – Frank estava acordado e já se vestia.
Mamah estendeu a mão e ele a puxou. Quando se preparavam para sair, ele pegou a capa e pôs uma boina elegante na cabeça.
– Você está maravilhoso – ela disse, um tanto espantada.
– Encontrei um chapeleiro na Place Vendôme. O homem faz qualquer coisa.
Na rua, o sol baixo amarelava as fachadas e os rostos. Mamah falou com um pedestre e descobriu o endereço de um café aberto. Andaram oito ou nove quarteirões para encontrar o lugarzinho, com suas paredes de ladrilhos brancos brilhando. Só o cheiro de água sanitária indicava que água lamacenta tinha enchido tudo poucos dias antes.
O café estava lotado de fregueses que conversavam alegremente.
– Ovos – disse o garçom. – É tudo que temos. Está bom para vocês?
– Está. Omeletes seriam maravilhosos – ela disse.
Quando chegou o vinho, Frank bateu o copo no dela.
– À Itália – ele disse. – Se partirmos amanhã, podemos estar lá na sexta-feira.
Os ombros de Mamah despencaram.
Ele segurou a mão dela.
– Você está cansada, não está? Então vamos depois de amanhã. Podemos dormir até tarde amanhã.

Ela viu uma omelete passar numa bandeja e descobriu que estava faminta. Ainda não conseguira contar a ele sobre Leipzig. Ele parecia muito feliz. Apresentaria a idéia no dia seguinte.

Beberam a garrafa de vinho enquanto Frank a entreteve com histórias de seus encontros parisienses e ela falou animada sobre o que tinha acabado de traduzir.

Na volta para o hotel foram andando pela rua margeando o Sena.

– Estou me sentindo um pouco zonza – admitiu Mamah.

Frank segurou o cotovelo dela e a orientou desviando de um grande buraco onde a rua tinha desmoronado.

– Os franceses estão todos um pouco zonzos agora – ele disse. – Ninguém vai reparar.

Chamas de óleo iluminavam a beira do rio, onde trabalhadores se esforçavam para desalojar um píer de madeira que tinha ficado preso embaixo de uma ponte.

– O estúdio em Florença está arranjado. Lloyd vai ajudar com os projetos. E um jovem companheiro de Salt Lake que trabalhou para mim – Taylor Woolley –, ele também vem. Preciso dos dois.

– Pensei que Catherine jamais permitiria que Lloyd largasse a escola. Que ele nunca ficaria no mesmo lugar comigo.

– Eu a convenci de que você não vai encontrá-lo. Vou encontrar um quarto para ele e para Taylor separados de nós. Eles são jovens, vão querer explorar Florença sozinhos mesmo.

– Então você recebeu notícias de Oak Park.

Frank parou para examinar alguma coisa do outro lado do rio.

– Não quero pensar nisso – ele disse.

No quarto do hotel, ele apontou para a cômoda.

– Você recebeu uma carta. Wasmuth mandou para cá.

Frank deu essa informação com o mesmo cuidado que ela teria, sem emoção. Mamah atravessou o quarto, aflita, e olhou para o envelope de longe. O logotipo da Wagner Electric de Edwin aparecia no topo, à esquerda. Ela sabia o que o envelope continha. *Como pôde fazer isso? Recupere o juízo!*

Frank fez barulho arrumando a bagagem num canto e não olhou para ela. Mamah sabia que ele estava sendo gentil. Era a primeira carta que ela recebia desde os recortes de jornal, e ele lhe oferecia um pouco de privacidade. Ela rasgou o envelope com a unha e deixou em cima da cômoda.

– Vou ler amanhã de manhã – ela disse.

QUANDO ACORDOU, Mamah sentiu o maxilar doído. Tinha rilhado os dentes, talvez a noite inteira. Desceu da cama enquanto Frank continuava dormindo, tirou a carta de Edwin do envelope. As palavras dele foram certeiras. A casa na East Avenue veio à sua lembrança, vívida e dolorida. A mãe dele agora morava com eles, para ajudar. Lizzie estava resistindo, ajudando com Martha e John. Louise tinha sido valente, expulsou os repórteres quando apareceram no Natal. No final, Edwin acrescentou que a jovem Jessie ia sair de casa para morar com os Pitkins, a família do pai dela.

O maxilar de Mamah latejava. Deitou a cabeça na mesa.

Depois de um tempo, levantou-se para tomar banho, pôs um vestido e saiu para procurar comida. Foi andando pela rua para tentar recuperar a serenidade que sentiu no dia anterior. Quando voltou com pão e café, pegou uma caneta e começou a escrever uma carta para Edwin.

– Que horas são? – Frank resmungou da cama.

– Nove.

– Humm – ele sentou e esticou os braços. – Tem um trem que sai ao meio-dia para Milão. Posso me aprontar em uma hora se esse cheiro que estou sentindo for mesmo de café.

Ela não respondeu.

– Querida?

Ela foi direto ao assunto.

– Frank, eu não vou para a Itália com você.

– O que está dizendo? – ele se levantou e enrolou-se num robe.

– Estou dizendo... Eu vou depois. Preciso ir a Leipzig para estudar sueco na universidade.

– O que é isso? – a voz dele estava rouca.

— Ellen disse que domina a minha língua e quer que eu domine a dela.

Frank estava fora da cama, olhando para ela confuso enquanto amarrava o cinto do robe.

— Quanto tempo?
— Dois meses, talvez três.
— Três *meses*?
— Se eu dominar o sueco, Ellen diz que...

De repente Frank começou a abanar as mãos.

— Meu Deus! Ellen diz *isso*. Ellen diz *aquilo*. Como é *possível* uma mulher que você nem conhecia três semanas atrás ter se tornado mais importante do que eu?

— Ela não se tornou mais importante do que você, Frank. Se você entendeu direito o que ela defende...

— Não *faça* isso comigo, Mamah! — ele andava de um lado para outro, furioso. — Por que não pode estudar sueco na Itália?

— Será muito mais rápido se eu fizer o curso em Leipzig.

— Que diabo está acontecendo conosco? — ele arrancou uma camisa do guarda-roupa. — Já esqueceu qual foi a idéia inicial de virmos para cá?

Ela apertou a unha do polegar na parte macia de outro dedo.

— Nem por um minuto.
— Então por que está dizendo uma coisa dessas?
— Eu preciso terminar uma coisa que é minha.
— Pelo amor de Deus, Mamah. Não complique mais o que já está tão complicado.

Ela se levantou e foi até a janela. Lá embaixo homens tiravam os sacos de areia empilhados contra um prédio.

— Você se lembra das palavras que usou quando falou da viagem para cá? — ela perguntou. — Você disse que queria acertar sua vida com você mesmo. Devo supor que essas palavras só se aplicavam a você?

— Não distorça as coisas.

Frank jogou uma escova de cabelo na cômoda e Mamah deu um pulo de susto com o barulho. Virou para olhar para a cara dele e viu que estava toda vermelha e manchada de raiva. Frank parecia um desconhecido. Nunca ficara assim tão agitado com ela antes.

Mamah respirou fundo e levantou o queixo.
– Essa chance tem um significado enorme, Frank. E eu preciso trabalhar agora.
– Bobagem – a voz de Frank estava cheia de sarcasmo. – Você não precisa trabalhar.
– Ah, entendo – ela respondeu com amargura. – A verdade aparece. Esse tempo todo eu falei sobre assumir as rédeas da minha própria vida e você só fingia concordar. O que você realmente quer é uma mulher que se dedique exclusivamente a você.

Ele foi para o banheiro e bateu a porta. Mamah ficou ouvindo o barulho que ele fazia, deixou cair o barbeador, xingou, ficou assim uns dois minutos.

Quando saiu do banheiro, ele estava vestido e mais calmo. Sentou na cama ao lado dela.
– Eu não quero brigar. Mas fiquei meio perdido sem você. Não imagina como fiquei deprimido aqui, apesar das aparências. E agora você diz que vai embora outra vez. Parece que está fugindo da situação.
– Não estou.
– Falando sério, Mamah. Você realmente acha que se não estiver fisicamente comigo aqui, de alguma forma as pessoas deixarão de acusá-la? Que se estamos vivendo separados, então não somos realmente amantes?

Mamah se encolheu. Aquela idéia de fato tinha passado pela sua cabeça. Talvez tivesse um pouco de verdade, mas agora não podia pensar nisso.
– Pare, Frank – ela pediu suavemente. – Por favor, escute. A oferta de Ellen foi esta: ela aceitou me nomear sua tradutora oficial de inglês, com a condição de que eu estudasse sueco para ser fluente nessa língua. Posso traduzir mais dois de seus livros do alemão, mas, em relação aos restantes, terei de dominar o sueco para não haver mais diluição dos seus textos. E me pareceu uma proposta justa. Para isso preciso freqüentar o curso da Universidade de Leipzig agora, estudar sueco e talvez ensinar um pouco de inglês. Você pode se instalar em Florença e iniciar o trabalho no seu portfólio. Em junho, eu vou encontrá-lo na Itália e passar com você o resto do verão – ela segurou o rosto dele com as duas mãos. – Eu te amo demais. Tanto que quero

ficar *separada* de você. Você é um homem extraordinário, Frank Wright. Eu poderia facilmente me perder no seu mundo e jamais construir o meu mundo. E como ficaríamos? Seria um tédio de matar para nós dois.

Frank deu um pequeno sorriso. Segurou a mão dela.

– Estou pedindo demais? Diga o que acha, Frank. Porque parece que em minha vida toda eu nunca pedi o suficiente do amor, do trabalho ou de mim mesma. Exceto nessas duas últimas semanas, em que eu realmente usei o meu cérebro.

Ele suspirou.

– Que escolha eu tenho?

– Você pode passar uns dois meses com Lloyd sem ter de se preocupar com o fato de eu estar lá. E estarei relativamente perto de Wasmuth. Posso funcionar como sua agente junto a ele enquanto estiver na Itália.

– Só quero que tome cuidado com panacéias – ele disse, como se não tivesse ouvido essa sua última observação.

– Isso quer dizer o quê?

– Não se engane acreditando que Ellen Key pode modificar as críticas dos jornais de Chicago. Os livros dela jamais atingirão as cabeças minúsculas que lêem e acreditam naquelas besteiras.

– Como é que você sabe? Você nunca leu os livros dela.

– Não, não li. Só sei o que você me contou. Mas entendo que o pensamento dela é irresistível para você. Olha, isso é vingança. Eu também gosto. Mas o que estou dizendo é que não quero perder a adorável mulher pela qual sou louco para alguma ideologia feminista. Não esqueça quem é Mamah Borthwick. Só isso.

Frank se levantou e andou pelo quarto arrastando os pés, pegando suas coisas, de mau humor. Mamah sentou numa poltrona e fechou os olhos. Sua mão direita parecia uma bola de fogo no colo. Por duas semanas tinha copiado e recopiado suas traduções até os dedos não a obedecerem mais. Todo o seu corpo, aliás, estava dolorido, por algum motivo, mas a mente continuava clara. Sabia o que precisava fazer. Ia escrever hoje para Edwin, pedindo oficialmente o divórcio. E ia escrever para Lizzie, pedindo a ajuda dela com as crianças por mais um tempo.

Um bilhete para Martha seria fácil. Mas o que dizer a um menino de oito anos?

Mamah pegou uma folha de papel da mala e foi até a escrivaninha. Ficou um longo tempo olhando para o papel antes de escrever.

Querido John,

Estou em Paris agora. Você soube que houve uma grande enchente aqui? A água do rio subiu até o segundo andar das casas em alguns lugares. Eu não estava aqui quando o pior aconteceu, mas me disseram que as pessoas circulavam em barcos pelas ruas. A água já abaixou agora e o sol está brilhando. As pessoas sorriem nas ruas de novo.

Espero que você também esteja sorrindo, meu amor. Morro de saudade de você. Parece que toda vez que viro uma esquina, me lembro de você. Vejo muitas coisas das quais você iria gostar, e algum dia vou trazê-lo para cá para você ver.

Eu ficaria muito feliz de estar com você e com a Martha. Vou voltar, mas ainda vai demorar um pouco. Vou estudar alguns meses, ser uma aluna como você. Vou fazer um curso de sueco na Alemanha para poder traduzir uns livros. Será meu novo trabalho.

Tudo vai dar certo, Johnny. Sei que seu papai, Lizzie e Louise estão cuidando bem de vocês. Não pense que não amo vocês, nem que vocês fizeram alguma coisa errada. Você é um menino bom e corajoso, meu querido. É o melhor filho que qualquer mãe podia ter. Seja bom para a sua irmã. Bem sei que será.

Eu te amo,
mamãe

CAPÍTULO 26

Em Leipzig, Mamah tinha o dobro da idade dos outros alunos. Ela sentava toda empertigada, escrevia diligentemente frases em sueco num caderno, enquanto, à sua volta, rapazes se refestelavam em suas cadeiras, inebriados pela proximidade da primavera e a promessa da cerveja à noite.

O professor, um camarada ebuliente que devia ter cinqüenta e poucos anos, era conhecido de Ellen Key. Ele dirigia as aulas para a mulher de cabelo escuro sentada na primeira fila, satisfeito de ter alguém respondendo às suas perguntas.

Mamah viajou duas vezes para Berlim para encontrar Wasmuth, para avaliar a impressão do portfólio e para relatar a Frank o que tinha visto. Fora isso, vivia tranqüila em Leipzig e se permitia poucos prazeres. O maior deles era sentir-se cada dia mais segura em sueco.

No fim de maio, quando se preparava para ir para a Itália, recebeu uma carta de Ellen convidando-a para ir conhecer sua nova casa no lago Vattern. Mamah escreveu um telegrama com todo o esmero para Frank pedindo mais uma vez a compreensão dele.

Leve o tempo que precisar, ele respondeu. E em poucos dias ela estava a caminho.

Chegou em Alvastra e foi recebida por um cavalheiro idoso que dizia coisas incompreensíveis, graças a um considerável pedaço de fumo de mascar que tinha na boca. Ele levou Mamah até a casa de Ellen, que ficava logo acima do lago Vattern, depois até a porta da frente, onde ficou num hall de paredes brancas, chão de cerâmica vermelha e muitas portas recentemente pintadas de vermelho dentro e fora. Perto do teto havia uma frisa pintada de guirlandas verdes. Acima da porta da frente, pintadas em vermelho, as palavras MEMENTO VIVERE. Lembre de viver.

Naquele momento Mamah quase foi derrubada por um São Bernardo que chegou correndo do fim do corredor.

– Wild – disse Ellen Key quando encontrou Mamah secando as mãos na saia. – É o nome dele. É um cara afetuoso, mas desleixado. Ellen a abraçou satisfeita.
– Bem-vinda à Praia, minha querida. Agora assine meu livro de visitas. Você é uma das primeiras.

O FATO DE UMA MULHER poder construir uma casa como aquela, sozinha, era uma maravilha sobre a qual Mamah ficou pensando os cinco dias seguintes. Não tinha lido o livro de Ellen *Beleza para todos*, mas nos quartos ela viu a estética "leve e saudável". A mobília gustaviana era pintada de cinza perolado. Todas as janelas da casa se abriam para a brisa de junho. Havia peças artesanais por toda parte.
– Por que batizou sua casa de Praia? – ela perguntou a Ellen depois que a jovem empregada serviu o chá.
– Venha aqui – Ellen levou Mamah de volta ao corredor da entrada e apontou para um mapa emoldurado da região do Vattern. Pintadas em azul e amarelo havia as palavras DÄR LIVETS HAV OSS GET EN STRAND.
– Onde o mar da vida nos deu uma praia – traduziu Mamah.
– Isso foi fácil. Você andou estudando, não é?

– É A MINHA PRAIA TRANQÜILA – disse Ellen mais tarde.
As duas estavam sentadas perto do lago num banco de um pórtico circular com colunas que se debruçava sobre pedras logo acima do espelho da água. Wild estava deitado aos pés de Ellen.
– É tão lindo aqui, especialmente de manhã – ela parou para pensar melhor. – Não, especialmente à noite, sob as estrelas. Bem, você vai ver. Tenho vindo para cá ultimamente, pensando que quero fazer da Praia uma espécie de legado depois que eu morrer. Agora estou escrevendo um testamento que explicita tudo. Será um porto seguro para mulheres trabalhadoras que precisam de um descanso. Elas podem tirar férias aqui.
Mamah sorriu.
– Eu sou a primeira?

— Acho que é — Ellen deu um grande sorriso como se gostasse da idéia. — Tem sido um trabalho duro, não é?

A pergunta fez Mamah fechar os olhos.

— Venha, querida — disse Ellen. — Vamos nadar um pouco.

Elas vestiram seus maiôs, umas peças pretas e largas, e nadaram no lago Vattern. Mamah boiou de costas, olhando para as formas das nuvens. De vez em quando via Ellen mergulhar com suas costas largas arqueadas, e reaparecer segundos depois um pouco mais longe, com a cabeça emergindo como a de uma foca.

— Por favor, Ellen Key — ela disse para a amiga —, chega dessa conversa sobre testamentos. Eu quero que você viva para sempre.

— Farei o possível — Ellen respondeu.

Nos quatro dias seguintes, as pequenas gentilezas femininas de Ellen emocionaram Mamah profundamente. Gerda, a empregada, levava o café na cama com flores na bandeja todas as manhãs. Os lençóis tinham perfume de lilases, como se tivessem sido passados a ferro com as flores.

Nas horas que passaram juntas, conversando sobre todo tipo de coisas, Mamah observou a expressão de Ellen. Ellen ficava calma naquele lugar, menos dogmática. Na verdade, tornava-se maternal. Mamah imaginou que tipo de tristeza ela devia ter experimentado na vida. Como havia acabado sozinha. O professor de sueco em Leipzig comentou sobre um homem casado que esteve na vida dela muitos anos e que não largou a mulher. Mamah queria desesperadamente perguntar se isso era verdade, mas se conteve. Ellen Key era como sua irmã Lizzie, nesse aspecto. Havia um veio profundo de bondade nela, mas mantinha a maioria das pessoas a uma certa distância.

Mesmo assim, Mamah sentia que Ellen estava satisfeita com a sua visita. E, para surpresa dela, também descobriu que a grande filósofa era um pouco vaidosa. A certa altura, ela mostrou a Mamah um recorte de uma revista com um retrato oficial que tinha sido pintado por um artista norueguês.

— Você acha que está parecido? — ela perguntou.

Mamah examinou o retrato.

— Ele a desenhou como uma visionária, não é? Uma espécie de alta sacerdotisa. É parecido sim, e está muito bonito.

Ellen sorriu de orelha a orelha.

– Mas essas cortinas – disse Mamah de brincadeira, apontando para o tecido abstrato que se curvava nos dois cantos superiores do quadro. – Não pode convencê-lo a apagar isso? Meu Deus. Parecem duas manchas feias dos dois lados da sua cabeça.

Ellen olhou para ela ofendida. Depois deu uma gargalhada.

– Eu gosto de quem diz o que pensa.

NO FIM DO DIA, caminhando à beira do lago, Mamah sentiu os arbustos secos de samambaias roçando em seus tornozelos. Sentou de pernas cruzadas no chão do pórtico e ficou ouvindo as ondas batendo nas pedras logo abaixo. Queria um lar como aquele para ela. No passado, só poderia pensar em termos abstratos sobre uma casa para ela e para Frank, mas agora já conseguia visualizar alguns detalhes. Seria no campo, perto da água, mas também perto de uma cidade, como a casa de Ellen era perto de Estocolmo. Uma casa que seria lembrada pelos hóspedes e convidados por seus pequenos confortos. Frank faria dela um milagre de luz e de espaço. E ela faria com que transmitisse a mesma sensação daquele lugar.

Elas passavam as manhãs no estúdio de Ellen, conversando. Mamah adivinhou que a pilha de cartas sobre a mesa de Ellen podia ser de qualquer uma das pessoas famosas com quem ela se correspondia. Sentada no estúdio ensolarado, com uma brisa do lago movendo as folhas das faias lá fora, ela se deu conta da honra que era estar entre os primeiros hóspedes da Praia. Era estranho estar ali sentada diante de uma mulher que seus compatriotas consideravam equivalente a um Ibsen ou Strindberg.

Havia fotos dos amigos famosos de Ellen – Rilke, Bjornsen – penduradas na parede atrás de sua mesa, em meio a gravuras coloridas de vida em família pintadas pelo amigo dela, Carl Larsson. Mamah tentou imaginar que presente poderia oferecer à casa que estivesse à altura dos objetos que Ellen já havia colecionado. E então teve uma idéia. Ia pedir a Frank um dos seus amados desenhos de Hiroshige para enviar para Ellen.

— As mulheres precisam desenvolver suas personalidades por dentro — disse Ellen.

Elas estavam conversando horas seguidas sobre como Mamah faria os ensaios de Ellen chegar à revista *The American*, como os textos podiam ser editados e cortados, qual era a melhor maneira de atingir as mulheres dos Estados Unidos.

— É difícil dizer como *A moralidade da mulher* será recebido quando for publicado lá — disse Mamah. — Os alvos centrais do Movimento das Mulheres na América são o voto e a equiparação salarial.

Gerda entrou no estúdio e serviu-lhes o jantar. Costela assada com batatas.

— Libertar a mulher do convencionalismo — esse devia ser o alvo dessa luta. — Ellen falava num tom de voz agitado. — De que adianta a mulher ser emancipada, mas ter pouco estudo e nenhuma coragem para agir?

— Mas há muitas mulheres... — Mamah ia dizendo.

Ellen ignorou ou então não ouviu.

— Os homens sempre foram *treinados*, educados para ter coragem e para ousar — ela mastigou a carne de uma costela. — As mulheres, por outro lado, ficam presas ao papel de guardiãs das lembranças e tradições. Nós nos tornamos grandes conservadoras. Ah, suponho que sejamos mais dóceis, em conseqüência disso, porque aprendemos a ver muitos lados. Mas a que preço? Isso nos afastou da grandeza! E a maioria das mulheres fica feliz de simplesmente repetir as opiniões e os julgamentos que ouviram, como se as idéias fossem delas. É perigoso! — ela abanou no ar o osso limpo. — As mulheres têm de entender a ciência evolutiva, filosofia, arte. Elas precisam expandir seus conhecimentos e parar de assassinar o caráter umas das outras.

— Essa tem sido sua luta — comentou Mamah gentilmente.

— Dizem que sou licenciosa, e todo o tipo de coisas sórdidas.

O rosto altivo e redondo de Ellen assumiu uma expressão abatida. As rugas profundas dos lados da boca faziam com que parecesse uma velha amargurada.

– É um método muito eficiente: atacar o caráter da pensadora, assim você mata suas idéias. O resultado disso foi que assumi uma vida cheia de cuidados.

Gerda apareceu para pegar os pratos e voltou com generosas fatias de um bolo. A postura de Ellen mudou.

– Ah – ela disse, entrelaçando os dedos como uma criança diante de um mimo inesperado.

Mamah ficou beliscando a sobremesa e observou Ellen comer sua fatia com paixão, depois pegar os farelos restantes no prato com um garfo.

Mamah sentiu uma pontada de pena da vida solitária de Ellen. Vasculhou a mente à procura de alguma coisa boa para dizer.

– Você me faz lembrar de Frank – ela disse.

Ellen ergueu as sobrancelhas. Reclinou na cadeira.

– Cada um de vocês construiu uma reputação com suas idéias estéticas sobre a construção de um lar. Vocês dois têm um grande prazer de escrever frases nas paredes – provocou Mamah. – E são geniosos ao extremo.

A gargalhada natural de Ellen encheu a sala.

– Eu tenho de conhecer esse homem.

Na manhã seguinte, quando Mamah se preparava para partir, Ellen a abraçou na porta da frente.

– Sabe, você estava tensa e retesada como uma flecha quando chegou aqui. Continue nessa trilha, filha. Mas seja boa consigo mesma neste caminho.

Mamah subiu no carro.

– E mande fazer o seu retrato – disse Ellen, acenando. – Quero pôr no meu estúdio.

CAPÍTULO 27

O sino do convento do outro lado da rua, na frente do Villino Belvedere, badalava as horas quando Mamah entrou no jardim. Era um dos sons matinais em Fiesole com o qual estava se acostumando. Cascos de cavalos batendo nas pedras do calçamento, tabuleiros de forno batendo em mesas em apartamentos ali perto, o som de uma bigorna em algum lugar significavam que o dia de trabalho estava começando. Do apartamento do outro lado da casa, ela ouviu os primeiros sons do arco nas cordas do violoncelista e violinista russo que praticava todas as manhãs.

Frank estava refestelado numa cadeira do jardim, de olhos fechados, com o rosto virado para o sol.

– Outro dia perfeito – ele disse ao ouvir os passos dela.

Frank dissera a mesma coisa todas as manhãs desde que ela foi encontrá-lo, estivesse a aldeia cheia de nevoeiro ou tostando ao sol. Tudo naquela cidadezinha da montanha agradava Frank.

– Não vai trabalhar hoje? – ela perguntou.

– Só umas duas horas.

– Vamos ver alguns jardins antigos. O que acha?

– Nós já não vimos todos?

– Ainda não vimos a Villa Medici. Estero diz que não há ninguém lá agora, e ela conhece o jardineiro.

Estero, a mulher de expressão doce que cozinhava para eles, tinha amigos em cada canto de Fiesole, e todos eles dispostos a ajudar o gentil casal da América.

– É longe?

– Podemos ir a pé. Vou ver se ela consegue nos pôr lá dentro.

– Onze horas – ele avisou quando desceu os degraus para o térreo, onde ficava seu estúdio.

Os dias aconteciam exatamente assim, com a cadência afinada ao nascer do sol e à refeição do meio-dia. Por volta das oito e meia, já estavam em seus postos, só que algumas manhãs Mamah ia até o estúdio para observar Frank e Taylor Woolley desenhar delicadamente em papel fino com penas de corvo molhadas na tinta.

Ela fazia seu trabalho no menor dos dois jardins da casa, abrigado sob uma árvore carregada de rosas amarelas que percorriam a beirada do terraço. Da mesa redonda do jardim, situada perto de um muro que a separava de um penhasco aterrador, ela via os telhados vermelhos de Florença.

Ela traduzia *Amor e ética* sem pressa. Brincava com as frases, consultava seu dicionário, formava e modificava as sentenças. Queria honrar seu trabalho fazendo direito. E quando conseguia, quando derramava a tradução do alemão da sabedoria de Ellen por intermédio do filtro da sua alma, quando era destilada em frases elegantes e persuasivas em inglês, ali no papel, uma coisa muito parecida com êxtase a dominava.

Ficava ao ar livre o máximo de tempo que podia, e algumas manhãs deixava as traduções para subir a Via San Francesco até a antiga igreja e mosteiro no topo da ladeira. O lugar era um dos doze destinos de Mamah, mas todas as caminhadas pelos campos de papoulas pareciam culminar no mesmo lugar. Ela encontrava um lugar para sentar e ficar olhando para as montanhas até a calma a tomar num estupor. Quando meias-luas de pele queimada apareceram nas costas e no peito por causa das horas que passava ao sol, ela tratou de comprar um chapéu de aba mais larga.

– Mamah das Montanhas! – Frank a saudou uma manhã quando ela saiu da casa e foi para o jardim com o chapéu de caminhada. Dali em diante, esse passou a ser o apelido que ele usava para ela.

A chegada de Mamah em junho em Fiesole coincidiu com a volta de Taylor Woolley para lá. Ele e o filho de Frank, Lloyd, tinham, ambos, trabalhado no portfólio no fim do inverno e toda a primavera, primeiro em Florença e depois em Fiesole, onde Frank alugou o Villino Belvedere de uma inglesa que possuía vários imóveis na cidade. Quando Lloyd e Taylor terminaram o grosso dos seus desenhos, Frank liberou os dois com dinheiro no bolso para fazer turismo. No fim da excursão, Lloyd foi para casa (provavelmente para evitar estar com ela, Mamah pensou), mas Taylor retornou a Fiesole para trabalhar.

Ela achou Taylor Woolley o rapaz mais gentil e discreto que já vira. Ele era mórmon, tinha vinte e seis anos, era franzino e mancava. Quinze anos os separavam, mas ela descobriu no jovem arquiteto de Salt Lake um companheiro adequado para suas caminhadas nas montanhas.

Muitas vezes os três pegavam o bonde e desciam para a cidade, para visitar as grandes catedrais. Passavam dias inteiros na Galeria Uffizi, estudando as estátuas de Donatello e de Michelangelo, pinturas da Virgem do século XIII, retratos de cardeais com seus trajes vermelhos e paisagens da Toscana. Despencavam nos bancos, deixavam a cabeça cair para trás, só para ver tetos dourados cheios de anjos, antes de irem embora, exaustos de pura saciedade.

Taylor levava uma pequena câmera, mas raramente apontava para as igrejas de Florença. Em vez disso, ele fotografava o mosaico irregular da cidade vista de cima, capturando as arestas dos retângulos franjados com ciprestes. Ele ficava encantado com as antigas estradas romanas e as casas presas a encostas tão íngremes que os degraus que davam nas portas de entrada pareciam escadas de encostar-se à parede. Mamah às vezes ia com ele, à procura dos precipícios mais arrepiantes perto de Villino Belvedere, para fotografar a cidade lá embaixo.

Uma tarde ele a levou para um mirante e ensinou a usar a câmera. De onde estavam, Florença parecia coberta por um rio branco que revolvia e rodopiava, revelando uma rua aqui, um prédio mais alto ali, antes de ser toda coberta. Taylor e Mamah se revezaram espiando pelo visor da máquina, esperando o nevoeiro abrir e revelar uma *villa* específica que tinha notado antes. A grande casa aparecia de vez em quando, como uma ilha, no meio da névoa espessa.

– Deixe-me tirar uma foto sua – disse Mamah.

Taylor posou pacientemente num muro de pedra enquanto ela movia a câmera para compor o retrato. Enquanto isso, conversaram sobre a infância dos dois. Mamah notou que Taylor tomava muito cuidado para não tocar na sua história mais recente. E também não pediu para fotografá-la.

MAMAH E FRANK PARTIRAM da porta verde e pesada da Villino Belvedere quando a manhã começou a esquentar, carregando uma mochila que continha o almoço preparado por Estero. Agora os dois já eram conhecidos do pessoal do lugar, andavam de mãos dadas para cima e para baixo pelas antigas estradas, ele com uma bengala, ela com o chapéu de aba larga. Ao meio-dia estavam no terraço superior do jardim da Villa Medici.

Era um lugar grandioso e envelhecido, cercado, de um lado, por uma grande pérgula cheia de rosas que ladeava uma encosta, e, do outro, por uma vista panorâmica do rio Arno serpenteando pelo meio de Florença. O jardim suspenso era um dos três patamares verdes que desciam da montanha. Não havia uma escada central aberta ligando os níveis dos jardins. Entrava-se em cada um pela casa ou então pelos lados, por trilhas pequenas.

– Os jardins dizem tanto sobre uma cultura, não dizem? – Mamah estava pensando em voz alta e ofegante por causa da subida. – Realmente dá para perceber o que as pessoas dão valor.

Frank estava perto o bastante para ouvir quando ela falou, mas não respondeu. Ela sabia que ele estava em algum outro lugar, perdido, absorvendo o espaço. Mamah aprendera a deixá-lo em paz nesses momentos.

Ele andou pelos caminhos de pedras, subiu e desceu a encosta, caminhou por cada cômodo ao ar livre da *villa*, estudou a casa de longe. A argamassa parecia dourada. De perto, no entanto, era como se estivesse prestes a desmoronar.

Não havia ninguém na casa e o jardineiro insistiu que eles almoçassem sob a pérgula.

– Vê aquelas árvores? – perguntou Mamah, apontando para um par de ciprestes emoldurando a vista das montanhas mais adiante. – Foram postas lá de propósito, como pontos de exclamação que dissessem "Olhem para isto! Não é espetacular?".

Frank estava observando a montanha do outro lado.

– Mmm. Eu estava olhando aquelas pequenas casas penduradas na encosta. Parecem naturais ali, como árvores e pedras.

– É bem típico – disse Mamah – que eu fique boquiaberta com essa casa e esses jardins gloriosos e você espiando as cabanas de pau-a-pique.

– Eu vejo o jardim – Frank sorriu. – Faz lembrar o Japão.

Ela fingiu que estava zangada com ele.

– Trouxe você até aqui em cima pensando que você fosse olhar para esses terraços. Que sentaria sob uma pérgula exatamente como esta e que falaria sobre os terraços embaçarem a linha entre a casa e a natureza. Pensei que eu tivesse sido esperta ao planejar este passeio.

– Você planejou mesmo, não foi?

– Foi, imaginei que você diria "Mamah, é aqui que quero viver com você para sempre. Deixe-me construir uma *villa* para nós naquela montanha ali". Eu ficaria toda emocionada e diria sim. Em vez disso, você diz que faz lembrar o Japão.

Ele deu risada.

– Mas eu estava pensando em outra coisa. Notei que os fazendeiros lavram a terra aqui. E me recordei dos fazendeiros japoneses, que fazem os mais lindos terraços para suas plantações, em degraus, como esses aqui. Então você olha em volta da sua linda casa e vê a mão do homem na terra.

– Você não vê a natureza? Não é isso que Frank Lloyd Wright quer ver?

– Eu quero ver terra selvagem, sim. Mas...

– Mas o homem faz parte da natureza – ela disse.

– É, como qualquer coisa viva. Os desenhos que fazemos na agricultura e usando a terra na realidade são imagens antigas que estão entranhadas nas nossas psiques, eu acho, por isso nós naturalmente os vemos como belos. O fazendeiro não começa a plantar pensando em ser artístico. Ele é prático. Ele vai trabalhar com os contornos da sua terra. Mas o ritmo da terra descobre um meio de se impor, e faz com que o fazendeiro crie lindas linhas sinuosas com seus campos de trigo na Umbria, ou com canteiros em outros lugares. Se você atender à terra, pode construir uma casa orgânica com ela.

– O que você acha deste lugar?

– Acho que um homem que adorava construções fez esses jardins e não um jardineiro. Eu admiro, até um certo ponto.

— Eu estou falando da Itália. O que acha da Itália?
— Não dá para perceber? Seria tolice não sentir a mágica daqui. As montanhas...
— Deixe-me adivinhar. Fazem você se lembrar do Wisconsin.
— Fazem mesmo — ele sacudiu os ombros e sorriu. — Muito.

No dia seguinte pegaram o bonde pela estrada perfumada de pinheiros até Florença. Quando chegaram à cidade resolveram deixar os museus para depois e subiram a colina que dava na Piazzale Michelangelo. Frank passeou com ela pela Villino Fortuna, a primeira casa que ele alugou quando chegou em Florença.

— Nós estávamos congelando aqui — ele disse. — Lloyd, Taylor e eu tivemos de esquentar nossos dedos no fogo só para que funcionassem.

Apenas três ou quatro meses tinham se passado desde que ele estava morando naquela casa, mas ele descreveu como se tivesse acontecido muito tempo atrás. Frank fazia isso. Ele podia construir uma lenda de um acontecimento fortuito.

Perto do topo descansaram num banco ao lado de uma pequena igreja. Frank observava a construção e os trabalhadores pintando as paredes de uma cor ocre. Um jasmineiro subia e circundava a porta, mas, através da trepadeira, Mamah pôde ler as palavras esculpidas na pedra.

— Tem uma frase sobre a porta — ela disse para ele. — *Haec est porta coeli*.

Um operário moreno com um lenço amarrado na testa olhou para eles tentando entender a conversa.

— Meu latim está enferrujado — Frank disse. — O que diz? Que nós todos vamos para o inferno?

— Não, não — ela gritou para ele. — Aqui é a porta do céu.

Estavam cansados demais para voltar para Fiesole à tarde, por isso alugaram um quarto numa pensão perto da Piazza della Repubblica. Aquela noite jantaram num café na praça. Ela e Frank ficaram observando as pessoas passeando no início da noite. Um casal bem vestido caminhava com elegância. Com esforço, um velho empurrava um carrinho cheio de entulho, e os ecos das rodas do carrinho quicavam nos prédios em volta. Perto deles outro casal de viajantes estava sentado a uma mesa pequena, a conversa deles era um murmúrio baixo.

– Não se apresse, madame, aproveite a vista – disse o garçom quando Mamah informou que ainda não iriam pedir. – Essa é a minha parte preferida do dia.

– O senhor trabalha aqui na praça há muito tempo?

– *Sí, signora*. Doze anos neste hotel. Nunca me canso disso aqui. Tenho um lugar pequeno, um quarto perto daqui. É tudo de que preciso. A Piazza é a sala de estar do italiano. Recebo meus amigos aqui.

– O senhor já viajou para algum lugar?

– Não. E para quê? O mundo acaba vindo a mim, bem aqui na Piazza.

Mamah deu risada e traduziu a conversa para Frank.

– Agora pergunte ao cavalheiro se eu posso comprar essa toalha de mesa branca, porque vou desenhar nela.

O garçom deu de ombros.

– *Non c'e problema*.

Mamah pediu sopa para eles.

– Peça para ele aguardar um pouco para servir, está bem?

Frank afastou os copos. Tirou de uma pequena bolsa um lápis azul que tinha comprado para a coleção iniciada em Berlim. Rapidamente apontou o lápis com seu canivete, depois desenhou uma linha curva irregular na toalha branca e fez alguns retângulos grudados na curva. Ele estava desenhando de cabeça para baixo, para Mamah ver, mas as formas geométricas eram obviamente partes de uma casa na encosta de uma montanha. Apareceram mais linhas curvas, delineando um rio e mais montanhas.

– A Villa Medici tinha três níveis, não tinha? – ela perguntou.

Frank continuou a desenhar, árvores, estradas. Em uma colina, ele cobriu as curvas com jardins como colchas de retalhos.

– Isso não é a Villa Medici.

– Ah – Mamah acompanhou a linha curva com o dedo na base do desenho. – Pensei que isso aqui fosse o Arno.

– Você está perto – ele disse. – É um rio, mas não é o Arno. É o rio Wisconsin.

Ela abaixou a cabeça para perto do desenho.

– Há uma colina – ele disse. – Uma que eu visitei muitas vezes quando menino, perto da casa do meu avô, onde minhas tias tinham uma escola. Aquela colina era um lugar mágico para mim naquela época. No verão, quando eu estava trabalhando na fazenda do meu tio, eu ia para lá para me afastar de todos e apenas ficar sentado, vendo as copas das árvores. A colina é grande e redonda – como o topo de uma cabeça. Eu queria pôr uma casa logo abaixo da vertente daquela colina, Mamah. A nossa casa.

Mamah teve uma sensação de desânimo.

– Sonho com essa casa o tempo todo – ele disse. – Ela tem os fundos para essa encosta e alas que abraçam a colina. É feita da mesma pedra calcárea que sai da terra em toda Wisconsin, por isso parece uma grande rocha. E tem um pátio como o que vimos na Villa Medici. Você vai ter jardins em toda a volta, Mamah. Vai sair de um cômodo interno para um externo e nem sentir onde a casa termina e o ar livre começa.

Havia uma excitação febril nos olhos dele.

– Eu quero plantar lá – ele disse. – Quero cobrir essas outras colinas com árvores frutíferas. Imagine só um minuto o perfume de cem macieiras. Dá para sentir? E legumes e verduras... toneladas deles. Vamos plantar a nossa comida em faixas na encosta das montanhas.

Mamah olhou para ele com tristeza.

– Não estou louco, Mamah. Está ao nosso alcance. Já escrevi sobre isso para a minha mãe.

– Já?

– Acho que ela deve comprar a terra para mim. Ninguém saberá até ser construída.

– Você nunca disse que ia...

– Podemos viver em paz lá. Eu farei a minha arquitetura lá mesmo, talvez tenha um pequeno escritório em Chicago, e você pode traduzir, fazer jardinagem, o que você mais gosta. Sim, a maior parte das pessoas é gente de fazenda por lá, mas vamos descobrir um jeito de levar alguma cultura para Spring Green. Faremos o mundo ir até nós.

– Agora não há lugar para mim lá – disse Mamah. – Nem mesmo em Wisconsin. De qualquer modo, vou tirar isso da cabeça. Por favor, Frank, estamos na Itália...

— Olha — ele disse. — Minha família mora naquele vale há três gerações. Isso é alguma coisa. As pessoas vão ser civilizadas. É bastante privado, e fica apenas a três horas de trem de Chicago. Nossos filhos podem ir ficar conosco.

Ela viu os pombos dando um rasante na Piazza.

— Eu sei que você adora o Wisconsin, Frank. Mas... — ela se endireitou e olhou bem nos olhos dele. — Só para mim — ela começou —, você poderia desenhar uma casa neste lugar? As crianças poderiam ficar conosco parte do ano aqui. Talvez seus filhos pudessem vir na outra parte.

— Mamah — Frank acariciou suavemente a mão dela — Você está sonhando. A Itália não é meu lar como...

Mamah tirou a mão.

— Oak Park é o *meu* lar? Ou Wisconsin? Eu não tenho mais um lar. Pelo menos na Itália, eu sou anônima.

O garçom chegou com dois grandes potes de sopa. Ele olhou para o desenho, depois meio confuso para Mamah e para Frank, à espera de algum sinal. Frank acabou fazendo um gesto para ele pôr os potes na mesa, cobrindo o desenho a lápis.

CAPÍTULO 28

Na Villino Belvedere, tarde da noite era hora de livros. Às vezes Frank lia em voz alta, depois conversava com ela sobre as passagens.

– O azul – ele leu de Ruskin uma noite – é sempre apontado pela divindade como fonte de prazer.

E eles trocavam idéias, debatiam os melhores azuis, o *azure*, o cobalto, couve-flor, o azul do Mediterrâneo. Ou as diferenças sutis de laranja e vermelhos – veneziano *versus* chinês, *versus* vermelho *cherokee*.

Se a tradução tivesse ficado boa aquele dia, Frank era mimado com trechos de *Amor e ética*. Eles evitaram falar mais de Wisconsin ou do topo da colina.

Certa manhã, quando o sol estava especialmente quente, Mamah desceu para o estúdio para refrescar. Frank tinha posto poucos móveis, apenas objetos de que ele gostava – havia um cachecol de lã sobre a mesa, com um pote grande cheio de galhos de árvores em cima, desenhos arquitetônicos pregados no papel de parede florido, uma pequena prateleira cheia de vasos italianos simples. Ele e Taylor estavam trabalhando em silêncio, em mesas separadas.

Ela foi até Frank, pôs a mão no ombro dele para ver em que eles estava trabalhando.

– Bem, você me pegou – ele disse.

Ela deu risada.

– Peguei fazendo o quê?

– Olha só.

Ele estava trabalhando em dois desenhos numa única folha, um em cima do outro.

– É a minha casa – ela disse quando viu o desenho de cima.

A folhagem elaborada de Marion Mahony formava curvas nos cantos do desenho e se espalhava pelo muro do terraço. Era o próprio desenho que conquistou Edwin e ela aos projetos de Frank em 1903.

Ela olhou então para o desenho de baixo. Mostrava uma casa retilínea com grandes muros em terraços que se erguiam imponentes contra uma encosta íngreme. O nome embaixo do projeto era VILLA PARA ARTISTA.

– Eu quero esses dois desenhos juntos numa placa de litogravura – ele disse.

– Por quê?

– Porque desenhei as duas para você.

Ela inclinou a cabeça, confusa, depois olhou para o desenho de baixo de novo.

Taylor se levantou e deu uma espreguiçada.

– Acho que vou dar uma parada – ele disse e saiu para o jardim.

– A de baixo é apenas uma experiência – disse Frank. – Eu estava explorando de que modo uma casa podia se encaixar numa encosta aqui... uma casa orgânica.

– Você desenhou uma casa para Fiesole?

– Sim.

– Oh, Frank! – ela gritou. – Eu adorei. Isso é um jardim murado?

Ele fez que sim com a cabeça.

Ela passou os braços nos ombros dele.

– É uma idéia tão ousada, que na verdade nem é. Não seríamos os primeiros a viver no exterior um tempo – ela o apertou com força. – Há expatriados se abrigando em *villas* por todas essas montanhas neste momento mesmo. Pense só em todos os artistas que usaram este lugar para se esconder... Shelley, Proust, Ruskin.

Ela levou o desenho até a janela e segurou contra a luz.

– É maravilhoso. Maravilhoso.

Quando ela olhou para ele, viu que ele a observava.

– Você não vê, Frank? Aqui não somos aberrações. Podemos ter amigos, uma comunidade. Há tanta cultura aqui... E trabalhar na Europa por um tempo pode até ser bom para a sua carreira. Assim que o portfólio for publicado, haverá europeus fazendo fila na sua porta.

– Vamos ver – ele disse vagamente.

Ela parou, com cuidado para não insistir mais na idéia.

As caminhadas de Mamah nas montanhas adquiriram um propósito depois disso. Frank não tinha feito nenhuma promessa. Mesmo assim, julho chegava ao fim e o trabalho dele também estava quase acabado. O plano dele o tempo todo tinha sido voltar para Chicago em setembro ou outubro. Se iam ficar, precisavam encontrar um lugar para morar bem depressa. Talvez até para construir.

Numa manhã de sexta-feira, quando Frank tinha ido à cidade pegar a correspondência e fazer mais algumas coisas, ela partiu para sua costumeira caminhada subindo a Via Verdi com um bloco de desenho embaixo do braço, pretendendo mapear os terrenos sem construção nas montanhas distantes.

– *Buon giorno!* – chamou Taylor Woolley, saltitando para compensar a perna aleijada. – Eu não sabia que a senhora desenhava – ele disse quando chegou perto dela.

– Ah, eu só desenho as coisas para poder me lembrar delas. Frank está na cidade. Você quer vir comigo?

– Hoje eu não devia. Amanhã vou para a Alemanha, a senhora sabe.

– Será possível? Pensei que você só fosse viajar na semana que vem.

– Resolvi acertar tudo para poder viajar um pouco mais antes de ter de voltar.

– Ah, Taylor, vou sentir muito a sua falta. Já sei nosso compromisso desta noite, então. Teremos todos um jantar de despedida.

– Eu gostaria disso – ele acenou se despedindo e entrou no jardim. – Nos vemos à noite!

Andando para a cidade, ela parou na casa de Estero e encomendou um jantar especial.

I<small>NSTALADA NUM LUGAR</small> no topo da montanha, Mamah examinou as encostas ondulantes em volta de Fiesole, à procura de pontos ao longe onde uma casa de argamassa angular pudesse se encaixar nas dobras da encosta. Desenhou a forma das montanhas no bloco de desenho, depois fez círculos irregulares onde ficavam os lugares vazios.

Mamah se permitiu imaginar uma vida com Frank na Itália. Viu seus filhos passando a metade do ano com eles. Essa era a melhor situação que sua imaginação permitia visualizar, mas via com muita clareza – John e Martha abaixados num pedaço de terra, jogando bola de gude com outras crianças, suas vozes familiares misturadas com outras, todos falando italiano.

Não seria um arranjo permanente, mas um exílio voluntário por uns dois anos. Nesse ínterim, esperava que Edwin e Catherine concordassem com os divórcios. Ela levaria Frank até aquele lugar, talvez no dia seguinte, para mostrar onde ele poderia construir.

— Está muito quente — Taylor passou a manga na testa suada. — Esse desenho é o último e estou apavorado só de pensar que vou pingar nele.

Mamah estava a poucos metros dele. Ela se inclinou e semicerrou os olhos para ler as lombadas dos livros nas prateleiras do estúdio de Frank. Estava procurando *As vidas*, de Vasari, que tinha visto Frank ler há menos de uma semana, mas não encontrou. Endireitou as costas, apalpou os bolsos, então pôs os óculos que costumava perder e viu na mesma hora: *As vidas dos melhores pintores, escultores e arquitetos*. Frank tinha manifestado admiração pelos relatos sobre Giotto e Brunelleschi, e pelos outros italianos que transcendiam as fronteiras entre pintura, escultura e arquitetura.

Quando tirou o livro da estante, um pedaço de papel que estava dentro da capa caiu. Era uma carta que ele não tinha enviado para alguém chamado Walter, datada de 10 de junho de 1910, Fiesole, Itália. *Exatamente o mesmo dia em que assinei o livro de visitas de Ellen*, ela lembrou.

Mamah leu a carta rapidamente, procurando entender o que significava. Com sua letra compacta, Frank reclamava para Walter de rumores de que ele, Frank, o tinha enganado em algum negócio. Ela percebeu que se tratava de Walter Griffin. Parecia que Frank tinha pagado uma dívida para Griffin com gravuras japonesas em vez de dinheiro, e Walter não tinha gostado das gravuras.

Ela procurou imaginar Walter Griffin. Ele estava trabalhando no estúdio em 1903 quando Frank desenhou a casa para ela e Edwin.

Lembrava-se dele como um arquiteto paisagista que falava baixo, mas era muito tenso e apaixonado pela sua área de atuação.

Foi o tom da carta que a perturbou. Frank estava profundamente angustiado com a traição de Griffin. Tinha escrito a carta apenas uma semana antes de ela chegar em Fiesole, mas nunca mencionara o assunto.

– Taylor – perguntou Mamah –, você sabe de alguma coisa sobre uma dívida entre o sr. Wright e Walter Griffin?

Taylor olhou para o rosto dela e logo para a carta na sua mão. Ficou preocupado.

– Eu sei que isso é constrangedor, Taylor, e não quero colocá-lo numa posição ruim. Mas preciso entender algumas coisas.

– Bem – ele disse receoso –, eu ouvi falar disso.

– O quê?

– Quanto era verdade, não posso saber.

– O quê?

Ele espiou pela janela.

– Aconteceu antes de eu chegar ao estúdio, quando Walt Griffin e o sr. Wright eram sócios. Acho que o sr. Wright queria ir para o Japão com... bem... a sra. Wright. Ele pegou emprestado cinco mil dólares de Walter. Também o deixou encarregado do estúdio enquanto estava fora. Não sei bem em que ano foi isso.

– Foi em 1905 – Mamah se lembrava exatamente da época, um ano depois de Frank ter construído a casa para ela e Edwin.

O ano em que ela engravidou de Martha.

– Cinco anos atrás, então – disse Taylor. – De qualquer modo, parece que o sr. Wright pagou Walter com algumas xilogravuras que ele trouxe do Japão, e Walter ficou aborrecido com isso. Acho que ele preferia receber em dinheiro. Quanto ao sr. Wright, dizem que ficou zangado com Walter porque ele perdeu uma grande comissão enquanto estava viajando. E por alterar algumas plantas que Walter devia estar supervisionando.

– O sr. Wright faz isso às vezes, não faz? Quero dizer, ele usa suas gravuras como garantia de empréstimos – Mamah sabia perfeitamente que Frank fazia isso.

Ele mesmo havia dito para ela que tinha vendido algumas peças da sua coleção para pagar aquela viagem para a Europa. O cheque daquela venda para um colecionador de arte tinha chegado poucos dias antes.

— Não sei dizer, madame.

— Mas Frank diz na carta que Walter nunca disse para ele que não estava satisfeito com o pagamento em gravuras.

— Isso eu não sei.

Aquela história não envolvia Mamah, mas a coisa toda provocava nela desconforto e constrangimento. Será que Frank tinha agido de modo impróprio? O tom da carta dele era tão injuriado, parecia mesmo um mal-entendido. Ela se sentia mal por Frank — mais uma humilhação entre tantas outras. Ficou pensando por que Frank não tinha enviado a correspondência, e ocorreu-lhe que ele talvez nem pudesse pagar os juros que oferecia na carta.

— O sr. Wright pagava seu pessoal em dia lá em Oak Park?

— Havia vezes em que ele não pagava em dia — disse Taylor, cauteloso. — Um cliente tomava seu tempo, ou então alguma coisa dava errado com um projeto, havia algum atraso. Houve ocasiões... — ele se ocupava de guardar as ferramentas. — É melhor eu ir agora.

— Taylor...

— Sim?

— Você pode ser sincero comigo. Como é trabalhar para o sr. Wright? Ele é difícil às vezes?

— Depende do que a senhora quer dizer com "difícil". Se ele é exigente? É. Há histórias — ele deu um sorriso como se lembrasse.

— Conte-me as histórias.

Taylor ficou em silêncio um tempo, avaliando o que ia dizer.

— Bem, havia um desenhista que tinha acabado de se casar. Eu nunca conheci o homem, só soube da história. E ele trabalhava horas a fio para o sr. Wright. Às vezes até dormia no chão do estúdio quando tinha algum projeto urgente e se levantava cedo na manhã seguinte para continuar trabalhando. Parece que a mulher desse cara ficou furiosa porque o marido nunca estava em casa. A história diz que ela apareceu no estúdio, berrou com o sr. Wright e deu-lhe um soco no nariz — Taylor deu risada. — Mas eu não posso acreditar nessa história porque o sr. Wright jamais obrigaria alguém a ficar. Mas ele sabe ser persuasivo, isso eu garanto. Se ele quer que tudo seja feito do seu jeito? Sim, senhora. Se ele é rabugento? Bem, eu acho que Thomas Jefferson também era às vezes.

"A maioria dos homens que eu conheci e que trabalhava para ele queria estar lá. Alguns se esgotavam ou ficavam zangados quando sentiam que não recebiam o devido crédito, por isso saíam. Mas é assim que funciona uma firma de arquitetura. Um homem recebe o crédito e você sabe disso quando entra lá. Quanto a mim, eu me considero abençoado. Nem todo mundo consegue trabalhar para um gênio.

"O sr. Wright está à frente dos outros arquitetos. As pessoas pensam apenas em 'casa da pradaria' quando ouvem falar o nome dele. Mas ele é muito mais do que isso. Se ouvir o que ele diz sobre a arquitetura orgânica, pode construir casas naturais em qualquer lugar do mundo. As pessoas não entendem isso agora, mas um dia vão entender."

Ele pegou seu chapéu de um cabide perto da porta.

– O que estou querendo dizer é que ele é um profeta. O que ele mostra em seu portfólio aqui jamais foi visto pelos europeus, até onde eu sei. Vai mudar a prática da arquitetura. Ponto.

Mamah sorriu e Taylor retribuiu com um enorme sorriso também.

– Com o sr. Wright, a gente apenas agarra a rabiola da pipa. Se conseguimos nos manter no ar com ele, vamos a lugares nunca imaginados.

– Obrigada, Taylor – ela apertou o braço dele quando saiu. – Vejo você às oito.

O ROSTO DE FRANK estava vermelho, todo suado, quando ele chegou em casa de bonde. Encontrou Mamah no jardim, para onde ela fora depois do banho. Ele estava animado e usava um paletó bege novo. Embaixo dos dois braços carregava pacotes que deixou cair numa cadeira quando se abaixou para beijá-la.

– Eu adoro os embrulhos lindos que eles fazem aqui.

Frank secou a testa com um lenço e desamarrou o barbante de um dos embrulhos. Dentro estava a calça que combinava com o paletó.

Ali mesmo ele desabotoou a que estava usando e vestiu a nova, bem justa nos tornozelos. Então desfilou pelo jardim, exibindo o conjunto e posando com sua bengala como um janota.

– Exótico, não é?

Ele tirou o paletó e mostrou a ela as pequenas maravilhas da peça – o FLW bordado na escrita rebuscada florentina na borda de seda do casaco.

– O alfaiate que descobri é um gênio. Não se encontra esse tipo de coisa em Chicago.

– Taylor vem jantar conosco hoje.

– Perfeito. Comprei para ele um presente de despedida. Mas você gostou dessa jaqueta? Não é apertada demais, é?

– Não, ela cai perfeitamente bem em você. Para quem são todos esses embrulhos?

– Meus filhos. E ainda uma coisinha para você.

Ele pôs um pacote grande na mesa, na frente de Mamah.

Ela olhou para o embrulho de papel marrom com estampa de lírios.

– Você não devia gastar dinheiro comigo – ela disse baixinho.

– Abra, querida.

– Preciso conversar com você sobre uma coisa.

Ela enfiou a mão no bolso e tirou a carta.

– Encontrei isso hoje.

Ela detestou ver a alegria se esvair do rosto dele.

– O que tem isso?

– O que quer dizer?

– Que Walter Griffin não merece uma palavra gentil da minha parte.

– Por que não enviou?

Ele olhou bem para ela.

– Por que pergunta?

– Porque estou com medo.

– De quê?

– De que você não tenha o dinheiro para mandar para o Griffin. Que esteja com problemas financeiros e que não me conte para me proteger de alguma forma.

– O portfólio vai mudar tudo.
– Eu estava pensando... – ela apontou para os pacotes.
– Mamah. Relaxe um pouco!
Ela olhou incrédula para ele.
– Então não devo me preocupar com dinheiro.
Frank deu um suspiro.
– Não, ele sempre chega. E eu nunca fiz arquitetura por isso. Mas o dinheiro pode comprar coisas belas, e eu *preciso* de coisas belas em volta de mim. Sou um artista, Mame. Você, mais do que ninguém, devia compreender isso. Objetos bonitos me estimulam, são minha inspiração. Olhe só isso – ele apontou para a delicada costura à mão nas lapelas. – Eu não compro porcaria. Quando compro alguma coisa, tem de ser a perfeição, senão não quero. Você não vai me ver chegando em casa com cinco ternos baratos, um para cada dia da semana. Prefiro ter um perfeito, ou nenhum. O terno nem foi tão caro. Sabe, eu topei com esse alfaiate umas duas semanas atrás, antes de você chegar aqui. Se eu tentasse encomendar isso em Chicago... – Frank levantou os braços. – Meu Deus, Mamah, estamos na Itália. Seríamos *loucos* de não comprar roupas aqui!
– Eu só estava perguntando.
Ele acariciou suavemente o braço dela.
– Agora dê só uma espiada.
Ela abriu o papel de embrulho e sentiu uma coisa macia dentro. Era um vestido, na verdade dois, um *chemisier* de cetim fino como papel com alças finíssimas também e um sobrevestido da seda mais leve, transparente que já tinha visto, bordado e com contas aplicadas.
– É exótico, Frank.
– Use-o esta noite.
– Mas esse vestido é para a ópera.
– E esta é uma ocasião festiva. Nós terminamos o portfólio. Eu quero comemorar.

Estero levou o jantar à noite. Estendeu uma toalha branca na mesa do jardim, pôs os pratos e arrumou a comida numa mesinha ao lado.
– *Fettunta... bistecca...*

A mulher miúda e grisalha dizia os nomes de cada prato, desde o pão até o bife rodeado de cebolas pequenas grelhadas e tudo regado, encharcado, assado ou qualquer outra coisa com azeite e alho. Ela serviu um prato de espinafre refogado, depois os cremes caramelados que fez de sobremesa. Enquanto arrumava tudo, Estero balançava a cabeça. Não era daquele jeito que ela preferia servir a comida – tudo de uma vez –, mas ela sabia que eles queriam ficar sossegados.

Mamah achou que Frank devia ter dito para Taylor que roupa usar, porque ele chegou de terno e gravata. Frank estava com seu novo conjunto. Fez uma mesura elegante para Mamah quando ela apareceu no jardim com o vestido que ele comprara para ela.

Mamah achou graça do jeito solene de Frank. Ele fazia o papel do mais educado dos anfitriões, puxou a cadeira para ela e para Taylor formalmente, depois serviu o jantar de Estero para os dois com a seriedade exagerada de um mordomo inglês.

Os vizinhos russos iniciaram sua sessão noturna.

– Ah – disse Frank, parando de servir para farejar o ar, como se cheirasse as notas que cascateavam da janela lateral. – O minueto de Boccherini.

– COMIDA SIMPLES – ele disse, rasgando com a mão um pedaço de pão –, é a única que é boa. Minha mãe sabia disso e o camponês italiano sabe disso. Vocês notaram que o italiano aplica os mesmos instintos quando constrói suas casas? – ele molhou o pedaço de pão no azeite. – Ou será que ignorou esse fato em suas excursões pelas catedrais douradas, Taylor?

– Eu notei sim, senhor.

– E o que descobriu?

– Arquitetura orgânica, senhor.

– Você encontrou casas feitas com a mesma argila que os etruscos usavam – disse Frank. – Construções que brotam naturalmente da terra em que estão – ele apontou com o garfo na direção de Taylor. – Cabanas de pau-a-pique são o folclore arquitetônico dos povos. Preste atenção ao folclore, Woolley.

– Sim, senhor.
– Você vai voltar para o deserto. Onde vai encontrar inspiração lá? – Frank não esperou a resposta. – Vai olhar para o deserto, para as montanhas. Que forma tem o verdadeiro poder de enfeitiçar lá? As montanhas ao longe são triangulares, por exemplo? Aquele grande templo mórmon não vai ajudá-lo em nada. Cada paisagem tem a própria poesia latente. Deixe os contornos da terra e das plantas revelarem para você a verdadeira geometria de sua alma. Então enfie suas mãos na terra e conheça suas propriedades.
– Sim, senhor.
– Não estou preocupado com você, Woolley.
– Obrigado, senhor.
– Agora, diga-me uma coisa. Você se considera capaz de enfrentar Wasmuth? – Frank virou para Mamah. – Eu pedi para ele ir ver o velho filho-da-mãe. Eles estão se arrastando, estou convencido disso. Só fizeram doze chapas de setenta e seis – ele abanou a mão como se afastasse um inseto. – Eu não quero pensar no Wasmuth esta noite.

Eles comeram e beberam, e Frank sempre animado. Os russos passaram a tocar danças boêmias.

– A maior parte dessas catedrais que visitamos não tem alma – disse Frank.

– Você não acha nenhuma bonita? – perguntou Mamah.

– Prefiro olhar para um pinheiro para me inspirar. Ensina mais sobre arquitetura do que todo o mármore na capela São Pedro. Um pinheiro fala à minha alma. Quanto a *salvar* a minha alma, você sabe onde me encaixo nesse assunto.

– Lá vem, Taylor. "Marialatria"! – Mamah socou a mesa para dar mais ênfase, imitando Frank em tudo.

Era uma palavra preferida dele ultimamente, e os três deram risada. Tanto ela como Taylor já tinham ouvido sermões dele várias vezes sobre a obsessão dos artistas da Renascença com a Virgem.

– Está em todo lugar, não está? E eu entendo por quê. Mas fico confuso com o resultado de tudo isso, as pessoas se curvando diante de estátuas. Onde está Deus nisso? – ele se levantou e abriu outra garrafa de vinho.

Mamah observou porque ele tinha parado de beber e Taylor, mórmon devoto, só bebeu água a noite inteira. Frank em geral bebia muito pouco, quando bebia.

– Está bem arraigado aqui na Itália – ele disse enquanto se servia de vinho. – Seria difícil mesmo praticar a moderna arquitetura num país tradicional como a Itália. Mas na América o momento é este. A paisagem é sua para construir o que quiser. Você é jovem na arquitetura, Woolley, não tem nenhuma obrigação.

– O senhor não é exatamente velho, sr. Wright.

– Não – Frank concordou –, e não tenho plano nenhum de desistir, embora possa contar nos dedos das mãos as pessoas que gostariam que eu fizesse isso. Mas se nós queremos ter arquitetura na América, uma arquitetura democrática que expresse o espírito do lugar, então precisamos mudar a forma de ensinar nossas cabeças jovens. Existe algum arquiteto que fez universidade na América hoje cuja cabeça não esteja repleta de besteira de Belas Artes? São todos decoradores, pelo amor de Deus! – agora Frank andava de um lado para outro. – Precisamos mostrar para os jovens que há mais em design do que a coluna grega. O que aconteceu com o espírito do individualismo? Meu Deus, não é disso que trata a nossa democracia? No entanto, o que os arquitetos da América estão fazendo? Estão imitando as tradições arquitetônicas das monarquias!

Ele parou de andar, de olhos arregalados.

– Eu podia mudar tudo isso. Realmente podia. É só me dar um punhado de mentes jovens sem instrução, que mudaremos a cara da América. Nada de salas de aula e quadros-negros. E o único livro que eles iam precisar seria *Discursos sobre arquitetura* de Viollet-le-Duc, que podiam ler sozinhos. Foi isso que eu fiz. Fora isso, a minha prancheta de desenho seria a sala de aula, eu os levaria em processo até a descoberta. Deixaria que me observassem. E quando se tornarem verdadeiros solucionadores de problemas, merecerão o título de "arquitetos". E sairão por aí para mudar o mundo.

Frank sentou e continuou falando, Taylor prestava muita atenção, mas Mamah ficou pairando, longe da conversa. A música da casa vizinha estava mais suave agora. Ela queria se lembrar de cada detalhe daquela noite, da comida, da música, da camaradagem, da camisa branca de Frank brilhando à luz das velas, do vale negro lá embaixo cintilando com as luzes. Eram quase onze horas quando ela percebeu que tinha se esquecido dos presentes de Taylor.

Ela pegou dois volumes pequenos que tinha embrulhado, seus velhos dicionários de italiano e alemão, cada um com uma dedicatória diferente. Deu-lhe de presente os dois livros, e ele pareceu agradavelmente embaraçado. Frank deu-lhe uma boa caneta.

As velas chegaram ao fim e eles ficaram mais quietos. Parecia que ninguém queria levantar da mesa. Mas quando Mamah olhou para Frank viu lágrimas escorrendo no rosto dele.

Mamah se levantou.

– Detesto ter de me despedir, mas estou muito cansada, Taylor. Vou vê-lo de manhã?

Ela ajudou Frank a ficar de pé. Ele se soltou das mãos dela e entrou na casa meio trôpego, sem dizer nada.

– Eu disse alguma coisa errada?

– Não, não, Taylor, está tudo bem. Acho que ele está exausto.

Ela encontrou Frank inclinado sobre o piano-armário na sala de estar, dedilhando alguma música antiga. Aproximou-se e pôs a mão no ombro dele.

– Eu vou voltar – ele disse e parou de tocar.

Mamah ficou imóvel, esperando.

Ele começou a esfregar os olhos. Sempre o fazia, um tique nervoso, quando precisava dizer alguma coisa desagradável.

– Não para Catherine. Mas para as crianças. Você entende?

Ela não conseguiu falar.

– A minha arquitetura está em frangalhos. As pessoas que eu treinei estão roubando o meu trabalho, passando as minhas idéias como se fossem delas – a expressão dele era mais de agonia do que de raiva. – Se algum deles queria fazer um trabalho próprio, eu incentivava, dava um lugar para eles ficarem desenhando depois do expediente. Quando comecei o estúdio eu jurei que jamais puniria qualquer um por ser ambicioso, do jeito que fui demitido pelo Sulivan por fazer meus trabalhos depois do expediente. Mas isso não é ambição. É roubo.

Ele olhou para ela.

– Não visito uma obra, nem tenho terra sob as unhas há mais de um ano. É contra a minha natureza – ele disse baixinho. – Eu preciso construir. É ridículo, eu estar sentado aqui numa *villa* italiana, falando de arquitetura democrática. Ficar aqui é impossível para mim.

– Por que deixou que eu acreditasse que era possível? – ela sentiu uma fúria crescendo por dentro.

Frank começou a chorar.

– Eu não estou me suportando. As cartas deles...

Ele falava das cartas dos filhos. Ela as tinha lido, e não eram muito diferentes das que ela mesma recebia, palavras infantis rabiscadas com carinho, às vezes mal escritas. *Eu tenho sete anos*, John escreveu na última. Como se ela tivesse esquecido.

– Recebi as mesmas cartas – ela disse e odiou a amargura na própria voz.

– Nunca pretendi magoá-los. Sempre odiei o som da palavra "papai". Agora... – os ombros de Frank tremeram e ele soluçava. – Pensei que se eles pudessem ver diante deles uma vida vivida integralmente, honesta, dedicada a alguma coisa, que isso seria a melhor coisa que eu poderia fazer por eles – ele secou uma lágrima com o polegar. – Nunca imaginei que chegaria a isso.

O corpo inteiro de Mamah doía de raiva. E de vergonha porque sentia raiva.

– Nem eu – ela disse.

MAMAH DORMIU POUCO AQUELA NOITE. Antes de o sol nascer, ela desceu na ponta dos pés até o estúdio e foi até a prancheta de Frank. Quando encontrou o primeiro esboço mais simples da *villa* italiana embaixo da versão mais detalhada que ele lhe havia mostrado, tirou da pilha, enrolou e separou.

Taylor estaria ali dali a umas duas horas para pegar o resto das suas coisas e partir. Ela queria memorizar aquele lugar antes de Frank começar a fazer as malas, antes de se tornar mais um acampamento desmontado. Sabia onde Frank guardava sua correspondência, numa caixa de charutos num canto. A pontada de culpa que sentiu quando remexeu nas cartas foi superada pela raiva que ainda ardia dentro dela.

Dentro da caixa ela não viu nenhuma prova de que Catherine tivesse escrito para ele. Mamah imaginou que Frank devia ter jogado aquelas cartas fora, pois ela enviara algumas. Mas ele guardou os bilhetes dos filhos. E uma carta da mãe manifestando a tristeza pelo fato de ele não ter respondido a todas as que lhe enviara.

Mamah notou outra carta bem longa de um ministro evangélico de Sewanee, Tennessee, datada de 14 de maio de 1910. Mamah não conseguiu decifrar a assinatura, mas o tom era de um velho amigo. Ele respondia ao pedido de conselho de Frank; ponto por ponto, explicava a Frank por que ele devia abandonar essa tola rebelião com Mamah.

O ministro conhecia Frank bastante bem para não usar citações da Bíblia para ele. Em vez disso, parecia estar desafiando as idéias de Ellen Key, que Frank tinha obviamente sublinhado numa carta para ele. O ministro falava que era muito errado um indivíduo excepcional ir contra a ordem social. Quando um homem comum faz isso, tem poucas conseqüências a longo prazo. Mas para Frank seria desastroso, já que seus dons dados por Deus ficariam desgastados na sua luta contra a sociedade. E *essa* seria a maior perda para o mundo.

Mesmo que Mamah fosse o ser mais celestial que existe, ele dizia, mesmo que os dois conseguissem os divórcios e dessem um jeito de criar um maravilhoso e novo lar juntos, Frank estaria privando seus filhos da sua presença plena em suas vidas. Seria melhor ter um relacionamento carnal em segredo do que tentar mudar a sociedade para aceitar esse caso.

Mamah pôs a carta do ministro na caixa de charutos junto com as outras. *Então é isso.*

Até a noite anterior Frank revelara pouco do conflito que o devorava intimamente. Tinha demonstrado um poder de decisão muito vigoroso, em Berlim, quando o escândalo horrendo chegou num envelope. Foi o protetor amoroso de Mamah, quando ela quase se destruiu. E foi ele que mais insistiu em formar uma vida juntos. Ela nunca viu Frank tão feliz como ali em Fiesole.

Mas o que ele não compartilhou com ela foi também o que ela não compartilhou com ele – o terrível peso do remorso e da dúvida que, diariamente, a toda hora, se deslocava dentro deles, como uma carga. Na noite anterior, Frank decididamente deslizara para o lado que o puxaria de volta para sua casa e sua família.

Talvez o desenho da *villa* em Fiesole tivesse sido apenas um exercício para ele. Por que ela esperava que o sonho fosse mais que um sonho, uma fantasia, já que os contras pesavam mais que os prós? Agora ele dizia que ia voltar para os filhos, não para Catherine. Mas como poderia sustentar essa decisão diante de tanta oposição?

Mamah não sabia se ela ia conseguir agüentar. Se voltasse agora era bem provável que fosse recolocada à posição de esposa de Edwin Cheney. Por mais que sentisse saudade dos filhos, sabia que, de volta a Oak Park, o trabalho começado seria posto de lado.

Ellen tinha falado com Mamah a respeito de um amigo em Berlim que podia garantir-lhe um emprego de professora, caso ela resolvesse ficar na Europa. Não havia esperança de encontrar trabalho nos Estados Unidos no rastro do escândalo, e ia precisar trabalhar agora. Contou os meses que estava fora. Catorze, desde que embarcou no trem para Boulder. Se pudesse ficar no continente mais dez meses, conseguiria o divórcio de Edwin mesmo se ele não quisesse. E estaria dois anos fora da casa onde vivera com ele.

Mamah teria de contar com Lizzie mais tempo do que esperava. Era pedir demais. Talvez conseguisse ficar até a primavera, mais seis meses, e esse tempo deveria bastar.

Quando Frank chegou ao jardim aquela manhã, ele sentou de frente para ela.

– O que você vai fazer? – ele perguntou.

A pele sob seus olhos estava marrom e inchada.

– Eu andei pensando sobre isso – ela olhou para o nevoeiro no vale, que estava começando a se dissipar com o calor do sol. – Resolvi ficar aqui, pelo menos até a primavera.

Frank mexeu o leite no café e evitou olhar para ela.

– Você não tem amigos aqui.

– Vou pedir a Edwin para deixar as crianças virem para cá. Louise poderia trazê-las.

Ela não conseguiu evitar que os ombros caíssem um pouco só de pensar na fúria que essa idéia provocaria em Oak Park.

Frank cruzou o braços e enfrentou o olhar dela.
– Eu disse a você, desde o início, que só ficaria um ano aqui.
– Eu sei disso.
– Por que não volta e aluga um apartamento em Chicago?
– Por que você não diz "Eu te amo, Mamah"? – a voz dela tremia de raiva. – Por que não diz "Mantenha a fé, nós vamos descobrir um jeito"? Por que não consegue?
Frank passou as costas da mão suavemente no rosto dela.
– É claro que amo você. Você sabe o que quero para nós. Mas o que eu posso prometer? Estou voltando praticamente falido para um lugar onde me desprezam. E sabe o que é pior? Estou desesperado de preocupação de deixá-la aqui desprotegida. Como vai se defender sozinha?
– Ellen disse que conhece pessoas de uma escola de meninas que podem me empregar como professora para ensinar inglês – a frustração começou a se dissipar. – Eu continuarei o curso de sueco – ela procurou dar ânimo à voz. – Assim que Ellen me autorizar a começar a traduzir *O movimento feminista*, tem de ser direto do sueco. Eu a convenci de que podia fazer isso, mas vai exigir imersão total.
Mamah percebeu que aquelas bravatas não enganavam Frank.
– Tenho muito medo de ficar sozinha aqui – ela admitiu. – Mas a verdade é que não estou preparada para enfrentar a imprensa lá. Quando eu voltar, deverei estar mais forte, para todos os envolvidos.
Durante o café-da-manhã eles falaram das últimas semanas que ficariam juntos. Se economizassem, podiam fazer uma rápida excursão pela Áustria e Alemanha, talvez aceitar a oferta de Wasmuth de combinar um encontro com o artista austríaco Gustav Klimt. Na volta para os Estados Unidos, Frank passaria pela Inglaterra para convencer seu amigo Ashbee a escrever a introdução do livro de fotografias que Wasmuth estava preparando. Também levaria as traduções de Mamah de *A moralidade da mulher* e *Amor e ética* para seu amigo Ralph Seymour, e verificaria a possibilidade de ele publicá-las.
Ele falou dos seus planos de dividir a casa na Forest Avenue. Reformaria o estúdio e o transformaria em aposentos para Catherine e as crianças, depois alugaria a outra metade para eles poderem ter uma renda fixa, além do que ele dava. Levaria tempo para fazer o trabalho.

Mas não ia demorar para ele e Mamah poderem ter uma casa só deles, juntos, talvez na cidade.

Quando Taylor bateu no portão, Frank levou-o até o jardim. Mamah cumprimentou o rapaz e depois foi para o estúdio para pegar o desenho enrolado da *villa*. Bem cedinho, ela cobrira o rolo de papel com o papel de embrulho com desenho de lírios que Frank havia jogado fora na noite anterior.

– Pode guardar isso para mim, Taylor? – ela pediu e pôs o embrulho na mão dele.

Taylor e Frank ficaram intrigados.

– Claro que sim – respondeu Taylor.

– É uma pequena lembrança do tempo que passamos aqui na Itália – ela sorriu para ele. – Prova de que não sonhamos isso tudo. Se guardar para mim, Taylor, terei certeza de vê-lo novamente.

CAPÍTULO 29

28 de outubro de 1910

Ellen fala de viver "uma vida com consciência aterradora". Ela diz que a lei moral não está escrita em tábuas de pedra, mas em tábuas de carne e sangue. Em um ano, viajei de Oak Park para Boulder, Nova York, Berlim, Paris, Leipzig, Florença e de volta para Berlim. Estou cansada. Não quero ser a tábua da verdade de ninguém.

Mamah largou o diário e se preparou para sair. Agasalhada com seu casaco, andou na ponta dos pés pelo corredor, passou pela porta fechada de Frau Boehm, pela sala de estar apinhada de mobília pesada e escura que fedia a polidor e pela porta da frente da Pensão Gottschalk. Na rua, enrolou um cachecol em volta do pescoço por causa do frio de outubro, foi até o fim do quarteirão, depois virou para o norte, em direção à delegacia de polícia do bairro de Wilmersdorf. Qualquer um que ficasse mais de duas semanas em Berlim era obrigado a se registrar na polícia. Ela estava atrasada e agora aborrecida por ficar talvez uma hora esperando na fila.

— MAMA... — O SARGENTO GAGUEJOU no primeiro nome quando o leu em seu passaporte.
— Mei-mâ. É um nome difícil, em qualquer língua — ela disse.
Ele não levantou a cabeça.
— Mei-mâ Borthwick Cheney. Oak Park, Illinois, EUA.
— Isso.
— Nome completo do pai?
— Marcus S. Borthwick.
— Ocupação?

— O senhor se refere à minha ocupação?
O homem olhou para ela através de óculos sujos.
— Não. Dele.
— Mecânico de trem.
— Local de nascimento dele?
— Nova York.
O sargento se endireitou na cadeira e rodou os ombros, depois curvou-se de novo e deu uma tragada no cigarro.
— É casada?
Ela engoliu em seco.
— Sou.
— Nome completo do marido?
— Edwin H. Cheney.
— Ocupação?
— Presidente de uma companhia de eletricidade.
— Local de nascimento?
— O meu?
— Dele.
Mamah sentiu as orelhas esquentando.
— Illinois.
O homem levantou as sobrancelhas acima da armação dos óculos.
— Ele está com a senhora?
— Não.
— Sua religião?
— Por que precisa saber isso?
O homem olhou para ela e franziu a testa.
— É a lei, madame.
— Protestante.
— Número de vezes que esteve na Alemanha?
— *Drei mal* – três vezes.
— Propósito da sua visita?
— Traduzir manuais de sexo – ela resmungou em inglês. – Para levar as donas-de-casa à loucura.
— Hein?
— *Um zu studieren* – para estudar.

– Quanto tempo pretende ficar?
– Três ou quatro meses.
Ele devolveu o passaporte.
– Pode ir.

Ah, Frank, onde você está quando eu preciso? Ela ia fazê-lo rir, contando o episódio com o pomposo sargento. Mas não tinha ninguém com quem partilhar uma boa conversa. Frank já tinha voltado para Oak Park havia um mês, e tinha seus próprios problemas, bem piores do que os dela. A única carta que ele mandou foi curta e devastadora. *É oficial, minha querida. Não tenho uma alma sequer do meu lado. Os amigos atravessam a rua para não falar comigo.*

Parada nos degraus da delegacia de polícia, Mamah sentiu que o entusiasmo pelas tarefas futuras diminuía. Tudo podia esperar. Deixou as cartas para Frank e Lizzie no correio, depois voltou à pensão.

Tinha chegado à Pensão Gottschalk graças a Ellen, que conhecia a proprietária. Frau Boehm era uma viúva bem de vida que aderira generosamente ao Movimento Feminista. Tinha um grande coração e uma grande cabeça, com o cabelo enrolado sobre as orelhas, e era aquele tipo de mulher sem papas na língua que poderia ser uma amiga interessante se seus caminhos tivessem se cruzado em Oak Park. Mas ali em Berlim, havia uma distinção de classe entre a dona da pensão e a pensionista, especialmente porque Mamah escolhera alugar um quarto no último andar da pensão, o quarto mais barato da casa.

Mamah suspeitava de que fosse uma das missões da proprietária, que a mulher imaginava que a estava "protegendo". E, apesar de Mamah não dar nenhum detalhe de sua vida particular, ela achava que Frau Boehm sabia da sua história pessoal por intermédio de Ellen Key.

No jantar, a proprietária sentava à cabeceira da mesa, com vestidos que eram cópias infelizes da costura francesa, a enorme cabeça flutuando como um dirigível sobre os ombros. De vez em quando ela parava no meio de uma mordida para propor tópicos de conversa a suas três pensionistas. Maternidade é um direito de toda mulher solteira? As meninas deviam poder se exercitar nuas nas academias? Mamah suportava aqueles jantares em silêncio. Tinha pouco dinheiro para a comida além da cota que lhe cabia pelo aluguel do quarto.

Exceto pela intimidade forçada da pensão, Mamah se sentia invisível em Berlim. E achava bom o anonimato. Nem o professor de sueco da universidade, nem a diretora do seminário de meninas onde lecionava conheciam toda a sua história. Ela se fez passar por uma estudiosa americana solteira quando se candidatou à posição de professora. O fato de ser estrangeira era muito menos perturbador do que ser casada e estar vivendo separada do marido.

Quando Frank a deixou em Berlim, em setembro, Mamah estava querendo a solidão que ia ter, porque o trabalho de Ellen exigia mais do que exclusividade. Exigia rendição. Em Nancy, quando se entregou a *Amor e casamento*, terminou o livro com a alma alimentada, como nunca em toda a sua vida.

Se pudesse levar outras mulheres a experimentar a mesma intensidade de reconhecimento que ela sentiu, se conseguisse tornar Ellen Key compreensível para as mulheres americanas, quem sabe o que poderia acontecer? Talvez uma revolução no Movimento Feminista. Para passar de sueco para inglês as nuances delicadas de frases e raciocínios, ela teria de usar cada gota de concentração que pudesse espremer dela mesma. A solidão era obrigatória. Mais do que tudo, ela queria sentir novamente a confiança tranqüila que tinha sentido em Nancy.

Mas o que era claro em setembro ficou confuso em outubro. Depois de trabalhar seis dias por semana no seminário de meninas, das sete da manhã até uma hora da tarde, muitas vezes ela voltava para o seu quarto e estudava sueco até nove ou dez da noite. Ao traduzir parte de *O movimento feminista*, Mamah descobriu pouco da animação que encontrou nos outros textos.

Estava exausta, perturbada. E, pela primeira vez em meses, ela questionava a série de decisões que a levaram ao minúsculo quarto na Pensão Gottschalk. A saudade dos filhos era quase insuportável. À noite ficava deitada acordada na cama, procurando lembrar-se do cheiro exato de Martha quando era bebê. Como era? Talco de lilases? O leite no hálito dela? Mamah não conseguia conjurar a mistura de odores que amava tanto, mas quase podia ouvir o som dos balbucios de Martha no berço, seu eco pelo corredor.

E John aos quatro anos. Chegando em casa, muitas vezes, carregando seu vidro de insetos.

– Eu sou o pai dessa minhoca – ele anunciou uma vez, quando levou o verme para passear no seu carrinho de puxar. Em outra ocasião, ele chegou perto dela na sala de estar, encostou ao seu lado e disse:

– Eu amo você como uma bomba que pode explodir.

Acordada à noite em Berlim, ela chorava e ria.

E quando o sono chegava, os filhos estavam em seus sonhos. Os cachos de cabelo preto na nuca de John. A constelação de pintinhas nas costas dele que parecia a Ursa Menor. Ela via os dedinhos de Martha agarrados a um de seus dedos. A delicada covinha no queixo, os profundos olhos azuis. O remorso a dominava quando acordava. Às vezes era terror. Uma noite ela viu John batendo num ninho de vespas enquanto ela o observava de uma janela que não conseguia abrir. Teve um pesadelo especialmente apavorante duas noites seguidas. John chegava perto dela e dizia: "Um homem está enterrando a Martha na areia." Quando, no sonho, Mamah tentava levantar da cadeira, suas pernas não se mexiam.

Ela começou a fazer longas caminhadas, atravessando o jardim zoológico que parecia uma terra encantada entre a pensão e o coração de Berlim. Ficava no meio de montes de crianças na frente das jaulas dos animais, imaginando John e Martha boquiabertos diante dos engraçados abrigos dos animais, os pelicanos em um templo japonês, os antílopes numa casa mourisca decorada com cerâmica maiólica colorida.

Quando escreveu para Edwin implorando que deixasse Louise levar as crianças para visitá-la, ele respondeu com um breve não. A carta dele deixou Mamah deprimida, mas foi a carta de Lizzie, no fim de setembro, que a jogou no fundo de um poço escuro.

Queridíssima Mamah,

Escrevo hoje para você com o coração cheio de esperança de que o que vou dizer possa ajudá-la a enxergar a verdade.

Frank Wright voltou para Oak Park na semana passada do seu jeito habitual, dando um show. Soube que ele chamou o pobre William Martin para pegá-lo e a sua bagagem na estação de trem, depois veio pela Chicago Avenue como um político no 4 de julho, acenando com o chapéu e chamando qualquer um que visse na rua. Seria quase engraçado se a família dele não fosse parte da atenção humilhante que renasceu com a sua volta.

Pessoas que nunca falaram comigo no passado sobre a sua situação tomaram a iniciativa recentemente. Você sabia que quando Frank Wright partiu para a Europa ele deixou uma conta de 900 dólares na quitanda para Catherine? Disseram que ela tem sido caçada por cobradores de todos os tipos na ausência dele, até o xerife. Agora que voltou, a cidade inteira acredita que Frank retornou para Catherine, porque é isso que ele anda dizendo às pessoas. Mas as suas cartas não me dão motivo para acreditar que você e ele terminaram. Você pode mesmo acreditar em um homem que se comporta dessa maneira?

Quanto ao Edwin, ele está profundamente magoado. Mas estou convencida de que, se você voltasse para cá, ele a receberia de braços abertos.

Ao contrário do que escreveu na sua última carta, Mamah, as pessoas se lembram de você como a pessoa boa e generosa que é. São mais capazes de perdoar do que você pensa.

Sinceramente,
Lizzie

Ao voltar da delegacia de polícia, Mamah pendurou seu casaco no pequeno armário do quarto e sentou à escrivaninha. O quarto estava frio e silencioso, exceto pelo barulho de um bonde rangendo numa esquina.

Ela não sabia o que pensar da carta de Lizzie. Frank já tivera problemas financeiros no passado. A história da dívida na quitanda podia ser verdade. Mas os problemas dele de dinheiro não duravam muito, porque sempre aparecia trabalho. Mas agora ele estava tentando produzir um milagre de mãos vazias – recomeçar a construir, publicar o portfólio – e não recebia comissões havia muito tempo.

A carta que Mamah acabara de enviar para Lizzie era sincera até onde podia, sem admitir as dúvidas que a incomodavam devido às palavras da irmã.

Querida Lizzie,

Não posso falar pelo Frank. Eu o conheço suficientemente bem para entender que o seu retorno, da forma que você descreve, foi a bravata de um homem que está sofrendo muito. Seus amigos e clientes o abandonaram. Lamento profundamente que você esteja sofrendo de novo por causa da volta dele. Mas ele está aí porque é o único provedor da família. Quaisquer que sejam as dívidas que ele tenha – eu não sei de nenhuma "conta de mercado", mas desconfio que haja exagero no que disseram a você –, ele voltou para sustentar os filhos, movido pela lealdade e pelo dever.

E como eu não posso fazer a mesma coisa? É isso que você deve estar imaginando. Eu enfrento essa pergunta todos os dias aqui. Não sei explicar, só posso dizer que a necessidade mais premente é que eu continue sozinha para estudar, trabalhar como posso, resolver as coisas sem a influência do Frank ou a própria influência da minha família. Não é uma necessidade que me agrada, mas ela não muda.

O que eu sei é que posso ficar aqui por sua causa, minha querida Liz. Sem você seria impossível. Essa dádiva desse tempo para ganhar força longe dos olhares acusadores é a maior de tantas bondades que você teve comigo. Confio que você mandará um telegrama imediatamente se qualquer emergência surgir. Pego o primeiro navio. Enquanto isso, não deixo de observar que a minha ausência é uma tristeza constante para as crianças. Você compreende, e parece que ninguém mais consegue, que cada dia longe de John e de Martha é uma flechada no meu coração, considerando que sou eu que lhes provoco todo esse sofrimento. Eu sei que é você que está ao lado deles enquanto escrevem suas cartas preciosas. Vivo à espera da chegada dessas cartas, e agradeço a você.

A irmã que te ama,
Mamah

Na carta para Lizzie, Mamah revelou a metade da sua situação. Estava desesperadamente solitária e quase falida. Não podia pagar nem um bom papel para escrever, usava o da escola para suas cartas pessoais. Seus sapatos tinham furos nas solas e ela ia precisar de um novo par no inverno, mas não tinha a menor idéia de onde ia sair o dinheiro para comprá-los. Felizmente, suas roupas de inverno – dois conjuntos de lã e um bom casaco – continuavam em bom estado. Ninguém que olhasse para ela desconfiaria que sua roupa de baixo estava em trapos.

Viver aquela vida espartana não era tão difícil, Mamah aceitava. Pela primeira vez desde Port Huron, era independente. Tinha prazer de estar trabalhando novamente, ensinando as jovens que queriam ser professoras também. Muito mais perturbador do que a pobreza eram os ataques de pânico que a dominavam de manhã quando acordava e se via naquele quarto alugado.

Então seu coração palpitava tanto que chegava a ficar assustada. Será que Frank tinha voltado para Oak Park e compreendido que as esperanças dos dois eram impossíveis? Será que tinha voltado para os braços dos filhos e se arrependido mais ainda da sua ausência? Mamah lutava para recuperar o equilíbrio quando era vítima desse terror. Duvidara dele dois anos antes, quando ele fez a vontade de Catherine concedendo-lhe o ano que ela pediu. Mas, depois disso, Frank voltara para Mamah.

Que segurança podia ter de que ele voltaria para ela dessa vez? E se ele não voltasse, como poderia condená-lo? Não duvidava que ele a amava. Tinha certeza disso. Mas ele era humano.

Naquele estado de pânico, ela calculava o preço do que tinham feito. Duas famílias destruídas. Os filhos cruelmente magoados. O negócio de Frank praticamente acabado. A reputação dela tão arruinada que suas perspectivas de se sustentar sozinha eram nulas, se voltasse. E tudo isso para quê? Talvez para nada. Talvez tudo já estivesse acabado na cabeça de Frank. Talvez ele achasse que Mamah estava começando a sentir que o preço do relacionamento deles era alto demais para continuar pagando.

Ela não culpava Frank. Aquele era um auto-exílio. *Por que eu me sentia tão obrigada a ficar?*

Ela se levantou da mesa, ajoelhou ao lado da cama e pôs a testa na colcha. Perdeu a prática de rezar. A única expressão que veio à sua cabeça foi "por favor".

Passou muito tempo acreditando que um jardineiro rezava quando cavava um buraco na terra. Que um carpinteiro rezava quando batia um prego. Agora aquela idéia parecia a atitude de uma pessoa ingênua e com sorte. No passado, sentia que era errado, diante de todas as tragédias do mundo, pedir para alguém resolver os seus problemas. Mas era o que estava pedindo agora.

Quando veio uma oração, ela não se surpreendeu de vir como um poema, que aprendera muito tempo atrás.

Quando me inclino num mar escuro e tremendo de nuvens,
É apenas por um tempo; acendo a lâmpada de Deus
Bem perto do meu peito; seu esplendor, mais cedo ou mais tarde,
Vence a escuridão; um dia sairei daqui.

Os joelhos doíam quando ela afinal se levantou. Voltou para a mesa para escrever a carta que relutava tanto em compor. As frases apareciam no papel com tanta rapidez que era como se estivessem esperando dentro dos seus dedos para sair.

Ellen Key, senhora muito querida,

Estou para escrever há algum tempo e dizer-lhe o quanto é importante na minha vida. Antes de ir assistir à sua palestra em Nancy, eu a conhecia e considerava amiga pelas páginas impressas. Na verdade, você tem exercido mais influência na minha vida do que qualquer outra pessoa, exceto Frank Lloyd Wright. Você nem pode imaginar a luz que suas palavras despejaram sobre mim nos dias escuros antes de conhecê-la. Jamais esquecerei o brilho da sua tocha, o calor do seu companheirismo enquanto me esforçava para seguir um caminho que passei a temer que era exclusivamente meu.

Na verdade, mesmo agora me esforço. Não sei se tenho a força necessária para prosseguir nesse caminho de viver livre e abertamente com o verdadeiro amor da minha vida. Neste momento sinto que o preço pode ser terrível demais para todos os envolvidos, se eu continuar indo nessa direção. De apenas uma coisa eu tenho certeza: suas palavras vão iluminar meu caminho e me ajudar a encontrar a direção que devo seguir.

Com carinho da sua discípula,
Mamah Bouton Borthwick
28 de outubro de 1910

CAPÍTULO 30

Segunda-feira de manhã, quando a diretora do colégio encontrou Mamah no corredor do lado de fora da sua sala de aula, ela segurou seu braço. *É o fim da farsa*, pensou Mamah. Alguma coisa em seu comportamento certamente devia ter alimentado a desconfiança da mulher. Borboletas adejaram em seu estômago quando a diretora olhou fixamente para ela e perguntou:
— Você pertence a alguma igreja?
Mamah levou um susto.
— Eu...
— Porque caso não pertença, a minha igreja certamente poderia contar com seus serviços. Nós mandamos voluntários para um albergue no Bairro Wedding nas tardes de domingo.
— O que vocês fazem lá? — Mamah sentiu a tensão diminuir.
A diretora sacudiu os ombros.
— Tudo que podemos.
— Vocês precisam de uma tradutora?
— É — a voz da mulher ficou um pouco mais simpática. — Para escrever cartas. São operários de fábrica, você sabe, pobres. Todos têm primos perdidos pela América. É para lá que querem ir — ela deu risada. — Eles pensam que todos os seus problemas vão se resolver se conseguirem chegar a Minnesota.

UM OVO. UM PEDAÇO DE FITA. Um lenço bordado. *Pfeffernüesse*. Mamah se deu conta de que os itens que levavam não eram presentes, e sim escambo pelos seus serviços. Em meados de novembro, já sabiam nas ruas que havia uma mulher americana, num albergue do bairro, que traduzia cartas. O pequeno hall de entrada costumava ficar cheio de gente quando ela chegava. Famílias inteiras chegavam juntas, discutiam o que iam escrever nas cartas e comiam a comida que levavam. A sala cheirava a repolho cozido e fraldas sujas. Crianças bem pequenas engatinhavam por ali, com os narizes escorrendo. Havia sempre alguém tossindo.

Todos queriam as cartas escritas em inglês, embora os destinatários entendessem alemão. E Mamah entendeu que muitas daquelas pessoas não sabiam escrever na própria língua, e não queriam admitir. Uma mulher levantava da mesa, outra assumia seu lugar. Muitas vezes havia uma menina de catorze ou quinze anos com elas. Mamah entendeu o esquema. Elas eram "domésticas" que faziam tudo que era possível para mulheres americanas de uma certa classe: limpavam a casa, cozinhavam, cuidavam das crianças enquanto as mães iam às reuniões de clubes. As meninas dormiam em quartos no sótão e mandavam para casa tudo que ganhavam.

– Wisconsin – disse a camponesa que sentou ao lado da filha.

– Onde em Wisconsin, Frau Westergren? A senhora tem o endereço?

A mulher pegou a caneta de Mamah com seus dedos grossos e retorcidos e escreveu seis letras: "R-A-C-I-N-E".

– A senhora só tem isso? – Mamah perguntou em alemão.

Ela acabara de escrever uma carta para o irmão da mulher, perguntando se a menina podia trabalhar na casa dele como babá ou empregada.

– Só.

– Mas a senhora disse que não vê seu irmão há mais de quinze anos. Como pode saber que ele está vivo? Não pode simplesmente mandá-la para lá sem saber.

A mulher enrugou os lábios. Mamah entendeu que tinha saído da linha. Ela examinou a menina. Quinze anos, estudara até a quinta série, estava fraca por causa do trabalho que fazia enrolando bobina numa fábrica. Olhava fixamente para o próprio colo. O fato de uma mãe lançar a única filha a três mil e duzentos quilômetros através do oceano para a fazenda em Wisconsin de um irmão que não conhecia era principalmente uma medida do desespero da mulher. Ou da esperança.

– Então vamos mandar a carta para o sr. Adolph Westergren em Racine, Wisconsin – Mamah finalmente disse, quando ficou claro que a mulher não ia dizer mais nada. – Vamos ver o que acontece.

No dia seguinte Mamah perguntou à diretora se conhecia Frau Westergren.

– Sim, eu sei quem ela é. E a filha – ela olhou para Mamah com malícia. – Ilegítima – disse baixinho.

Mamah ficou envergonhada de ter pensado mal da mãe. Amar a filha tanto assim, a ponto de desistir dela... ficou atônita com isso. A menina estava condenada à pobreza na Alemanha. Na América, tinha alguma chance. Podia se reinventar.

MAMAH SENTIA-SE MELHOR quando voltou do albergue. Era instigante ajudar as pessoas a lançar suas esperanças no éter, apostando na possibilidade remota de algo bom retornar. E às vezes acontecia. Os parentes eventualmente respondiam e ofereciam-se para sustentá-los. Um homem, que era pedreiro, encontrou um padre católico em Chicago disposto a empregá-lo para construir a nova igreja.

Ela passou a torcer para o domingo chegar logo. O cheiro bolorento dos albergados entranhou-se nela e o ocasional bêbado urinando na sarjeta deixou de abalá-la tanto. Mamah chegava ao bairro Wedding curiosa para ver o que aquele dia traria.

Numa dessas tardes de domingo, Mamah chegou em casa tão exausta que caiu na cama sem jantar. Quando acordou, viu que ainda estava vestida e que dormira cerca de doze horas. Levantou e foi até a janela. Estava amanhecendo, o sol riscava de cor-de-rosa um céu que ameaçava chover. Vendo o dia clarear, ela sentiu uma esperança estranha. Não suportava mais a incerteza, estava cansada de sentir medo e remorso.

E sentia saudade de Frank. Ele não era um homem perfeito, mas ela o amava tão profundamente que nem sabia como em seu corpo podia caber tanto amor. Algum dia, tinha quase certeza, os dois se lembrariam de tudo isso e diriam, *Sim, foi angustiante, mas acabou e estamos mais fortes por isso.*

Só que o resultado podia ser outro, e ela se recompôs à realidade. Não havia garantia alguma. Frank podia já lhe ter dito adeus. Ela podia estar deslizando em gelo fino e ainda não saber.

O que faria se isso fosse verdade? Edwin não tinha respondido ao seu pedido de divórcio. Se ele a aceitasse de volta, como Lizzie dizia, será que voltaria para ele? Ela procurou imaginar e na mesma hora soube que, por mais desesperada que pudesse estar, jamais voltaria para Ed. E ter essa certeza foi um estranho consolo. Mamah não tinha partido só por causa de Frank mas porque seu casamento era um erro.

Antes de ir para a Alemanha, Mattie lhe perguntou o que ela faria se Frank voltasse para a mulher dele? Vai ficar sem nada, disse-lhe ela.

Mas Mamah agora achava que, se isso acontecesse, já tinha mais do que nada. Havia algo dentro dela que a fazia sobreviver. Nos últimos meses, ela ficou reduzida à própria essência. Parecia que todo o resto simplesmente fora embora.

Ela nunca acreditou, como Edwin acreditava, que se uma pessoa apenas agisse como se estivesse feliz, ficaria feliz. Mas parecia inútil se agarrar à tristeza naquele momento. De que adiantaria para qualquer um que ela continuasse se lamentando, como se essa fosse a única emoção aceitável, dada a situação?

Crianças precisam de pessoas felizes em volta. Essa era a única idéia que bastava para deixar de lado todo o sofrimento ao qual vinha se agarrando. Então ela resolveu que, para todos os efeitos, teria John e Martha com ela quando voltasse. Por todo o tempo que pudesse negociar, implorar ou seqüestrar.

Quando foi se aproximando o Natal, Mamah comprou presentes para os filhos nos camelôs que montavam suas barraquinhas ao longo das ruas. Escolheu um conjunto de soldadinhos miniatura pintados para John e um pequeno anel de safira para Martha, para combinar com seus olhos. Mamah embrulhou os dois presentes e alguns brinquedos num pacote que pôs no correio em meados de novembro.

Em dezembro, Frau Boehm montou uma enorme árvore de Natal na sala de estar e pendurou guirlandas de abeto e cascas de nozes douradas pela casa toda. Por três semanas, a fragrância do pinho castigou as emoções de Mamah. No dia de Natal, quando os hóspedes da Pensão Gottschalk sentaram para cear ganso defumado, ela se desculpou e pediu licença. Escapuliu pela porta da frente para a Schaper Street, andou alguns quarteirões até a Joachimstaler na direção da Kurfürrstendamm e do Café des Westerns, onde os artistas judeus passariam a noite sem comemorações.

CAPÍTULO 31

Na pequena plataforma que servia de palco no Café des Westerns, uma mulher fantasiada estava parada, de cabeça baixa, com uma flauta nos lábios, esperando as pessoas fazerem silêncio. Todas as mesas do café cheio de fumaça de cigarro estavam ocupadas. Havia muita gente de pé, encostada nas paredes cobertas de cartazes, segurando copos de cerveja.

Mamah virou-se para sair quando não viu nenhuma mesa vaga, mas um garçom apareceu naquele momento e a levou até uma cadeira desocupada. Os quatro homens sentados à mesa se levantaram quando ela sentou e as mulheres a cumprimentaram movendo a cabeça. O homem ao seu lado inclinou-se para perto de Mamah. Ele era pequeno, tinha o corpo tenso como uma mola a ponto de saltar. Os óculos redondos aumentavam os olhos inteligentes.

– Vinho? – ele perguntou.

– Sim, obrigada – ela respondeu.

Ele lhe disse mais alguma coisa, mas Mamah não entendeu por causa do barulho no salão.

Mamah não entendeu bem o significado da fantasia da artista no palco. Era uma calça larga de cetim preto que chegava aos seus delicados tornozelos, logo acima de botas femininas da moda. Um paletó curto fazia parte do conjunto, enrolado como um quimono, seguro com um cinto largo coberto de conchas. O cabelo preto e liso tinha o corte logo abaixo do maxilar. O rosto dela, adorável, com olhos escuros como o cabelo, era estranhamente familiar.

– Minha mulher, a poetisa – o homem ao lado de Mamah indicou o palco com a cabeça. – Else Lasker-Schüler. Ou Jussef, príncipe de Tebas, dependendo do estado de espírito dela. Ela adora se fantasiar – o homem estendeu a mão. – Herwarth Walden – ele disse.

– Mamah Borthwick.

– Americana?

– Sou.

Quando o garçom perguntou o que ela queria jantar, Mamah examinou o cardápio para ver se tinha algo leve e barato.

– Escolha o faisão com uva-do-monte – disse Herwarth.

Ele virou para o garçom.

– Red, traga o faisão para ela.

Mamah apertou a bolsa de pano no seu colo. Ia precisar de praticamente todos os seus centavos para pagar um jantar desses. O homem estava apenas sendo simpático, mesmo assim a familiaridade dele a incomodava. Ela ia falar, mas o garçom foi embora rapidamente enquanto o som agudo da flauta rompeu o barulho do café e todos ficaram em silêncio. A poetisa entregou a flauta a alguém e observou a multidão através da fumaça.

"Adeus", ela anunciou e fez uma pausa, olhando para o homem sentado ao lado de Mamah.

"Mas você não chegou com a noite", ela começou, "eu sentei numa capa de estrelas."

Mamah se ajeitou constrangida na cadeira.

"Quando escutei alguém bater", disse a mulher, com a voz rouca e um desespero grave, "era o meu coração."

"Agora ele pende em todas as portas, até na sua...
entre samambaias há uma rosa de fogo queimada
em guirlanda marrom.
Por você manchei o céu de amoras
com o sangue do meu coração.
Mas você não chegou com a noite...
Eu usava sapatos dourados."

A intimidade das palavras que a mulher recitava, tão claramente dirigidas ao marido, criaram em Mamah uma profunda urgência de sair dali.

– Com licença – ela disse, levantou e abriu caminho entre as pessoas que aplaudiam e gritavam:

– Jussef! Jussef!

Ela foi desviando das pessoas e chegou à calçada, onde o ar bateu em seu rosto como um pano molhado em pele queimada de sol. Queria ir embora, mas percebeu que deixara o casaco pendurado no

encosto da cadeira. Teria de entrar de novo, pagar o garçom, depois inventar que estava doente para os companheiros de mesa, pegar seu casaco e sair.
– Visitando cortiços esta noite, é? – perguntou-lhe uma voz.
Mamah quase pulou de susto ao ver a poetisa a menos de um metro dela na calçada, com a boca vermelha virada para baixo.
– Eu a conheço – disse Mamah.
– Muita gente me conhece.
– Você me ajudou um dia – a única outra vez que estive neste café. Eu acabava de saber que minha amiga tinha morrido e...
A mulher chegou para trás e olhou fixamente para o rosto de Mamah.
– E você desmoronou, foi isso que aconteceu. Eu fiquei pensando que fim você tinha levado. Você não parava de chorar – ela pôs o braço nas costas de Mamah e deu-lhe um tapinha no ombro.
– Obrigada por aquele dia – disse Mamah. – Não sei se cheguei a agradecer na hora.
A mulher tirou um maço de cigarros de baixo do cinto de conchas. Esvaziou na palma da mão: dois cigarros e um biscoito de chocolate.
– Pode escolher – ela disse.
Mamah pegou um cigarro.
– Pode me chamar de Else – ela acendeu um fósforo. – O que uma americana bem vestida está fazendo perdida nas ruas de Berlim na noite de Natal? Você não se parece nada com os outros sem rumo que recebemos aqui no Café Megalomania.
– Meu nome é Mamah Borthwick.
– Você fala bem alemão, Mamah Borthwick.
– Obrigada. Estou aqui para estudar línguas por um tempo. Na verdade, é sueco. Sou a tradutora americana de Ellen Key – Mamah se arrependeu na mesma hora da pretensão daquela afirmação. – Estou aqui esperando até obter o divórcio do meu marido – e então ela se arrependeu de ter revelado informação tão pessoal.
– Bem – Else ergueu as sobrancelhas e limpou um pouco de tabaco do dedo. – De onde você é?
– Chicago.
– Chicago! Tenho uma irmã que mora lá!

Else segurou a mão de Mamah e levou-a de volta à mesa.

– Queridos modernos – ela disse para o grupo –, temos entre nós uma amiga. Esta é Mamah Borthwick, de Chicago. Ela é a tradutora de inglês de Ellen Key.

– Ao sexo livre! – gritou uma das mulheres, levantando o copo.

– Esses são meus companheiros de brincadeiras – Else deu a volta na mesa. – Hedwig, Minn o Guerreiro, Lucrecia Borgia, Pequeno Kurt, Martha a Feiticeira e Caius-Maius o Imperador – ela fez uma pausa. – E o meu marido, que parece que você já conheceu.

– Deixe-a comer seu faisão – disse Herwarth, com a voz irritada. – Já está frio.

Else puxou uma cadeira para perto de Mamah.

– Ah, eu adoro faisão frio – ela disse.

Mamah dividiu o prato com ela e ficou escutando o grupo falar de quais artistas iam exibir seus trabalhos na nova galeria de Herwarth, quando abrisse. Mamah já ouvira falar de alguns deles e até tinha visto as telas de outros. Herwarth era editor de *Der Sturm* também. Ela lera a publicação semanal umas duas vezes desde que voltara a Berlim. Aliás, tinha adorado os editoriais, em que ele puxava briga com o kaiser devido ao seu gosto antediluviano para arte. Enquanto Mamah seguia a conversa dos companheiros de mesa, ela se deu conta de que estava sentada muito perto do centro do movimento modernista alemão.

– Essa conversa está aborrecendo você? – Else perguntou num dado momento.

– De jeito nenhum. Eu me interesso muito por arte moderna.

– Então veio ao lugar certo. Modernistas, expressionistas, secessionistas. Cubistas. Berlim está cheia de "istas". Escritores e pintores vêm em bando para cá e se polinizam entre eles. Literalmente – ela apontou com a cabeça um casal num canto, onde um homem segurava a mão de uma bela jovem como se fosse um passarinho. – Ele deve estar seduzindo a moça com citações de Rudolph Steiner agora mesmo.

Mamah recostou na cadeira e deu risada.

– Ah, que alívio.

– O quê?

– Rir. Estar com pessoas irreverentes. Eu venho de um lugar diferente.
– Chicago não é cosmopolita?
– Estou falando da aldeia de onde eu venho, perto de Chicago. E sim, há artistas em Chicago que acreditam na mesma coisa que essas pessoas acreditam, que a arte vai salvar o mundo. São os arquitetos os modernistas por lá. Eles se denominam a Escola de Chicago. Estão erguendo prédios que fariam você ficar sem ar. O melhor é Frank Lloyd Wright.

A poetisa perguntou.
– Ele é como Olbrich ou Adolf Loos?
– Ele é inigualável.

Else continuou a fazer perguntas. Aos poucos, Mamah acabou contando a verdade, aliviada de estar se abrindo com alguém que não ia julgá-la.

DOIS DIAS DEPOIS, Mamah retornou ao café e sentou a uma mesa perto da janela. Olhou para o canto onde dois homens que conhecera no Natal estavam entretidos com seu jogo de cartas. Eles a cumprimentaram quando a viram. O garçom de cabelo cor de cobre serviu um chá e deu para ela um exemplar do *Der Sturm* com um simpático floreio.

Era imaginação dela, ou algo havia mudado no espaço de dois dias? Porque ela certamente sentia uma diferença. Pessoas que entravam a reconheciam.

Ela suspeitava de que a súbita amizade de Else tinha carimbado nela o título de "aprovada", entre os artistas. Mamah se divertiu com isso. Em Chicago, ninguém tinha ouvido falar de Ellen Key. O nome dela não serviria para comprar um cafezinho. Lá no Café des Westerns, era seu passaporte.

Do lado de fora da janela, muitas meninas passavam de braços dados. Passavam também militares de uniforme, junto com hordas de todo tipo de pessoas: rapazes do campo transformados em operários de fábricas carregando suas marmitas de lata; homens de negócios com seus chapéus-melão; avós de tranças grisalhas e vestidos pretos; enfermeiras, vendedoras, mulheres da sociedade saindo para tomar chá. E então uma mulher diferente de todas as outras surgiu do meio da multidão e entrou no café.

— Você senta nesse café e é presa do diabo — Else murmurou quando sentou de frente para Mamah.

Ela usava uma capa roxa. Espalhados nela havia broches de camafeus com fotografias minúsculas de rostos dentro de cada um.

— É a sua família? — perguntou Mamah, apontando para um retrato antigo de um casal.

— Ah, não. Eu os encontrei numa loja de penhores. Todos estavam implorando para sair de lá.

Else pediu café e quando chegou, disse:

— Venho de uma aldeia como a sua. Eu era casada com um médico.

Ela encostou a xícara de café no rosto para esquentar.

— Eu tinha louça de qualidade. Belos tapetes pelo chão — os olhos castanhos e sérios tinham pintas douradas. — Um dia acordei e pensei: *O que você fez com os seus dons? Trocou-os por móveis* — ela passou a xícara para o outro lado do rosto. — Como pode ver, juntei-me a uma tribo diferente. Por falar nisso, agora não tenho quase móvel nenhum. Devo ao garçom da manhã e ao garçom da noite, e não sei como vou pagar o aluguel agora que Herwarth vai embora. Mesmo assim... — ela parou de falar.

— Para onde vai o seu marido?

Else pôs a xícara na mesa e desviou o olhar. Quando olhou novamente para Mamah tinha os olhos semicerrados.

— Eis o que eu sei de você, Mamah Borthwick de Chicago. Você é tradutora da filosofia sexual de Ellen Key. E deixou seu marido por um amante que é artista. No entanto, vive entre os burgueses aqui em Berlim. Você é um mistério para mim.

Mamah ficou tensa como se acabasse de descobrir alguém remexendo nas suas gavetas. Cruzou os braços.

— Meu quarto é o mais barato da pensão — ela disse.

— Você não precisa se defender.

Mamah ficou constrangida.

— Admiro o jeito que você assume a sua vida. Parece que não liga se outras pessoas aprovam.

Else deu de ombros.

– Todos nós temos nossas pequenas batalhas internas – essa idéia deve ter feito Else lembrar-se de alguma coisa porque ela se levantou de um pulo. – Tenho de trabalhar – ela disse e foi para outra mesa. Else pegou um caderno e começou a escrever.

NA SEMANA DE FERIADOS logo depois, Mamah voltou ao café todos os dias. Sempre adorou o cheiro do café-da-manhã, e o aroma no Café des Westerns não desapontava. O lugar estava quase vazio quando ela chegava, e a forte luz da manhã revelava que era uma bagunça de mau gosto. O busto do kaiser continuava inclinado feito bêbado em cima da velha cabine telefônica. As pontas dos cartazes se enrolavam nas paredes sujas, com marcas de dedos. Mas os tampos redondos de mármore das mesas não tinham a marca das rodelas dos copos de cerveja às oito da manhã, quando Mamah se instalava alegremente na mesa perto da janela da frente.

Ela escrevia cartões postais para os filhos e traduzia até as pessoas começarem a chegar. Às vezes um novo amigo sentava com ela para bater papo alguns minutos, mas em geral os freqüentadores habituais bebiam seu café lendo jornais. Era quando os poetas e escritores chegavam, por volta da hora do almoço, que o lugar se enchia de riso, discussões e idéias.

Else chegava às duas horas da tarde e sentava à mesa dela, num canto do fundo, onde recebia amigos quando não estava escrevendo. Quase todos os dias, levava o filho, Paul, um menino de quatro anos que parecia satisfeito de ficar colorindo na frente dela. Mamah ficava emocionada de ver os dois assim juntos.

– Ele a deixou – a mulher chamada Hedwig disse para Mamah uma tarde, olhando para Else.

– Herwarth?

– É, ele saiu de casa. Há uma mulher sueca, ouvi alguém dizer.

Mamah ficou atônita e quase nauseada com aquela afirmação.

– Herwarth tem sido bom para o menino, mas na verdade não tem nenhuma obrigação. Ele não é o pai – disse Hedwig. – Else diz que o pai é um xeque ou algo parecido.

Quando Mamah olhou para ela de novo, ficou triste e com pena dos dois no canto.

A tarde ia avançando e ela ouvia as pessoas em volta. Liebermann, Kokoschka, Franz Marc, Kandinsky – os nomes saíam das bocas como uma ladainha de santos secessionistas. Quando escurecia, Red circulava pelo café acendendo as velas.

– O mundo está mudando – alguém disse.

– Está sim, está sim – os outros concordavam.

O salão ficava azul de tanta fumaça de cigarro e pulsava de animação por volta das quatro, quando as pessoas pediam garrafas de vinho e cerveja. Falavam do futurismo italiano, de Gaudi em Barcelona, da matemática como "o jeito que Deus pensa". Contavam quem dormia com quem, falavam de política, de guerra, de mágica, de socialismo.

Uma noite Mamah sentou a uma mesa onde Else entretia um grupo de colegas artistas.

– Esse é seu ofício sagrado – ela dizia empolgada.

O filho dela não estava por perto.

– Dar continuidade ao ato da criação a partir de onde Deus parou naquele último dia. Decifrar a linguagem secreta da natureza. Acredito realmente que toda vez que vou bastante fundo para trazer de volta um pedacinho da verdade ou da beleza, Deus está me usando – Else olhou em volta, para seus companheiros de mesa. – Os artistas podem redimir o mundo. Mas não podemos demorar, meus amigos. Vocês e eu somos a salvação deste país, não os generais.

Mamah bebia com o prazer de ouvir o que diziam ali, com a camaradagem. Bebeu dois copos de vinho aquela noite, depois mais um, e a sensação foi de que nunca se sentira tão à vontade com um grupo de pessoas. Tinha chegado em Berlim vinda de um lugar ao qual achava que não pertencia, assim como eles.

Na véspera do dia em que teria de voltar ao trabalho, uma tempestade de neve cobriu Berlim à noite. Ela acordou e soube da notícia de que várias áreas da cidade estavam sem eletricidade e que tinham fechado a sua escola aquele dia. Ela se agasalhou toda e foi a uma banca de jornais. Com o jornal embaixo do braço, seguiu para a agência do correio, que estava aberta, mas estranhamente vazia. Na sua caixa havia um envelope. O timbre era de uma firma de advogados de Chicago que ela sabia que a Wagner Electric usava. Dentro do envelope encontrou o que esperava. Edwin Cheney estava movendo processo de divórcio contra Mamah Borthwick Cheney. Motivo do processo: abandono.

Guardou a carta na bolsa e voltou para a pensão. Nem parecia real que uma peça importante do seu futuro tinha se encaixado. Ela queria contar para Else, mas quando passou pelo café viu que só havia um freguês lá dentro. Sentou à sua mesa perto da janela e ficou espiando a rua.

– Eu adoro uma boa tempestade de neve – Red disse para ela quando levou o jornal e uma xícara de café. – Faz todo mundo parar.

No topo da primeira página, Mamah viu as palavras conhecidas que Red carimbava toda manhã em todos os jornais que chegavam no café – FURTADO DO CAFÉ DES WESTERNS. Ela pegou um lápis da bolsa e escreveu um bilhete para Frank no pequeno espaço em branco no topo da página.

10 de janeiro de 1911

É oficial. Recebi aviso do divórcio hoje.

Com amor, Mamah.

– Você tem um envelope? – perguntou para Red, enquanto rasgava o bilhete do jornal.

Red levou um para ela, Mamah escreveu o endereço, pôs o pedaço de papel dentro e fechou o envelope, depois voltou para a neve e foi para o correio.

CAPÍTULO 32

— Tem um homem lá embaixo à sua procura.

Mamah espiou Frau Boehm, que raramente subia até o terceiro andar, por cima dos óculos.

– Quem é?
– Um sr. Wright.

Mamah pulou da cadeira e passou correndo pela mulher atônita, descendo os degraus dois a dois.

Frank estava parado de sobretudo, na entrada, com o chapéu na mão.

– Você não me avisou! – ela o abraçou.
– Pensei que, se avisasse, você fosse dizer para eu não vir.

Ela pôs as mãos em seu rosto frio.

– Parece até que você veio a pé de Chicago. Dormiu algum tempo nesses últimos dez dias?
– Nada digno de nota.
– Ficou mareado?

As narinas dele se dilataram à menção daquela palavra.

– Nem me lembre – ele segurou a mão dela. – Aluguei um quarto – ele disse baixinho. – Num pequeno hotel, não muito longe daqui.
– Vou pegar a minha bolsa – ela disse, sorrindo como louca. – Levo cinco minutos.

Foram andando pelo parque Tiergarten a caminho do hotel. Frank estava sério, não havia sinal de seus comentários inteligentes e maldosos. Contou que tinha viajado para surpreender Wasmuth, que parou de imprimir o portfólio por causa de um desentendimento entre eles.

– A impressão do livro de fotos está horrível e ele identificou errado pelo menos dois prédios nas fotos. Eu disse claramente para Wasmuth que não aceito isso. E o que ele fez? Interrompeu o maldito projeto inteiro. Não fará mais nada no portfólio enquanto eu não aceitar o livro de fotos – a voz de Frank estava áspera de mágoa com a injustiça daquilo tudo. – E agora estou mergulhado demais nesse negócio. Terei de brigar com ele por outro contrato.

Havia problemas em Chicago também, além do fato de que ele era um pária e que ninguém o contratava. Estava prestes a processar Herman von Holst por dar o calote na comissão à qual ele tinha direito pelo trabalho que deixou pronto quando viajou. Uma neve suave acabara de cair. Mamah viu duas pessoas à frente deles deixando pegadas na calçada de pedra enquanto Frank contava a lista de complicações.

– Eles me odeiam – agora ele falava dos filhos.

– Mas você escreveu que eles ficaram felicíssimos ao vê-lo.

– Ah, mas não levou muito tempo para a verdade aparecer. Ela pôs todos contra mim – ele engoliu em seco e recuperou a voz. – Todas as merdas de recriminações, o escândalo público... nada disso era necessário. Se ao menos ela concordasse com o divórcio...

– Edwin concordou – Mamah disse de repente. – Você sabia? Escrevi um bilhete, mas você não deve ter...

Frank demonstrou surpresa.

– Não, não recebi.

– É verdade. Combinou de encontrar comigo em agosto para acertar os detalhes. Agora sinto que posso voltar – ela olhou bem para ele. – Talvez, quando Catherine souber que Edwin concordou...

– Nem pense nessa possibilidade – disse Frank. – Não vai acontecer.

– Você veio até aqui para me dizer alguma coisa, não é? O que você queria dizer tem a ver com uma casa. Em Wisconsin.

– Sou tão transparente assim?

– É o que você sempre quis.

– Minha mãe aceitou comprar para mim, em nome dela. Trinta acres em Hillside, perto da fazenda do meu avô. Exatamente o lugar sobre o qual já falei para você – ele parou de andar. – Está na hora, Mamah. Será o lugar mais lindo em que você já morou. Nem vai se importar se não puder sair para assistir a uma peça.

Ele olhou para as filas de árvores sem folhas no parque atrás dela.

– O mais importante é que não teremos mais de levar essa vida fragmentada. Quem somos, o que fazemos, o que amamos, tudo que dissemos um para o outro sobre espalhar os ideais de Ellen, ensinar... tudo isso estará na argamassa. Tudo será uma coisa só nesse lugar.

– Mas você não tem recebido trabalho.

– Se Darwin Martin me fizer um empréstimo – e ele vai fazer –, posso começar a construir neste verão. Depois de construída, seremos auto-suficientes. Vamos plantar a nossa comida, custe o que custar – ele virou e viu Mamah mordendo os lábios, nervosa. – Olha, na Itália você só pensava em construir um refúgio lá, longe de tudo. Bem esta também será um refúgio, e tão lindo quanto Fiesole. Vou pagar o empréstimo de Martin, não se preocupe com isso. Quanto aos fazendeiros por lá, não vou mentir. No início não serão muito amigáveis. Vão nos deixar rodando no espeto um tempo. Mas eu juro para você que vamos viver de verdade. Seremos o modelo da vida verdadeira.

– Você está perguntando se eu quero?

Frank tirou uma luva e se abaixou. Com o indicador, fez três linhas na neve. Para ela, pareciam o desenho de uma criança, raios de luz descendo do sol.

– Esse é o símbolo druida da "Verdade contra o mundo" – ele olhou para ela. – É uma tarefa árdua, viver para a verdade e para a beleza. A maioria das pessoas ia rir de mim por dizer essas palavras em voz alta. Mas é tudo que eu quero agora.

Ele parou de falar e continuou depois de alguns segundos.

– Se você for para lá comigo, Mamah, nós vamos conseguir. Se você quiser viver comigo lá.

Ela sorriu.

– Você está perguntando se eu quero? – ela repetiu.

– Estou.

– Sim. Eu quero.

PARTE TRÊS

CAPÍTULO 33

O rostinho triste de Martha virou na direção que a mãe apontava.
– Está vendo? – sussurrou Mamah. – Ele é todo amarelo.
As duas estavam abaixadas sobre galhos de pinheiro numa pequena clareira. Ela passou o binóculo para a filha.
– Lá em cima, naquele galho.
Martha empurrou o binóculo e ficou olhando para as árvores, sem ver.
– Papai é que mostra passarinho – ela disse.
Mamah ficou tensa, depois contou as palavras que Martha havia pronunciado. *Cinco*, pensou. *Isso já é um progresso*.

LÁ EM BERLIM, a idéia de passar o verão num acampamento canadense com os filhos parecia o cenário perfeito para a reunião. Eles podiam ser só dela, sem Louise, sem Lizzie. Edwin ia levá-los e ficar um pouco para negociar os termos do divórcio. Mamah esperava que fosse difícil para todos, mas estariam longe de olhares curiosos. Poderiam ter calma.

Nos últimos dois anos ela cobriu os filhos de cartas, e recentemente mandou um retrato dela. Parecia, contudo, que não se lembravam mais da mãe.

Dois anos na vida de uma criança é a distância entre estrelas, pensou. Lembrou-se de quando ela era criança, brincando feliz numa banheira aos oito anos de idade e imaginando a vastidão das férias de verão diante dela. E foi exatamente isso: um milênio de vagalumes, brincando de pique-esconde, noites e dias ligados uns aos outros por uma longa canção pulsante de grilos.

Martha tinha três anos quando Mamah partiu, John quase sete. Na Itália e em Berlim, ela via crianças com a mesma idade, observava como se moviam. Ouvia o que diziam. Mas ali, em carne e osso, John e Martha eram desconhecidos.

John lembrava um pouco dela. Era quase o mesmo menininho que costumava pular em seus braços assim que a via. Ele ainda era Peter Pan, só que mais alto, e com um pedaço de pau na mão. O menino segurava aquele pedaço de madeira ou galho desde o momento em que ela o encontrou, na frente da cabana. Ele estava raspando na terra quando ela se aproximou. John ficou lá parado, sorrindo, e se deixou abraçar.

– Você tem medo de aranhas? – foi a primeira coisa que ele disse.

O menino entrou na cabana e voltou com um vidro que tinha uma coisa marrom listrada dentro.

– Achei na cabana – ele disse, com visível prazer.

Martha, por sua vez, ficou ao lado de Edwin quando Mamah chegou, ligada ao pai pelo pedaço de tecido da calça dele que ela segurava com a ponta do polegar e do indicador. Ela usava uma fita larga no alto da cabeça. Seu rosto era inteiramente novo. O redondo de bebê das bochechas tinha quase desaparecido. Martha estava com o rosto que deveria ter dali em diante, e era um rosto Borthwick. Maçãs proeminentes, queixo quadrado, sobrancelhas escuras iguais às de Mamah. Naquele momento, parada na frente da cabana, as sobrancelhas eram nuvens, pretas e baixas. Martha se escondeu atrás de Edwin quando a mãe se aproximou, e não quis sair. Edwin ficou imóvel enquanto Mamah recuava.

Aquela noite, com as crianças na cama, Mamah e Edwin sentaram nas cadeiras de balanço da varanda da frente, cochichando.

– Eles vão morar comigo – ele disse.

– Eu quero vê-los.

– Pode vê-los nos períodos adequados.

– Com que freqüência será isso? – ela olhou para ele desconfiada.

– Não me oponho que eles vão visitá-la umas duas semanas no verão.

– Por que não uns dois meses?

– Talvez quatro semanas – ele disse. – Teremos de ver como isso vai funcionar. Eu não sei o que as crianças vão querer fazer. Os dois estão com medo de tudo.

Gafanhotos cricrilaram seu som agudo na mata.

– Eu nunca pretendi provocar tanto sofrimento – ela disse.
Aquilo saiu como uma explicação atenuada, sem valor. Mesmo assim, as palavras atingiram Edwin, que até ali tinha sido excessivamente formal.
– Martha não entendeu nada na época. Foi John que recebeu todo o impacto. Por vezes... – Edwin parou de falar.
Mamah respirou fundo.
– Continue.
– Em Boulder, depois que você foi embora, ele se perdeu. Mattie já estava de cama, doente, nessa altura. Havia gente entrando e saindo daquela casa o tempo todo – médicos, vizinhos – e ninguém percebeu que ele tinha sumido. Eu só ia pegá-lo no fim daquela semana. Quando a babá descobriu que ele tinha desaparecido, ficou histérica.
Mamah teve a sensação de ter levado um soco no peito.
– No fim das contas, ele não tinha fugido. Encontraram-no aquela noite vagando por Boulder, a quilômetros de distância da casa. Ele estava à sua procura.
Mamah apertou os lábios e pôs a mão na frente da boca para reprimir o soluço que se formava no peito. Não tinha o direito de chorar.
Depois que Edwin foi para a hospedaria principal, Mamah ficou acordada na cama até bem depois de meia-noite, ouvindo a respiração dos filhos no outro canto do quarto. John estava na cama de cima do beliche, Martha na de baixo.
Mamah podia tê-los por quatro semanas. Edwin tinha finalmente concordado com isso. Quatro semanas, nada mais, até o Natal, quando ela poderia visitá-los dois dias em Oak Park antes dos feriados. Depois disso podia ficar com eles algumas semanas em Wisconsin, todo verão, e podia visitá-los quando quisesse, em Oak Park.
Agora eles teriam apenas um mês juntos. Como é que alguém podia consertar o que tinha acontecido em um mês?
– Nãããããoooo! – uivou Martha quando Edwin foi embora de manhã.
Tiveram de arrancá-la da perna do pai quando ele entrou no carro. O homem que cuidava da recepção na hospedaria saiu para ver o que estava acontecendo.
– Isso é que é fôlego – comentou ele.

Observar os pássaros. Que idéia tinha sido aquela? Qual criança gosta de ficar observando pássaros? Mamah ficou de pé na clareira coberta de folhagem de pinheiros sentindo o aroma resinoso em volta. Martha era um montinho mal-humorado ao lado dela.

– E agora? – John perguntou.

Mamah não tinha um plano alternativo. Olhou para o relógio. Dez horas. John se aproximou de um pinheiro e bateu com seu pedaço de pau no tronco.

– Vamos voltar para a hospedaria – ela disse. – Podemos alugar uma canoa para dar uma volta.

MAMAH NÃO PRETENDIA pôr os filhos nas aulas que as outras crianças freqüentavam o dia inteiro. Foi egoísta, esperava tê-los só para ela. Estava desesperada para sentir a pele deles encostada na dela – essa foi a sensação que mais lhe fez falta naquele tempo todo longe deles. Na Europa, ela sonhava com as perninhas gorduchas de Martha pressionando seus braços quando a segurava no colo. Mas isso não ia acontecer. Ainda não. Talvez ainda por um longo tempo.

Mas John queria agradá-la. Não tomava a iniciativa de abraçar a mãe, mas ficava perto dela para que pudesse abraçá-lo. Mamah o puxava para perto, sentia suas costelas e o seu bumbum durinho no colo dela. Num desses momentos, ele se deixou ficar e ela tentou conversar com ele.

– Sinto muito ter levado tanto tempo para voltar para cá – ela disse.

Ele pulou do colo dela antes de Mamah poder dizer qualquer outra coisa e saiu correndo para se juntar às demais crianças do outro lado da clareira.

Certos dias ela os observava da beira do lago. Alguns pais iam fazer outros passeios enquanto os filhos nadavam com seus jovens recreadores. Mamah se sentia como uma espiã, se esgueirando por trás das árvores, procurando vê-los brincar sem que eles soubessem que ela estava lá. Achou que John parecia bem à vontade, conversando enquanto flutuava numa câmera de pneu, depois fazendo guerra de água quando batia nas bóias de outras crianças. Mas Martha ficava sozinha sentada na bóia, com o mesmo olhar preocupado que tinha quando estava perto de Mamah.

Abaixada perto da água, Mamah se lembrou da observação que algum "conhecido" tinha feito em um dos artigos do *Tribune*, que ela passava pouco tempo com os filhos. Esse comentário, como quase tudo, deixou Mamah furiosa, porque não era verdade. Ela amava apaixonadamente os filhos e passava bastante tempo com eles, mais do que muitas mães cujos filhos eram criados apenas pelas babás. Mas havia uma verdade mais profunda que ela não queria encarar, e agora não podia mais evitar.

Ter um caso de amor deu trabalho. Consumiu energia e preocupou sua mente todos aqueles anos em Oak Park. Até na presença das crianças, ela pensava em Frank, como iam fazer para se encontrar de novo, ou o que ele quis dizer com alguma coisa que falou na última vez em que estiveram juntos. Foi uma obsessão por tanto tempo que ela acabou considerando normal. Os filhos foram postos de lado, talvez não fisicamente, mas certamente no seu pensamento.

Nem sempre foi assim. John e ela eram excepcionalmente íntimos antes de seu relacionamento com Frank começar. Não foi John o mais negligenciado naqueles anos em que iniciou o caso com Frank, pensou Mamah. Foi Martha. Mamah entendeu que mentalmente já estava longe quando Martha nasceu. Primeiro, com a depressão, depois com Frank. Martha tinha um ano de idade quando seu namoro com Frank começou.

A realidade da sua ausência atingiu Mamah como uma tijolada. A sensação de culpa costumava se concentrar na mesma imagem congelada – o momento em que ela saiu do quarto em Boulder, enquanto John e Martha dormiam. Sempre que pensava nisso, fazia a mesma pergunta, horrorizada: *Será que cheguei a olhar para trás para vê-los?*

Agora percebia que tinha se distanciado deles bem antes daquela manhã. Por longos períodos naqueles primeiros anos, seus olhos e ouvidos e todo prazer – que era deles por direito – estavam concentrados em outra pessoa.

Mamah estava sentada tirando as agulhas de um galho de pinheiro. Não sabia como, mas ia ter de consertar aquilo. Pedidos de desculpas não iam adiantar nem um pouco para John e Martha. Ia levar tempo, talvez anos, para corrigir o relacionamento com eles.

Ela se lembrou dos dias terríveis logo depois de ter dito a Edwin que amava Frank.

— Todas as suas malditas idéias acabaram por arruiná-la, Mamah — ele berrou para ela. — Até seus filhos são abstrações para você.

Ela jamais diria para ele que entendia a verdade que havia naquelas palavras. Sentada na floresta, ela disse para ela mesma: *Eu não estava lá quando devia estar. Não cheguei nem perto do que seria necessário.*

UMA TARDE, perto do fim de julho, Mamah e as crianças ficaram na hospedaria enquanto todos os outros saíram depois do almoço. Alguém tinha ensinado aos meninos como fazer nós, e os dois, John e Martha, fizeram uma confusão com os deles. Estavam sentados embaixo de um ventilador de teto observando a mãe desfazer o emaranhado, quando um cachorro entrou no refeitório. A única outra pessoa que estava por perto era um ajudante de cozinha de avental que punha os pratos sujos dentro da pia. Quando ele viu o animal, tratou de se aproximar para espantá-lo.

John se levantou e foi brincar com o cachorro. Era de médio porte, todo preto, tinha focinho comprido e orelhas também, uns pêlos no queixo que pareciam uma barba.

— Sabe de quem é esse cachorro? — perguntou Mamah para o ajudante de cozinha.

De repente sentiu que devia proteger os filhos.

— Não, madame — disse ele. — Nunca o vi antes.

Ela e Martha se aproximaram para dar uma espiada.

— Não chegue muito perto dele — avisou Mamah.

Mas John já estava de joelhos e o cachorro lambia o menino.

— Ele está com sede — disse o rapaz.

Ele foi até uma pilha de pratos sujos e pegou dois potes. Em um deles botou água, no outro um pedaço de pão do prato de alguém.

— Ele está com calor — disse Martha, de longe.

– Bem, ele tem um casaco grande e pesado, não é? – disse Mamah. – Por que não vamos perguntar se o gerente o conhece? Ele parece bem limpinho. Aposto que alguém está sentindo falta dele.

John puxou um barbante do emaranhado de nós e fez uma coleira. Caminhando para a recepção, o cão trotava ao lado do menino, como se fossem velhos amigos.

– Nunca vi esse cachorro – disse o gerente. – E ele não pertence ao pessoal que está hospedado aqui agora, porque eu já vi todos os animais de estimação.

– E os vizinhos?

– Não que eu saiba. Mas há muitas fazendas por aqui. Pode ser de alguma delas e deve estar perdido.

– Podemos pôr um cartaz no hotel?

– Claro. Aliás, o motorista pode levá-los para verificar se é de algum vizinho.

Martha dobrou um dedinho chamando a mãe. Mamah, pega de surpresa, abaixou-se rapidamente.

– Podemos ficar com ele na nossa cabana esta noite? – sussurrou Martha.

Mamah se levantou.

– Vamos ficar com ele na nossa cabana esta noite – ela disse para o gerente.

Ele deu de ombros.

– Eu não me importo, se a senhora não se importa.

Levaram o cachorro junto enquanto prendiam avisos nos postes telefônicos ao longo da estrada. Mais tarde, o motorista do hotel levou-os até as fazendas vizinhas para saber se alguém tinha perdido um cão. Ninguém conhecia o cachorro preto.

– Pode ser um cão de caça que fugiu, apesar de ainda não ser temporada de caça – especulou o último fazendeiro. – Ou alguém o largou na estrada, talvez. As pessoas da cidade fazem isso, trazem para cá e os soltam por aí.

As crianças estavam abaixadas de novo, acariciando o animal. O fazendeiro levantou as orelhas do cão de caça, abriu a boca e espiou dentro, levantou o rabo para ver o ânus e depois inspecionou as patas. Martha e John observaram tudo com atenção.

— É um filhote — disse o fazendeiro. — Bem saudável. Não tem vermes nem feridas, que eu tenha notado. Vai ser um dos grandes.

— Acho que tem um pouco de *wolfhound* — disse Mamah.

— Eu ficaria com ele se ninguém reclamar — disse o homem.

A caminho da hospedaria, John disse o que todos estavam pensando.

— Papai não vai nos deixar ficar com o cachorro.

Edwin nunca quis um cachorro na casa. Provocava-lhe espirros e largaria pêlo por todo canto.

— Querido, esse cachorro pertence a alguém — disse Mamah. — Ele está limpo demais, não devia estar abandonado.

Ela detestava desanimar John, mas parecia ainda mais cruel deixá-lo ter esperança.

Aquela noite eles fizeram uma cama para o cachorro no chão da cabana. Acharam palha e um cobertor para forrar uma caixa grande que pegaram atrás do hotel. Então deitaram em volta dele, fizeram carinho e o beijaram. O cão arfou pacientemente quando Martha se pendurou no pescoço dele e disse:

— Você é um bom cachorro.

Observando as crianças, Mamah já sabia o que ia fazer. Deixaria os avisos espalhados mais um ou dois dias. Talvez um só. E se ninguém fosse procurar o cachorro (*por favor, meu Deus, não deixe ninguém vir pegá-lo*), ela iria discretamente tirar os cartazes.

Ainda tinham duas semanas pela frente, catorze dias para nadar com o cachorro, ensiná-lo a pegar, dar um nome para ele, dormir com ele. Quando fossem embora em agosto, o cachorro podia ir com eles no trem. Se Edwin não o quisesse, e ela sabia que ele não ia querer, então ele iria para Wisconsin com ela.

Podia ser injusto o cachorro viver em Wisconsin para servir de atração para os filhos irem visitá-la. Edwin chamaria isso de um plano calculado para reconquistar os filhos. Ela não se importava com o que ele pensava. Para ela, o cachorro era uma segunda chance. Mamah ia aproveitar aquela bênção.

CAPÍTULO 34

O carro de Frank sacudia na Auto-estrada 14. Ele apontava os pontos de referência para Mamah, as velhas casas de fazenda ou as árvores que indicavam que Spring Green estava entre oitenta e cem quilômetros à frente. O carro estava abarrotado de malas e caixas. Espremido num canto, o cachorro que as crianças tinham batizado de Lucky estava com a cabeça fora da janela apesar da chuva fina.
– Está vendo aquele cartaz? – Frank apontou para um celeiro ao longe.
Alguém tinha pintado um anúncio em toda a lateral do celeiro. Quando chegaram mais perto, ela viu que era um pé descalço bem realista. Apenas três palavras acompanhavam o desenho: PÉ DE ATLETA.
– Eles são a favor ou contra? – ela perguntou.
Frank deu risada.
– Bem-vinda a Wisconsin.
– Juro que você adquiriu um sotaque quando saímos de Illinois.
– Ah, em um mês você vai pegar também.
Grande parte da viagem Frank lhe contou histórias sobre a família da mãe dele. Frank os chamava de "unitaristas radicais", de "verdadeiros reformistas". O avô dele tinha ido morar no Vale Helena ao sul do rio Wisconsin havia cerca de cinqüenta anos. Três dos tios – Enos, James e John –, tinham fazendas perto da colina onde Frank estava construindo a nova casa. Apenas Jenkin Lloyd Jones fora para a cidade fazer sua carreira de ministro unitarista. Ele morava em Chicago e era bem conhecido, mas até o tio Jenk havia comprado terras por ali – alguns acres no rio Wisconsin que ele chamava Topo da Colina, onde dirigia um acampamento cultural todo verão. Todos eram abastados, o bando todo de tios e tias. Podiam discutir entre eles, mas eram leais uns com os outros. Os parentes foram os primeiros clientes da arquitetura de Frank. Bem no início ele projetou uma capela para a antiga casa do avô e mais tarde, para as tias professoras, uma escola.

A ansiedade de Mamah cresceu enquanto as histórias da família iam surgindo, uma depois da outra. *Meu Deus, pensou ela, onde que estou me metendo?*

Frank tinha prometido algo espetacular antes de chegarem a Spring Green. E então ele apontou para um longo muro de rocha sedimentada que se estendia pelo campo ao longe.

– Lá está ele, Deus em listras – ele disse. – Estamos a dezesseis quilômetros de casa.

Ficaram em silêncio. Lá fora, a paisagem chuvosa era uma aula de desenho a carvão, em perspectiva, a estrada em curvas como uma fita negra pelos campos adiante. No primeiro plano, as árvores sumagre que cresciam em valas elevavam as pontas de seus galhos deltóides cor de ferrugem, e lá longe as montanhas baixas preenchiam o espaço em tons de cinza cada vez mais escuros. Cavalos pastavam no meio da cena em campos de capim claro. De tempos em tempos, toda a vista desaparecia atrás de imensas rochas pontiagudas, com pinheiros brancos enraizados nas rachaduras.

O sudoeste do Wisconsin, de montanhas e colinas baixas, sem neve, parecia para Mamah a própria substância do cérebro de Frank. Wisconsin sempre esteve lá na imaginação dele, uma tela ondulada esperando que ele desenhasse uma casa encaixada em seus contornos. Mas no cinza da chuva de agosto, as colinas a deixavam pensativa.

Como era diferente da Alemanha, ela pensou. Em Berlim seus olhos nunca iam além da linha de lojas ou casas do outro lado de qualquer rua. A natureza parecia ficar fora dos limites da cidade. Mas não tinha importância. Mesmo o pó dos tijolos e pedras em ruínas tinha sido revigorante.

– Está com medo?
– Um pouco.
– De verdade?
– Não tenho medo de viver com você. Mas de morar perto da sua mãe, irmã e primos, sim, aí tenho medo. Fico nervosa.
– Você vai conquistá-los – Frank estendeu a mão e apertou a dela. – Seja apenas você mesma e o resto virá.
– Você esquece que conheço sua mãe. Do Clube Século Dezenove. Ela é...

– Impetuosa?

Mamah pensou nas poucas vezes que viu Anna Wright em ação. Ela era inteligente, influente e se ofendia com facilidade.

– Bem... formidável – ela disse.

Mamah olhou para o rosto de Frank de perfil e viu que ele deu um sorriso maldoso.

– Parece que você gosta da idéia de ela ser forte.

– Não é ruim ter alguém agressivo do seu lado. Ela é intensa sobre muitas coisas, especialmente lealdade. Foi forçada a escolher lados. E, no fim das contas, quando tem de escolher, é sua gente e sua terra. Dê-lhe tempo. Ela vai se adaptar a você.

– E as tias professoras?

– Ah, elas são maravilhosas. Corações enormes. Mas devem estar apavoradas agora.

– Com medo pela reputação da escola, agora que vamos ser vizinhos?

– Não deixe que isso amedronte você. Esses fazendeiros podem ser metidos a santos, mas são decentes. Elas vão aumentar a massa dos biscoitos delas logo, logo.

Naquele momento Mamah avistou um telhado largo, paredes de calcário e os retângulos de estuque cor de areia dourada. A casa se aninhava na colina, abraçando a área logo abaixo do topo redondo. Frank parou o carro no acostamento. Deu a volta para abrir a porta para ela e os dois ficaram no meio do capim alto juntos. Mamah sentiu o arrepio percorrendo sua pele.

– Queria batizar de Taliesin, se você não se incomodar. Conhece a peça de Richard Hovey, *Taliesin*? Sobre o bardo galês que fazia parte da corte do rei Artur? Ele era profeta e buscava a verdade, esse Taliesin. O nome dele significa "cume (ou semblante) brilhante". Acho bem apropriado.

– Taliesin – ela experimentou a palavra na boca enquanto estudava a casa de longe.

De fato, a construção brilhava, apesar da luz cinzenta. Era um contraste chocante com as casinhas pequenas das fazendas que Mamah tinha visto a caminho de Spring Green. Esta casa – a palavra parecia errada por algum motivo – era diferente de tudo que ela já vira.

Muito moderna, muito arquitetônica. No entanto, era harmoniosa com as montanhas, as águas do telhado sobrepostas ecoavam com os cumes escarpados da serra. Elevada e isolada, longe das outras casas e instalada naquela vista linda e dourada, Taliesin era mais como as *villas* em torno de Fiesole do que qualquer coisa que Frank construíra em Oak Park.

– É brilhante – ela disse baixinho, tirou os óculos, semicerrou os olhos, depois pôs de novo.

– É para você – ele disse.

Voltaram para o carro e Frank ficou nervoso quando embicou ladeira acima, indo para a estradinha da entrada da casa.

– Romeu e Julieta – ele disse, apontando para um moinho de vento ao longe, que ele construíra para a escola das tias. – Está vendo como uma parte se inclina para a outra?

– Parece um nome muito romântico para ser escolhido por duas professoras.

Frank deu risada.

– Ah, fui eu que escolhi o nome. Não existe um Lloyd Jones que admite que é romântico. Preferimos ser durões e realistas – ele indicou com a cabeça algumas construções que pontilhavam as encostas em volta da casa nova. – Houve uma época, quando eu era jovem, em que havia sessenta ou setenta membros da família morando nessas montanhas. Lá está Tan-Y-Deri.

Tan-Y-Deri era a casa da irmã dele, Jennie. Mamah conhecia essa história também. Jennie insistiu em ter uma casa de campo para a família dela, como a que Frank tinha construído em Oak Park. Frank queria construir para ela uma casa "natural", mais de acordo com aquelas colinas. Apesar de muito persuasivo, ele não conseguiu vender a idéia para a irmã. Jennie deve ser tão obstinada quanto ele, refletiu Mamah.

– Tan-Y-Deri é galês e quer dizer "sob os carvalhos" – Frank estava dizendo.

Ele apontou para o sudeste.

– Aquela é a casa do meu tio Enos.

– Por que será que estou pensando na Itália agora?

– Diga você.

– Tenho a sensação de que cada casa dos seus tios é quase um pequeno feudo, como era no passado, na Toscana.

– Você não está errada. Não é à toa que chamam esse lugar de Vale dos Todo-Poderosos Jones.

O carro subiu até uma pesada coluna de entrada feita com blocos de pedra empilhados precariamente. No topo desse pedestal havia uma enorme estátua de um nu clássico. As curvas voluptuosas do corpo se misturavam em gesso branco com as linhas retas de um arranha-céu esculpido na frente dela. A mulher tinha a cabeça abaixada e punha a pedra da cumeeira no topo do prédio.

– Flor nas frestas do muro – disse Frank, apontando para a figura.

– Pedi para Bock fazer uma para Taliesin.

Era a estátua que Mamah tinha visto o escultor fazendo em uma das suas visitas ao estúdio de Frank em Oak Park.

– Ela está magnífica aqui... como um anjo protegendo o lugar.

Pela estradinha da entrada, chegaram ao abrigo da *porte cochere*, passaram por baixo do telhado e seguiram com a casa de um lado e uma encosta do outro. Mamah já imaginava touceiras de narcisos subindo aquela pequena colina. À frente, no fim do caminho, viu operários indo e vindo num pátio. Quando Frank e ela chegaram mais perto, ela observou que todas as janelas dos fundos da casa davam para aquele pátio. Um átrio privado!

Os trabalhadores pararam para proteger os olhos da luminosidade quando o carro se aproximou devagar. Frank abriu a porta do carro e eles voltaram ao trabalho, cimentando e martelando furiosamente, como se não tivessem notado os recém-chegados. Mamah quis sair correndo pelo caminho até o pátio, mas em vez disso ficou imóvel. Ninguém olhou para ela.

– Billy! – gritou Frank para o encarregado, que agora vinha na direção deles.

O homem era baixo e tinha o rosto moreno e castigado pelo tempo. Frank contara a Mamah a história do carpinteiro, que conseguia determinar quase à perfeição os perímetros da construção com apenas alguns esboços limitados de Frank, sem precisar da planta real.

– Billy, quero que conheça uma pessoa. Esta é a dona da casa.

A calça de Billy Weston estava gasta nos joelhos e no lugar onde pendurava o martelo numa alça lateral. Ele não era velho, devia ter talvez uns trinta e cinco anos, mas tudo nele parecia desbotado, gasto.

Até seus olhos azuis pareciam ovos muito claros, num ninho antigo. Mamah observou quando aqueles olhos manifestaram confusão. Frank obviamente não tinha explicado nada antes.

– Como vai, madame? – murmurou Billy, meneando a cabeça.

– É ela que você deve procurar quando eu não estiver aqui.

Os olhos de Billy piscaram desconfiados olhando para os olhos de Mamah um instante antes de ele concordar com a cabeça de novo. Frank tinha dito que Billy nem sempre aceitava de bom grado as instruções que partiam dele, Frank. Como é que ia gostar de aceitar ordens dela?

– Sim, senhor – Billy coçou atrás da orelha e ficou passando o peso do corpo de um pé para o outro.

– Vocês dois devem se conhecer muito bem quando esta casa ficar pronta.

– Pronta? – Billy deu um enorme sorriso. – Nada fica realmente pronto para o senhor.

Frank deu uma gargalhada.

– Billy é o melhor que há – ele disse para Mamah quando o homem se afastou. – Não se encontra carpinteiro igual a ele por aí.

Ele conduziu Mamah por toda a construção térrea. A casa era, na verdade, três retângulos horizontais unidos em U que abraçava a encosta. Um braço do U era uma ala de quartos, o outro braço, do outro lado, tinha baias para cavalos e vacas, e mais uma garagem. No meio, ficava o espaço social e de trabalho, uma série de cômodos com vista para todo o vale lá embaixo. Em muitos lugares, portas de vidro davam para salas com terraços cercando a casa.

Frank levou-a até a sala de estar, o quarto deles, depois o quarto que seria dos filhos dela quando fossem visitá-la. Ele descreveu como visualizava cada quarto. A casa era exatamente como Frank tinha descrito, um lugar em que o abrigo e a natureza se fundiam. Ela podia imaginar como seria quando a obra terminasse. Como os hóspedes entrariam pela porta com o teto baixo que comprimia o espaço, fazendo com que sentissem uma certa tensão. E de repente sentiriam essa tensão desaparecer e ser substituída pela alegria, quando entrassem na espaçosa sala de estar com suas vistas totalmente devassadas de céu e de verde até onde os olhos alcançassem.

Mas o que os olhos viam agora eram paredes nuas e ripas de madeira. Buracos onde seriam as portas e as janelas. Recipientes para misturar a argamassa. Sacos de areia. E poeira por toda parte. Poeira de gesso. Poeira de terra.
Frank viu a pergunta nos olhos dela.
– Em algumas semanas...
– Onde vamos dormir?
– Na casa da Jennie.
– Mas...
Ela não disse em voz alta o que estava pensando. *Ficar na casa onde estavam os filhos de Jennie, onde a tia Catherine costumava ficar quando ia lá com Frank? Na mesma casa com Anna Wright?*
Como se seguisse sua deixa, a irmã de Frank, Jennie, passou por uma das aberturas, carregando um cesto com o almoço. Ela pôs o cesto no chão, depois se aproximou e estendeu a mão.
– Mamah – ela disse carinhosamente –, que bom te conhecer.
Os joelhos de Mamah quase dobraram de gratidão. Frank tinha dito que Jennie seria generosa. Ela era uma versão bonita da mãe de Frank, o cabelo escuro repartido e bem preso na nuca. Mas ninguém poderia supor que fosse irmã de Frank. Tinha uma aparência tímida, contrabalançada por olhos escuros e penetrantes que olhavam fixo para o interlocutor um pouco de tempo demais, como se houvesse um sentido mais profundo logo abaixo da superfície de uma frase.
– Tenho um quarto preparado para vocês lá em casa – ela disse.
– Acho que esta noite vamos ficar aqui – disse Frank.
– No chão? Tem certeza? – Jennie analisou os olhos de Frank.
– Vou arrumar a cama que guardei no barracão.
– Então está certo, se insiste. Vemos vocês de manhã.
Mamah ficou aliviada ao ver a irmã de Frank passar pelas pilhas de madeira e voltar para a casa dela.
– Isso não foi tão difícil – ela disse. – Deve ser estranho para ela.
– Pode considerá-la uma amiga.
Mamah e Frank foram andando até o rio Wisconsin abaixo da casa, seguidos pelo cachorro. A chuva tinha parado. Ao longo do rio, bétulas brancas descascavam, perdiam a casca como pele morta, revelando áreas rosadas por baixo. Mamah e Frank comeram os sanduíches

que Jennie tinha levado e observaram os homens enchendo carrinhos de areia.

Depois de um tempo voltaram para a colina atrás dos operários. No pátio externo, os homens mexiam areia com cal e água e formavam uma mistura marrom que parecia lama. Um jovem pedreiro carregava um balde para dentro da casa e espalhava um pouco numa parte da parede da sala de estar como uma base. Enquanto secava, Frank foi até o carro e pegou alguns pigmentos que comprara na cidade. Derramou ocre e castanho-amarelado em quantidades variadas em baldes diferentes de argamassa, fazendo uma coleção de tons para usar em várias paredes, "dependendo da luz que incidir sobre elas", ele disse para o pedreiro, que observou a mistura desconfiado.

– Como conseguirá a mesma cor de novo se não medir e anotar? – perguntou o rapaz. – O senhor tem aí seis misturas.

– Eu não preciso cair dentro de um tonel de tinta para saber que cor é – disse Frank. – Posso olhar para o tom na parede e fazer a mistura de novo.

O pedreiro ergueu as sobrancelhas, impressionado.

Mamah passou o resto do dia ajudando a guardar suas caixas num barracão e depois limpando, limpando, tentando tirar a poeira e o entulho do quarto onde iam dormir. Ainda não tinha janelas.

– Orgânico mesmo... – ela provocou Frank enquanto arrumava a cama.

Aquela noite, quando se deitaram, Frank abraçou Mamah. Ele apontou o Cinturão de Orion pelo buraco na parede, depois adormeceu quase imediatamente. Durante a noite Mamah se levantou para usar o balde que ele havia posto ao lado da cama. Quando levantou a camisola para se abaixar, um morcego deu um rasante a poucos centímetros do seu ombro. Ela pulou na cama de novo e cobriu a cabeça com o cobertor.

Frank se mexia dormindo e resmungou.

– Hei-ho.

Depois começou a roncar.

CAPÍTULO 35

— Que merda. Isso eu nunca imaginei.
— Foi o que ele disse. É ela que dá as ordens quando ele não estiver.
— Ele quase nunca fica aqui.
— Agora ficará mais tempo porque ela está aqui. Ela é uma lindeza.
— Merda, Murphy, é melhor não ficar olhando.

Mamah escutava os homens se movendo na sala de estar. Arrastavam alguma coisa no piso de madeira.

— Caramba, eu dormi demais — Frank sentou e pôs os pés no chão. — Eles não sabem que estamos aqui — ele disse quando pegou a calça.

Ela segurou o braço dele.

— Psiu... Não faz mal — ela sussurrou. — Não diga nada a eles.

Mamah conhecia a voz de Billy, mas não imaginava os rostos das outras duas vozes.

— Não preciso de uma mulher para me dizer como pregar uma porra de um prego.

Uma serra abafou suas vozes, mas depois deu para ouvir de novo.

— Não use a serra quando estiver zangado, Billy. Vai acabar cortando outro dedo fora.

— Ah, ele não faz isso há quase um mês...

Risos.

— Pelo menos o meu pau não foi cortado fora, como o de alguém que eu conheço.

— Agora são trinta e seis — disse Jennie Porter. — Varia, para mais ou para menos, dependendo do tipo de trabalho que Frank está fazendo. Durante a semana eles dormem em barracões por aqui e vão para casa nos fins de semana.

As duas mulheres estavam de pé entre a mesa da cozinha e o fogão. Jennie e o filho, Frankie, passavam bifes na farinha, depois jogavam em óleo fervente numa frigideira de ferro.

– Frank contratou uma mulher da cidade para cozinhar, mas é demais para uma pessoa só – disse Jennie. – Alguém precisa deixar as coisas meio preparadas para ela, de modo que o almoço possa estar pronto por volta de uma hora.

"Frankie", disse ela, "faça o favor de mostrar para a srta. Borthwick onde ficam as cenouras?"

Aquela única frase confirmou o que Mamah já suspeitava. Era ela a pessoa que ia liberar Jennie de fazer a comida.

Claro que era o certo. Não era a casa de Jennie que estavam construindo, pensou Mamah enquanto arrancava as cenouras e as batatas da grande horta ao lado da casa dos Porter. Ela não se importava com aquela idéia de assumir o controle da operação, só que não sabia quase nada de cozinha.

– Está tudo escrito – Jennie assegurou. – Todas as minhas receitas dão para alimentar quarenta agora.

QUANDO ERA UMA MENINA de dez anos voltando para visitar a roça, Mamah foi com uma prima e uma tia para o campo durante a colheita. O transporte era uma carroça cheia de panelas cobertas com panos de prato. Quando encontraram os homens, arrumaram as panelas e as jarras na parte de trás da carroça para os trabalhadores poderem servir-se em seus próprios pratos. Mamah se lembrou da sua tarefa daquele dia – encher canecas de lata com ensopado de carne. Mesmo quando era jovem, ela ficava atônita de ver quanta comida ia para a boca daqueles homens.

"Colheita" era tudo que a mãe dela dizia quando Mamah descrevia a cena assim que chegava em casa. Em Iowa todos sabiam o que aquilo significava – homens abaixados colhendo e capinando, cuidando dos cavalos, trabalhando até as mãos ficarem em carne viva. E as mulheres faziam o mesmo na cozinha – cozinhavam, cozinhavam e depois cozinhavam mais.

Mamah administrava a cozinha de Jennie como se fosse tempo de colheita em Taliesin. E descobriu que havia duas refeições principais, não uma só. Os homens comiam mingau de aveia no café-da-manhã, com muito café. Ao meio-dia, eles comiam montes de ensopado e biscoitos. À noite, consumiam outra grande refeição – frango, purê de batata, alguma verdura. Repetiam sempre, e depois ainda tinha a sobremesa.

Lil, a cozinheira com ar sempre cansado de Spring Green, chegava da cidade todo dia com mantimentos do mercado. Só de vez em quando atacavam a horta de Jennie – não havia batata suficiente, nem verduras plantadas para tanta gente. Mamah começava a fazer a sobremesa antes de Lil chegar. Em geral era bolo de coco ou bolo de fubá com cobertura de chocolate, os dois doces que aprendera quando era dona-de-casa. Nunca exigiram dela e de nenhuma mulher em Oak Park que tivessem mais de uma especialidade. Uma mulher casada no círculo de Mamah precisava dominar apenas uma receita para exibir nos jantares com convidados ou para mandar para as amigas doentes. Todo o resto era feito por uma cozinheira ou empregada da casa.

Lil ensinou a Mamah as sutilezas da massa de torta, como amassar a gordura, misturar o sal e a farinha até ficar com a consistência perfeita antes de acrescentar água bem gelada. Ensinou como apertar o polegar esquerdo para cima e os indicadores para baixo para formar uma bela borda ondulada.

Na primeira semana cuidando das refeições, os homens quase não falavam com ela. Mamah, Lil e Jennie ficavam de longe, vendo os homens devorarem uma grande panela de comida depois da outra. Mamah tinha posto um vaso de vidro com flores na mesa e ficou sem graça com os olhares de troça dos homens quando notaram a nova frivolidade. Comeram os bolos e grunhiram aprovação mesmo assim, dizendo "obrigado" quando se levantaram. Mas foi só isso.

– Massa de torta – ela disse a Frank semanas depois quando ele perguntou em que ponto os homens tinham começado mesmo a conversar com ela.

Não precisava de maiores explicações, como "colheita". Frank sabia do valor de uma boa massa de torta no interior de Wisconsin. Nenhuma mulher queria ficar conhecida por fazer uma massa ruim.

Mas a mulher que conseguia fazer uma massa boa mesmo... bem, isso valia muito.

– No último domingo o nosso pregador falou sobre relacionamentos com pessoas que vivem em pecado. Ele não deu nomes, mas...
Mamah estava na cozinha da casa nova. Desde que chegaram, a cozinha passou a ser a mais alta prioridade. Tinham feito uma faxina e ela encontrou um bloco de mármore que servia para fazer massa. Passava o rolo na sua massa de torta quando a conversa começou, do lado de fora da janela. Dessa vez reconheceu a voz mais jovem. Pertencia a um operário de cara simpática que morava numa cidade perto e era recém-casado.
– Você se preocupa com as coisas mais bestas – Mamah ouviu Murphy dizer com seu pesado sotaque irlandês.
– Bem, as pessoas estão falando.
– Você fica longe daquela sua menina cinco dias por semana, Jimmy. Ela fica lá sozinha em Mineral Point com todos aqueles pedreiros da Cornualha. Eu me preocuparia com isso, se fosse você. Qualquer homem sabe o que uma recém-casada quer. Uma boa pica bem dura até o fundo.
Os homens deram gargalhadas no pátio.
As pessoas estão falando. Era de se esperar. Ela estava no meio delas e não sem aviso. Frank tinha apresentado Mamah com nome e sobrenome de propósito, até para Billy. Mas bastava os operários observarem como Frank a tratava para saber que ela era mais do que uma governanta para ele. Dirigiam-se a ela como "madame", quando e se falavam com ela.
– Sinto que tenha de ser desse jeito. Você entende, não é? – Frank disse a Mamah mais tarde. – Uma história de jornal seria desastrosa neste ponto. Não é só a nossa pele que está em jogo. Tia Nell e tia Jennie são muito sensíveis à publicidade, já que a escola delas fica aqui perto. Tenho certeza de que é por isso que o resto dos Lloyd Jones está mantendo distância.
O pessoal do lugar devia saber que havia uma estranha entre eles... Uma estranha muito específica. Um dia, quando cavalgava pelo campo

no cavalo de Frank, Mamah encontrou dois fazendeiros cortando caminho pela propriedade. Eles pararam para olhar para ela, então ela abaixou o chapéu na frente do rosto e se afastou, em vez de cumprimentá-los, com medo de revelar sua identidade.

Ia chegar o dia em que ela teria de ser apresentada oficialmente para a comunidade. Lá no fundo, ela esperava que Catherine concordasse com o divórcio. Então Mamah e Frank poderiam se casar, embora ambos dissessem que não era necessário. Mas a vida deles seria muito mais fácil se tivessem aquele pedaço de papel.

Nesse meio-tempo, ela evitava qualquer viagem a Spring Green. Quando resolveu que sapatos de trabalho eram a única solução para a lama em volta da obra, Frank levou um de seus pares de sapatos até a cidade e comprou um par de botas masculinas pesadas para ela.

Na segunda semana já em Taliesin, Frank partiu para seu escritório em Chicago. Tinha um projeto na sua prancheta de desenho, uma casa de veraneio em Minnesota para antigos clientes, os Little, que lhe renderia um dinheiro de que ele precisava desesperadamente.

Ele viajou num sábado, para poder visitar os filhos. Na manhã de domingo, Mamah levantou e foi tomar café-da-manhã com Jennie e o marido dela, Andrew, com os filhos deles e com Anna Wright. A mãe de Frank tinha evitado Mamah como podia, desaparecendo no seu quarto na casa dos Porter por longos períodos durante o dia. Agora estava sentada diante de Mamah à mesa enquanto Jennie punha ovos mexidos em seus pratos.

– Ela não come ovos – disse Anna Wright.

Ela era magra, empertigada e estava sempre séria, tinha o cabelo grisalho preso em coque na nuca. Tudo nela era azedo, até o hálito.

Mamah percebeu que Anna falava dela. Os lábios da mulher estavam apertados, formando uma linha fina. A pele enrugada logo abaixo dos cantos da boca era a medida da ofensa que Anna sentia com a presença de Mamah.

– Ah, hoje vou comer – Mamah apressou-se em dizer.

Anna olhava para o lado do rosto de Mamah enquanto falava.

– Há trabalho demais para não comer.

Sentindo-se repreendida, Mamah pôs sal e pimenta nos ovos do seu prato.

— Eu não acredito em pimenta — disse Anna. — Frank nem *toca* em pimenta. Faz mal para a digestão.

Pelo menos ela não me chamou de sra. Cheney, Mamah refletiu mais tarde, como tinha feito na primeira semana, sempre que Frank se afastava, para ele não ouvir.

— Anna, eu mudei meu nome oficialmente para Borthwick — Mamah disse para ela na terceira vez.

Agora a velha senhora, como os operários da obra, não a chamavam de nome nenhum.

Não precisava ser muito inteligente para entender como funcionava a família Wright. Anna tratava Jennie com familiaridade prosaica. Mas quando Frank entrava na sala, alguma coisa nela parecia se animar. Ela fazia perguntas para ele como se o filho fosse alguma celebridade de passagem, o rosto dela, encovado e flácido, ganhava vida quando o via.

Mamah sabia que ela era uma mulher inteligente, até sagaz, pois tinha visto uma apresentação dela no clube em Oak Park. *Aquela* Anna, co-fundadora do Clube de Mulheres do Século Dezenove, a "Madame Wright", como se apresentava, era a que habitava seu corpo quando Frank aparecia. Ela paparicava o filho, fazia pratos especiais para ele, indicava artigos que tinha lido e queria comentar com ele. E contava intermináveis anedotas sobre a infância dele enquanto ele sentava à mesa rindo das velhas histórias como se estivesse realmente se divertindo. As irmãs de Frank, Jennie e Maginel, em geral pareciam acessórios nos relatos, só que até Jennie ria de tudo.

Frank tinha crescido no meio de mulheres e todas elas o adoravam. As irmãs e Anna, especialmente Anna, mimaram Frank desde o dia em que ele nasceu. Mamah se sentia como uma noiva mais velha entrando numa casa em que o noivo tinha sempre sido o queridinho da mamãe. Era uma nova experiência, já que a mãe de Edwin sempre a respeitou, por algum motivo qualquer.

Frank tinha preparado Mamah para ser aceita pela mãe dele, mas isso era obviamente otimismo da sua parte. Mas até Mamah imaginara uma relação melhor. Romantizou que Anna era uma mãe sábia, o tipo de mulher que deixava o temperamento e os interesses do filho guiá-la na formação dele. Só que, depois de passar apenas algumas horas com Anna, ela ficou pensando como ia tolerar dividir uma casa com ela, pois Frank tinha reservado um dos quartos na casa deles para ela.

O DIA SEGUINTE, segunda-feira, estava tão úmido e quente que deixou todos de mau humor. Mamah estava fazendo pão e tortas quando a mãe de Frank apareceu na cozinha. Lançou um olhar demorado e frio para Mamah quando a viu passando o rolo na massa de torta. Anna não acreditava em açúcar, exceto quando usado em algum remédio caseiro, como xarope para tosse, talvez. Já tinha dito mais de uma vez que as "pessoas" causavam mal à saúde de outras fazendo tortas e bolos. Mamah pensou que o pão cheio de grãos ia agradá-la, já que era uma de suas receitas. Mas a velha não deu sinal de aprovação quando viu assando no forno.

Anna esquentava o café quando Lil chegou da cidade com os suprimentos do dia. Mamah e a cozinheira carregaram seis caixas de compras para dentro da casa e a mãe de Frank foi direto para os legumes e verduras, para examiná-los.

– Você não pode ter dado nem um tostão por esse repolho horroroso – ela disse, com a voz cáustica e ácida. – Está cheio de bichos.

– Era o único que eles tinham – disse Lil. – Hoje é segunda-feira. Os alimentos chegaram no sábado.

– Você não pagou o preço normal por isso, pagou?

– Paguei.

– Tem de barganhar quando é assim – Anna reclamou –, ou então não compra.

Lil parou de fazer o que estava fazendo.

– Só tinha isso. O que os homens iam comer se eu não comprasse?

Anna não respondeu. Continuou a xeretar as caixas.

– O que é *isso*? – ela segurava umas cebolas. – *Estão molhadas*, como se estivessem guardadas dentro da água – ela pegou um maço de pequenos nabos com folhas murchas. – Como foi que conseguiu encontrar legumes velhos em setembro? Esses estão *mofados*.

Lil olhou furiosa para a velha.

– Então nós tiramos a casca.

Essa resposta deixou Anna furiosa também, ela jogou os nabos na lata de lixo.

– Qualquer pessoa sabe que a casca é a parte mais importante.

Os olhos de Lil eram pequenas fendas inchadas que davam uma aparência de boba, mas Mamah sabia que ela não era nada burra. Era como muitas mulheres do campo, com as articulações vermelhas de passar a vida lavando, esfregando e trabalhando duro. Cansada, talvez, mas não era alguém que se pudesse tratar mal. Lil tirou a nota da quitanda do bolso e bateu com ela na bancada.

– A senhora me deve cinco dólares – e olhou fixo para os olhos fumegantes de Anna.

– Bem – respondeu Anna. – Vamos ver o que o sr. Wright tem a dizer sobre isso. Por mim, não reembolso incompetência.

Lil tirou o avental e jogou no chão. Saiu pisando forte pela porta e pulou na sua caminhonete. Mamah ficou vendo o veículo velho criar um funil de poeira marrom pela estrada e chegar à auto-estrada.

– Já vai tarde – Anna resmungou quando Mamah voltou para a cozinha.

Ela pôs um avental velho e começou a se mover rapidamente na cozinha abafada.

– Vamos ter galinha ensopada para jantar hoje – ela disse com uma pontinha de alegria na voz.

Anna foi até o portão do quintal, levantou a tranca do gancho e foi para o galinheiro. Voltou meia hora depois carregando seis frangos sem cabeça no avental dobrado, que segurava com uma das mãos. E na outra mão tinha um punhado de ervas. O contratempo com Lil parecia tê-la deixado animada, porque ela começou a falar, e devia ser para Mamah, já que não havia mais ninguém por perto na cozinha.

– As pessoas se aproveitam de você sempre que podem, mesmo aqui no campo – disse Anna, a voz pesada com sotaque galês. – Especialmente se acham que você é uma forasteira – Anna riu enquanto arrancava as penas das aves. – Aquela mulher não sabe com quem está falando – ela secou o suor do buço com a manga do vestido. – Se soubesse, não tentaria se safar com aquela besteira. Deve ter conseguido uma boa barganha e está querendo nos enganar.

Mamah pigarreou e procurou mudar de assunto.

– Frank me disse que o seu pai foi pioneiro nesta terra.

Anna levantou a cabeça e olhou para algum ponto atrás de Mamah outra vez.

– Meu pai... – ela parou como se estivesse decidindo se sujava a história do pai contando para Mamah. – Meu pai não tinha nada quando chegou aqui – a cabeça dela balançava um pouco, como se estivesse indignada. – *Nada*. A não ser uma esposa e um bando de filhos que podiam trabalhar. Foram expulsos do País de Gales pela perseguição religiosa.

– Eles eram pregadores unitaristas, não eram?

– Não dava para viver só disso. Os Lloyd Jones eram fazendeiros, alguns deles. Meu pai era chapeleiro. Grandes homens. Homens brilhantes. Mas foram mal compreendidos lá em Gales, tratados como hereges pelo povo deles mesmo. Porque não tinham medo de pensar com a própria cabeça. Meu pai foi forçado a sair da igreja da aldeia porque questionou a divindade de Cristo. A maior parte das doutrinas não suporta pessoas que questionam. E meu pai abriu a boca. Ele dizia no que acreditava – ela balançou a cabeça. – Ah, a perseguição que ele e a mãe sofreram...

– Por isso saíram de lá – disse Mamah.

– Meu pai tinha uma irmã em Wisconsin. Primeiro, tudo que tínhamos eram nossas mãos e nossas costas. Um bebê não conseguiu, morreu na viagem de Nova York para cá – Anna lavava o sangue do avental com água fria. – Com o tempo, os Lloyd Jones acabaram donos de todo esse vale.

Anna saiu da cozinha e deixou o panelão do ensopado no fogo.

NÃO HAVIA MOTIVO para esperar que a mãe de Frank mudasse de idéia. Mamah se lembrou da história de Catherine sobre o dia do casamento dela. Anna Wright se comportou como se estivesse num enterro e desmaiou durante a cerimônia. Desde então passou a se desentender com a nora. No entanto, ficou perto de Frank o tempo todo. Quando ele saiu de Wisconsin ainda jovem para buscar fortuna em Chicago, Anna foi atrás depois de mais ou menos um ano, mudou-se com as duas filhas para morar perto dele. Na verdade, para ser sustentada por ele.

Ele construiu uma casa para ela na Chicago Avenue, vizinha à dele. Ela se instalou em Oak Park e construiu sua vida como Madame Wright, mãe do brilhante arquiteto.

Mamah se deu conta de que Frank nunca ficou longe da mãe, exceto aquele ano na Europa. Apesar de toda a adoração da família por ele, Frank sempre foi um burro de carga desde os dezenove ou vinte anos de idade. Ali de pé na cozinha, descascando batatas, Mamah pôde perceber melhor o modo com que as coisas estavam se desenrolando ultimamente. Anna Wright tinha ido para lá comprar a terra para Frank porque o conhecia muito bem e sabia que ele não ia ficar com Catherine. Como ela poderia ficar? Morando ao lado da nora que ele havia abandonado? Não, a mãe precisava apostar no filho mais uma vez, por lealdade, certamente, mas também porque não tinha opção.

A julgar pelo que Mamah podia concluir a partir dos poucos detalhes que Frank adiantava, Anna Wright tinha feito uma aposta errada no maior jogo da sua vida. Quando se casou, ela escolheu um pregador viúvo de personalidade charmosa e com um dom para música. Anna acabou mandando os filhos dele embora para viver com a família da mãe falecida, assim que teve os próprios filhos com William Wright. Mas o pai de Frank revelou-se um pregador ambulante, que viajava o país inteiro, de uma congregação que pagava pouco para outra. Um dia, quando ela não agüentava mais, Anna tirou William da sua vida. Baniu o marido para uma cama no sótão e parou de cuidar dele, querendo que ele pedisse o divórcio.

Era humilhante para uma mulher como Anna ter de voltar a viver das doações dos irmãos, os que possuíam as terras. Seguindo Frank para Chicago, Anna trocou um tipo de dependência por outra. E agora, mais uma vez, estava no vale dos Todo-Poderosos Jones.

Talvez Anna tivesse encontrado um certo descanso ali depois do escândalo nos jornais. Mamah tinha lido as cartas de Anna para Frank, sabia que ela sofrera profundamente com a humilhação pública. Retornar para o amado vale da família, dessa vez como proprietária – pelo menos Frank era dono de uma parte – deve ter servido para recuperar um pouco de dignidade para ela. E com Jennie bem perto, ela deve ter sentido a satisfação de finalmente se apossar de parte da dinastia dos Jones.

Em Berlim, ouvindo Frank conjurar imagens da vida em Taliesin, Mamah não incluiu Anna no cenário. Agora ela percebia que Madame Wright podia ser um fato muito presente em sua vida, depois que Taliesin ficasse pronta.

Quando Anna apareceu na cozinha para verificar o ensopado, Mamah tentou conversar de novo.

– Frank diz que foi a senhora a única pessoa que o encaminhou para a arquitetura.

– Eu punha imagens de catedrais nas paredes em volta do berço dele – disse Anna.

Ela mexeu a panela fumegante com uma escumadeira.

– E, é claro, apresentei a ele os blocos de construção de brinquedo Froebel, com os quais ele brincava quando menino.

Mamah se lembrou de uma observação que Catherine fez na festa da cumeeira muito tempo atrás: "A mãe de Frank assume o crédito pela genialidade dele. Isso me deixa uma fera."

– As mães não costumam fazer esse tipo de coisa – disse Mamah com humildade para Anna. – Foi muito sábia.

– Bem, certamente não era comum em 1867, quando ele nasceu, mas eu tinha uma sensação, desde o início, que aquela criança via coisas que os outros não viam.

– A senhora disse 1867?

– Disse. Em Richland Center.

Mamah não insistiu, mas Frank tinha dito que nascera em 1869. Ela analisou o rosto da mulher. *Anna deve ter pelo menos setenta e cinco*, pensou. *É possível que esteja ficando senil. Isso explicaria sua rabugice constante.* Mamah se lembrou do início dos lapsos mentais da própria avó, da confusão com o tempo e as datas, das explosões de agressividade. Naquele momento sentiu certa ternura por Anna Wright.

CAPÍTULO 36

Setembro de 1911

Frank Wright, que alegria e que mistério você é. À noite e de manhã eu o vejo sentado à janela, espiando o vale. Eu sei o que está fazendo. Você observa a progressão das cores à medida que as folhas vão mudando. Pensa nas ameixeiras e nos vinhedos. Nas vacas e nas encostas dos morros. Quais são mais pitorescos? Não podemos ter qualquer vaca em Taliesin. Meu Deus, não! "Só as Holstein malhadas de branco e preto nessas montanhas cor de esmeralda", você me diz.

No minuto seguinte, já está de pé e me arrasta até o rio. Esqueça o jantar. Vamos pescar. Você pega dois peixes e tem doze anos de novo.

De dia você se pavoneia por aqui como proprietário de terras inglês que caiu num chiqueiro. Desfila no meio da obra de terno, recém-chegado de trem de Chicago. Quando tem de se vestir bem, não se veste. Duas semanas atrás, quando fomos de carro até Spring Green, você entrou no banco descalço. Eu fiquei sentada no carro, para ninguém me ver, enquanto você foi falar com o banqueiro vestido como Huck Finn.

Será que era um teste? Para ver se eu tenho conteúdo para seguir nesse barco com você? Ou estava simplesmente quebrando as regras porque se sente mais à vontade quando tem um inimigo contra quem lutar?

Você está em pleno resgate de todas as fantasias da infância que teve, Frank. Você me disse, muitas vezes, que ficava sentado nessa colina depois que seu tio o tinha feito trabalhar até morrer de cansado no campo, sonhando em construir uma casa bem neste lugar. Você já está pondo à prova com muito sofrimento o amor da sua família vindo para cá comigo. Vamos levar a vida calçados por um tempo.

Frank andava de um lado para outro na cozinha, segurando um mata-moscas. Seguia com os olhos uma grande mosca preta que rodeava a mesa e que depois aterrissou num resto de torrada.

– Griffin! – gritou Frank e esmagou a mosca com tanta ferocidade que o prato escorregou sobre a mesa e teria caído se ele não o segurasse bem a tempo. Limpou a mosca morta do prato, pegou a torrada do chão e jogou o lixo na lata. Num piscar de olhos, ele estava dando pulos e berrando "Harriet Monroe" Plaft. O mata-moscas desceu na janela da cozinha. Quando levantou havia uma grande mancha preta no vidro.

– O que Harriet Monroe fez contra você? – perguntou Mamah.
– Ela escreveu uma crítica maldosa no *Tribune*.
– Você nem falou disso. Quando?
– Quatro anos atrás.

Frank estava se esgueirando até um armário cheio de moscas.
– William Drummond! – ele resmungou.
Plaft.
– Elmslie, Purcell.
Plaft. Plaft.

Ele derrubou uma cadeira enquanto acabava com as últimas duas moscas, que receberam os nomes de dois antigos desenhistas que ela ouviu Frank mencionar em momentos de desespero – homens em quem um dia confiou e que agora copiavam seus projetos.

– Eu vou até a cidade.
Frank parou de bater com o mata-moscas.
– O que provocou essa temeridade, minha querida?
– Sua mãe. Vou levar para Lil os cinco dólares que devemos a ela e espero conseguir convencê-la a voltar, porque eu realmente não quero ter esse trabalho na cozinha.

Frank largou o mata-moscas e se aproximou de Mamah. Ficou atrás dela e acariciou seus ombros.
– Ela mora em cima da loja principal – ele disse, beijando a orelha dela. – Você pode comprar umas coisas?
– Dê-me a lista e algum dinheiro.

Frank escreveu uma lista num pedaço de papel. Enfiou a mão no bolso e tirou o que tinha. Tudo junto e amassado, havia notas de dólar, envelopes, cheques antigos não descontados, dois lápis e uma borracha. Ele alisou quatro notas de cinco dólares.

– Isso basta?
– Deve dar. Vou comprar comida também.

Mamah pôs seu chapéu de verão e entrou no carro. Estavam no equinócio do outono e fazia muito calor. Moscas pretas rodopiavam lá fora. Os operários começavam a chegar.

– O SENHOR PODE ME DIZER onde mora Lil Sullivan? – perguntou Mamah.

Ela estava diante do balcão de tecidos quando apareceu o dono.

– Dê a volta até os fundos e suba a escada – ele disse. – Ela deve estar em casa.

Lil abriu a porta vestindo um robe amassado. Em algum lugar dos fundos, uma criança chorava. Ela ficou atônita de ver Mamah.

– Eu quero pedir desculpas. Devia ter vindo aqui antes para dar-lhe o dinheiro, mas... Bem, aqui está.

Mamah entregou a nota de cinco.

– Obrigada.

– Você não devia ter sido tratada daquela maneira aquele dia. Eu devia ter dito alguma coisa e não me perdôo por não ter reclamado. Eu estava pensando, Lil, se você voltar... se quisesse voltar... eu faria o possível para mantê-la fora da cozinha. Vou conversar com o sr. Wright sobre isso, e vamos descobrir um jeito.

– Quem é que está aí? – uma voz de homem perguntou de algum lugar no apartamento.

– Eu posso voltar – disse Lil. – Amanhã está bem?
– Amanhã está ótimo. Amanhã é perfeito. Obrigada.

Mamah sentiu-se tão bem que quase esqueceu de parar na loja embaixo para fazer as compras. Esperou a sua vez atrás de um casal de fazendeiros que foram discretos e não ficaram olhando para o rosto novo na loja. Quando chegou a vez dela, Mamah deu a lista que Frank tinha escrito – quilos de pregos pretos galvanizados, um pedaço de cano e outras coisas rabiscadas que ela não conseguia decifrar. O homem foi até os fundos da loja e voltou com os produtos.

– Tem uma conta conosco, madame?
Ele era um homem grande, com rugas profundas, verticais, no rosto comprido.
– Temos sim – ainda bem que a loja agora estava vazia. – É a conta de Frank Lloyd Wright.
Mamah prendeu a respiração e olhou diretamente para o homem. Se ele tinha ouvido falar da "mulher" lá de Taliesin morando com Frank, não deixou transparecer. Deu as costas para ela, abaixou-se para pegar seu livro de contas, abriu e apontou para a página onde tinha escrito WRIGHT, F.
– O sr. Wright tem uma dívida na conta – ele disse e a simpatia dele esfriou. – Ele pagou a metade do débito em junho e não pagou o resto até hoje. Ele deve cinqüenta e oito dólares.
Os olhos de Mamah começaram a arder.
– Eu venho fazer as compras outro dia, então – ela disse.
Mamah pegou os quinze dólares restantes que Frank tinha dado a ela, acrescentou alguns dólares dela e entregou ao homem.
– Pagaremos logo os outros quarenta – ela disse.
Ela saiu da loja de cabeça baixa e foi para o carro.
Sentada ao volante, Mamah dirigiu lentamente para fora da cidade. Quando chegou na estrada, pisou fundo e foi construindo as frases que ia dizer a Frank quando chegasse em casa.
Chegou a Taliesin e viu Frank e os operários abaixados em volta de alguma coisa, provavelmente as plantas da casa. Quando chegou mais perto, viu que estavam em volta de um monte de ovos, todos de pé.
– Mamah! – chamou Frank quando a viu. – Chegou bem na hora. Isso não vai durar muito.
Os carpinteiros e pedreiros estavam em torno dos ovos e sorriam de orelha a orelha, talvez se sentindo um pouco tolos, mas evidentemente encantados com a inovação de Frank ao executar o velho truque do equinócio, quando os ovos podem ser postos de pé por um breve espaço de tempo. Porque ele teve o trabalho de decorar cada ovo em seu complexo desenho geométrico com lápis de cor. O resultado foi incrível: os ovos pareciam jóias facetadas e brilhantes.

– Com que freqüência o mundo fica em perfeito equilíbrio, cavalheiros? – disse Frank. – Aproveitem.
– Não acredito em você! – ela disse quando estavam sozinhos. – Passar por aquele tipo de humilhação e depois chegar em casa e... – ela levantou os braços exasperada. – O que estava pensando quando me pediu para comprar as coisas na loja se sabia que devia dinheiro lá?
Frank deu de ombros.
– Olha, ajude-me. Sou péssimo na parte de negócios dessa coisa.
– Não vou viver desse jeito, Frank. Você precisa pagar suas contas. A conta *toda*. *Todas* as contas. Ou então só compre quando tiver o dinheiro.
– Eu faço isso. Muitas vezes.
– E se não puder pagar, então *não compra*.
– Temos de fechar esse lugar antes do inverno – ele disse. – Eu preciso dos materiais e preciso deles agora.
– Eu prefiro congelar a comprar fiado.
– Olha, se você quiser, pode cuidar do pagamento das contas.
Ele estava coçando as costas no batente de uma porta.
– Quer fazer o favor de sentar e conversar comigo?
Ele afundou numa cadeira.
– Frank, isso não é jeito de começar as coisas aqui. Ouça o que estou dizendo. Há pessoas que *querem* ver o nosso fracasso.
– Eu sei, eu sei.
Mamah puxou uma cadeira e sentou com os joelhos quase encostando nos dele.
– Não vamos dar essa satisfação a eles. O que você diz?
Ele abaixou os olhos.
– E tem mais uma coisa.
Frank se remexeu na cadeira como se soubesse que ia ter de ficar ali algum tempo.
– Lil vai voltar.
– Parabéns. Como conseguiu?
– Eu disse que sua mãe não ia mais entrar na cozinha.
Ele abaixou a cabeça e pôs o polegar e o indicador sobre os olhos.
– Devo encarregar minha mãe de amarrar as vacas? – ele suspirou quando levantou a cabeça. – Ou de empilhar o feno?

– Estou falando sério. Você dá um jeito dela ficar longe da Lil?
– Vamos ver como.
– Ainda não acabei.
– Sim, madame – ele disse como um menino.
– Frank – ela hesitou –, em que ano você nasceu?
– Ah, Mamah – Frank recostou na cadeira e levantou as mãos fazendo o gesto de rendição, como se dissesse "agora você me pegou".
– Mil oitocentos e sessenta e sete – ele disse com certo tom de desafio.
– Você me disse que nasceu no mesmo ano que eu, 1869.
– É isso aí – ele disse.
– O que quer dizer com "é isso aí"?
– Eu era um homem apaixonado. O que posso dizer? Foi uma confissão da alma. Pensei que ter encontrado você foi quase um milagre. E ainda penso. Não parecia uma...
– Mentira?
– Acabei de dizer. Nem pensei sobre isso antes de falar e você ficou tão contente com isso... Pensei que apesar de não ser a verdade exata, *devia* ser verdade.

Uma mentira tão estranha, ela pensou quando estava sozinha. Sobre uma coisa tão sem importância. E não era a primeira vez que o pegava numa mentira ou distorção da realidade. Ele romantizava as coisas. Não resistia e transformava seus clientes em heróis e heroínas, fazia deles figuras galantes com sua imaginação de rei Artur. Hoje, lá fora no pátio, ele era Merlin, impressionando os homens com um show de mágica. Ele adorava revestir tudo com um pouco de dramaticidade. Tornava a vida muito mais interessante.

Era difícil ficar zangada com Frank Wright. Ela teria de encontrar uma maneira de fazer com que ele entendesse que não havia necessidade de exagerar nada. Que ele já era extraordinário sem isso.

CAPÍTULO 37

28 de outubro de 1911

Frank me presenteou com más notícias ontem à noite. Mostrou um artigo sobre nós dois que saiu no Chicago Examiner *no início de setembro*. Era chocante, falava de "ninho de amor", que Catherine foi "abandonada sem recursos", e tudo isso. Acho que foi um milagre os outros jornais não embarcarem nessa para criar um escândalo maior. Nesse caso, não condenei Frank por esconder de mim até agora. Não é tão terrível receber uma má notícia dessa com atraso, quando já passou do tempo de ter repercussões. Lizzie, se soube disso, não me contou.

E vamos em frente. Wasmuth finalmente enviou a monografia para o escritório de Frank em Chicago. Vendeu apenas alguns exemplares nos EUA, mas Frank está aliviado e otimista. Taliesin marca o nosso novo começo. A monografia marca um novo começo para a carreira de Frank. Sem tempo para brindar divisores de águas. Ocupados demais.

Todo dia sinto um peso enorme por ter escrito apenas uma carta para Ellen desde que cheguei em Taliesin. Estar sobrecarregada demais com a casa parece uma desculpa esfarrapada. Graças a Deus tenho boas notícias para dar a ela agora. Amor e ética *está quase editado. Ellen não entende como o povo é provinciano aqui nos Estados Unidos. Não compreende direito por que Frank teve de investir dinheiro dele para Ralph Seymour imprimir* Amor e ética *e* A moralidade da mulher. *Tentei explicar com delicadeza que nenhuma outra editora aceitou nenhum dos dois. Reluto em contar como fui maltratada na Putnam no verão passado, quando estive em Nova York. Eles nem quiseram saber da minha proposta de publicar os ensaios sobre a sua "liberdade pessoal". A desculpa que deram foi que a editora em Londres faz todas as traduções para inglês. É óbvio que ela não disse a eles que eu vou traduzir para os leitores americanos. Mas a verdade é que senti cheiro de mais alguma coisa na falta de interesse da editora... Medo. Acharam controverso demais.*

Semana passada recebi pelo correio uma carta perturbadora de um homem de Nova York chamado Huebsch que insiste em dizer que Ellen Key deu a ele direitos exclusivos para publicar Amor e ética *nos Estados Unidos. Muito estranho. Quem ia saber que o negócio de tradução era tão baixo como contrabando? Ganha-se pouco com traduções, não parece valer a pena esse esforço para roubar.*

Frank começou a construir uma represa para criar uma fonte de energia aqui na propriedade. Ele diz que também terá um laguinho de aves aquáticas. Taliesin está tomando forma. Logo terei meu próprio escritório!

Frank acordou bem cedo aquela manhã, como sempre fazia. Foi lá fora para pegar lenha enquanto o céu ainda era um teto cor-de-rosa sobre o horizonte claro. A fornalha ainda não estava funcionando, ainda faltavam algumas partes do monstro, e Mamah achava que Frank não se importava com isso. Ele adorava acender o forno e as lareiras. Ela ficou na cama até se sentir culpada, então pôs um pé para fora para testar o frio. Gelado. Dali a pouco ele levaria para ela as meias, o vestido e a roupa de baixo de lã que tinha separado na véspera. Na última semana, ele esquentava sua roupa perto do fogo. Quando levava para ela, ela levantava de um pulo, dançava no chão frio enquanto se vestia e depois ia fazer café.

Por volta das oito e meia, quando ele partiu para pegar o trem para a cidade, ela ficou observando enquanto ele seguia pela estrada. Quando o carro dele passou por uma vala coberta de tábuas, assustou um bando de garças. Elas alçaram vôo gritando, esticaram os pescoços compridos e os bicos como flechas perfeitas, depois viraram para o sul, junto com Frank.

Com a intenção de se instalar definitivamente enquanto Frank estivesse fora, Mamah foi até o barracão para pegar os resto das suas coisas e levar para a casa. Levou uma vela para a pequena construção escura e deixou a porta bem aberta para a luz do dia entrar. Mamah gemeu quando a luz da vela revelou o caos ali dentro. Pedaços de papel e de tecido espalhados em volta das caixas mordidas por animais que devoraram o que tinham dentro.

Ela se ajoelhou para ver o que restava de uma caixa de fotografias antigas. Guaxinins, a julgar pelos restos no chão, tinham mastigado os cantos das fotos. Mamah pensou que podia salvá-las, aparando e pondo molduras novas, mas quando verificou o conteúdo da caixa, ficou com o coração apertado. Encontrou um retrato de família de vinte anos atrás destruído, com as pernas dos pais dela e das irmãs mastigadas.

Mamah sentiu-se péssima ao carregar o resto das suas coisas para a casa. Não se importava tanto com as roupas, mas sofria muito com a perda daquele retrato. E estava apavorada de abrir a caixa com as traduções inacabadas.

Dez meses tinham passado desde que Frank apareceu em Berlim, tão cheio de esperança e de planos para o futuro deles no Wisconsin. Na época, ela se imaginou feliz como uma rainha, traduzindo em sua própria mesa, num cômodo com uma linda vista das montanhas – imagem que ela teria intitulado de A VOZ DE ELLEN KEY NA AMÉRICA, TRABALHANDO. Agora, ao abrir a caixa que continha os manuscritos, ficou feliz pelo simples fato de não terem sido devorados.

A AMEAÇA ATINGIU MAMAH. Ela resolveu voltar a traduzir naquele instante e sentou para escrever para Ellen Key a carta que já tinha formada na cabeça. Prometeu mandar alguns ensaios para a revista *The American*, onde poderiam ser lidos pelo público em geral, e incluiu a carta do estranho Huebsch. No fim, Mamah tranqüilizou Ellen dizendo que já estava trabalhando de novo.

Estava dobrando a carta quando um dos operários da obra bateu no fim do corredor para chamar sua atenção.

– Sra. Borthwick? – alguém chamou.

Os homens tinham começado a chamá-la assim, a pedido dela, mas ainda soava estranho.

– Josiah voltou hoje – era a voz de Billy. – A senhora quer conversar com ele, ou eu mesmo falo?

– Eu falo – disse Mamah. – Diga a ele para me esperar na sala de estar.

Josiah era um jovem aprendiz de carpinteiro que tinha revelado um talento considerável quando trabalhou para eles, e uma fraqueza para bebida. Em agosto e setembro ele não aparecia para trabalhar algumas segundas-feiras. Mas no fim de outubro ele faltava dois de cada cinco dias de trabalho, e ontem tinha sido o último.

Josiah era pequeno e magro, um menino bonito com cabelo louro claríssimo e bastante tímido. Segurava o chapéu na mão e estava de cabeça baixa. Seus olhos cinza contritos espiavam Mamah por baixo das sobrancelhas louras.

– Sentimos muito a sua falta ontem, Josiah.

– Eu sinto muito, madame – ele disse. – Eu estava muito doente. Devo ter comido alguma coisa estragada.

Mamah analisou o rosto rubro do jovem. Embaixo de um olho, a pele estava inchada e verde-amarelada, o que sugeria outra briga de bar. Ela detestava a idéia de Frank ter de demiti-lo, se chegasse a isso.

– Bem, Josiah, a verdade é que nós precisamos desesperadamente de você aqui. Você é um dos melhores aprendizes de carpinteiro com quem o sr. Wright teve o prazer de trabalhar.

O rapaz abaixou a cabeça.

– Eu vou melhorar.

– Sei que vai. Tenho certeza disso.

A conversa deixou Mamah irritada. Ocorreu-lhe que para manter a confiança de Ellen Key, devia descobrir um modo de separar as decisões do dia-a-dia e as tarefas em Taliesin. As equipes já estavam bastante reduzidas, Lil cuidaria da comida sozinha. Não seria prematuro afastar-se agora.

Taliesin tinha avançado muito desde a chegada de Mamah naquele primeiro dia de agosto. As janelas estavam no lugar, grandes, de vidro, sem vitrais porque não havia necessidade de bloquear a vista. As paredes estavam emassadas. Toras de carvalho não aparadas saíam das paredes interiores de pedras empilhadas de calcário.

Como era diferente da casa na East Avenue, pensou. Em Oak Park, o tipo de construção que Frank erigia, embora chamassem de "casa da pradaria", ou de campo, era voltado para dentro, para a lareira central, para a vida em família, e dava as costas para a rua, porque não havia nenhuma pradaria além da porta, apenas outras casas.

Taliesin abria os braços para o que havia lá fora, o sol, o céu, montes verdes e terra preta. Muito mais do que a casa na East Avenue, esta casa prometia bons momentos. Era realmente para ela, com suas varandas e o pátio, jardins muito parecidos com os das *villas* italianas que ela tanto amava. Só que não era uma *villa* italiana. Tinha elementos da casa da pradaria, mas não era. Taliesin era original, diferente de qualquer outra casa em que ela esteve, uma casa realmente orgânica que pertencia à montanha.

O mais espantoso para Mamah era o espaço interno. Era a própria definição de uma dimensão. O que podia ser mais expressivo do ideal americano do que uma casa em que a pessoa podia se sentir protegida e livre ao mesmo tempo? Ela adorava sentar perto da lareira e olhar para a espaçosa sala de estar até os campos e o céu mais além. Era como se não houvesse paredes para limitar a visão, os pensamentos, ou o espírito que se expandiam mais e mais. Aquela era a "arquitetura democrática" que Frank vinha se esforçando para conseguir desde que ela o conhecera. Muitas vezes Mamah escutou Frank dizer que a realidade de uma construção é o espaço interno. E o que você põe nesse espaço afeta seu modo de viver e seu futuro. Ali em Taliesin ele não queria encher o lugar de coisas que não os enobrecessem. E ela pensava do mesmo jeito.

Mamah conseguia visualizar Frank quando chegou àquela colina com a idéia de Taliesin amadurecendo. Sem a limitação de um terreno urbano, ali ele era livre para usar o sol, os ventos e a paisagem. Ela podia vê-lo parado ali farejando o ar como um cão de caça, avaliando o lugar como costumava fazer quando uma idéia começava a se formar na sua cabeça. Em pouco tempo, os quadrados e os retângulos, os círculos e triângulos se combinavam e recombinavam na imaginação dele. Isso podia durar semanas antes que o lápis encostasse no papel. Quando encostava, ele desenhava furiosamente apenas uma hora e surgia um projeto brilhante. Com que freqüência Mamah tinha ouvido Frank dizer, se vangloriando um pouco, "saiu num espirro", como se fosse a coisa mais fácil do mundo, e, na verdade, o desenho já estava maturando semanas antes na cabeça dele. Outras vezes ele pegava seu compasso, a régua T e ficava brincando horas no papel, desenhando e revisando uma idéia, assim como fazia quando era menino com seus blocos Froebel.

Mamah só entendia seu processo criativo até certo ponto.

– É um mistério – ele disse uma vez – até para mim.

Uma prova disso era a alegria infantil quando uma de suas construções ficava pronta. Parecia sentir o mesmo prazer que um completo estranho teria ao vê-la pela primeira vez.

Não havia dúvida de que os homens que trabalharam em Taliesin estavam imensamente orgulhosos da obra. Todos eles eram dedicados a Frank, provavelmente porque ele nunca pedia para eles fazerem algo que ele mesmo não faria. Ele dava valor ao que eles sabiam e a quem eles eram, e eles retribuíam esse sentimento. Era sempre sr. Wright, nunca Frank. Mas eles não tinham medo de reclamar a falta de plantas para trabalhar, ou que ele ficava sempre mudando de planos na hora. O respeito deles não chegava a ponto de não pedirem para ele ir embora quando ele ficava por perto enquanto trabalhavam. Qualquer cético entre eles foi voto vencido depois de admirar a estranha beleza de Taliesin, a casa "orgânica" que eles tinham feito com as próprias mãos com pedra, areia e madeira do Wisconsin.

Em novembro, a sala de estar dava a sensação de uma cabana no campo. Quase todas as noites, longe de suas famílias, os trabalhadores se reuniam em torno da lareira principal, ainda usando seus casacos e chapéus para se manterem aquecidos. Um camarada tímido que ajudava o pedreiro norueguês sempre levava sua flauta de lata para tocar.

Uma noite Mamah preparou a câmera de Frank na sala e pediu para os homens posarem. Foi difícil fazer com que ficassem quietos. Eles faziam piadas, riam e provocavam o jovem que acabara de se casar, dizendo que ele ia parecer gordo na foto.

– Ele pode estar com saudade da nova dona – alguém disse –, mas não perde a fome por isso.

As piadas deles eram a prova de como estavam à vontade na presença dela. No entanto, eram respeitosos e até a protegiam. Se um deles começasse a contar uma história desrespeitosa perto dela, era logo cortado.

Quando ela espiou pelo visor da câmera, lamentou o que o obturador não podia captar: os sotaques da Irlanda, da Noruega e do interior do Wisconsin. O lamento doce e agudo da flauta. O cheiro de tabaco neles, e de suor abafado sob camadas de lã. Mas a câmera podia ver seus cachimbos e mãos cheias de calos. Captaria os olhos brilhantes e os sorrisos livres em seus rostos. Mamah soube então o que ela queria dar a Frank no Natal. O retrato dos homens seria um de uma série de fotos para um álbum que contaria a história de Taliesin.

Não tinha muito tempo, a neve estava chegando. Ela fez uma lista mental do que queria: vistas de todas as direções de longe, depois vistas de perto do estúdio de Frank, do quarto dos beliches, dos outros quartos e da sala de estar. Para capturar a extensão da sala de estar, ela ia tirar três fotos e juntá-las num tríptico, como uma tela japonesa. Ele ia adorar isso. Ela ia fotografar as mesas, cadeiras e camas simples de carvalho que Frank tinha encomendado. E, é claro, a "Flor nas fendas do muro", pairando como um anjo guardião no portão.

NA SEGUNDA SEMANA DE NOVEMBRO, Jennie, a irmã de Frank, apareceu para dizer que uma carta de Ellen Key tinha sido entregue na casa dela. Mamah subiu correndo a colina até Tan-Y-Deri, abraçou Jennie, depois correu de volta para a sua casa para ler a carta. Quando abriu o envelope, viu que era comprida e com a letra espalhada, como os ensaios de Ellen.

Querida Mamah,

Não tenho notícias suas há um bom tempo e quero saber do progresso dos assuntos que conversamos quando você esteve na Strand, em junho. Na sua última carta disse que o sr. Putnam não estava no escritório e que teve de falar com o representante dele quando esteve em Nova York. Você disse que não demonstraram muito interesse na seleção de "liberdade pessoal". Será que devemos reagrupar alguns outros ensaios e mandar para Putnam com outro título? Eu poderia fazer essa mudança na seleção. Você procurou minha amiga, a srta.

Emmy Sanders, enquanto estava em Nova York? Enviou alguma coisa para a Atlantic Monthly? *Para* The American? *E você também disse na época que o sr. Seymour estava com o manuscrito de Lieb und Ethik, mas não recebi notícia do progresso dessa publicação.*

Mamah fez uma careta quando leu a lista de perguntas. Ia ter de responder a Ellen imediatamente e tranqüilizá-la, ponto a ponto.

No parágrafo seguinte, ao contrário, ela fez Mamah quase pular de alegria. Ellen escreve: *Eu a autorizo a traduzir "Missbrauchte Frauenkraft" e "Frauenbewegung" desde já.*

A perspectiva de um novo trabalho significava que Ellen não tinha desistido dela. Quase no fim da carta, ela pergunta sobre a vida de Mamah em Taliesin.

Senti muito saber que a sua situação com o sr. Wright gerou publicidade negativa. Ao ler o relato da sua partida dos Estados Unidos dois anos atrás, eu fico muito preocupada com a maneira pela qual você resolveu fazer certas escolhas. Eu acredito e é minha filosofia expressa que o direito muito legítimo de um amor livre jamais será aceitável se for vivido à custa do amor materno. Fico profundamente abalada de ver que as palavras que disse a você foram mal interpretadas. Peço que reconsidere essa questão e que volte para seus filhos se houver qualquer dúvida quanto à felicidade deles.

Você sabe que eu a estimo muito. Confio que você fará sua opção em harmonia com a sua alma.

Ellen Key

Mamah teve de sentar. Levou a carta para o estúdio recém-coberto de argamassa e sentou com ela no colo, procurando recuperar o fôlego. O cheiro de cal da argamassa molhada, ou talvez a própria carta, provocou um gosto azedo em sua boca. Na pontinha da cadeira, fechando os olhos bem apertados, ela se sentiu uma tola, egoísta e idiota. Tinha estragado tantas vidas... Se esperasse apenas alguns anos... se tivesse simplesmente se mudado para Boulder com as crianças...

Mas como iam sobreviver? A sensação era de estar batendo a cabeça no mesmo muro antigo.

E a raiva cresceu dentro dela. Mamah se deu conta de que as idéias de Ellen Key eram inerentemente contraditórias. Mamah havia encontrado inconsistências enquanto traduzia, mas nenhuma tão desanimadora ou confusa como aquela. O que Ellen queria que ela fizesse? Voltasse para Edwin pelo bem dos filhos? Que ironia, à luz do que ela escrevera sobre permanecer em um casamento sem amor: que era equivalente à prostituição.

– Estou sentindo como se você tivesse perdido uma amiga – disse Frank quando Mamah leu a carta em voz alta para ele. Ele estava cansado da viagem de trem de Chicago e tinha esticado os pés na frente da lareira. – Sabe, você está certa. Parece mesmo que ela acha que você devia voltar para Edwin.

– O que é estranho é que eu pensava que tinha deixado bem clara a minha situação para ela. Pensei que ela sabia que eu não ia fazer isso.

– Você contou a ela que vinha para Wisconsin quando voltasse da Europa?

– Não. Ela não perguntou. Nós conversamos quase sempre sobre negócios naquela última vez que estive na Strand. Ela me deu todo tipo de instruções e novas responsabilidades. Ela foi muito positiva. E disse: "Você será a minha porta-voz na América." A porta-voz. Lembro-me bem disso porque parecia uma palavra estranha vinda dela. Estávamos planejando toda uma estratégia para trazer as idéias dela para este país, e foi muito animado.

– Alguém falou com ela. Talvez Huebsch tenha enviado o artigo da *Examiner* para desacreditar você.

– Bem, eu posso entender que talvez não seja bom para Ellen que eu seja sua tradutora. Mas ultimamente há outras coisas que não quis admitir para mim mesma. Por exemplo, ela insinua em suas cartas que de algum modo você e eu estamos ganhando dinheiro com os livros dela e que não informamos para ela. É ridículo, não é? Eu expliquei que foi você que perdeu dinheiro, do seu bolso. E há esse

Huebsch. Será que ela realmente deu a ele os direitos de tradução? Não sei ao certo se ela é capaz de lembrar o que prometeu e para quem. Eu tenho certeza de que ela não se lembra direito do que me deu permissão para fazer – Mamah balançou a cabeça. – E por isso questiono se eu realmente a conheço. Antes de encontrá-la, quando apenas lia seus livros, eu me sentia mais próxima dela do que estive de quase qualquer pessoa em toda a minha vida, menos você. E depois ser recebida por ela na Suécia, quase como uma filha... foi maravilhoso. Mas agora, tenho a sensação de que não estou mais nas boas graças de Ellen Key.

Frank balançou a cabeça.

– Ora, espere aí. Ela pediu para você traduzir mais. Quando você esteve lá com ela, disse que você era a porta-voz dela. Você ainda quer ser a única tradutora dela na América?

– Mais do que tudo. Disse a ela o tempo todo que não importava o dinheiro. Você sabe disso tudo, Frank. Eu realmente acho que ninguém mais entende a obra dela como eu. E a questão sempre foi a de pôr as idéias dela para circular.

– Então não deixe isso escapar. E, de qualquer maneira, você adora Ellen Key. Até eu adoro Ellen Key, e nunca pus os olhos na mulher.

– Ah, Frank – disse Mamah com tristeza.

Frank estava alimentando o fogo com lenha perfumada recém-cortada. Ele usava uma acha para mexer nas outras, e o fogo cuspia brasas vermelhas em seus pés.

– Você se importa se eu for escrever para ela agora mesmo?

– Vá. Vou terminar de preparar o jantar.

QUERIDA ELLEN KEY. Mamah não começou a carta com *Amada Senhora,* como costumava fazer. Foi logo falando de assuntos de trabalho, tratou como um item cada preocupação e reiterou o acordo que tinham feito, ao mesmo tempo lembrando a Ellen que ela havia nomeado Mamah sua única tradutora autorizada para inglês na América. Mamah contou sobre a tradução-pirata de Huebsch, que o editor afirmava que Ellen havia autorizado. Parou de escrever para pensar que palavras usar para dizer o que viria em seguida. Não tinha revelado seus planos quando esteve na Strand com Ellen em junho e isso tinha voltado a incomodar. Não era mais hora de medir as palavras, qualquer que fosse a conseqüência disso.

Eu fiz, como você espera, "uma opção em harmonia com a minha alma" – a escolha no que diz respeito à minha vida foi feita há muito tempo, isto é, a completa separação do sr. Cheney. Obtive o divórcio no último verão e meu nome de solteira agora é legalmente meu. E também desde então fiz uma escolha em harmonia com a minha alma e com o que acredito seja a felicidade de Frank Wright, e agora cuido desta casa para ele. Nessa linda colina, tão bonita do seu modo como o campo em volta da Strand, ele está construindo uma casa de verão, Taliesin, a combinação de local e casa mais linda que eu já vi em qualquer lugar do mundo. Esperamos ter algumas fotografias para lhe enviar logo. Acredito que é uma casa construída com base no ideal de amor de Ellen Key. O vizinho mais próximo, a oito quilômetros de distância, é a irmã de Frank, onde fiquei na primeira vez que vim para cá. Ela tem defendido o nosso amor com muita lealdade, acreditando ser a felicidade do irmão... Meus filhos eu espero ver por uns tempos, mas isso não pode acontecer ainda. Passei um bom verão com eles, sozinha, acampando na floresta canadense...

Desejo um Natal muito feliz e quero dizer que Frank está enviando um pequeno hiroshige, que esperamos que goste e queira pendurar na parede da sua nova casa.

Agradeço muito as suas palavras de amizade e espero poder viver a minha vida e acreditar que estou vivendo de modo que você não se envergonhe dela, como testemunho de fé na beleza, pureza e nobreza das maravilhosas palavras de Ellen Key.

Com carinho da sua discípula,
Mamah Bouton Borthwick

Taliesin
Spring Green, Wisconsin
EUA

CAPÍTULO 38

23 de dezembro de 1911

Foi um "Natal adiantado" muito penoso, com as crianças em Chicago na semana passada. Todos desconfortáveis no quarto de hotel. E Edwin, repentinamente simpático, puxou-me de lado no fim do meu dia e meio dividida entre eles, para revelar feliz da vida seu segredo. Ele nem contou ainda para as crianças que pretende se casar com uma tal de Elinor Millor em agosto. Se ela é uma das melhores amigas de Lizzie, como é que jamais ouvi falar dela? Como Edwin foi magnânimo, deixando que eu ficasse com as crianças mais um mês, enquanto ele sai em lua-de-mel no próximo verão.

Eu devia ficar feliz por ele. Devia estar contente porque Edwin disse que ela demonstra carinho pelas crianças. Em vez disso, tenho vergonha de admitir que me sinto idiotamente traída. Ou melhor, substituída. Não posso pensar muito nisso, senão enlouqueço.

Frank teve sua comemoração pessoal do "feriado", comeu seu peru fatiado no centro, com os filhos e Catherine, depois levou-os todos às compras. Ele não vai voltar para Oak Park no dia do Natal, diz que isso só alimentaria as fantasias de Catherine. Então seremos apenas nós dois aqui e um Natal tranqüilo, o nosso primeiro em Taliesin.

Os sincelos formaram um lindo véu em volta da casa. Pendem da ponta do telhado e chegam até a neve no chão. Frank pendurou algumas gravuras japonesas e os quadros que trouxemos de Berlim. Este lugar está ficando um verdadeiro lar. Não tem tapetes nem muita mobília, mas aqui e ali ele fez colagens de elementos da natureza, pedras, galhos de pinheiro e galhos com frutinhas silvestres. Adorável.

Mamah foi a primeira a notar o cavalo. Estava fazendo café quando ouviu um relincho lá fora. As estradas estavam interditadas em volta de Taliesin essa última semana e os trabalhadores iam a cavalo. Mas era sábado, dois dias antes do Natal. Todos tinham ido embora, até a mãe de Frank, que resolveu passar a semana em Oak Park.

Mamah foi até a porta e viu um jovem de rosto corado espiando a casa, com o punho pronto para bater à porta.

– Bom dia – ele disse alegremente.

Mamah examinou o jovem de cima a baixo e abriu a porta. Ele estava limpo e falava bem.

– O sr. Wright está?

– Entre – ela disse.

– Ora, tem alguma coisa cheirando bem.

Ela não reconheceu o rosto dele, mas o comportamento fez pensar que devia ser o filho de algum operário que voltava para casa para o Natal e que estava à procura de trabalho.

– Ele está, sim. Volto logo.

Mamah encontrou Frank na frente da lareira.

– Tem alguém aí querendo falar com você.

Frank se levantou e foi para a cozinha, limpando as mãos na calça.

– O meu nome é Lester Cowden – disse o visitante, estendendo a mão. – Sou do *Chicago Journal*.

Frank retirou a mão.

– O que você quer?

– Senhor, recebemos informação de que a sra. Cheney está morando aqui e me mandaram para cá para confirmar.

O jovem parecia não ter constrangimento nenhum de explicitar sua missão.

– Não direi uma palavra! – gritou Frank.

Ele abriu a porta e puxou a manga do casaco do rapaz até pô-lo para fora.

– Ande, dê o fora daqui.

Frank bateu a porta e ficou esperando até o homem montar em seu cavalo e descer pela estradinha.

– Esses odiosos filhos-da-mãe – ele resmungou.

– Eu nem imaginei. Parecia que ele o conhecia.

– Não fale com nenhum deles, Mamah. Não deixe ninguém que você não conhece entrar nesta casa.

Mais tarde, Frank estava no celeiro lá fora cuidando dos cavalos e o telefone tocou.
– Mamah? – uma voz de homem. – Sra. Cheney?
Ela desligou, pôs o casaco e foi contar a Frank no celeiro.
– Os vermes estão de volta – ele disse.

COMERAM MEIO SEM VONTADE o carneiro e as verduras que ela fizera aquela noite. O telefone tocou outra vez e os dois levaram um susto. Frank se levantou e atendeu.
– Está bem – ele disse. – Leia para mim.
Mamah sabia que aquilo era um telegrama. Era assim que tinham de receber os telegramas enviados para eles em Taliesin, a menos que quisessem viajar até a estação de trem em Spring Green. Era um sistema precário em todos os aspectos, de negócios e pessoal, já que a sala do telégrafo era lotada de operadores de telefonia de uma linha rural.
– É o mesmo que pôr um anúncio na *Weekly Home News* – Frank resmungava depois dessas transações.
– O *The Chicago Tribune*, você diz, não o *Journal*? – ele apertava o dedo na outra orelha. – Não. Não. Espere um minuto, Selma, só um minuto – ele olhou para Mamah. – É o *Tribune* que está atrás de você agora. O que quer fazer?
Mamah mordeu a parte de dentro da bochecha.
– Ligo para eles depois.
– Ligo depois, Selma... O que é? Bem, eu não dou a mínima para o prazo final deles.
Frank desligou o telefone e caiu numa cadeira.
– Então todos sabem que estou aqui – ela disse.
– Era apenas questão de tempo.
– E agora?
– Vamos simplesmente levar nossa vida. Você não pode deixar que eles a afetem dessa maneira toda vez que aparecem.
– Por que você não diz alguma coisa breve, Frank? Diga que estou divorciada. Diga que estamos vivendo discretamente juntos e

que não queremos ser incomodados. Alguma coisa assim. Aí eles têm o que citar, e isso acaba.
Ele pegou o telefone e ligou para o telégrafo.
– É Frank Wright. Olha, sobre aquele telegrama do *Tribune*. Mande um para eles, assinado por mim, dizendo o seguinte: Que não haja nenhum mal-entendido. Uma sra. E. H. Cheney nunca existiu para mim e agora não existe mais mesmo. Mas Mamah Borthwick está aqui e pretendo cuidar dela.
Frank ficou ouvindo a mulher do outro lado da linha lendo para ele.
– B-O-R-T-H-W-I-C-K – ele soletrou. – Não, é só isso. Pode assinar meu nome completo.
No dia seguinte Frank estava à janela do estúdio dela, pensativo e esperando. De onde estava, ele via toda a entrada. Às dez horas um grupo de três homens a cavalo saiu da estrada principal e cavalgou até a casa.
– Fique aqui – Frank disse para Mamah.
Quando bateram à porta da cozinha, ele atendeu. Entre os homens, estava o repórter do *Journal*, um do *Chicago Record Herald* e o outro do *Tribune*. O repórter do *Journal* foi escolhido como porta-voz.
Mamah se esgueirou até o fim do corredor para escutar melhor o que diziam.
– Nenhum de nós aqui quer passar o feriado desse jeito, sr. Wright. Pessoalmente, o senhor tem o nosso respeito e simpatia. Mas o fato é que os editores acham que o único modo de vender jornais é com histórias sensacionalistas. É isso que o povo quer.
– Não farei parte disso – disse Frank.
– Mas o senhor já faz parte disso. Aqui estão os jornais de hoje.
Mamah ouviu Frank xingar.
– Sr. Wright, por que não conta o seu lado da história? Eu penso, sinceramente, que as pessoas veriam com simpatia, e poria um fim nisso.
– Isso mesmo – disseram os outros.
Mamah ouviu a porta bater com força e viu Frank andar desconsolado para a sala de estar carregando os jornais. Quando se juntou a ele e pegou o jornal de cima da pilha, estava gelado. Como um

pesadelo já conhecido, lá estava o retrato dela na primeira página do *Journal*. Ao lado da sua cabeça, letras pretas gritavam a "notícia".

SRA. CHENEY E WRIGHT JUNTOS NOVAMENTE
FAMOSO ARQUITETO DE CHICAGO VIVE RECLUSO
COM DIVORCIADA EM HILLSIDE, WISCOSIN;
DEIXA ESPOSA EM CASA
PERDOADO DEPOIS DA PRIMEIRA ESCAPADA,
ELE AGORA PÔS UM CARTAZ PARA
ALUGAR A RESIDÊNCIA.

Ela olhou para o *Chicago Tribune* de domingo. No meio da primeira página havia uma manchete similar. Mamah estremeceu quando leu o relato do seu caso de dois anos antes. Mas o *Tribune* tinha ido procurar o advogado de Wright, Sherman Booth, e chegou a Catherine, que insistia que a mulher lá em Wisconsin era a mãe de Frank, não Mamah. Quando perguntaram sobre a parede que Frank tinha construído entre o estúdio e a casa, Catherine insistiu que Frank estava alugando uma parte da casa porque achava que tinha ficado grande demais.

Ocorreu a Mamah que Catherine podia estar mentalmente instável. Se não, por que continuaria a contar essa história fictícia?

– Os filhos-da-mãe exploraram a minha filha – rosnou Frank. A voz dele era de um assassino.

Mamah leu o parágrafo que ele apontou no *Tribune*.

No bangalô, a filha de Wright, de dezessete anos, respondeu a todas as perguntas com a declaração "Não temos nada a dizer". Quando lhe mostraram uma cópia da reportagem que explorava o último escândalo do pai, ela pareceu surpresa e até achou graça.

– Nós já estamos calejados quanto aos aspectos sensacionalistas deste caso – ela finalmente disse, com um sorriso – e, de qualquer maneira, não queremos dar muita atenção a isso. Apenas digam ao sr. Wright e a sra. Wright, e para todos os Wright, que não sabemos nada sobre essa história horrível, e que não deve ser verdade.

Foi a bravata da jovem Catherine no último parágrafo que varou o coração de Mamah. Ela lembrou que a menina loura e bonita era profundamente tímida.

– Frank, os seus filhos estão realmente esperando que você vá passar o Natal com eles?

– Deixei bem claro para Catherine que não ia voltar lá no Natal.

– Mas *disse* isso para os seus filhos?

Frank levantou os braços.

– Eu tentei conversar com os meus filhos.

– Catherine *sabe* que você vive comigo aqui, certo? Ela não acredita realmente que você construiu essa casa para a sua mãe...

– Ah, pelo amor de Deus. É claro que não. Ela está nos destruindo a todos com essa insanidade. Não sobrará um único cliente depois de tudo isso.

Mamah espiou pela janela da cozinha e confirmou o que já suspeitava: os repórteres não tinham ido embora.

– Venha sentar comigo um minuto – ela disse para ele. – Vamos pensar nisso juntos. Eu creio que o repórter pode ter razão. Há uma parte de mim que sente que devemos trancar a porta e jamais falar com essas pessoas de novo. Mas fico pensando que talvez seja hora de contar o nosso lado da história de uma vez por todas – agora era Mamah que andava de um lado para outro. – Imagine só o que aconteceria se déssemos dignidade a toda essa caça às bruxas com uma explicação saída dos nossos corações. Eu acho que ajudaria.

– Você tem um ótimo conceito do homem da rua.

– É sério. Quantas vezes falamos sobre expor as pessoas aos ideais de Ellen... os nossos ideais? Se eu estiver num pódio e falar sobre levar uma vida honesta e autêntica, nenhum jornal vai dar cobertura. Mas agora, neste momento, no contexto dessa situação absurda, pode ser exatamente a única chance que teremos de nos explicar.

– Vencê-los no jogo deles?

– Não quero usar o nome de Ellen. Seriam as nossas idéias.

Frank ficou pensando um pouco, depois se levantou e foi até a cozinha. Mamah escutou o alívio na voz dos repórteres amontoados na porta da cozinha. Deviam estar praticamente congelados.

– Voltem amanhã – ela ouviu Frank dizer. – Eu falo com vocês amanhã. Estejam aqui às dez.

Ele os deixou ficar alguns minutos na cozinha para se aquecer, depois mandou todos embora.

– Você acha que é sensato pedir a eles que venham aqui no dia de Natal? – ela perguntou quando eles se foram. – Talvez seja melhor esperar até o dia vinte e seis.

– Se vamos falar, não podemos recuar. Se tiver de ser uma entrevista coletiva no dia de Natal, que seja.

DURANTE A TARDE e até o início da noite, eles se esforçaram para pôr as palavras no papel.

– Eu falo – ele disse. – Vão crucificá-la se você disser qualquer coisa.

Ele estava tentando protegê-la. Quando ela olhou para ele ali sentado, de braços cruzados, ela soube que ele não ia mudar de idéia sobre isso.

– Então diga que estou de acordo com tudo que disser.

– Está certo.

Ele leu as frases para ela à medida que ia compondo, e Mamah era a editora, reagindo às palavras que ele escolhia sobre acertar a nossa vida conosco mesmo. Às nove horas, Frank estava exausto. Na cama, ela olhava para o escuro, à espera do sono.

De manhã, Frank acendeu os fogos e tomou banho. Saiu do banheiro com seu robe vermelho vivo sobre uma camisa branca e calça de pijama.

– Nós vamos ter um Natal, nem que seja por apenas dez minutos – ele disse.

Mamah tomou banho, vestiu-se e correu até a sala. Não tinham muito tempo antes de os repórteres chegarem. Quando ela viu um presente à sua espera embaixo da árvore, voltou correndo e tirou de baixo da cama o embrulho com o álbum de fotografias que tinha feito para ele.

Tiveram seus dez minutos, ele estudando a história fotográfica de Taliesin, ela examinando o quimono *genroku* que Frank lhe comprara de presente. Era bem exótico, tingido e bordado com imagens de pinheiros, glicínias e pedras pontiagudas.

Mamah levou o quimono de volta para o quarto e pôs em cima da cama. Em qualquer outra manhã de Natal, teria vestido para agradar a Frank. E para agradar a ela mesma. Hesitou um pouco, segurou o quimono no ar e se viu na frente do longo espelho do closet. Em poucos segundos, já estava tirando o vestido e enrolando o quimono em volta do corpo.

Na cozinha, ela fez dois bules de café, pensou em fazer biscoitos e depois achou melhor não. Não estava disposta a se rebaixar tanto.

Frank ficou sentado à mesa enquanto ela preparava o mingau de aveia, lendo os jornais do dia de Natal que o marido de Jennie, Andrew, trouxera da estação de trem de Spring Green aquela manhã.

– Graças a Deus existe a sra. Upton Sinclair – ele disse. – Ela nos tirou da primeira página.

Mamah espiou por cima do ombro dele. Havia uma foto da infeliz mulher ao lado de uma manchete que dizia, COMPANHEIRA DE POETA DECLARA QUE DESEJA APENAS LIBERDADE DE AÇÃO. Mamah se encolheu diante da palavra companheira. Os jornais tinham transformado uma palavra adorável em uma arma – um código para "prostituta ridícula".

– Dá-lhe menina – disse Frank.

– O que é?

– Ela mandou ver. Ouça. "Eu não dou a mínima para casamento, divórcio, relatórios de tribunais ou descobertas de juízes", declarou a sra. Upton Sinclair, esposa do novelista. "Estou tão exausta das complicações do processo de divórcio que resolvi viver a minha vida com Harry Kemp como acho que devo. Aqui estamos, escondidos num pequeno e insignificante bangalô, longe do mundo lá fora... É aqui no mato com nossos sentimentos sagrados em perfeito acordo..." – Frank olhou para Mamah. – Meu Deus, será que todos esses escritores de folhetim freqüentaram a mesma escola?

– Ninguém fala desse jeito – disse Mamah. – Ninguém diz "Aqui estamos, escondidos num pequeno e insignificante bangalô".

– Mas você não sabia? Todas as companheiras falam igual. E todas elas vivem em bangalôs. É o único jeito que os editores entendem.

— Acho que ela cometeu um erro.

— A sra. Sinclair?

— De sair atacando assim. Eu entendo, mas há modos mais dignos.

— Mamah foi pegar as anotações que eles haviam escrito na véspera.

— Faça como nós combinamos, querido, está bem? — ela disse, e lhe entregou a folha.

— Não sou bom para recitar — ele suspirou, mas ao perceber o seu olhar preocupado, resmungou — Está bem. Vou ler essa coisa.

Às dez horas havia dez repórteres reunidos em volta da lareira, dos jornais de Chicago, Milwaukee, Madison e Spring Green. Para repórteres que deviam ser ferozmente competitivos, os homens se comportavam como velhos amigos. Parecia que tinham formado uma rápida camaradagem, como fazem os viajantes quando se vêem juntos num lugar desconhecido. Frank assumiu sua posição diante deles, de pé, com seu longo robe vermelho e um braço apoiado na lareira. Quando Mamah entrou na sala, eles viraram juntos, depois escreveram sem parar em seus blocos de notas. Mamah sentou numa cadeira e Frank começou a falar.

— Em primeiro lugar, eu não abandonei meus filhos nem qualquer mulher, nem fugi com a mulher de qualquer homem. Não houve nada de clandestino nesse caso em nenhum aspecto. Tenho tentado viver honestamente. Eu *tenho* vivido honestamente.

"A sra. E. H. Cheney nunca existiu para mim. Sempre foi Mamah Borthwick, um indivíduo separado e distinto, que não era propriedade de homem algum."

Frank olhou para Mamah e ela meneou a cabeça, concordando. Ele parecia ter completo controle de suas faculdades e estava quase contente de estar diante de uma platéia.

— As crianças, os meus filhos, estão bem cuidados, como sempre foram. Eu os amo tanto quanto qualquer pai, mas suponho que não tenho sido um bom pai para eles.

"Certamente considero uma tragédia que as coisas tenham chegado ao ponto que chegaram, mas não poderia agir de forma diferente se precisasse fazer tudo outra vez. A sra. Wright quis filhos, amava os filhos e entendia as crianças. Fez deles a sua vida. Brincava com eles, passava seu tempo com eles. Só que... eu encontrei a *minha* vida no meu trabalho."

Frank deixou as anotações no consolo da lareira.

– Eu comecei a dar expressão a certos ideais na arquitetura. Queria criar algo orgânico, algo sólido e íntegro. Americano em espírito e belo, se pudesse. Acho que tive sucesso. De certa forma, as minhas construções são meus filhos.

Mamah fez uma careta. Ela sabia o que ele queria dizer, mas os leitores dos jornais não iam saber, estava certa disso. E como os filhos dele iam se sentir ao ler essa afirmação? Ela pigarreou. Frank olhou para ela e continuou.

– Se eu pudesse pôr de lado o desejo de viver a minha vida como ergo minhas construções... de dentro para fora... se eu pudesse me convencer de que os seres humanos são beneficiados pelos sacrifícios que os outros fazem por eles... se eu pudesse ter *mentido* para mim mesmo, talvez conseguisse ficar.

O repórter do *Journal* interrompeu.

– Como pode justificar sair de casa se tem filhos?

Frank manteve a calma.

– Acredito que não podemos ser úteis ao progresso da sociedade sem uma identidade rebelde... eu queria ser honestamente eu mesmo primeiro e cuidar de todo o resto depois. Posso ser melhor para os meus filhos agora do que quando eu sacrificava o que é a própria vida para mim. Eu acredito neles, mas nenhum pai e nenhuma mãe podem viver as vidas dos filhos por eles. Mais filhos são arruinados dessa maneira, do que salvos. Eu não quero ser um modelo para eles. Quero que eles tenham espaço para crescer e serem eles mesmos.

"Não tirei e não vou tirar nada deles. A minha capacidade de ganhar dinheiro está a serviço deles, como é de direito e como sempre esteve. Espero ser útil e incentivador para eles. Quando eles ficarem um pouco mais velhos, espero que me vejam sob outra luz."

– E a sra. Wright?

– A sra. Wright tem alma própria e questões muito maiores do que esta para ocupar seu coração e sua mente. Não cabe a mim dizer o que ela pode fazer.

Frank olhou para o lado, pensativo, depois encarou os homens outra vez.

— Olhem — ele disse —, será um desperdício de algo que é socialmente precioso se essa história me privar do meu trabalho. Eu tenho lutado para exprimir algo real na arquitetura americana. Eu tenho o que dar. Será uma pena se o mundo resolver não receber o que tenho a oferecer.

"Quanto ao aspecto geral dessa coisa, quero dizer o seguinte: leis e regulamentos são feitos para o homem comum."

Mamah se levantou de repente. Ela sabia o que vinha depois. Procurou chamar a atenção dele, mas Frank continuou falando.

— O homem comum não pode viver sem regulamentos para guiar a sua conduta. É infinitamente mais difícil viver *sem* as regras, mas é isso que o homem realmente honesto, sincero e pensante é obrigado a fazer. E eu acho que quando um homem já demonstrou algum poder espiritual, deu provas concretas da sua capacidade de ver e de sentir *mais alto* e *melhor* as coisas da vida, devíamos ter mais cuidado antes de dizer que ele agiu mal.

Mamah olhou furiosa para ele. Será que não tinha ouvido o que ela lhe dissera aquela manhã mesmo? Que nada é matéria melhor do que alguém que se acha mais importante do que o homem comum? Era como jogar carne aos leões.

— Isso é tudo que eu queria dizer aos senhores, cavalheiros — disse ele quando finalmente olhou para Mamah. — Se quiserem ver o que eu fiz aqui, posso mostrar Taliesin.

Enquanto Frank foi trocar de roupa, os homens ficaram esperando no hall de entrada. Mamah sabia que ele os mantinha esperando de propósito, talvez para evitar que cumprissem seus prazos. Mamah recolheu as xícaras de café e ficou parada do outro lado da parede para escutar.

Primeiro, eles não falaram nada e, depois, ela ouviu as risadinhas, como crianças. Ouviu dizerem "quimono" e "vermelho", e as risadinhas aumentaram até virarem gargalhadas abafadas.

Mamah correu para a cozinha.

— Eu achei que a entrevista foi muito boa — Frank lhe disse baixinho quando finalmente apareceu.

Ela o viu ali com sua pose majestosa, com o terno que ele havia criado. E então ela o viu como os repórteres consideravam, uma figura excêntrica, que se levava a sério demais. E ela soube, naquele momento, que os dois não seriam poupados.

– Apenas livre-se deles – ela disse.

CAPÍTULO 39

A manhã de 26 de dezembro começou com um bando de repórteres no portão. Josiah levou o jornal que os homens jogaram em cima dele quando estava chegando. Mamah examinou por alto, parando nas partes mais dolorosas.

> O sr. Wright deu a impressão de que não sentia remorso algum de não estar presente na casa de Oak Park onde sua esposa oficial e seus seis filhos passavam o Natal, e Mamah Borthwick parecia ter esquecido os Natais do passado nos quais esteve com o marido e os filhos.

– O que o senhor quer que a gente faça? – perguntou Josiah.
– Ignore os cães e faça o seu trabalho – disse Frank. – E não converse com eles, entendeu? Diga para todos os homens que eu disse isso.
– Sim, senhor.
Mamah se levantou para ver Josiah se aproximar dos repórteres. Ele abriu o portão e falou com eles. Depois de um tempo, ele simulou partir para briga, atacando como um boxeador antes de fechar o portão e se afastar, parecendo furioso e frustrado. Os homens montaram em seus cavalos e desceram a estradinha, mas desmontaram na entrada do caminho para Taliesin.
Quando o telefone tocou, ela atendeu com cuidado. Era Jennie para dizer que alguns repórteres já tinham estado na casa dela e na Escola Hillside, assediando as tias de Frank quando as aulas começaram. Tia Jennie e tia Nell ficaram histéricas e imploraram para Frank ir imediatamente para Hillside.
Aquela manhã Frank estava usando a roupa de montaria e tinha selado seu cavalo porque pretendia pegar um pouco de ar puro. Ele montou em Champion e percorreu o quilômetro e meio até a escola. Quando voltou, uma hora depois, estava fulo de raiva.

— Elas estão apavoradas. Os pais das crianças apareceram esta manhã, ameaçando tirar os filhos da escola se algo não for feito.
— Você acha que...
— Sim, eu acho que pode acontecer. As finanças de tia Jennie e tia Nell já estão abaladas, de qualquer maneira. Elas estão tentando comprar de volta a escola do tio Jenk. Ele pagou as dívidas delas quando foram à falência dois anos atrás, mas isso pode ser o fim de tudo para elas.

Frank deu meia-volta e saiu de casa de novo.
— Para onde você vai?
— Vou achar aquela arma.
— *Que* arma?
— Tenho um rifle em algum lugar. No barracão, eu acho.

Mamah foi até o seu estúdio e espiou pela janela. O grupo de homens perto da entrada tinha aumentado, e parte deles estava montando nos cavalos. Horrorizada, ela os viu subindo pelo caminho na direção da casa. Correu para o barracão e encontrou Frank lá, tentando juntar os pedaços de uma arma desmontada.

— Se você me ama, Frank, não perca o controle. Ouça o que eu digo. Ponha essa arma de volta na caixa.
— Que diabo, Mamah, a maldita coisa não funciona mesmo.
— Apenas venha para casa comigo. Os repórteres estão indo para lá outra vez.

Frank ficou de pé de um pulo, pegou seu velho e gasto chapéu Stetson de um cabide na parede e saiu furioso do barracão. Postou-se na frente do portão, de braços cruzados.

— Saiam daqui, seus patetas — ele gritou quando deu para ouvir o que diziam.

Os repórteres continuaram subindo. Diante de Frank, pareciam estar explicando-lhe seu caso. Mamah ficou do lado de fora da porta da cozinha, esforçando-se para ouvir o que falavam.

— Se vocês continuarem a invadir a minha privacidade — ela ouviu Frank gritar —, terei apenas um recurso, que é o meu revólver.

Ele deu meia-volta e subiu para a casa.

— Estamos com problemas sérios — ele disse quando entrou apressado na cozinha. — Eles dizem que as pessoas em Spring Green estão se armando e que alguém registrou uma queixa junto ao xerife. Estão dizendo que Pengally de Dodgeville está vindo para cá me prender.

Mamah manteve o equilíbrio segurando no encosto de uma cadeira.

– Que ele venha – disse Frank, coçando furioso a parte de trás da cabeça, andando de um lado para outro na cozinha, com o rosto vermelho. – De jeito nenhum, mas nenhum mesmo, ele vai prender alguém.

– Você tem um revólver também? – perguntou Mamah.

– É claro que não – disse Frank. – Não tenho nem um estilingue decente.

Eles foram para o quarto. Mamah deitou sob as cobertas, tremendo. Frank tinha deixado o fogo apagar em toda a casa.

– Você viu o que eles fizeram, não viu? – ele disse. – Escreveram suas histórias, correram para a estação de trem para passar para seus editores ontem, depois foram direto provocar o xerife do condado de Iowa a fazer alguma coisa. Um deles me disse que havia uma petição circulando, querendo nos forçar a sair daqui. Ora, quem você acha que inventou essa petição? Um daqueles filhos-da-mãe que estão lá fora agora. Eles estão ganhando muito dinheiro conosco porque nós fazemos os jornais venderem. *Nós* somos a carne de canhão em suas guerras de circulação.

– Temos bastante comida na casa para ficar aqui alguns dias – ela estremeceu. – Se não saírmos, eles irão embora.

Ele estava sentado na beira da cama, de cabeça baixa.

– A minha família vive neste vale há cinqüenta anos. Minhas tias...

Ela sacudiu os ombros dele.

– Frank – disse Mamah, suavemente –, Frank. Você falou pessoalmente com o xerife Pengally?

– Não.

– Então ligue para ele agora mesmo, pelo amor de Deus.

TEMPOS DEPOIS, quando ela se lembrava daqueles dias, pensava em Josiah, atacando como boxeador e investindo, recuando. Era a mesma reação que Frank e ela foram obrigados a ter para fazer aqueles homens desaparecer. Todo dia uma novidade fazia um lado recuar, só para avançar de novo no dia seguinte com algum recurso diferente ou alguma reação. Pengally confirmou por telefone que os repórteres andaram provocando. Eles foram procurar o promotor público para investigar o estatuto estadual, mas o homem acossado não encontrou nada para apresentar ao grande júri.

– Não se preocupe – disse o xerife para Frank. – Vou espantá-los.

No entanto, as manchetes continuavam. HÉGIRA DA ALMA CAMINHA PARA PRISÃO SÓRDIDA. Uma outra chamou Taliesin de "selva do amor". Outra afirmava que uma milícia armada tinha atacado a "Toca do amor de F. L. Wright".

E não houve milícia nenhuma, afinal. Naqueles dias, porém, nem mesmo os homens que trabalhavam para Frank sabiam se acreditavam ou não que uma milícia armada estava indo para Taliesin. Nos piores momentos, os operários levaram armas de fogo da casa deles e resolveram eles próprios patrulhar os limites da propriedade. A idéia desses leais homens do campo, cujas vidas tinham raízes na família e na Igreja, estarem tentando proteger os dois fez Mamah sentir gratidão e ao mesmo tempo um constrangimento profundo.

Em desespero, Frank escreveu outra declaração pública da posição dos dois, passou para a imprensa, depois anunciou que ia pedir a Catherine e Edwin que se reunissem a eles em "conselho de família" e assinassem um acordo, dizendo que todos estavam em paz com a situação. Um dia antes do Ano-Novo, quando ele se preparava para ir a Oak Park para pegar as assinaturas dos dois, o jornal matutino tornou a viagem desnecessária. Catherine Wright deixou bem claro que não sabia de nenhum conselho de família e que não tinha intenção de assinar nada, "e não vou permitir que ele se case com outra. Ele será sempre bem-vindo nesta casa. Eu sempre ficarei feliz de vê-lo".

Mamah não ouvia a voz de Catherine havia bastante tempo, mas isso soou como a mulher que conheceu um dia. A afirmação, Mamah tinha certeza, era dirigida a ela. E Mamah se deu conta de que os jornais tinham se transformado em mensageiros entre eles.

Mais uma vez ela se viu como um personagem numa peça sobre moralidade, com elenco escolhido pelos jornais e o público na platéia. Em nenhum outro lugar isso ficou mais evidente do que numa entrevista com a antiga secretária de Frank, Grace Majors, que saiu no dia seguinte. Ela descreveu Catherine como uma mulher que, além de extraordinário caráter, tinha também uma grande beleza. Adorável e radiante com as cores branco e cor-de-rosa, Catherine parecia especialmente maravilhosa com um vestido de *chiffon* que Frank havia desenhado para ela e que combinava com o cabelo ruivo. Quando as pessoas a cumprimentavam pela sua aparência, segundo a secretária, Catherine sempre dizia que "o crédito pela beleza deste vestido é todo do sr. Wright".

A srta. Majors não comentou sobre a aparência de Mamah, mas desprezou-a como dedicada a Ibsen, que Mamah considerava seu guia espiritual e físico. Essa parte fez Mamah dar uma risada amarga. Ela nunca viu a secretária. É verdade que tinha lido um pouco de Ibsen, mas descrevê-lo como seu guia espiritual e físico? Isso nem fazia sentido.

Não tinha de ter sentido para os leitores entenderem o recado do artigo. *Catherine é o anjo*, Mamah pensou. *E eu sou o demônio*.

O escândalo continuou nos jornais por uma semana. Alguns pais tiraram os filhos da Escola Hillside com medo de que fossem contaminados pela proximidade de Taliesin. Religiosos de toda estirpe, de Madison até Chicago, bradavam contra Frank e Mamah de seus púlpitos. A igreja que Mamah costumava freqüentar em Oak Park tirou-a de sua lista.

No início do cerco, os repórteres punham os últimos exemplares dos jornais na porta deles, como isca. Frank e ela pegavam aqueles jornais todos os dias. Os repórteres conseguiram o que queriam, uma reação irritada que saía no dia seguinte.

Agora que os trabalhadores da obra estavam patrulhando a propriedade, os jornais pararam de aparecer. Frank ficou aliviado, mas Mamah sentiu falta deles. Talvez a sra. Upton Sinclair fosse suficientemente forte para não ler os jornais, mas Mamah não conseguia se controlar. Os artigos vinham saturados de distorções, mas havia também algumas pequenas verdades neles, cronologias corretas, citações verdadeiras.

Ela pediu a Josiah que trouxesse qualquer jornal de Chicago que ele pudesse encontrar na estação de trem. Ele olhou para ela com pena.

— Estão cheios de mentiras — ela disse. — Mas seria pior não saber o que estão dizendo.

No dia 3 de janeiro, o sudoeste do Wisconsin foi tomado por um frio lancinante. Acordaram e encontraram o pote de água de Lucky congelado na cozinha. Coberto com camadas e mais camadas de lã, Frank amaldiçoou a fornalha inútil e saiu para pegar mais lenha. Mamah observou pela janela ele se abaixar, pegar neve com as mãos e lavar o rosto com ela. Frank pegou uma braçada de achas, entrou na casa, acendeu o forno e fez uma enorme fogueira na lareira da sala de estar.

Ela deixou a porta do forno aberta até seus dedos funcionarem direito. Sentada na cozinha, Mamah avaliou o estado das coisas. O fogão tinha manchas de comida derramada. Na sala de estar tinha notado pegadas sobre cinzas em volta da lareira. Precisava trocar os lençóis e o banheiro precisava de uma faxina.

Quando se sentiu bastante aquecida, abriu a porta para ver se Josiah tinha deixado o jornal. Não recebiam notícias havia dois dias, e ela estava começando a acreditar que o ataque tinha acabado. Mas lá na coluna do meio da primeira página do *Chicago Journal*, algum editor disparou seu último tiro.

HÉGIRA RASGA OS CORAÇÕES DOS FILHOS

Os filhos da sra. Cheney
rezam para ela voltar,
mas apenas um tem esperança.

Mamah deixou o jornal cair na mesa da cozinha, cruzou os braços e apertou as costelas enquanto lia a coluna inteira.

Os três filhos de Edwin H. Cheney e Mamah Bouton Borthwick, sua esposa divorciada, perderam a esperança de ter a mãe de volta.

"Eu acho que ela não vai voltar", disse John, de nove anos, hoje, quando caminhava da casa dele para a Escola Holmes em Oak Park.

"Nós três rezamos por ela toda noite, mas acho que Deus não pode nos ouvir, ou alguma coisa assim, porque nenhum de nós, exceto Martha, acredita que ela vai voltar.

"Jessie e eu lemos muita coisa sobre ela nos jornais, sempre que temos chance, mas a maior parte do tempo escondem de nós e tem coisas que não entendemos. Martha é pequena demais para ler os jornais, por isso ela só fica querendo que mamãe volte. Fala nela quase o tempo todo."

O grito angustiado de Mamah fez Frank sair da sala e ir para a cozinha. Ele leu a coluna e disse:

– Eles inventaram isso. É difícil imaginar uma crueldade dessas, mas puseram palavras na boca do John.

– Como sabe disso?

– Ele fala assim?

Ela olhou para ele cheia de medo.

– Não, mas há coisas certas aí. O nome da Escola Holmes.

Mamah leu um artigo após o outro. CRIANÇAS PERSEGUEM OS PEQUENOS CHENEY. AS CRIANÇAS CHENEY RECEBEM AMOR DA TIA.

– Eles falaram com Lizzie – ela disse.

– Agora eu tenho certeza de que é invenção – disse Frank. – Ela nunca conversou com ninguém.

– Leia isto – Mamah apontou para uma seção na segunda página, onde seu retrato mais uma vez ocupava meia página.

MAMAH ERA BRILHANTE QUANDO CRIANÇA

"Realmente não há nada a dizer", declarou a srta. Borthwick. "Eu eduquei a minha irmã, ainda a amo e não pude deixar de sentir isso, porque todos que a conhecem a amam. E eu serei mãe para os filhos dela. O sr. Cheney jamais pronunciou uma palavra contra sua ex-mulher, nem para os amigos mais próximos, e se ele não a condena, por que eu deveria?

"Mamah sempre foi brilhante, mesmo quando era bem pequena, e dominava três línguas numa idade em que algumas crianças mal conseguem construir frases corretas na própria língua. Eu dei aulas e paguei os estudos dela na Ann Arbor."

Frank olhou para Mamah.
— Isso é verdade?
— É — disse Mamah, apertando os dedos nos lados do corpo.

"Ela se formou com mérito naquela instituição. Depois Mamah foi bibliotecária em Port Huron. Era considerada, além de brilhante, uma das mulheres mais cultas e lidas da América e bibliotecária eficiente. Mas não há nada a dizer.

"A única coisa que posso fazer é o papel da mulher, isto é, cumprir o meu dever, amar e cuidar do filhinho e da filhinha da minha irmã que estão tristes e desorientados e ajudá-los a preencher o vazio doloroso deixado tanto para o sr. Cheney como para as crianças, pela ausência da mãe."

— Puseram palavras na boca de Lizzie também — disse Frank. — Não termine de ler.

Frank tentou tirar o jornal da mão dela, mas Mamah agarrou com força e ele acabou soltando. Ele deu um suspiro e voltou para a sala de estar enquanto ela lia e relia a história terrível.

Não, Lizzie não falava assim. Mas algumas partes eram coisas que só Lizzie e poucas pessoas sabiam. Três línguas no jardim-de-infância. Que Lizzie ajudou a pagar os estudos de Mamah. E o comentário sobre ser culta, ler muito. O que faltava era a observação muito familiar que Lizzie sempre fazia: "Então por que nunca se lembra de onde pôs os óculos?"

Mamah se levantou e bateu panelas na pia. Podia imaginar o que as crianças tinham sofrido. O fato de John ver a mãe retratada na primeira página como uma prostituta era a coisa mais cruel que ela podia imaginar. As crianças podiam ser terríveis no parquinho. O que era a dor dela, comparada com o que John, Martha e Jessie tiveram de suportar?

Naquele momento, se pudesse, pegaria uma das armas dos trabalhadores e mataria o repórter que perseguiu John para cutucar suas feridas.

Lembrou-se do momento em que estavam no Canadá, quando ela tentou explicar a John o que significava o divórcio. Ele se soltou dos braços dela e se afastou para brincar. Esse era o problema com as crianças. Mesmo se John tivesse dito que entendia, não poderia entender. *Ele tem nove anos*, pensou ela. *Tudo que sabe é o que sente dentro dele, a terrível saudade. O que a palavra divórcio realmente significava para uma criança tão pequena? Ou para Martha?* A imagem da menina esperando, com esperança, acreditando, era horripilante para Mamah. O que Martha deve estar sofrendo?

Ela queria pular no próximo trem para Chicago e abraçar os filhos. Queria dizer para Martha e para Jessie milhões de vezes que tudo ia ficar bem. Estava desesperada para sentir o corpinho magro e quente de John, passar a mão em seu cabelo e lhe dizer que ele significa tudo, mais do que a própria palavra, para ela.

Mamah ficou parada diante da janela da cozinha, olhando para a estrada. Era uma camada de gelo uniforme. O carro certamente não ia pegar. Estava frio e escorregadio demais para tentar cobrir qualquer distância a cavalo.

Mas se ela fosse, se descobrisse um jeito de chegar lá, seria bom para quem?

Só para mim.

E ela compreendeu uma coisa nova naquele minuto. Que a maior prova do seu amor seria deixá-los em paz. Voltar correndo para Oak Park seria enfiar o próprio dedo nas feridas deles, porque depois que a reunião terminasse, ela partiria outra vez. O que eles precisavam agora, para ficarem curados, era da distância dela e de todo esse drama. Precisavam de um lar normal e do amor constante e presente de Edwin, Louise e Lizzie. E de Elinor Millor.

Mamah agora via claramente o que tinha perdido. Ela desistiu do direito de manter seu lugar como a mais amada pelos filhos. As pequenas tarefas diárias de amor que a ligavam aos filhos antes – amarrar os sapatos, pentear os cabelos, contar histórias antes de dormir – não pertenciam mais a ela. Como ousaria buscar neles o consolo que um dia lhe deu tanta força? Mantê-los desejando a presença de uma mãe que raramente estava com eles, por escolha dela, seria sentenciá-los a vidas inteiras de sofrimento e tristeza.

O que ela precisava fazer era propiciar-lhes algum senso de privacidade para que eles pudessem, então, começar a aceitar que ela não ia voltar para casa. Não ia se impor a eles em carne e osso. Ir vê-los agora, mesmo se pudesse, seria jogar a imprensa em cima deles novamente.

Em vez disso, podia escrever-lhes e derramar seu amor por eles em cartas. Pedir perdão aos filhos. Podia tentar explicar mais uma vez. Palavras duravam mais tempo no papel do que quando eram ditas a uma criança. *Algum dia*, ela rezou, *algum dia, quando eles forem adultos, faça com que entendam.*

CAPÍTULO 40

Mamah estava no estúdio, com a nova tradução do poema *Taliesin* no colo. Tinha encomendado o livro meses antes, para presentear Frank no Natal. Mas a encomenda chegou apenas no dia anterior, e o Natal era uma lembrança torturante que preferia esquecer.

Era fevereiro, mas achava que ainda estavam doloridos como se houvesse machucados recentes. Frank tinha razão. Os clientes e as perspectivas tinham se reduzido no rastro das histórias do jornal. Ele passou um bom tempo desde dezembro escrevendo cartas para as pessoas cujos projetos estavam na prancheta, pedindo para que continuassem com ele.

Para Mamah, ele mostrou um desespero que ela nunca tinha visto. No pior da crise, ele alimentou o medo de que poderia realmente morrer nas mãos de linchadores. No fim de dezembro, Frank fez um seguro de vida de cinqüenta mil dólares e nomeou Mamah como beneficiária. Falava disso em termos de protegê-la, mas havia também a outra parte que era uma profunda sensação de que era o fim, o lado distorcido de seu poderoso senso de destino como artista.

Mamah leu uma passagem do poema.

Eu era um herói em perigo:
Eu era uma correnteza nas encostas:
Eu era um barco nas garras destrutivas da enchente:
Eu estava preso na cruz...

As palavras só iam piorar a visão negativa de Frank. Mamah fechou o livro e pôs na estante. Precisava ter cuidado. Talvez pudesse dá-lo para ele dali a dois meses. Agora só ia fazer com que ele ficasse ainda mais deprimido.

– Não posso ficar sentado e desenhar indefinidamente – ele disse mais de uma vez nos longos dias de fevereiro. – Tenho bocas para alimentar.

Ia lá para fora e rachava lenha até não conseguir mais levantar os braços, depois entrava, ainda furioso.

Dizia que precisava construir e jogava mais achas numa pilha na sala de estar. Quem *era* ele sem isso? Tinha de ter parceiros no seu trabalho, pessoas que pagassem o material da sua arte, que se entregassem a ele, junto com seus sonhos, e representassem o material para inspirá-lo. Perder clientes significava muito mais do que perder dinheiro. Significava a perda de uma dinâmica essencial. Ele ia continuar desenhando, não conseguia parar. Mas construir, interagir com um lugar e seus materiais, tomar as decisões pelo caminho, as decisões que davam o sopro da vida a um espaço...

Será uma pena se o mundo resolver não receber o que tenho a oferecer. Ela pensava o tempo todo nessas palavras que Frank tinha dito aos repórteres.

À noite, ele resmungava em voz alta diante do fogo, avaliando a lealdade de antigos clientes. Darwin Martin. Os Little. Os Coonley. Pessoas que, no passado, tiveram a coragem de sonhar junto com Frank. Significavam mais do que dinheiro para ele. Eram os que realmente acreditavam, antigos e atuais. Agora, nessas noites conturbadas, ele contava seus inimigos e seus amigos.

– Eu devia ter dado ouvidos aos meus instintos – Mamah disse para ele uma noite.

O cachorro estava deitado em cima dos pés dela, ao lado da lareira.

– Prefiro que não faça isso – Frank disse quando viu que ela havia levado restos do jantar e dava pedaços de bife ao cachorro. – Ele tem o prato dele.

– Acho que a culpa é minha.

Frank não fez caso daquela observação.

– Pensei que acreditasse que intuição feminina era ficção.

Ela acreditava sim. A expressão a incomodava, como se as mulheres não usassem a inteligência e a experiência – só os homens fizessem isso – para tomar decisões sábias. Frank, e até Edwin, a acusaram de pensar demais. Às vezes, porém, ela apenas ouvia seus instintos. Dessa vez desejava ter dado ouvidos a eles, ao que diziam: tranque a porta e não fale. Ela encorajou Frank a falar abertamente com os repórteres, depois viu, horrorizada, quando ele entrou numa dança perversa com a imprensa. Era como se ele não pudesse se controlar depois que a coisa começou. No fim, ele foi feito de bobo, mais do que ela.

Não havia nada mais a fazer. O último mês tinha sido um pesadelo que ela queria esquecer. Só uma coisa boa resultou daquilo tudo. Quando Anna retornou de Oak Park, ela foi morar na casa da filha Jennie e não com Frank e Mamah.

– O que está acontecendo no escritório? – perguntou Mamah.

– Bem, o Sherman não desistiu de mim. Ele vai continuar com o projeto da casa em Glencoe. E restam mais dois companheiros leais. Fred vai enviar a monografia para as livrarias que fizeram pedido, mas isso está muito devagar.

Fred era o gerente em Chicago. Mamah ficou imaginando como Frank conseguia pagar o aluguel no Orchestra Hall, que dirá o jovem arquiteto, com todas as suas outras obrigações financeiras.

– E as crianças? – ela perguntou.

Frank não tinha mencionado os filhos desde a volta para casa.

– Eles ainda me odeiam um pouco.

Mamah suspeitava que Frank estava limitando em doses o tempo que passava com eles, ou que pensava neles. Era assim que ela conseguia viver seus dias. Tirar as cartas de John e de Martha da gaveta sempre que tinha vontade era perigoso demais. Ia se transformar numa pessoa deprimida e inútil se fizesse isso.

– Quando é que você os vê agora?

– Depende do que você quer dizer com "ver". Em uma semana posso vê-los uma vez.

Frank parou de falar.

– É? – Mamah pôs a mão no braço dele.

– Mas tem horas... à noite, quando está escuro... Que eu pego o trem para Oak Park.

Ela esperou e ficou ouvindo a madeira molhada chiar na lareira.

– As luzes estão sempre acesas, e, do terraço, eu posso vê-los pelas janelas. Lewellyn e Frances, são coisinhas tão rebeldes... Estão sempre correndo para lá e para cá. Às vezes eu simplesmente vou para lá e fico observando.

Ele balançou a cabeça e não disse mais nada.

Do lado de fora da janela do estúdio de Mamah, o céu de fevereiro estava cinza-azulado. Nada se mexia. Mesmo o capim seco que despontava na neve estava parado. Estava caído, congelado com a última tempestade. Ela pôs os óculos e examinou a paisagem. Onde estavam as lebres que tinha visto em profusão no último outono? Deviam estar sonhando em suas tocas.

Sentada à mesa, Mamah tinha uma visão bem clara do sul e do oeste. Podia ver quem chegava e quem saía. Agora eram apenas os trabalhadores, ou a família de Jennie. Mesmo assim, era útil dominar uma vista ampla. Ela pensou de novo nas casas que pareciam fortalezas nas colinas em volta de Siena, situadas de modo que nenhum inimigo pudesse se aproximar sem ser visto.

Será que Frank já suspeitava que eles podiam ficar sitiados? Será que ele pensou em Taliesin como algum tipo de fortaleza? A idéia parecia exatamente o oposto de a casa ser toda devassada. Um ano antes, quando apareceu em Berlim cheio de paixão para construir Taliesin, ele compreendeu uma coisa que ela não entendia na época. Tinha sido alvo do ódio intolerante que algumas pessoas nutriam por ele. Não é de admirar que ele não abrisse mão de começar a construir *imediatamente*. Não podia prever a crueldade dos dois últimos meses. Mas, mesmo assim, tinha se preparado para isso.

Pelo menos agora temos aquecimento, ela pensou. Era um grande avanço. Uma verdadeira dádiva. Calor era algo em que as pessoas nunca pensavam, até faltar. O que uma pessoa precisava para sobreviver? Alimento. Água. Abrigo. Calor no inverno. Essas coisas simples estavam ajudando os dois a curar as feridas.

E mais uma: livros. Em janeiro, Frank contratou Josiah para construir as estantes do estúdio de Mamah. O jovem estava trabalhando em outro lugar, mas ia para Taliesin todas as noites, inclusive nos fins de semana, até terminar as estantes. Ela tirou os livros das caixas, limpou o pó e organizou todos por assunto e autor nas belas prateleiras, enquanto pensava nos livros que podia comprar quando tivesse algum dinheiro. Arrumou em fila seus diários, escritos de cima a baixo com pensamentos e citações e cheios de pedaços de papel nos quais tinha copiado mais idéias e mais citações. Mal tinha tempo para dar uma espiada nas revistas de assinatura, enviadas aos cuidados da irmã de Frank, Jennie, naquele último semestre. Agora estavam arrumadas e empilhadas num cesto, seis meses de idéias sobre os problemas das mulheres, assim como ficções, à espera de serem saboreadas como chocolates caros.

O dinheiro era quase nenhum. Mas o prazer de sentar entre as lombadas com letras douradas, na companhia de George Eliot, Ibsen, Shakespeare, Platão, Emerson, Freud e Emma Goldman era um certo alívio.

Frank tinha encontrado o alívio dele também. Quando não estava em Chicago, estava em Taliesin com ela, mas a cabeça dele ia para algum lugar no campo além de Kyoto, vagando sobre pontes e pelas montanhas nevadas das paisagens de Hiroshige. Ele entrava no cofre, pegava as gravuras e ficava analisando no seu estúdio. Levantava de vez em quando para ligar sua vitrola e apreciar os sons de Mozart ou Bach. As gravuras e a música eram melhores do que qualquer calmante para ele.

– Você devia escrever sobre a arte japonesa – Mamah lhe disse certa noite.

Estavam sentados mais uma vez diante da lareira. O lugar de descanso dele era uma cadeira Morris com braços largos e planos. O dela era menor, com encosto e braços estofados de veludo vinho.

– A essa altura, você já é um especialista – ela continuou. – Essa é uma chance de educar outras pessoas. Talvez nunca mais tenha tempo para fazer isso.

Ele esfregou a barba por fazer, pensando. O rosto dele de perfil fazia Mamah se lembrar de um belo busto de Beethoven, o nariz e a boca finos, a testa pensativa com uma cabeleira de fios longos, penteados para trás. Nos oito anos que o conhecia, ele se tornara mais bonito, o cabelo grisalho lhe dava mais dignidade e poder.

– Você vive dizendo que vai perder dinheiro se vender as gravuras agora, que tem de mantê-las por um tempo para lucrar com a venda – ela disse. – Bem, eu sei de outra maneira de torná-las lucrativas, pois tudo que é japonês agora é moda. Por que você não escreve um livro sobre como entender as gravuras japonesas?

Uma hora depois ele embarcou no projeto.

Instalada e organizada, Mamah voltou ao seu trabalho. Junto com a dolorosa carta que Ellen havia escrito em novembro, chegaram também dois ensaios para Mamah traduzir. O que ela já havia começado era "Missbrauchte Frauenkraft" – "Má Utilização da Força da Mulher". Ellen tinha publicado esse ensaio na Suécia há dezessete anos, em 1895. Mamah não conhecia bem. Depois de traduzir algumas páginas, ela teve uma sensação desconfortável.

Ellen argumentava que a energia da mulher devia ser usada para criar os filhos, que as sufragistas estavam equivocadas ao se concentrar com tanta intensidade nos empregos e na equiparação salarial, quando a maternidade era seu trabalho legítimo. A mulher que saía à procura de emprego de homem estava abandonando seu posto ao lado do berço, como formadora da raça humana. Muito melhor seria, argumentava Ellen, se as emancipadas lutassem para recompensar e dar valor ao trabalho de "mãe".

Não era a primeira vez que Mamah se deparava com esse argumento. Ellen tinha defendido isso em *Amor e ética* também. Só que não era o ponto central.

– Ela está atirando a esmo nas sufragistas nesse ensaio "Má Utilização da Força da Mulher" – disse Mamah, fritando cebola no fogão.

Frank estava sentado à mesa da cozinha, fazendo pontas perfeitas no grafite macio dos lápis de desenho.

– É engraçado – disse Mamah. – Lembro quando conheci Else no café em Berlim. Uma das mulheres à mesa, que se chamava Hedwig, chamou Ellen Key de "a tola sábia do Movimento Feminista". Fiquei intrigada quando ela disse isso, mas estava acontecendo tanta coisa aquela noite...

"Mais ou menos um mês depois encontrei Hedwig por acaso. Sentamos juntas no café e perguntei o que ela quis dizer. Ela explicou que Ellen é reverenciada na Europa por ser a defensora da nova moralidade, mas é desprezada pelas sufragistas por alguma coisa que ela fez em 1896. Acho que ela deu uma palestra num congresso de mulheres e atacou todo o movimento sufragista porque dizia que elas punham a igualdade salarial e o voto acima da função materna, que declarou ser o único trabalho legítimo para a mulher. Parece que esse discurso provocou ondas de choque em toda a Europa. Ellen tinha muitas seguidoras devotadas a ela e a palestra afastou grande parte delas da causa sufragista. Hedwig disse que ela atrasou uma década o movimento na Alemanha.

– Ellen Key? – Frank olhou para Mamah, incrédulo.

– É. Acho que Ellen foi para Berlim alguns anos depois disso e apoiou o sufrágio, mas o mal já estava feito. O movimento continua tentando se recuperar do cisma que ela criou.

"E a parte interessante é esta. Sabe o discurso que ela fez em 1896? O título era 'Missbrauchte Frauenkraft' – 'Má Utilização da Força da Mulher'. Exatamente o documento que tenho em cima da minha mesa. Exatamente o que ela quer que eu traduza e comunique para as mulheres da América."

– Então você está com medo, pois, se publicar isso, o movimento aqui vai ser prejudicado.

– Totalmente. Eu gostaria de simplesmente jogar aquela coisa fora, mas ela evidentemente quer que eu a torne pública. O que me deixa mais atônita é que ela ainda acredite nisso em 1912.

– As pessoas têm pontos cegos.

– Mas é muito antiético em relação a tudo que ela escreveu sobre liberdade pessoal. E agora ela já tem uma certa influência. Era isso que eu queria dizer a você. As mulheres estão lendo Ellen Key agora.

– É mesmo? Isso é uma grande notícia. Como você sabe?

– De dois artigos de revistas que andei lendo. É espantoso, não é? Ela está na moda. Todo tipo de gente fala dela porque ela enfrenta Charlotte Perkins Gilman nessa questão de maternidade *versus* emprego. Gilman sempre defendeu que as mulheres devem fazer parte da força de trabalho. Ela tem sido a principal porta-voz do movimento sufragista por um longo tempo. Mas Ellen Key de repente é a nova queridinha das letradas.

– E fomos nós que fizemos isso?

– É bem possível. De que outro jeito saberiam da existência dela?

– Então por que os livros vendem tão mal? Paguei a Ralph Seymour um bom dinheiro para ele publicá-los, e não recebi um centavo de volta.

— Bem, talvez as massas não estejam comprando *Moralidade da mulher* ou *Amor e ética*. Mas os escritores das revistas compraram. Pelo menos as idéias dela estão sendo expostas. Foi o que propusemos, e está acontecendo.

— Eu acho que isso merece um brinde.

— Eu comemoraria com alegria se não estivesse tão chocada com este ensaio.

— Você não precisa concordar com ela em tudo.

— É verdade. Mas estou perplexa. Ellen entrou na minha vida quando eu estava no fundo do poço e me jogou uma corda de salvação. Desde então, tudo que eu quis foi levar os livros dela para as mãos das mulheres americanas. Mas este ensaio... É a eugenia romântica de Ellen a pleno vapor. Ela pinta uma imagem das mulheres em cem anos como personalidades completamente realizadas que não querem nada além de ser galinhas poedeiras de uma raça superior. Sinto quase vergonha de mandar isso para qualquer pessoa.

Frank suspirou.

— Mas Ellen Key não é você. Você não é Ellen Key. Você é a tradutora dela. Você pode decidir fazer ou não, mas não pode censurá-la. Eu acho que deve deixar rolar e ver o que acontece.

Mamah balançou a cabeça.

— Eu não sei. É irônico o fato de Ellen jamais ter se casado e jamais ter tido filhos, e mesmo assim sentir-se livre para ditar regras sobre a maternidade. Acho muito arrogante.

— Arrogância é um defeito — Frank deu um sorriso malicioso enquanto apontava outro lápis.

— Olha que boa vida Ellen está tendo por ser uma intelectual famosa. Ela janta com chefes de governo. Se corresponde com as pessoas mais famosas do mundo. Ela lamenta o azar no amor porque a impediu de ter filhos. Mas pelo amor de Deus. Ela teve uma carreira gloriosa, uma carreira que não teria se fosse do tipo mãe em tempo integral que tanto glorifica.

— Parece que você está com raiva dela.

Naquela noite, deitada na cama, Mamah ficou pensando como pôde ignorar o que Hedwig tinha contado sobre Ellen. Ela ouviu a história e arquivou em algum lugar da memória. Ficou perturbada de pensar que fizera aquilo.

A observação de Frank sobre ela ser apenas a tradutora de Ellen também abalou Mamah. Será que sua identidade tinha se misturado com a de Ellen? Ela era uma força poderosa. Ellen Key tinha uma cabeça que parecia uma lâmina de aço muito afiada. Seria difícil argumentar com ela sobre o dano que esse artigo poderia provocar nos Estados Unidos, bem no momento em que as facções do Movimento Feminista estavam deixando as diferenças de lado para se unir pelo voto. Antes de conhecer Frank, Mamah foi, durante anos, partidária apaixonada do sufrágio. Ficou imaginando o que teria acontecido com aquela jovem mulher.

Voltou para o estúdio e fechou a versão sueca de *Má utilização da força da mulher*. Talvez fizesse corpo mole para traduzir aquele ensaio. Ou então até podia dizer para Ellen que nenhum editor queria. Ela vasculhou as estantes, procurando um lugar para pôr o livro, e acabou deixando-o de lado, não descartado totalmente.

Lá fora, o sol tinha espantado as nuvens cinzentas. Através dos sincelos faiscando como cristais molhados, o céu estava azul como os ovos dos tordos. Mamah pensou ter visto uma forma branca se movendo no capim congelado do campo. Devia ser uma lebre, à procura de casca de árvore ou gravetos, ou brotos nos galhos. Frank tinha dito que as lebres ficavam completamente brancas no inverno para se esconder dos predadores. Mas tinham de sair para procurar comida.

Mamah pegou seu binóculo na estante, calçou as botas, vestiu o casaco e saiu correndo para a neve. Escorregando, quase patinando, desceu o caminho congelado e parou uma vez para olhar para trás. A franja de sincelos em Taliesin cintilava. Ah, era uma delícia estar ao ar livre. Quando voltasse para casa, ia levar Frank lá para fora e mostrar como seu "topo brilhante" realmente brilhava.

Ela foi para o campo, quebrando a camada de gelo com cada passo e afundando até os joelhos na neve. Caminhava de cabeça baixa, com o binóculo pendurado no pescoço. Quando levantou a cabeça para ver onde estava, deu de cara com o sol. Naquele momento suas pupilas se contraíram diante da luz forte. Só conseguia ver ondas latejantes de branco. Nada aparecia com clareza quando olhou para a casa. Aliás, não via nada definido de lado nenhum. Não conseguia ver nem seus pés. *Idiota*, pensou ela, *dando risada. Afundada até o joelho e cega com a claridade da neve.*

Fechou os olhos e esperou passar.

CAPÍTULO 41

Quando chegou ao fim o mês de abril, a primavera abriu caminho entre galhos enregelados e brotou da lama. Brotos verdes minúsculos se abriam. Mamah esperava, contra todas as possibilidades, que a primavera não recolhesse sua fragrância e recuasse.

Os catálogos de sementes tinham chegado em fevereiro. Quando alguns envelopes que ela encomendou apareceram em meados de março com a correspondência, ela plantou as sementes em latas de café instantâneo e arrumou-as ao longo das janelas que davam para o sul no seu estúdio.

Sempre que Frank e ela tinham um momento juntos em fevereiro e março, conversavam sobre plantar. Frank estudava seus catálogos de variedades de ameixeiras e macieiras.

– Sabe essa amarela transparente aqui? – disse Frank um dia. – Nós a chamávamos de "maçã da colheita" quando eu era pequeno, porque ela amadurece na época de debulhar o trigo.

E então ele se animava, contava lembranças das tortas que as tias faziam durante a colheita e dos debulhadores migrantes que as consumiam.

A febre de plantar não era novidade para Mamah. Mesmo na pensão em Berlim, sem um metro quadrado de terra, ela se entretinha imaginando o que escolheria se tivesse apenas uma opção. E resolveu que seria uma peônia japonesa que tinha visto num livro, o tipo que tinha flores brancas de perder o fôlego de tão lindas, com um perfume celestial.

Agora o sonho de plantar aumentava em escala colossal. Eram trinta e um acres para pensar, incluindo um pomar e um vinhedo. E havia também o jardim de terraços que ia até o topo da colina, onde Frank tinha cercado dois carvalhos majestosos com um muro baixo de pedra calcárea, criando um jardim inclinado e o "círculo de chá". Junto com isso havia canteiros espalhados em volta da casa.

Frank tinha consultado seu amigo Jens Jensen sobre o pomar e o vinhedo. Adotou, confiante, a lista de macieiras e a variedade de uvas que Jensen sugeriu e acrescentou suas favoritas também. Mas Mamah tinha suas autoridades em jardinagem – Gertrude Jekyll, a botânica inglesa, a principal delas. Mamah conhecia o paisagismo estilo pradaria de Jensen e até admirava. As gramíneas, no entanto, não faziam seu coração palpitar como as rosas. Mais catálogos chegaram e ela ficou animada lendo sobre os vencedores das feiras campestres.

– Esses cravinhos listrados não são adoráveis? – ela disse num momento de rendição e apontou para uma aquarela na capa de um catálogo.

– Anomalias – disse ele.

– Mas malva-rosa deve ficar bonita contra a alvenaria – ela arriscou.

Ele cerrou os dentes como se tivesse encostado em espinhos.

– Não gosto de plantas perto das fundações da construção.

Ela mudou de posição na cadeira e resolveu pegar outro caminho.

– Eu sei, mas malva-rosa é arquitetônica. Plantas grandes dão forma ao jardim, como maravilhosas peças de escultura. Gertrude Jekyll usa muito.

Ele não respondeu. Ela sabia o que ele queria. Plantas nativas. Desde o início ele disse que Taliesin devia ser uma coisa só. Que as matas, os campos, o pomar, o jardim e a casa deviam ser um tecido contínuo, sem divisões.

– Não é que eu queira sumagre por todo lado – ele disse –, mas...

– Mas o detalhe exprime o todo. Eu sei disso. Você acha que não entendi, depois de todo esse tempo?

– Há considerações de design.

– Será que não tenho bom gosto? Eu já contratei você um dia, sabe?

Ele passou a mão no cabelo.

– Acho que você está simplesmente com medo de ceder o controle – ela disse.

Ele ficou cabisbaixo.

– Construí esta casa para você, Mamah.

– Então pense na sua cliente, meu querido. Ela é uma mulher que viu a Inglaterra no verão. Não entendo por que não podemos ter flores e gramíneas da pradaria – Mamah se levantou e foi abraçá-lo. – Será que tudo tem de ser exatamente perfeito? Não podemos brincar um pouco? Não posso cometer alguns erros enquanto resolvo as coisas?
Ele sorriu.
– Nada cor-de-rosa. E limite as estrangeiras, está bem?
– Vermelhos e amarelos ficariam lindos.
– Você é a jardineira – ele disse, e foi para o estúdio.

MAMAH PENSOU nos canteiros que ia plantar de todos os ângulos. Observou a mudança da luminosidade na colina que ia até o círculo de chá. Avaliou as descrições dos catálogos, esforçando-se para manter em mente ao mesmo tempo as flores, a folhagem e as frutinhas de diversas plantas. Estudou os planos de Frank para toda Taliesin, e fez, então, seus diagramas de canteiros de flores e estações, procurando criar ondas progressivas de cor.

Sobrecarregada, ela acabou pegando antigas favoritas e algumas plantas das quais nada conhecia. Escolheu *flox coquelicot* – doze tipos delas – porque a flor tinha a cor de papoulas laranja, depois escolheu outras três variedades, tanto pelos nomes quanto pelas cores, com a esperança de que Fraülein G. von Lassburg traria o que havia de melhor no General von Heutsze. Encomendou vinte rosas rugosa, um tipo japonês, vinte *Philadelphus*, chamadas de falso-jasmim, dez *viburnums* bola de neve com flores brancas amassadinhas do tamanho de pratos. Foram acrescentadas muitas plantas que floresciam, em geral em tons de vermelho e laranja.

Achava que tinha encomendado coisas demais até ver a lista do pomar de Frank. Duzentos e oitenta e cinco macieiras de doze tipos diferentes, sem falar das vinte ameixeiras e vinte pereiras, trezentas groselheiras, duzentas amoreiras e cento e setenta e cinco framboeseiros, além de duzentos pés de uva e de passa de Corinto para o vinhedo. As sobrancelhas dela foram lá para cima.

– Foi um marinheiro bêbado apaixonado por tortas que preencheu esse formulário?

– Estamos arrumando a base – ele disse. – Significa auto-suficiência – havia impaciência na voz dele. – De qualquer modo, Jensen consegue essas coisas bem barato. São apenas umas mudinhas, e, se não plantarmos agora...

Ele examinou as escolhas dela e acrescentou vinte árvores de sumagre à lista.

FRANK MENCIONOU UMA TARDE, no meio do mês de maio, que as plantas chegariam em um ou dois dias. Ele tinha contratado dois caminhões para levar o carregamento da estação de trem de Spring Green assim que chegasse. Eles iam precisar de mais mãos para descarregar.

– Há dois garotos na casa dos Barton – ofereceu Josiah.
– Você os conhece? – perguntou Mamah.
– Boa família – disse Josiah.– Os meninos ficam na escola até a tarde. Mas posso trazê-los para cá agora para começarem a cavar as covas.
– Você trata disso?
– Sim, madame.

Josiah foi telefonar da cozinha.

– Diga que vou pegar os meninos amanhã – ela sussurrou enquanto ele ligava.
– Eu posso ir pegá-los – ele disse.
– Obrigada, Josiah, mas eu vou.

Mamah tinha observado a pequena casa de fazenda toda vez que passava de carro pela Estrada Rural C. Era quase como qualquer outra casa de fazenda na região – de compensado caiado, com uma área de grama aparada na frente, um celeiro, um arvoredo para proteger do vento ao norte e campos de plantações que chegavam até o quintal. Ela lembrou a primeira vez que notou aquela casa. Ao passar de carro, ela viu uma menininha equilibrada na trave de cima da cerca branca, atiçando um gato no chão com um pedaço de barbante. Poucos metros mais adiante havia peles de coelhos esticadas na cerca, para secar.

Mamah disse a Josiah que deixasse clara a sua identidade para a mãe dos meninos que atendeu o telefone. Srta. Mamah Borthwick da casa Wright pegaria os filhos dela se eles pudessem ir trabalhar na plantação de Taliesin. Parada ao lado do telefone enquanto Josiah explicava, Mamah esperou a recusa educada.

– Estarão à sua espera às três horas – disse Josiah.

Mamah soltou o ar que prendera nos pulmões.

– Ah – ela disse, surpresa. – Isso não é ótimo?

– Muito prazer – uma mulher corpulenta e mais jovem do que Mamah atendeu a porta, secando as mãos no avental. – Sou Dorothea Barton. Entre.

Ela levou Mamah até uma sala de estar minúscula e entregou-lhe dois vidros de amoras em conserva com laços em volta das tampas.

– Eu ia até a sua casa para lhe dar as boas-vindas.

Mamah ficou parada na salinha, completamente pasma com a amabilidade da mulher.

– A gripe pegou seu pessoal este inverno? – a mulher perguntou.

A imprensa é que nos pegou, Mamah queria dizer, mas aquela mulher não era como Mattie, ou Else, nem mesmo como Lizzie.

– Não, graças a Deus.

Quando Dorothea Barton foi para o quintal e berrou o nome dos filhos, Mamah examinou a sala. Havia pratos de louça de jogos diferentes com desenhos azuis arrumados numa prateleira sobre o aparador. Um retrato de estúdio antigo de uma família antiga. Um órgão bem usado com um xale franjado por cima. Um sofá preto reluzente de tecido de crina. Sobre o órgão, um bordado dizia: A DILIGÊNCIA É A MÃE DA SORTE.

Dorothea voltou com dois adolescentes desajeitados que se apresentaram como Leo e Fred.

– A senhora viu minha Emma quando chegou? – a mulher segurava a mão de uma menininha. – Emma, diga à srta. Borthwick quantos anos você tem.

– Seis.

– A senhorita tem uma filha mais ou menos da idade dela, não é? – perguntou Dorothea.

– Tenho – *ela leu sobre Martha e John*, pensou Mamah. – Ela ficará aqui o verão inteiro. Eu sei que vai adorar conhecer você.

Descendo pelo caminho da fazenda, Mamah viu que o jardim de Dorothea Barton já estava florindo. Ali perto, treliças circulares abraçavam vinhas exuberantes.

– Onde conseguiram esses apoios? – ela perguntou aos meninos.

– O pai os faz com anéis de barril – respondeu Leo. – Ele sabe fazer cem coisas com um barril.

Mamah chegou em casa e foi procurar Frank. Chamou por ele, mas não estava por perto. Tirou o casaco e voltou para o estúdio. Lá encontrou suas latas de café e as mudinhas no chão. Ficou confusa e então entendeu. Frank as tinha tirado do parapeito por causa da aparência delas, tinha certeza disso. Elas poluíam as linhas das janelas, e por isso ele deve ter ficado semanas furioso.

Mamah ficou magoada, como se levasse um tapa na mão, mas deixou a mágoa de lado. O tempo já estava bastante quente para plantar as mudas. Reuniu as latas numa bandeja e levou para o lado de fora. Não ia mencionar a idéia dos aros de barril para Frank. Ele ia pensar que ela havia perdido o juízo.

MAMAH CHAMOU OS MENINOS Barton quando o caminhão chegou com as plantas no dia seguinte. O pai deles, Samuel, levou-os até lá e desceu do carro para dar uma espiada. Ele era um homem alto e magro, com um vasto bigode.

– Apodreceram – ele disse quando os meninos descarregaram as perenes primeiro. Os crisântemos, as *physostegia* (também chamadas de plantas obedientes) e as margaridas coreópsis estavam todas mortas. Das sessenta flores que ela encomendara, apenas catorze sobreviveram à viagem. Fraülein von Lassburg e o General von Heutsze estavam entre os cadáveres. Todas as vinte mudas de rosas estavam secas e inutilizadas.

– Não posso ajudá-los com essas – ele disse –, mas, se trabalharmos rápido, podemos salvar as frutinhas silvestres e as macieiras. Quantos homens a senhora tem aqui?

Tinha Josiah, Billy Weston e o filho dele, os meninos Barton e depois teria Frank, que tinha ido até Madison para comprar material de construção. Mamah entrou na casa e pegou a planta de toda a propriedade, com os pequenos xis mostrando como as árvores iam formar linhas diagonais encosta abaixo. Ela não mencionou a inspiração daquelas linhas, como as árvores no Vale do Arno abaixo de Fiesole tinham sido marcadas em quadrados de ciprestes. Sabia que não devia mencionar as plantações ondulantes da Úmbria, ou como os japoneses formavam terraços de suas plantações com tanta arte.

Samuel desceu a encosta com Mamah. Parou no meio da colina com as mãos enfiadas nos bolsos de trás da calça.

– Vão plantar pra valer, não é? – ele perguntou.

Depois que descarregaram todo o caminhão, Mamah e os homens ficaram no meio de uma floresta de mudinhas. Foi um alívio para ela quando Frank apareceu. Ele pareceu contente de ter um vizinho dando instruções para plantar as árvores. Será que Frank saberia como podá-las antes de pôr na terra, do jeito que Samuel Barton ensinava a todos? Em seus sonhos febris de auto-suficiência em Taliesin, Frank tinha dado o passo maior do que as pernas. Não previra o trabalho hercúleo que tinham pela frente, mas nunca admitiria isso. Ele trocou de roupa e juntou-se aos homens no campo.

Eles passaram três dias plantando. Mamah pediu ajuda para Lil, que fez dois panelões de assado para os homens comerem quando voltavam do campo, enquanto Mamah tratava de plantar as mudinhas que tinham sobrevivido. Quando Dorothea Barton chegou com a família na manhã do segundo dia, ela e os filhos começaram a descarregar caixas lotadas de plantas que ela mesma havia arrancado do próprio jardim.

– Sam disse que a senhorita perdeu algumas, por isso aqui estão outras para compensar. As margaridas são do jardim dos Wilkins. Da fazenda logo depois da nossa. Ah, ela tem um jardim. Vou levá-la até lá para ver quando estiver florescendo.

As mulheres trabalhavam lado a lado, conversando sobre jardins e crianças enquanto plantavam as mudas.

– Seus filhos são ótimos rapazes, Dorothea – comentou Mamah.

A mulher olhou para ela com um enorme sorriso.

– Obrigada.

No fim do último dia de plantio, Dorothea e a pequena família foram conhecer a casa. Tiraram os sapatos na entrada e andaram pela casa como se fosse uma catedral exótica. Dorothea ficou espantada com os arranjos de musgo e pedras de Frank, e disse que o vaso Ming que ele tinha enchido de galhos de chorão era "bonitinho".

Samuel ficou de boca fechada até chegar à janela do quarto.

– É uma beleza, sem dúvida – ele disse, olhando para a vista.

Mamah achou que ele estava falando do campo que tinham acabado de plantar. As pequenas árvores, espalhadas como pontos pretos em cruz numa colcha rústica, já estavam bonitas e cheias de promessas. Ia ser extraordinário olhar para elas dali a seis ou sete anos e ver nuvens de flores e frutos.

Mas quando viu os olhos dele marejados, ela percebeu que ele falava da própria fazenda.

– Nunca a vi tão bonita – ele disse.

1913

CAPÍTULO 42

Taylor Wooley tirou um desenho de um tubo de papelão e abriu na prancheta. Alisou as pontas, depois pôs uma caixa de lápis num canto e segurou os outros com coisas que encontrou no estúdio, uma régua T, um vaso. Emil Brodelle, o jovem projetista que trabalhava na outra mesa, se aproximou para dar uma espiada.

– "*Villa* para um artista" – ele disse, lendo em voz alta o título na parte de baixo. – Eu vi isso no portfólio.

Os três ficaram olhando para o desenho.

– Vejo Taliesin nesse projeto – disse Emil. – O jeito que se encaixa na colina. As varandas também.

Mamah sorriu para Taylor quando ficaram sozinhos.

– Você não esqueceu.

– Foi a primeira coisa que empacotei.

– Posso sentir o cheiro dos pinheiros em torno de Fiesole só de olhar para esse desenho – ela disse.

– Sente saudade de lá?

– Ah, sinto saudade do tempo que passamos lá. Mas adoro este lugar. Não é engraçado? Eu odiava a idéia de vir para o Wisconsin, e agora tudo que eu quero é ficar aqui.

– Criou raízes?

– Profundas – ela respondeu. – Desde que voltamos do Japão, eu olho em volta e vejo todo tipo de coisas gritando, pedindo atenção. Meu jardim, por exemplo. Nem sei dizer como é bom ter um lugar que precisa de mim – ela enrolou o desenho e guardou no tubo. – Venha comigo. Quero guardar isso no cofre e tenho de mostrar outras coisas para você.

Ela o levou até o cofre de pedra no estúdio, onde Frank guardava suas preciosas gravuras japonesas.

– Imagens do mundo flutuante – disse Mamah com um floreio da mão. Taylor olhou boquiaberto enquanto ela abria uma caixa depois da outra. Mostrou-lhe imagens coloridas dos atores *kabuqui* com espadas em riste, gueixas com pára-sóis, uma vista da neve no topo do monte Fuji.

— O sr. Wright se transformou num *marchand* de gravuras — ela disse.

— Eu sempre soube que ele era louco por essas coisas, mas...

— Mais do que louco. Ele tem de explicar a você o sentido delas. Ah, como ele adora uma reunião sobre gravuras. Teremos uma esta noite, só nós três. E ele falará de cada uma delas. Você vai desejar não ter perguntado.

— Minha nossa, deve haver milhares delas!

— E isso foi o que sobrou. O grosso foi enviado para Boston.

— Ele mencionou alguns colecionadores.

— É — disse ela, fechando a porta do cofre. — Os irmãos Spaulding, em Boston. Foi por causa deles que conseguimos ficar aqui tanto tempo. Deram carta branca a Frank para comprar o que quisesse.

Ela não contou a Taylor a quantia em dólares que os irmãos entregaram a Frank — vinte e cinco mil. Esses números iam parecer um absurdo para um jovem lutando para sobreviver como arquiteto. Taylor estava lá para ajudar Frank a preparar os desenhos para uma exposição, e Mamah tinha certeza de que ele não ia ganhar muito dinheiro nessa estada.

— Quer dar uma volta por aí enquanto esperamos Frank? O trem dele chega daqui a uma hora e meia.

— Não imagino nada melhor.

— Foi um lance de sorte — disse Mamah quando saíram para os jardins. — Estávamos planejando ir para o Japão em janeiro, de qualquer maneira, para Frank poder falar com o pessoal do governo sobre o Hotel Imperial. Você conhece essa parte da história, certo?

— Ouvi dizer que estavam cogitando chamá-lo. É uma comissão imensa.

— Bem, ainda está no ar, mas temos muita esperança de que dê certo. Correu tudo bem nessa frente. E não poderia ser em melhor hora, se acontecer — ela parou de andar um momento e olhou nos olhos de Taylor. — Eu odeio fingir com você. A verdade é que o trabalho de

Frank praticamente acabou aqui. Parece ter sempre alguma coisa na prancheta de desenho, mas quando chega a hora de construir...

Taylor não disse nada, mas segurou o braço dela por um momento. Ele era jovem, empregado de Frank. Ela não devia estar falando sobre dinheiro com ele.

— De qualquer modo, esses Spaulding souberam que Frank ia viajar para o Japão. Ele ia procurar gravuras de qualquer jeito. Você o conhece. Mas de repente, havia dinheiro para gastar em benefício desses irmãos. Parece que Frank é considerado um especialista em gravuras japonesas. E em descobri-las também.

Rindo, Mamah olhou para ele por cima dos óculos.

— Foi uma aventura e tanto a de vocês?

O sorriso de Taylor era de quem sabia do que estava falando. Ele tinha acompanhado Frank em duas excursões para fazer compras na Itália.

— Eu nunca imaginei o que seria o amanhã – ela disse. – Num momento estávamos conversando com um vendedor de gravuras num escritório elegante, tomando chá, e, no momento seguinte, Frank desaparecia em porões enfumaçados no bairro dos comerciantes de arte – "para-baixo" é como ele os chama – onde as pessoas tinham pilhas das coleções mais incríveis de gravuras *ukiyo-e*. Lembre que essas não eram as imagens intactas que encontramos no lado chique. Mas Frank não se importava com cantos rasgados, nem se as gravuras estavam sujas. Ele fica absolutamente enlevado com a arte e a geometria dessas coisas, o que suponho que seja o que faz dele um dos melhores para escolhê-las. Ele diz que são mais modernas do que o Modernismo.

Sentaram na pedra em arco em volta do círculo do chá.

— E como estão as coisas por aqui?

Taylor podia estar perguntando sobre o clima, mas Mamah sabia que era sobre a imprensa.

— Você ouviu falar?

Ele assentiu com a cabeça.

— Só por um amigo em Chicago. Eu mesmo não li nada. Não foi notícia em Salt Lake.

Mamah deu um suspiro.

– Obrigada, Taylor – ela deu um tapinha na mão dele. – As pessoas têm sido surpreendentemente generosas. Ninguém menciona isso. Ao menos, os que falam conosco.
– E você, como vai você?
– Estou bem. Ainda tentando pegar pé desde que voltamos.
– Ainda traduz?
– No momento, não. É uma história muito longa.
– E seus filhos, têm vindo para cá?

O rosto de Mamah se abriu num largo sorriso.

– Vieram sim. Eu me preocupei demais depois de tanta publicidade. Mas minha filha Martha fez amizade imediatamente com uma menina chamada Emma, da fazenda vizinha, e ela tem um primo que é da idade do meu John. Então funcionou melhor do que eu esperava. Eles acabaram gostando muito de Frank, eu acho, no fim do verão. Ele os levou para passear a cavalo, para pescar e os mimou o tempo todo, é claro.

"Tivemos muitos visitantes no último verão. As pessoas viam a casa da estrada e subiam até aqui curiosas. E houve excursões combinadas também. Tivemos um grupo de alunos de uma escola que veio com seus professores. E uma turma da escola da igreja. Você acredita nisso?"

– É interessante como as pessoas se adaptam depois de um tempo.
– Até pessoas como eu. Este é o meu lar agora, Taylor.
– O que vai fazer se tiver de voltar para o Japão?

Ela se mexeu no banco, pensativa.

– Atravessarei essa ponte quando tiver de fazer isso, eu acho.

Eles sentaram ao sol, sorvendo o prazer do ar quente e da companhia um do outro. Depois de um tempo, Taylor foi ao estúdio para se instalar e Mamah continuou no jardim. Era a época mais perfeita do ano no Wisconsin – a segunda semana de maio. Quando ela e Frank retornaram para Taliesin em abril, ela ficou muito feliz de chegar em casa a tempo de ver os primeiros brotos de peônias que pareciam aspargos subindo da terra e de sentir o perfume das lilases quando abriram pela primeira vez. Quase todas as árvores frutíferas tinham sobrevivido ao inverno, estavam brotando. A casa estava mais linda do que nunca. Frank tinha comprado vasos, telas e maravilhosos quimonos de seda que arrumou artisticamente pelos cômodos. O Extremo

Oriente se fundia com o Meio Oeste sem um pio de protesto. A história comum de Mamah e Frank – a casa da pradaria, Itália, Japão, até um pouco da Alemanha, parecia permear cada centímetro quadrado de Taliesin.

Algumas partes mais difíceis do lugar não tinham mudado. Mamah não conseguia olhar para a entrada sem se lembrar dos repórteres subindo para a casa. E a mãe de Frank, que deixou seu quarto quando eles voltaram do Japão e agora resmungava de mau humor na casa de Jennie quando Mamah aparecia e mal falava com ela. Mas Mamah tinha voltado para Jennie também, a amiga tão positiva e bondosa quanto ela podia esperar que fosse. E também tinha voltado para a perspectiva da visita dos filhos no verão, dali a poucas semanas, e para um pequeno círculo de amigos que estava começando a crescer.

Havia o trabalho para o qual poderia voltar, se quisesse prosseguir. *Frauenbewegung, O movimento feminista*, estava esperando. Não traduziu para Ellen enquanto estava no Japão. Na verdade, ela saiu dos Estados Unidos muito aborrecida com Ellen. Frank e ela tinham planejado viajar no início de janeiro para a Califórnia, onde pegariam o navio para o Japão. Quando souberam que os irmãos Spaulding queriam ver Frank antes de ele embarcar, uma viagem rápida para a costa leste foi programada. Passaram a maior parte da semana em Boston, mas, a pedido de Mamah, Frank e ela viajaram para Nova York para confrontar o sr. Huebsch, o homem que estava publicando a tradução-pirata de *Amor e ética*. Era o princípio da coisa que tinha movido Mamah a estabelecer o conflito, mas também era uma questão de ordem prática. O público de *Amor e ética* era tão pequeno que não havia espaço para duas traduções no mercado. A versão de Huebsch certamente devia estar provocando a queda das vendas da tradução dela. Frank tinha encorajado Mamah a enfrentar Huebsch.

Foi uma grande decepção encontrar Huebsch para ver o homem que Mamah tinha demonizado apresentar um cheque de Ellen Key provando que, além de autorizar, havia também remunerado o homem pela tradução.

Agora não adiantava mais fingir. Ellen tinha simplesmente mentido para ela. Mais desconcertante ainda foi uma observação do assistente delicado de Huebsch, quando eles estavam saindo.

— Não tenho intenção nenhuma de ofendê-la, srta. Borthwick – disse o homem com aparência acética, cujo cinto da calça ficava na altura do peito –, mas tenho um sócio na Putnam que diz que Ellen Key prefere as nossas traduções para as obras dela, acima de quaisquer outras. E o escritório da Putnam em Londres pensa a mesma coisa.

— Seu verme patético – Frank retrucou, quase espumando pela boca. – Seu inconseqüente...

— Vamos embora agora – disse Mamah, puxando Frank pela porta do escritório.

Eles pegaram o trem para casa, refizeram as malas rapidamente e partiram para a Califórnia na manhã seguinte. Confusa, ela levou para a viagem ao Oriente a tradução de Huebsch de *Amor e ética*, além da dela. Afinal, teve bastante tempo para estudar as duas, já que eles perderam o navio para o Japão e tiveram de ficar duas semanas na Califórnia. Frank e ela compararam as duas traduções linha por linha enquanto esperavam o navio. Em alguns lugares, ela teve de admitir que a versão de Huebsch era superior à dela, mas em outros achou que o superou. Mamah acabou deixando as duas traduções na mesa do quarto do hotel e embarcou no navio, com a intenção de não pensar em Ellen Key por mais seis meses.

E quase conseguiu. Dedicava todos os dias no navio a distrair Frank do seu terrível enjôo. Mas assim que pôs os pés em terra firme, em Tóquio, ele se envolveu em reuniões com representantes do governo e, no tempo livre, saía à caça de gravuras.

O guia de Frank era um homem extraordinário, Shugio Hiromichi, um empresário formado em Oxford com modos exóticos e conexões em todos os estratos da sociedade japonesa, desde os cargos mais poderosos até artesãos humildes. Depois de um tempo, Mamah parou de acompanhá-lo na caça às gravuras nos bairros de comércio, especialmente à noite. Ficava ressabiada ao ver o olhar vidrado de Frank quando ele parava para trocar algumas palavras com Shugio nos degraus de um subsolo logo antes de entrar, o coração evidentemente acelerado como o de um lobo do lado de fora de um galinheiro. E de qualquer maneira, a presença de Mamah complicava as transações. Ela era mulher, uma ocidental bem vestida, que só elitizava a negociação.

— Nenhuma barganha vai acontecer na minha presença — ela disse para os dois depois de algumas incursões. — É melhor vocês irem sozinhos.

Sem ela, Frank podia usar uma das roupas que ele achava que ajudava a se fazer passar por... o quê? Um artista? Certamente não um nativo. Ninguém que ela viu nas ruas de Tóquio se vestia como ele, com a calça abotoada nos tornozelos e o chapéu Dutch-boy que encomendara para um alfaiate local. Onde é que ele encontrava sapatos com saltos de madeira tão altos? Ficava mais alto, mas eram radicais, como as plataformas que as gueixas usavam nas casas de chá. Vê-lo embecado com aquela roupa que em outra ocasião ela teria achado charmosa agora fazia com que se sentisse constrangida e com uma raiva inexplicável.

A última negociação que ela testemunhou serviu para convencê-la de que não tinha estômago para o comércio. Eles ficaram de pé num subsolo, esperando o comerciante pegar suas gravuras num quarto dos fundos, quando Frank avistou um grande vaso que achou bonito, numa mesa encostada na parede. Foi até lá e deu uma batida nele com uma bengala de bambu que tinha comprado em Tóquio. A batida quase derrubou o vaso.

— Quanto quer por isso? — perguntou Frank para a mulher do homem, que ficou horrorizada vendo o vaso balançar e depois se endireitar. A mulher abaixou a cabeça e resmungou.

— Não está à venda.

Shugio traduziu.

— Está na família dela há muitas gerações.

O teatro da negociação da gravura que aconteceu depois fez Mamah ficar ainda mais desconfortável. Frank fingia ficar muito ofendido com o preço que o homem pedia. O pobre e velho vendedor ia até os fundos para conversar com a mulher. Frank adulava, fazia piadinhas, se insinuava, tudo por intermédio da sutileza da tradução de Shugio, que parecia aparar os constrangimentos. Depois ele saía com gravuras quase de graça em comparação com o que os irmãos Spaulding iam pagar para Frank. Havia uma característica mercenária no procedimento que deixava um gosto ruim na boca de Mamah.

— Essas gravuras não são grande arte para os japoneses — Frank procurou tranqüilizá-la um dia enquanto se preparava para enviar mais um telegrama para os Spaulding pedindo mais dinheiro. — É a arte do homem comum. Os vendedores não acham que estão sacrificando nada. Na verdade, eles acreditam que estão levando vantagem sobre mim.

Apesar do mal-estar que ela sentia nas incursões noturnas de Frank, Mamah não podia deixar de rir quando ele voltava todo animado e contando histórias interessantes. Só uma vez ele voltou profundamente sério. Foi seguido na volta para o hotel por um homem com aspecto ameaçador que parecia estar esperando o momento certo para atacar. Evidentemente já corriam os boatos pelas ruas de que havia um comprador louco de gravuras com muito dinheiro nos bolsos. Shugio e Frank queriam que os proprietários de gravuras soubessem, só que os batedores de carteira também ficaram sabendo. Depois disso, Mamah ficava preocupada até ele chegar a salvo no quarto do hotel.

— Quando é que vou ter meu arquiteto de volta? — ela disse gentilmente uma noite quando ele apareceu mal-humorado e de mãos vazias depois de uma saída.

Seu corpo inteiro demonstrou estar decepcionado com ela quando ele falou.

— É desagradável para mim, Mamah, que, apesar de tão brilhante, você insista em não entender essa parte da minha vida.

Ele limpou a boca com um guardanapo e empurrou a cadeira para trás.

— Eu entendo, é só que...

Frank levantou a mão e continuou.

— Neste momento isso é seu pão com manteiga. Mas logo não terá mais importância. Eu acredito que quase limpei o Japão inteiro de suas melhores gravuras antigas. Estão ficando cada dia mais difíceis de encontrar.

Sem a concentração na tradução, e sem qualquer objetivo próprio, Mamah se sentiu sem rumo no Japão depois de algumas semanas. Tinha o cuidado de não demonstrar sua tristeza para Frank. Não queria bancar a sofredora Griselda, como tinha feito Catherine na sua viagem ao Japão com Frank, esperando pacientemente e sozinha no hotel, imaginando quando ele ia voltar. Nas histórias de Catherine havia sugestão de "decepções", que Mamah achou que significavam as idas de Frank aos bairros do prazer durante suas ausências. Será que Frank tinha feito isso com ela desta vez? Será que estava indo para a cama com uma mulher de rosto branco e lábios vermelhos a tarde inteira? Ela sabia que ele gostava muito das xilogravuras eróticas de gueixas que tinha descoberto. E tinha de admitir que era possível. Ultimamente ele andava muito preocupado e raramente conversava com ela.

– Vamos dar um passeio no campo hoje, só nós dois – ela propôs uma manhã.

– Não posso – ele disse. – Shugio encontrou um homem...

– Frank – ela pôs as mãos nos ombros dele –, estamos nos afastando. Mal vi você nessas últimas duas semanas.

Ele gemeu exasperado.

– Eu ando obcecado. Admito isso. Mas meu Deus, as coisas que eu achei! Você precisa ter paciência.

– Estou tentando.

Ele esfregou as têmporas dela com as pontas dos dedos.

– O que está acontecendo aqui dentro?

– Só coisas ruins, eu acho – ela procurou manter a leveza da voz.

– Por exemplo?

– Ah, Frank. Eu fico pensando em tudo que fiz de errado. Num minuto penso sobre o que Huebsch disse, que Ellen não estava satisfeita com as minhas traduções...

– Você vai acreditar naquele besta? Se tem alguma dúvida, pergunte diretamente para Ellen.

– E depois, no minuto seguinte...

– O quê?

– Penso no tempo que terei ficado longe das crianças quando esta viagem terminar. Seis meses é demais.

– Mas quantas vezes poderia vê-los nesses seis meses? Alguns fins de semana?

– Fico pensando na Martha.

– O que tem a Martha?

— Sabe aquele fim de semana que fui para Chicago logo antes da nossa viagem para cá? Antes de irmos para a Califórnia?
— Sei.
— Quando eu me levantei uma manhã de domingo e me vesti, você sabe, me arrumando para encontrar Edwin no saguão e entregar as crianças para ele, não encontrava os meus sapatos. Procurei por todo o quarto e acabei achando no banheiro, atrás de um aquecedor. Martha tinha escondido lá.

Os olhos de Mamah se encheram de lágrimas.

— Ela não queria que eu fosse embora. E olha o que eu fiz.

Frank a abraçou e balançou de um lado para outro.

— Eu sei o que eu disse antes — agora as lágrimas escorriam. — Que meus filhos precisam de certa distância de mim para se curar. Mas não consigo parar de pensar no que vai acontecer se você conseguir esse trabalho. O que vai acontecer se eu voltar para o Japão com você e ficar longe deles por um ano inteiro? Será que eles agüentam essa distância toda? Porque eu acho que eu não agüento.

— Você está se adiantando muito. Agora ouça. Vou chegar mais cedo hoje e planejamos uma viagem até Kyoto. Você vai adorar Kyoto.

— O que estou tentando dizer a você é uma coisa boa, Frank. É que Taliesin agora é o meu lar. Depois de todos esses meses e anos sem saber onde eu estaria, ou onde eu desejaria estar, agora só penso em voltar para lá.

— Paciência — ele beijou a testa dela. — O comércio das gravuras vai nos manter até a construção do hotel sair. Será um projeto de sete milhões de dólares. Quatrocentos ou quinhentos mil só de honorários do arquiteto. E agora, quem você quer que consiga esse trabalho?

— Você — ela disse. — É claro.

CAPÍTULO 43

— Vamos fazer um piquenique antes de Taylor ir embora – sugeriu Frank certa manhã.

Ele estava falando de ir pescar no rio desde que chegaram do Japão. Mamah sorriu ao vê-lo à sua frente agora, conversando com seus dois jovens projetistas, que bebiam cada palavra dele.

Quando Frank encontrou um lugar ao seu gosto, estenderam os cobertores e tiraram os sapatos. Mamah desembrulhou queijo e salsichas e passou quatro pratos.

Frank estava tirando as meias.

— Então o que aconteceu no mundo da arquitetura americana na minha ausência, cavalheiros? – ele perguntou. – Contem-me que deram um golpe no palácio.

Mamah não prestava muita atenção nos nomes citados, nas construções que descreviam. O dia estava perfeito como todos os dias perfeitos que passara em Wisconsin. Nuvens baixas passavam rápidas sobre as colinas, acendendo e apagando o sol na grama verde do campo como a passagem dos fotogramas de um filme. Ela deitou de lado e fechou os olhos, seguindo o murmúrio da conversa, mais do que o conteúdo. Notou que Taylor e Emil se dirigiam a Frank com muita reverência, que riam muito das histórias dele. Nem precisava vê-lo para saber que estava alegre. Era aquilo que ele tinha imaginado na Itália quando disse a ela que ia ensinar jovens arquitetos. Nada de salas de aula, apenas uma prancheta. E piqueniques. Ele tinha esquecido de acrescentar os piqueniques.

No Japão, Frank tinha mergulhado numa divagação sombria de como alguns empregados o tinham traído. Num ataque de raiva, ele disse que nunca mais usaria qualquer projetista que tivesse trabalhado para ele antes. Seriam apenas alemães e austríacos dali por diante, jovens que se adaptassem ao sistema de aprendizes. No entanto, lá estava Taylor, a única exceção, ela imaginou. E Emil Brodelle, um rapaz de

Milwaukee cuja origem Mamah suspeitava que não fosse nem alemã, nem austríaca.

Mas eles eram platéia suficiente. Em pouco tempo só se ouvia a voz de Frank, ininterrupta, falando de arquitetura na Europa, no Japão e na América. Ela percebeu que quando um dos outros conseguia introduzir algumas palavras, Frank mal dava atenção. E também não ria das piadas deles. Mal escutava enquanto parecia estar formulando a próxima tirada inteligente.

Emil entrou na conversa quando Frank fez uma pausa.

– O que acha de Walter Griffin vencer o concurso para projetar Canberra? Ouvi dizer que ele e Marion Mahony já se mudaram para a Austrália. É alguma coisa, não é? Desenhar a capital de um país?

Mamah abriu os olhos e viu o olhar de Taylor. Frank sabia que Marion tinha se casado com Walter Griffin. Ela olhou para Frank, mas ele não deu sinal de ter ouvido uma só palavra. Estava passando manteiga num pedaço de pão.

Emil ficou constrangido com o silêncio.

– Os dois trabalharam com o senhor um tempo, não trabalharam?

Frank mastigou o pão pensativo.

– Griffin foi meu aluno por pouco tempo e fica me plagiando desde então. Quanto a ela, era uma ilustradora, mais do que arquiteta.

Mamah se encolheu. A reclamação sobre Griffin era antiga. Mas doía ouvir Frank negar o que Marion merecia. Ela era formada em arquitetura pelo MIT. Esteve no estúdio de Frank em Oak Park praticamente desde o início. Na verdade, foi o desenho de apresentação de Marion, com exuberante folhagem e troncos de árvores, que convenceu Mamah e Edwin a contratar Frank.

– Frank – Mamah chamou em tom de brincadeira. – Ora, Frank... Você sabe que ela era seu braço direito. Marion é arquiteta até os ossos.

Frank olhou para o rio. Levantou e pegou sua vara de pescar.

– Quem é que vai pegar o primeiro, rapazes?

Os homens se alinharam na margem do rio e jogaram suas linhas. Depois de dez ou quinze minutos, aplausos e congratulações. Frank pegou um peixe.

VOLTARAM PARA CASA, Mamah foi para a cozinha e Frank ficou no balcão, limpando o peixe-espada que tinha pescado. Quando ela se aproximou e ficou ao lado dele, Frank parou de limpar o peixe. Ele esperou, com a faca afiada parada no ar sobre a carcaça molhada, até ela instintivamente recuar um passo. Então ele enfiou a lâmina novamente na carne do peixe e terminou o trabalho.

Mamah ficou confusa. Naquele momento pareceu que ele estava furioso com ela. Supôs que estivesse zangado porque ela o contradisse na frente dos desenhistas. Não era a primeira vez que ela sentia que era como se ele não suportasse estar perto dela. Algumas vezes encostava o pé no dele embaixo da mesa durante o jantar e ele fazia questão de dar um show exagerado, afastava o pé e mudava de posição em relação a ela, como se dissesse *Já acabou de se ajeitar?*.

Parecia que Frank sentia o espaço e os objetos como um morcego. Ela se lembrava de muitas noites em que ele sentava para jantar e na mesma hora afastava os talheres. Era um hábito que, no princípio, parecia grosseiro para Mamah, quase desprezo, já que ela acabara de arrumar a mesa minutos antes.

– Por que você faz isso? – ela perguntou um dia.
– Faço o quê?
– Empurra os talheres para longe, como se estivesse zangado.
– Odeio coisas inúteis amontoadas.
– Talheres são coisas inúteis? – ela perguntou.
– Até eu querer usá-los, são.

Mas aquela noite eles dormiram encaixados, a pele do peito dele quente nas costas dela, e Mamah resolveu que tinha julgado errado. Aquela tarde ele simplesmente precisava de espaço para pôr o cotovelo. *Mais uma aresta à qual tinha de tentar se adaptar e que não valia a pena tentar mudar,* ela pensou. *Seria como alterar a cor dos olhos dele ou mudar a forma do nariz.*

CAPÍTULO 44

Darby e Joan estavam encilhados quando Mamah saiu de casa aquela manhã. Frank deve ter pedido ao caseiro, Tom Brunker, para atrelar os cavalos antes de sair, porque a carroça já estava pronta para partir.

– É capaz de chover – Tom disse a Mamah, passando a mão na anca de um dos alazões. – Planeja ficar fora muito tempo?

– Algumas horas. Não quero perder as flores silvestres este ano. Ouvi dizer que há uma área inteira delas na mata perto da casa do Paulson.

Mamah pegou as rédeas e guiou os cavalos até a estrada. No campo, a aparência das flores silvestres era como uma estréia teatral na cidade. Lembrou-se de um outro dia, anos antes, quando Mattie a convenceu a fazer o passeio de trem pela Trilha Suíça, na periferia de Boulder. Ela e as crianças voltaram com buquês de flores.

Mamah avistou um tapete de *gaywings* cor-de-rosa [*Polygala paucifolia*] quando se aproximou da mata. Ela desceu da carroça e andou com cuidado, abaixando-se para examinar as pétalas que pareciam asas e as pequenas flores macias que tinham brotado num tapete de folhas secas, desbotadas pelo frio do inverno. Não ia colher nenhuma. Estavam perfeitas demais ali mesmo. Ela sentou numa faixa de grama e pensou em Mattie. O que ela pensaria de tudo que tinha acontecido?

Um ano atrás Mamah escreveu para Alden para saber como ele e as crianças estavam. Não recebeu resposta. Quando finalmente soube de alguma notícia, foi do irmão de Mattie, Lincoln, que estava criando as crianças em Iowa. *Alden está trabalhando numa mina na Colômbia*, ele escreveu para ela. *Na América do Sul.*

Alden tinha feito o que muitos viúvos faziam, mandou os filhos para a casa de algum parente onde houvesse uma mulher para criá-los. Será que Mattie ficaria muito desapontada com o marido? Um longo tempo depois da sua morte, a voz de Mattie era a que Mamah ouvia, a voz da sensatez. E ali sentada no meio daquelas flores, ela se deu conta de que não ouvia essa voz havia muito tempo.

Mamah voltou para casa sem pressa nenhuma. Frank e Taylor tinham ido de trem para Chicago, onde Taylor ia pegar um outro e voltar para Salt Lake.

– Já tem a sua *villa* – ele disse quando abraçou Mamah na despedida.

Ela sentiu uma onda de tristeza quando ele se afastou.

Não tinha nenhuma obrigação aquele dia, só uma breve reunião à noitinha, com duas mulheres que eram membros de uma igreja e iam até a casa. Mamah tinha se oferecido, por intermédio de Dorothea, para dar aulas de inglês para as empregadas suecas e alemãs que viviam por ali. Para espanto seu, elas concordaram com a idéia.

Quando entrou com a carroça pela porta *cochere*, Mamah viu um caminhão de entregas estacionado atrás da casa. Era igual ao que tinha levado as plantas um ano antes, e a primeira coisa que pensou foi que Frank tinha encomendado mais árvores, apesar de não ter mencionado o assunto.

– O que é esse caminhão? – ela perguntou a Billy, que estava ao lado.

– Uma entrega de Marshall Field.

– Eu não sabia de entrega nenhuma.

– Diz que está totalmente paga – ele lhe entregou a nota. – Pelo sr. Wright.

– O que é?

– Mobília – Billy ficou sem graça, mudando de um pé para outro e olhando para o chão. – Espero que a senhora não se incomode, mas eles já trataram de fazer o que ele pediu. O sr. Wright fez um desenho de onde pôr tudo.

Tudo? Ela entrou no hall, depois foi para a sala de estar. Um enorme tapete chinês cobria o meio da sala. Havia outro embaixo da mesa de jantar, com... *uma, duas, três*, ela contou... seis... cadeiras novas em volta. E mais seis cadeiras espalhadas pela sala. Num canto, ela viu um piano de cauda novo em folha.

Billy tinha entrado na casa logo atrás dela.

– Quer que eu ponha esses tapetes lá? – ele apontou para uma pilha de nove ou dez tapetes enrolados de vários tamanhos. – O desenho não explicava onde esses iam ficar.

Mamah sentiu o rosto queimar.

– Não, Billy. Obrigada. Quer pedir para Tom cuidar dos cavalos?

– Sim, madame.

– E me dê isso, por favor?

Ele entregou a ela a folha do pedido, e saiu.

Não havia nada indicando o preço da mercadoria, apenas a lista dos itens entregues. Frank só ia voltar de Chicago dali a dois dias. Ele tinha falado antes da viagem sobre a possibilidade... *uma possibilidade...* um trabalho importante que ia tratar com um contato. Era uma enorme área ao ar livre com bar, bancos e mesas do lado de fora, num parque natural, com centro de entretenimento, ele disse. Talvez demorasse três dias para voltar para casa, dependendo das reuniões.

Mamah foi até a pilha de tapetes e abriu o menor. Era um turcomano vermelho e azul, com desenho de um quadrado enviesado dentro de outro quadrado – desenho que o próprio Frank já tinha usado. Ela entendeu imediatamente por que ele escolheu aquele tapete. Enrolou de novo, tirou os sapatos e andou em cima do tapete chinês. E sabia por que ele escolheu aquele também – pela cor azul índigo e desenho de garças de marfim e vinhas nas bordas.

Ela sentou no banco da janela e examinou a sala. Pôde ver o que ele imaginou quando selecionou cada peça. As cadeiras eram simples, de carvalho, com assentos estofados de couro que podiam ser usadas com a mesa de jantar ou mudadas de lugar para acomodar um grande grupo de pessoas. Eram doze, todas iguais... muito luxo... e combinavam com a sala como se ele mesmo as tivesse desenhado. Os tapetes acrescentavam a profundidade que ele procurava e ecoavam as cores do quimono na parede.

E o piano. Mamah podia ver Frank de pé na frente do piano, ouvindo Beethoven e Mozart. Ele deve ter imaginado que deixaria sua prancheta de desenho para tocar Bach enquanto pensava. Ele também deve ter imaginado convidados especiais, músicos itinerantes que viriam tocar em Madison, talvez, e que teriam a honra de visitar o famoso arquiteto e sua já famosa Taliesin, para sentar diante do seu deslumbrante piano Steinway e tocar para as mulheres e homens em trajes a rigor, convidados fascinantes que saberiam dar valor ao momento. Frank devia estar tomado pela mais profunda sensação de correção sobre todas as coisas que tinha comprado.

Mamah imaginava a expressão dos olhos dele andando pela Marshall Field, comprando a mobília e os tapetes com a mesma rapidez que comprava gravuras no Japão. Febril de excitação de tomar posse dos belos objetos que encontrava.

O que não conseguia imaginar era como ele tinha feito para pagar aquilo tudo.

Uma leve chuva de verão começou a cair. Ela abriu as janelas da sala para arejar os cheiros estranhos da nova mobília. Então foi telefonar para as duas mulheres da igreja para cancelar a reunião, alegando estar doente. Era impossível recebê-las em Taliesin. Quando encontrasse as duas, seria na casa de uma delas. Como é que pessoas que moravam em casinhas de fazenda minúsculas podiam entrar em sua casa agora?

Alguém bateu à porta e Mamah se assustou.

– Josiah! – ela disse quando abriu a porta. – Não estava esperando ninguém. É muito bom vê-lo. Entre.

O jovem entrou na sala.

– Sra. Borthwick – disse ele, meneando a cabeça.

– Sente-se. Não o vejo há muito tempo.

Josiah tirou o chapéu, mas não quis sentar. Ficou calado um tempo. Olhou primeiro para o teto, depois passou a mão no carvalho encerado do batente da porta da sala de estar.

Ela sorriu.

– Está lindo, não está? Os seus homens fizeram um belo trabalho.

– Reconheço que fizemos, sim – ele apertou o chapéu. – O sr. Wright está?

– Não. Está em Chicago e só volta amanhã. Precisa de alguma coisa? Talvez eu possa ajudar.

Josiah olhou para o outro lado e então viu o piano novo. Deu um assobio de admiração. Mamah viu o rapaz balançar um pouco e percebeu que ele tinha bebido.

– Ele me deve dinheiro – ele disse – das estantes.

– As estantes do meu estúdio?
– É sim, madame.
– Mas isso foi um ano atrás, Josiah.
– Mais de um ano.
– Tem certeza?
– Ah, eu tenho certeza sim. Não me pagou nenhum centavo.
– Então já conversou com ele sobre isso?
– Três vezes.
– E o que ele disse?
Josiah bufou com desprezo.
– Nas duas primeiras vezes disse que simplesmente esqueceu de me pagar. Mas, da última vez ele disse que eu devia me sentir um privilegiado de trabalhar para ele. Como foi mesmo que ele disse? – Josiah semicerrou os olhos e examinou a sala. – Por acrescentar a minha *criatividade* a Taliesin. Ele disse que isso já era pagamento suficiente. E depois... – ele começou a rir – agradeceu a minha *contribuição*.

O estômago de Mamah se revirava.
– Vou falar com ele quando voltar. Você vai receber o seu dinheiro, Josiah.
– Obrigado, madame.

AQUELA NOITE ela acordou em pânico. Não tinha idéia de quanto dinheiro eles tinham, se muito ou pouco. Frank tinha dito que as finanças deles estavam bem desde a viagem ao Japão. Ela descobriu que não confiava nele.

Meses antes ela havia organizado um livro de contas para ele, para o estúdio Taliesin e para as despesas da casa. Ela mantinha as notas de mercado e das despesas do estúdio. Mas quase não havia dinheiro de trabalho entrando, depois eles foram para o Japão e ficaram lá seis meses. Quanto gastaram para viver no Japão, sem falar dos objetos de arte e têxteis que tinham comprado? Mamah não tinha idéia.

Deitada na cama, ela procurou calcular a renda e as despesas deles, mas só conseguia pensar em quanto tudo tinha custado. Sabia que havia os pagamentos do empréstimo de Darwin Martin para construir Taliesin e da hipoteca da casa de Oak Park, havia as faculdades de dois filhos dele e mais tudo de que a família precisava, sapatos, roupas, comida, material escolar, consultas médicas. O aluguel do escritório que ele usava no Orchestra Hall. Salário do gerente do escritório dele lá e de Emil aqui, além dos empregados de Taliesin. Ela pensou no Billy e nos outros, e estremeceu só de imaginar as vezes em que deviam ter deixado de receber. Mas será que continuariam ali se não tivessem recebido os salários?

Havia também as exposições das quais Frank participava, que sempre custavam dinheiro para preparar. Era para elas que os dólares estavam indo agora, maquetes e desenhos para uma exibição do seu trabalho no Instituto de Arte. Além disso, ela suspeitava de que ele desse dinheiro para a mãe. E estava falando em comprar mais trinta acres de terra para Taliesin da Jennie e do marido dela. Será que já tinha feito isso? Mamah não sabia.

E as coisas que ele fez para ela, como pagar para Ralph Seymour a publicação das primeiras traduções dos três livros de Ellen... Nunca receberam nada por isso. E, ainda por cima, ele a alimentava. Meu Deus, ele tinha de alimentar muita gente... Animais também, cavalos e vacas. Ela nem queria contar todas as bocas que dependiam dele.

Mas o que havia para contar de rendimentos? A casa de veraneio dos Little. A casa de Sherman Booth. Havia a possibilidade de um banco em Madison. E era só isso, fora as gravuras. Frank tinha recebido uma comissão dos Spaulding pelo trabalho, que ia dividir com Shugio. As quantias em dólar estavam sempre mudando quando Frank telegrafava para os irmãos em Boston pedindo mais dinheiro, e ela imaginava que a comissão aumentasse à medida que o investimento dos Spaulding crescia. Ele acabou recebendo quanto? Mamah não tinha coragem de perguntar. Havia muitos negócios dos quais ela não sabia. Aconteciam reuniões no escritório dele em Chicago, contatos iam e vinham. Ela via dinheiro entrar e sair dos bolsos dele como uma gaveta de caixa de banco, sem nenhuma contabilidade no fim do dia. Uma vez, ela encontrou cheques de quatro meses antes amassados junto com notas de dólar no bolso do casaco de inverno de Frank.

Mamah olhou para o relógio despertador de latão ao lado da cama. Três horas. Levantou, jogou um xale sobre a camisola e foi até o estúdio dele. Frank usava uma mesa comprida com uma toalha em cima para trabalhar. Embaixo havia caixas cheias de correspondência e alguns arquivos com os nomes dos clientes e outras pessoas para quem escrevia com freqüência. Darwin Martin tinha uma caixa só dele. Ela leu algumas cartas de Martin. Em quase todas, ele respondia aos pedidos de empréstimos de Frank, ou para comprar gravuras, ou para usar gravuras como garantia de algum empréstimo. Mamah ficou espantada com o fato de Martin capitular muitas vezes aos pedidos de Frank, e também com o seu tom condescendente, como se sentia livre para dar conselhos e recriminar Frank em relação à sua vida pessoal.

Ela passou três horas revistando as caixas, procurando algum sentido no que continham. Para um homem que idolatrava a ordem, os papéis de Frank eram um caos, bastante parecidos com os bolsos das suas calças. Numa caixa, enfiados entre pastas de arquivos, havia vales de dívidas que datavam de cinco anos antes, cheques cancelados, cartas dos filhos dele e de clientes, e documentos de empréstimos que pareciam oficiais. E contas, contas, contas e mais contas. Outra caixa continha mais contas de madeireiras e material de construção. Ela dividiu essas contas em duas pilhas. As que foram totalmente quitadas e as parcialmente pagas ou não pagas. Estremeceu quando mexia nas contas, vendo crescer a pilha das que não tinham sido pagas. Algumas eram do verão em que começaram a construir Taliesin. Muitas tinham bilhetes escritos à mão implorando para serem pagas.

As cartas mais raivosas eram enviadas de cidades próximas. Eram as contas mais antigas. Spring Green, Richland Center. Parecia haver um padrão. As contas mais recentes vinham de Mineral Point e de Madison. Ela desconfiou que ele estava enviando seus homens cada vez mais longe para comprar madeira porque não tinha saldado a dívida com os fornecedores das cidades próximas.

O volume da dívida de Frank fez Mamah ficar sem ar. A idéia de que era tão culpada quanto ele... por ocupar aquela casa extraordinária, viajar para o exterior, levar uma vida privilegiada enquanto seus credores ficavam a ver navios... isso fez Mamah querer se esconder e no minuto seguinte querer quebrar alguma coisa.

Frank estava cavando um buraco do qual eles nunca mais sairiam. O que parecia o pior de tudo para ela era que muitos dos que tinham emprestado dinheiro e depois sido traídos eram amigos. Numa pasta marcada SHUGIO ela encontrou uma carta recente do guia japonês pedindo mais dinheiro e dizendo, em termos muito gentis, que não tinha recebido tudo.

Se Frank estivesse aqui agora, ela pensou, *eu podia estrangulá-lo com as minhas próprias mãos.*

NA SEXTA DE MANHÃ, quando Billy apareceu, ela saiu para falar com ele.

– Tem uma coisa que está me preocupando e que preciso conversar com você, Billy.

O carpinteiro, em geral inabalável, pareceu surpreso.

– Você compra o material para Frank todo o tempo, não é?

– É, madame.

– Encontrei algumas contas ontem à noite, muitas delas, de madeira e material de construção. E parece que não foram pagas. Preciso que me diga a verdade. Frank não está pagando as contas dele?

Ele inclinou a cabeça para um lado e massageou os músculos rijos que subiam pela frente do pescoço como cordas.

– Ele sempre me paga em dia.

– Eu sei que você sabe, Billy. Não quero deixá-lo constrangido, mas é tarde demais para isso. Apenas diga sim, ou não. Quando tiver de ir comprar mais, eles lhe darão crédito?

– Eu não... – ele levantou a cabeça e olhou para ela. – Não cabe a mim dizer.

Aquela noite Mamah ficou esperando. Quando Frank viajava para Chicago, deixava o carro na estação de trem de Spring Green. Voltando de carro da estação para Taliesin, ele devia chegar por volta das sete horas. Quase todas as sextas-feiras ela jantava na cozinha. No inverno, eles sentavam diante da lareira em suas cadeiras e falavam sobre o tempo que passaram separados, o que tinha acontecido, antes de sentar à mesa para comer. No verão, ela passou a esperar Frank lá fora no círculo do chá. Mas aquela noite ia esperar dentro de casa. Sentou no banco da janela na sala de estar e fumou um cigarro atrás do outro.

Quando Frank entrou pela porta, ele entendeu a situação no mesmo instante.

– Eu queria estar aqui quando isso chegou – ele disse –, mas eles se recusaram terminantemente a informar o dia exato da entrega.

Ele largou a pasta e começou a andar pela sala, olhando para os tapetes enrolados e para o piano. Parou de andar e olhou fixo para ela. Não estava acostumado a vê-la fumar. Quando se aproximou para beijar o topo da cabeça de Mamah, como sempre fazia quando voltava de viagem, ela levantou a mão para impedi-lo.

Ele recuou.

– Eu sei o que está pensando, mas está tudo pago. Tudo mesmo – ele tinha o cenho franzido. – Estamos aqui há dois anos. Não acha que é hora de ter alguns tapetes?

– E um piano de cauda?

– Eu preciso de um bom piano. É uma ajuda para eu trabalhar – Frank parecia confuso, apontou para o tapete chinês. – Pensei que você fosse adorar.

Mamah se levantou e foi para o estúdio dele. Voltou com um punhado de contas não pagas. Jogou-as no chão, depois se abaixou e pegou uma.

– Por que não convidamos o sr. Howard Fuller para uma festa? Vamos perguntar se ele acha o tapete bonito. Afinal, você deve a ele duzentos dólares. Eu diria que ele é seu sócio neste tapete.

– Mamah...

– Como pode desperdiçar a pouca boa-fé que temos dessas pessoas? Não sente vergonha?

Ele virou de costas.

– Converso com você quando estiver disposta a discutir isso calmamente.

Mamah agarrou o ombro dele e o fez virar com tanta força que os dois se espantaram.

– Você vai conversar comigo agora – a voz dela saía pelo meio de dentes cerrados. – Você vai reparar isso. *Consertar* tudo isso! – ela moveu o braço incluindo toda a sala. – Vai devolver tudo isso e pagará as pessoas para quem está devendo dinheiro. E pedirá perdão para elas, por sua arrogância de não ter feito isso antes. A começar pelo Josiah. Está me entendendo?

Ele arregalou os olhos para ela, sem acreditar.

– *Está?* – ela gritou.

Frank deu um suspiro e pôs as mãos para a frente com as palmas para baixo.

– Muito bem.

– Catherine sabia o que eu nunca soube. Que você não paga as pessoas. Por isso ela não quer se divorciar de você, não é? Ela tem medo de que, uma vez livre, não verá mais um centavo seu, não é isso?

O silêncio de Frank deixou Mamah ainda mais furiosa.

– Como tem coragem de falar de "arquitetura democrática"? Seu hipócrita! Você sente apenas desprezo pelo homem comum e engana esse homem sempre que tem oportunidade. Não consigo imaginar como pode dar o calote em Josiah depois de tudo que ele fez por nós – ela secou as lágrimas que escorriam pelo rosto. – Mas até acho que posso, sim. Você é um homem que tem uma sensibilidade muito *refinada*. Você precisa ter suas coisas bonitas.

Mamah deu meia-volta e voltou para o quarto. Deitou e pôs o braço sobre o rosto. Os soluços subiam em grandes ondas.

Depois de um tempo, ele apareceu na porta.

– Mame – ele suplicou.

– Cometi um erro terrível – ela chorou. – Larguei meus filhos por um mentiroso.

– Eu não sei por que...

– Saia. Vá dormir na casa da Jennie. Amanhã de manhã não estarei mais aqui.

– Para onde você vai?

– Eu não sei – ela cobriu o rosto com o braço novamente.

– Por favor, não...

Ela não disse mais nada. Ele podia ficar ali a noite inteira, mas ela não ia abrir a boca. Finalmente ouviu os passos dele pelo corredor e saindo da casa.

DE MANHÃ MAMAH fez uma mala. Pegaria com ele a chave da casa em Chicago onde ele dormia quando estava trabalhando lá. E se deu conta de que não tinha mais lugar nenhum para ir. Não sobrava nenhuma amiga íntima a quem pudesse recorrer.

Quando chegou à sala de estar, ele estava lá, recém-barbeado.
– Podemos conversar? – ele perguntou.
– No carro. Você pode me levar até o trem.
– Você vai para Chicago?
– Vou. Preciso da chave do seu apartamento.

Frank foi dirigindo bem devagar para Spring Green.
– Se não tenho sido bom na administração do dinheiro – ele disse –, se deixei alguém na mão, não foi por maldade.
– Por que foi comprar coisas que não pode pagar? Porque o faz sentir-se maior?

Ele balançou a cabeça com tristeza.
– Foi por uma sensação de inteireza.
– Pelo amor de Deus, Frank.
– Quando encontro coisas belas, tenho a sensação de que são ferramentas necessárias para a minha vida. Não suporto ter coisas velhas por perto, perturbando a paz. É melhor um espaço vazio. Mas nós estamos aqui há dois anos e, quando vi as cadeiras e os tapetes, tive de comprá-los, pela minha sanidade, Mamah. Você consegue entender isso? É como completar uma obra de arte.

Ela espiou pela janela.
– De onde saiu o dinheiro?

Frank soltou o ar ruidosamente.
– A verdade ou nada.
– Eu devia o aluguel do Orchestra Hall.
– Quanto?
– Mil e quinhentos. Eles estavam atrás de mim e então, uns dez dias atrás, o xerife apareceu e ameaçou... – Frank passou a mão na boca. – Bem, e não é que William Spaulding entrou pela porta do escritório naquele momento? Então John... meu filho estava lá... ele distraiu o xerife enquanto vendi para William um conjunto de xilogravuras.
– Quanto ele deu pelas gravuras?

Frank fez uma pausa e pigarreou.

– Você só tem essa chance de me contar essa história, Frank, e se não contar inteira, está tudo acabado.

– Dez mil. Ele me deu dez mil dólares pelas gravuras. Eram raras.

– E depois?

– Dei para o administrador do Orchestra Hall mil e quinhentos dólares e saldei a dívida – Frank parou de falar e arrumou o espelho lateral. – Então John e eu saímos. Eu queria pagar outras contas. Passamos pela Lyon e pela Healy, só olhando. E quando dei por mim, tinha comprado os pianos.

– Foi *mais de um* piano?

A voz dele falhou.

– Eu comprei três. Dois tiveram de ser encomendados.

– Três pianos de cauda – ela sentiu uma necessidade fria de rir.

– Você gastou o resto do dinheiro na Marshall Field?

– Foi.

Frank ficou calado um tempo.

– Não tive chance de contar para você. Em breve vai entrar muito dinheiro. Vou fazer um trabalho imenso e urgente em Chicago. É um café concerto ao ar livre, como os parques com cervejarias que vimos em Berlim. Mas muito maior. Midway Gardens. Até já comecei a trabalhar nisso.

– Já pagaram?

– Ainda não.

Mamah espiou pela janela do carro.

– Eu sei – ele disse –, é loucura. – Ele balançou a cabeça. – Você nem imagina. Eu me esforço, mas então esse desejo contido de comprar coisas emerge. Não espero que entenda, mas tudo nasce do mesmo lugar... o bom e o mau. Esse impulso de arrumar as coisas no espaço, de criar harmonia com os objetos certos em relação aos outros. O que posso dizer? É uma insaciável...

– Doença. Isso é doença, Frank. Você não pode usar seus dons para justificar dar calote nas pessoas. Não haverá harmonia nenhuma enquanto você enganar os carregadores para poder ter um piano de cauda. Você pensa que a genialidade dispensa a responsabilidade? Você não é mentalmente incapaz.

Não falaram mais o resto da viagem. Quando ela abriu a porta do carro na estação, ele segurou sua mão.

– Nada como isso vai acontecer outra vez.

Ela desceu do carro.

– É mais do que gastar. São tantas coisas em você... E não sei se são coisas que você pode mudar.

Mamah fechou a porta e se afastou.

– Mamah – ele chamou, mas ela continuou andando para a estação e não podia mais ouvi-lo.

CAPÍTULO 45

Mamah chegou em Chicago, comprou duas caixas de doces na estação, pegou um táxi para o apartamento na Cedar Street, onde deixou a mala, depois voltou para o táxi que estava esperando.
– Wabash e Washington, por favor – ela disse.
Ela subiu para o El Platform e pegou o trem suspenso até Oak Park, vendo o oeste de Chicago passar voando pela janela. Aconteceram tantas mudanças desde que pegou aquele trem pela última vez... Havia novos prédios de apartamentos. Jardins maravilhosos em volta do Garfield Conservatory Park. Quando o trem entrou no subúrbio de Oak Park, ela viu que também tinha mudado. Os olmos e os carvalhos alinhados nas ruas estavam tão lindos como Mamah lembrava, mas por toda parte casas novas tinham despontado entre as antigas. Ela olhou para o campo ao norte para onde levava John todo mês de junho para colher morangos, onde uma vez tinha se deitado ao luar com Frank. Agora estava salpicado de telhados novos.
Mamah foi andando rápido para a East Avenue, olhando furtivamente para as pessoas que passavam. Passou quatro anos temendo aquele momento, mas não viu nenhum rosto conhecido. No passado, não poderia andar pela rua sem ser xingada por alguém.
Lizzie estava nas férias de verão da escola e talvez não estivesse em casa. Mamah parou na frente da casa. Estava tudo exatamente como tinha deixado, até os jardins. Olhou para a janela onde ficavam as meninas Belknap, provavelmente observando Frank e ela fazendo amor. Estremeceu. Ainda estava fechada com compensado. O carpinteiro tinha feito um bom trabalho, mas não havia discrição nenhuma nele. Olhou para baixo rapidamente, com medo de Lulu Belknap poder estar olhando para ela naquele momento.
Mamah passou pelo portão e subiu o caminho até os fundos da casa. Bateu à porta de vidro, mas Lizzie não atendeu. Dava para ver que Lizzie não estava no apartamento. Lá dentro nada parecia di-

ferente. Mamah voltou pelo lado da casa, juntou coragem e bateu na porta de tela. Num minuto, uma bela mulher loura apareceu.
Elinor Millor, a nova sra. Cheney, quase caiu para trás.
– Mamah?
– Sim. Sou Mamah.
– Entre – ela abriu mais a porta.
– Você deve ser Elinor.
– Sou.
A mulher mexia nas pequenas pregas da gola da blusa, completamente atônita.
– Não quero incomodá-la. Só vim ver Lizzie e as crianças, se estiverem em casa. Eu sei que devia ter avisado.
– Lizzie estava aqui até meia hora atrás. Ela mora aí embaixo.
– Eu sei.
– Ah, é claro que sabe. O que estou dizendo? – a mulher afastou mechas finas de cabelo da testa. – As crianças não estão aqui. Martha está com o pai. Foram até o lago. John tinha um jogo de beisebol. Ele está no campo da escola.
– Entendo.
– Vou chamar Lizzie. Por favor, sente-se.
Mamah olhou em volta. A sala de estar estava impecável e quase exatamente igual a quando ela saiu de lá. Havia alguns poucos detalhes novos. Uma toalha rendada na mesa de jantar. Cortinas brancas nas janelas da biblioteca.
– Ela deve ter ido até o mercado. Foi isso que ela disse que ia fazer mais cedo. Você pode esperar. Não é problema nenhum. Na verdade, acabei de fazer uma limonada.
– Obrigada.
Quando Elinor voltou, sentou de frente para Mamah, diante da lareira. Ela se ocupou com os copos e guardanapos e deu um longo gole na limonada antes de resolver dizer alguma coisa.
– O jardim que você plantou é muito lindo.
– Elinor, é muita bondade sua me convidar para entrar. Lizzie e Edwin falaram de você com muito carinho. Eu quero que saiba que aprecio a sua bondade com os meus filhos.

Elinor balançou a cabeça.
- Ah, não, por favor. É fácil demais. Eu adoro os meninos.
Ela ia dizer mais alguma coisa, ficou com a boca meio aberta, mas não emitiu som algum. Ficou um constrangimento no ar.
- Trouxe umas coisas para John e Martha - disse Mamah. - São as jujubas de que eles gostam. Posso pôr nas camas deles?
Se Elinor percebeu que aquilo era uma desculpa para ir ao quarto das crianças, não demonstrou.
- Claro que sim. Pode ir.
Mamah foi pelo corredor até o quarto de John, primeiro. Entrou e deixou os olhos se adaptarem à penumbra do fim de tarde. O espaço tinha mudado. Agora era o quarto de um menino de onze anos, com flâmulas de beisebol na parede e uma sacola de entregador de jornais pendurada pela alça na cadeira da escrivaninha. Não havia sinal do trem colorido que o encantava no passado e tampouco qualquer sinal das dúzias de presentes que ela mandara para ele da Alemanha e da Itália. Ela olhou em volta e uma brisa quente levantou as cortinas, revelando uma fileira de pedaços de pedra com fósseis no parapeito da janela. Ela ficou engasgada de felicidade. Os poucos fósseis que encontraram juntos quando ele tinha seis anos tinham virado uma coleção maior.
- El! - Mamah ouviu a voz de Lizzie, chamando de algum lugar lá fora. - Quer fazer o favor de abrir a tela? Estou com as mãos ocupadas.
- Já vou indo - Elinor respondeu.
Mamah sentiu-se uma intrusa, mas correu para a porta do quarto de Martha. Deixou a caixa de balas na colcha cheia de babados. O quarto da filha dela agora tinha um papel de parede com estampa de girassóis. Havia bonecas por todo canto.
Mamah saiu do quarto, seguiu pelo corredor até a cozinha, onde Lizzie descarregava comida de dois grandes sacos de compras. Os cantos da boca de Lizzie despencaram quando ela viu a irmã.
- Deixe-me ajudar - disse Mamah.

Elas saíram da casa e foram andando pela East Avenue.

– Estava desesperada para vê-la, Liz. Não nos falamos há muito tempo – a irmã dela continuava taciturna. – Senti muita saudade de você.

Lizzie andava devagar e não retribuía os olhares de Mamah. Parecia mais velha. A suavidade que havia em seu rosto forte e bem modelado foi perdida nos últimos anos. Agora eram só ângulos e ossos.

– O fato é que vim lhe pedir perdão por tudo que a fiz sofrer. Já disse isso antes, mas nunca será o bastante. Abençôo você todos os dias por assumir o cuidado das crianças. Jamais teria ficado em Berlim sem a sua ajuda.

– O que quer que eu tenha feito, foi por John e Martha.

Mamah respirou fundo. O maxilar quadrado de Lizzie, parecido com o dela, estava contraído.

– Você pensa que não sei como eles sofreram?

– Eu não sei mais o que você sabe, Mamah.

– Eu também sei o que você sofreu, Liz. Você sempre foi tão retraída e digna. Só posso imaginar os aborrecimentos que teve de aturar. Para nós foi ininterrupto. Tínhamos repórteres espiando pelas janelas em Taliesin...

– Ah, é mesmo? – o sarcasmo na voz de Lizzie era de dilacerar o coração.

– Nunca pretendi que acontecesse tudo isso com vocês. Você deve entender isso. Eu amei e admirei você toda a minha vida. Você é a única verdadeira heroína que eu tenho. Devo tudo a você.

Lizzie estendeu a mão e arrancou as folhas de um galho.

– Você sempre quis fazer alguma coisa grande. Alguma coisa importante.

– E isso é tão terrível assim? Foi você que me disse um dia que o mundo não perdoa ambição numa mulher.

– Eu nunca descobri. Minhas ambições nunca se traduziam em coisas. Você estava longe, na universidade, quando a mãe ficou doente, então coube a Jessie e a mim cuidar dela. E você já estava casada quando Jessie morreu. Com sua vida arrumada. De repente, tinha uma sobrinha para criar e então... – Lizzie parou de falar. – E então você teve de ir descobrir a sua personalidade – ela jogou fora um punhado de folhas. – Você tinha tudo. Tinha um homem maravilhoso que adorava você, filhos lindos e saudáveis. Liberdade. Nenhuma preocupação com dinheiro. Uma babá e uma governanta. Você não precisava trabalhar e Edwin nunca lhe pediu nada. Você entende do que desistiu por Frank Wright? O tipo de vida com que sonha a maioria das mulheres... a maioria das *feministas*.

Elas continuaram andando em silêncio. Mamah estava desesperada para mudar a direção da conversa.

– Como está Jessie com a família do pai? – ela acabou perguntando.

– Jessie está... tentando se adaptar. Eu achei melhor ela ficar com eles, por enquanto, pelo menos. Ela não é filha do Edwin. Eu trabalho o dia inteiro. E agora, sem Louise...

– O que quer dizer?

Lizzie olhou para ela confusa.

– Louise não está mais conosco. Pensei que você soubesse disso. Elinor achou que não precisávamos dela. Mandou embora.

Mamah prendeu a respiração. *Oh, Louise, você deve estar morta de tristeza em algum lugar*. Como é que a mulher podia mandar Louise embora? Ela era o sol e a lua para John desde que ele era bebê. Para Martha também.

– Para onde ela foi?

– Foi morar com o irmão. Está procurando outra família. Espero que encontre alguma coisa, mas Louise agora está com cinqüenta e um. Talvez tenha de viver à custa do irmão. – Lizzie secou a testa com um lenço. – Eu também vou sair de lá daqui a um tempo. Eles não pediram, mas Elinor merece a privacidade dela.

Tinham dado a volta no quarteirão e estavam agora no portão lateral da casa. Lizzie semicerrou os olhos.

– O que você quer de mim?

Mamah segurou a mão da irmã.

– Eu sei que é pedir muito, Lizzie, mas não me tire da sua vida, eu imploro. Por favor, perdoe-me por não ter mais consideração com os seus sentimentos.

A mão de Lizzie ficou imóvel, inexpressiva.

Elinor apareceu, sorrindo.

– Ora – disse ela –, o dia não está lindo? Eu nem tinha notado.

Quando Mamah virou para ir embora, ela viu John chegar correndo pelos gramados, vindo para casa, de cabeça baixa, movendo os lábios como se cantasse. Estava ainda mais alto agora do que quando o viu em abril, na volta do Japão. Quando ele levantou a cabeça, seus olhos escuros ficaram enormes, arregalados, ao avistá-la no quintal. Ele parou na mesma hora.

– Johnny! – Mamah foi até ele e puxou o corpo rijo para ela num abraço desajeitado. – Quase não te vejo. Quer ir tomar um sorvete comigo?

O menino parecia confuso. Ela sentiu quando ele olhou primeiro para Lizzie, depois para Elinor. Mamah virou e viu que elas faziam que sim com a cabeça.

– Está bem – ele jogou a luva de beisebol para Lizzie.

– Vamos a pé até o Peterson?

– Não – ele disse, mudando o peso do corpo de um pé para o outro. – É muito longe.

Constrangedor demais, pensou Mamah. *Devia ser onde os amigos dele se reuniam.*

– Tem um mercadinho onde vendem sorvete – ele disse. – Fica a dois quarteirões daqui. Você conhece?

– Conheço. Vamos lá.

Eles foram andando para o sul. John viu Mamah espiando a casa dos Belknap.

– Ellis não mora mais aí. A família dele se mudou para o Wisconsin.

– Não diga.

– Eles me convidaram para ir visitá-los em Waukesha e ficar uma semana lá este verão. Papai disse que eu podia pegar o trem de lá para Spring Green quando fosse vê-la – os olhos dele brilharam. – Sozinho.

A imagem de John sozinho no trem deixou Mamah perturbada. Ela engoliu em seco e lutou para dar ânimo à própria voz.

– Isso parece coisa de adulto.

Mais uma vez ela olhou para a pesada casa vitoriana, agora sem sua Nêmesis. Nos últimos quatro anos, sempre que pensava em Oak Park, podia ouvir Lulu Belknap na casa ao lado numa noite de domingo, tocando piano para as filhas e todas cantando "Jesus, salvador, meu guia". Era estranho saber que os Belknap tinham ido embora. E Louise também.

– Eu soube que você virou um grande colecionador de pedras – disse Mamah, tocando de leve no braço do filho enquanto caminhavam.

– Hã-hã – ele disse, de cabeça baixa.

Sutilmente ele foi andando e aumentou o espaço entre eles na calçada.

– Tia Lizzie nos leva para procurar.

A CABEÇA DE MAMAH LATEJOU durante todo o trajeto de volta para Chicago. A dor começou quando ela se despediu de John e ficou vendo o menino entrar na casa. Naquele momento foi dominada por uma raiva indefinida. Quando chegou no El e achou um lugar para sentar, teve vontade de socar o assento com os punhos até rasgar o couro.

Apoiou o cotovelo na janela aberta e apertou as articulações dos dedos contra a boca. Lá embaixo, num gramado molhado, crianças em trajes de banho esguichavam água de uma mangueira umas nas outras.

Eram tantas as coisas nas quais não queria pensar. Mas havia imagens em sua cabeça agora, que não iam embora.

Elinor Millor tinha entrado na antiga vida de Mamah como se fosse um vestido confortável. Parecia que estava lá desde sempre, parada na entrada, sorrindo e conversando com Lizzie, alisando o cabelo de John enquanto ele entrava correndo em casa, e o eco do barulho de uma porta de tela batendo atrás dele.

Você sempre quis fazer alguma coisa grande. As palavras de Lizzie ardiam entre as orelhas. Era verdade. Ela sempre quis ser marcante, habitar um mundo maior do que Boone, ou Port Huron, ou Oak Park.

Mas o que tinha feito com toda aquela ambição? Aliou-se a duas personalidades colossais. Desgastou-se com Frank Lloyd Wright e Ellen Key, que teria feito um grande trabalho mesmo sem tê-la conhecido. Dedicou sua alma a defender a santidade do indivíduo enquanto John e Martha escapavam do seu convívio e da sua influência.

– Você vai conversar comigo? – Frank estava parado perto da cadeira onde ela havia adormecido.

Mamah se assustou com a voz dele. Ela estava sonhando, seu cérebro revivia quase idênticos os acontecimentos da tarde que esteve em Oak Park. Só que no sonho Catherine Wright passava por ela na rua, andava atrás dela como um fantasma, viajava no trem bem na frente dela.

Mamah olhou em volta e soube que estava em Chicago, no apartamento de Frank.

– Quando você chegou?

– Agora mesmo.

Mamah olhou para uma cadeira ali perto, que ele puxou para sentar de frente para ela.

– Não vou demorar... Sei que veio para cá para ficar sozinha. Só queria dizer uma coisa a você.

Os olhos de Frank estavam marejados, caídos. Ela fez que sim com a cabeça.

– Nunca fui amigo de ninguém. Não sei ser. Tenho essa limitação. Sempre senti que podia pegar o que quisesse porque merecia. Achava que era a minha recompensa – ele abaixou a cabeça e apertou os olhos fechados com o polegar e o indicador – pelo trabalho duro, pelo que eu dei ao mundo. E o mundo pôs pessoas boas e generosas no meu caminho, que me mimaram, me enalteceram e não deixaram que eu caísse de cara no chão quando devia ter caído. Sabe, é o meu dom que faz com que as pessoas relevem – ele sorriu com tristeza. – Eu sei disso. Ao contrário do que você possa pensar, minha consciência me persegue. Há noites em que não consigo dormir por todo o sofrimento que causei – ele balançou a cabeça. – Sinto muito por tudo. Lamento que tenha falhado com você como amigo. Você, mais do que todos.

Mamah ficou olhando para ele impassível.

Como ela não respondeu, ele se levantou.

– Vou tentar pôr os cacos dessa minha alma em algum tipo de ordem decente. Se você nunca mais quiser me ver de novo, vou entender. Nem sei dizer o quanto lamento por tê-la forçado a chegar a esse ponto.

O quarto estava abafado. Ela sentia o cheiro da toranja solitária que notara na noite anterior, apodrecendo num pote.

Mamah suspirou.

– Ajude-me a levantar.

Ele estendeu o braço e pareceu pesado como chumbo.

– Preciso de ar puro – disse ela.

FORAM ANDANDO PARA O NORTE, em direção ao lago, saindo do caminho de vez em quando para afundar os pés na areia.

– Há coisas que você precisa ouvir, Frank. O fato é que não sei se você realmente pode mudar o pior. Você mesmo se encurralou. Nós dois estamos encurralados.

"Neste momento a sensação é de que o meu mundo é do tamanho de uma moedinha. E que vale mais ou menos isso. Eu fiz o que você fez. Nós nos afastamos de todos. Nos encarapitamos em terras mais altas lá em Taliesin, como monarcas da moralidade. Mas sabemos que os imperadores andam nus, não é mesmo?

"Eu tenho muita culpa nisso. Fui especialista em me enganar. Mas você..."

Eles tinham parado e estavam de frente para o leste, onde a luz do sol refletia nas ondas do lago como néon.

– Olhe só para você. Com esse dom maravilhoso que tem, está enfiado lá em Taliesin, xingando os arquitetos que já trabalharam para você, comportando-se como um idiota arrogante. Como ousa menosprezar Marion Mahony?! Eu não me importo se ela se casou com Walter Griffin. Marion era sua tradutora, Frank. Ela tornava você compreensível para as pessoas que não entendiam o seu trabalho. Ela ajudava você a se vender, sem falar do fato que ela cuidava dos seus bebês, das suas criações. Por que não pode dar o crédito devido às outras pessoas? Você é tão frágil assim?

Mamah esperou Frank dizer alguma coisa, mas ele continuou olhando para frente, protegendo os olhos com a mão. Ela viu que ele podia ficar intimidado quando estava por baixo, mas não conseguiu se conter.

– Você se transformou numa figura trágica na sua própria cabeça. Vai da paranóia ao messianismo em um minuto – ela chutou a areia molhada com a ponta do sapato. – Por que tem de ser grandioso? Por que compra coisas que não pode pagar? Você não paga as pessoas... as pessoas *pequenas*! Exatamente as primeiras que deviam receber.

Ela balançou a cabeça, exasperada.

– Você diz que está numa encruzilhada. Veremos. Pois acho que está assim há muito tempo. Eu sei que seu pai foi embora, que é mimado por sua mãe e sei de toda a perseguição dos seus benditos parentes. Nada disso serve de desculpa. Quantas vezes você disse: "É o espaço interior que é a realidade de uma estrutura?" E o que você põe nesse espaço vai dar forma ao seu modo de vida. Pelo amor de Deus, Frank. Será que não vê que isso se aplica ao seu próprio coração?

Andaram o que pareciam quilômetros, mas ele permaneceu em silêncio, com a expressão abatida. Num momento o crescimento e o desabafo da fúria dela tiveram a sensação de serem justos. Nos dez anos que o conhecia, Mamah nunca falara com tanta agressividade com ele como nos últimos dois dias. E ele também nunca esteve tão contrito. Mas ela não gostava de humilhá-lo, e acabou exausta e vazia.

– Olha – Mamah disse quando pararam para voltar. – Você é um homem adulto e precisa escolher que tipo de pessoa vai ser. Pode continuar vivendo de uma crise financeira para a próxima. Pode continuar enganando as pessoas e se tornando ridículo com sua conversa de abrir caminho para um padrão mais elevado do que o do homem comum. Ou então pode fazer valer esse discurso.

No apartamento, eles pararam na frente da porta.

– Volte para casa – ele disse.

Ela sentou num muro baixo para espanar a areia dos sapatos. Quando olhou para cima, os círculos marrons embaixo dos olhos dele pareciam mais escuros.

– Não. Você precisa de tempo para pensar sobre tudo que precisa ser consertado. Se quer mesmo ficar comigo, não será pequena a mudança.

Nos dias após essa conversa, Mamah andou pelas ruas de Chicago, contente com o anonimato que elas ofereciam. Era revigorante estar no meio dessas pessoas francas e abertas, cuidando de suas vidas. Frank e ela tinham se tornado estranhos em seu isolamento e individualismo. Ela foi à biblioteca aquela semana e ficou lendo poesia. Encontrou algumas linhas num poema de Wordsworth que pareciam resumir Frank Lloyd Wright: "Há um trabalho misterioso / inescrutável que concilia / Elementos discordantes, faz com que se unam / Em uma sociedade." Frank era a sociedade dele mesmo, banda de um homem só de harmonia transcendental e pratos dissonantes.

Ela acreditou o tempo todo que a alma dele era visível em suas obras. Que ele era o que ele acreditava, fiel aos seus ideais como qualquer ser humano podia ser. Mas não tinha visto que havia peças faltando. Qual trabalho misterioso e inescrutável tinha deixado aqueles buracos na consciência dele? Será que Frank mentia porque era inseguro, porque nunca terminara os estudos formais? Será que ele se promovia como um gênio natural porque não tinha diploma universitário?

Era possível, mas não muito provável. Ele tinha uma enorme confiança no seu dom. Ela pensou na história que Catherine costumava contar, de quando eram recém-casados. O grande Daniel Burnham procurou Frank e se ofereceu para mandá-lo estudar em Paris, na École des Beaux-Arts. Era uma honra extraordinária ser escolhido entre todos daquele modo por um arquiteto tão poderoso e brilhante. Seria a garantia de uma vida confortável para Frank, Catherine e os filhos.

– E Frank disse não – Catherine dizia encenando exasperação quando contava a história.

As duas vezes que Mamah ouviu, o relato provocou risos entre os convidados do jantar, que gostavam de especular como Oak Park seria se Frank tivesse tido uma educação clássica.

Que coragem para um jovem, Mamah pensou quando ouviu aquela história. Que confiança nos seus instintos artísticos. Quantas vezes ela ouviu Frank dizer *Eu prefiro ser honestamente arrogante do que hipocritamente humilde*? Era preciso ter uma força superior para não sucumbir às recompensas de entrar no sistema.

Infelizmente aquela atitude passou a ser a *persona* de Frank. Agora ele acreditava nisso. Ele confundia seu dom com toda a sua carreira.

A lembrança da história de Daniel Burnham inseriu persistentemente Catherine Wright na mente de Mamah. Mamah não tinha mais ilusões de que elas podiam se reunir um dia e conversar. Catherine ia continuar se fechando, recusando-se a se comprometer, mantendo Mamah como a mulher "ilícita" até todos virarem pó. O preço que as duas tiveram de pagar por amar Frank era realmente muito alto.

No sexto dia, Frank apareceu na porta, segurando um buquê de flores.

– Do seu jardim – ele disse.

O corpo inteiro dele parecia contrito.

Um vento forte soprava do lago Michigan quando caminhavam pela margem. E dessa vez foi ele que falou.

– Muito tempo atrás, você e eu prometemos nos manter honestos. Se você voltar para Taliesin comigo, eu posso mudar. Vou me livrar da podridão que há dentro de mim, Mame. Mas não posso fazer isso sem você. Preciso de você lá todos os dias, para me dizer a verdade.

Ela segurou o chapéu contra o vento. Era bom andar ao lado dele. Mamah procurou imaginar como seriam suas vidas se ela realmente voltasse. Um dia ela quis casar com ele. Não que a certidão de casamento significasse qualquer coisa, mas parecia ser o único item que poderia mudar o status deles para poderem levar vidas normais. Parecia ser a única solução para os seus problemas. O mantra dos dois, por muito tempo, foi: "Se Catherine aceitasse o divórcio..." Agora Mamah compreendia melhor o dilema de Catherine. Ela não ia se divorciar de Frank porque tinha medo que ele não pagasse a pensão dela e dos filhos. E certamente havia a vingança. Recusando o divórcio depois de vinte anos com ele, Catherine tirava sua compensação de Frank pela longa dívida emocional. Mas isso era só uma parte. Catherine não o largava porque ainda amava Frank e lembrava como era ser amada por ele. Nada no mundo se comparava à alegria incandescente que Frank dava à sua amada.

Nunca tê-lo conhecido ou conhecido o seu amor por ela... seria uma perda enorme.

Mas se Mamah pudesse casar-se com ele agora, duvidava que ia querer. Se voltasse para Taliesin, teria de separar as finanças dela e dele, ou então assumir completamente tudo. De qualquer maneira, seria uma provação.

A coragem do pai e a fé da mãe. Essas eram as características que Mamah ia precisar ter para enfrentar os momentos duros que teria pela frente. Esperava ter herdado o suficiente dos dois.

– Agora o que importa são as crianças – ela disse. – Há um conserto importante a ser feito, se elas permitirem. Não posso passar todo o meu tempo preocupada se você pagou suas contas.

– Eu entendo – ele disse.

No lago, um veleiro lutava para chegar ao porto. Chegou a emborcar com o casco à mostra com uma forte lufada de vento. Mamah parou de andar para observar o barco até ele se aprumar de novo.

– Na semana passada – ela disse –, eu fui até Oak Park e implorei para Lizzie me perdoar por tratar a vida dela como se fosse menos importante do que a minha. Não sei se um dia ela será capaz disso. Mas eu quis muito que ela visse que há algo de bom em mim. E acho que é isso que você quer, Frank.

"Se você tivesse me pedido para perdoá-lo dois dias atrás, eu teria dito que não. Mas se não posso acreditar na sua chance de mudar, como posso acreditar na minha? Como posso pedir para Lizzie esquecer tudo se não puder perdoá-lo de coração?"

Mamah viu as linhas ficarem suaves de alegria no rosto dele. Era digno de ser visto. Era genuíno. Havia tanta coisa nobre, galante e boa em Frank... Talvez ela fosse a maior tola do mundo, mas sabia que ia voltar com ele e tentar recomeçar. Só que dali em diante teria de ser uma vida de vigilância.

Mesmo assim, ali parada olhando para o rosto dele, ela sabia que era amor que preenchia o espaço dentro dela. E não podia deixar de acreditar que o amor, mais do que qualquer outra coisa, mostraria o caminho para um lugar melhor.

1914

CAPÍTULO 46

John andava pela sala de estar, examinando os objetos que tinham aparecido desde o verão anterior. Os tapetes e as cadeiras que Frank tinha comprado já não estavam mais lá havia muito tempo. Ficou apenas o Steinway daquela loucura consumista. Mesmo assim, havia muitas coisas novas e exóticas para manter o menino interessado. Ele levantou a tampa de um pote de incenso de bronze e cheirou dentro, depois passou os dedos pela longa mesa até uma estátua de Buda e parou para esfregar a barriga dele. Ficou explorando até encontrar o que disse que era a melhor coisa na sala. Uma pele de raposa jogada sobre o encosto de uma poltrona.

Martha estava sentada na pontinha do banco da janela, acariciando a cabeça grande de Lucky. A cabeça da menina estava encostada na do cão, seus olhos profundos com cílios pretos olhando fixo para a cara quase humana do animal. O cachorro tinha um pêlo grosso, sobrancelhas peludas e uma barba, a boca era virada para baixo e quase pedia um cachimbo. Mamah conhecia Lucky muito bem, ele era um pidão que seduzia as pessoas mais frias para lhe darem restos de comida. E Martha não era nada fria, só com a mãe.

A menina não tinha tirado o casaco, disse que sentia frio na sala. As pernas com meias e as botas novas de couro preto e pontudas apareciam embaixo da borda do casaco. Era uma criança linda e muito séria. Mamah queria abraçá-la, devorá-la. Em vez disso, pegou uma carta numa mesa e fingiu ler.

Duas horas antes, quando Edwin levou os filhos para Spring Green, ele olhou para eles quando sufocavam o cachorro de abraços.

– Foi Martha que escolheu o sapato que está usando – ele disse, apontando para a menina com a cabeça.

Ele deu de ombros e sorriu.

– Ela tem idéias próprias no que diz respeito a roupas.

Mamah deu risada.

— Ela gosta de moda, é o que parece.

Foi uma boa conversa, breve, mas bastou para Mamah ter a sensação de que tinha atravessado um oceano. Ela queria dizer mais. Queria dizer que Martha estava alta, como o lado da família de Edwin, e que John tinha a natureza gentil do pai. Mas isso seria íntimo demais. Falar sobre John e Martha era antes o maior prazer dela e de Edwin, mas não podia ter mais isso. Só que naquela plataforma, naquele momento, houve uma abertura. Na próxima vez ela falaria mais.

Quando Edwin subiu no trem de volta para Chicago, Mamah levou as crianças para uma loja.

— Vamos comprar sobretudos e botas para vocês — ela disse. — Agora vocês estão no campo.

Martha ficou emburrada quando a mãe pegou botas marrons pesadas de uma prateleira na parede.

— Essas são feias.

— Experimente, Martha. Lama e esterco de vaca podem estragar seu lindo sapato bem depressa.

A menina enfiou os pés na bota de má vontade.

— A sua serviu também? — Mamah perguntou para John.

Ele parecia satisfeito.

— Serviu.

Fora da loja, Mamah ficou imóvel quando ouviu um trinado rouco bem conhecido lá no alto. Perto da rua, um fazendeiro barrigudo apontava para o céu.

— Os grous estão de volta — ele disse.

— Tem um esquilo na casa — disse John, apontando para a pilha de lenha.

E tinha mesmo, um esquilo tinha entrado por uma das janelas. Ele estava de pé sobre uma acha, segurando com as patinhas minúsculas um ramo de trigo que devia ter tirado de um dos arranjos de Frank. O bichinho estava roendo os brotos fechados de trigo como uma criança comeria uma espiga de milho. Pedaços da palha caíam como neve na madeira em volta dele. Quando Mamah se aproximou, o esquilo ficou imóvel, no meio de uma mordida.

Martha observava, imóvel como o esquilo, do outro lado da sala. Visitas de animais pequenos eram uma coisa com que Mamah já tinha se acostumado, mas a visão do esquilo ali era evidentemente assustadora para as crianças. Na verdade, até a pilha de toras onde o esquilo estava encarapitado devia parecer estranha para eles. Taliesin era parte rural, parte galeria de arte. As pessoas não empilhavam meias toras de madeira na sala de estar de suas casas em Oak Park como Frank fazia ali. Se Martha ou John olhassem com bastante atenção, veriam aranhas tecendo teias alegremente entre as achas, coisa que Elinor certamente não ia tolerar na casa dela. Mas ela também não ia pendurar um quimono de seda pintado na parede.

Mamah abriu uma porta e espantou o esquilo na direção dela, mas o bichinho saiu pulando pelo chão e subiu no banco da janela. Martha levantou, gritou apavorada e saiu correndo pela sala, o que fez o cachorro latir. Naquele momento Mamah lembrou de quando tinha nove anos, um protótipo de Sarah Bernhardt, chorando por gatos abandonados e insultos imaginados, correndo para o quarto irritadíssima, passando horas lendo fotonovelas.

– Se abrirmos todas as portas – disse Mamah, correndo para fazer isso –, ele escolhe por onde vai sair.

Os berros de Martha continuaram até o esquilo sair da casa.

Parte da estranheza daquela visita era o fato de as crianças estarem ali fora da temporada. Na longa visita do ano anterior eles se acostumaram com os companheiros de brincadeiras e com o clima quente do verão. Agora era primavera e fazia frio. O lugar estava cheio de gente nova no pátio. E havia um ar de excitação e de tensão em toda a casa.

Na última semana, Mamah ficou insegura por sua decisão de convidar as crianças para passar a Páscoa. O trabalho do Midway Gardens se transformara em uma espécie de pesadelo. Os proprietários queriam que o lugar abrisse no dia primeiro de junho. Os operários estavam escavando e construindo no sul de Chicago desde o início de março. E mesmo depois desse tempo todo, Frank continuava mudando de idéia sobre os detalhes.

Tinha chamado Emil Brodelle para fazer os esboços das plantas, e a pressão do prazo era um tormento na sala de trabalho, onde Frank ficava desenhando e redesenhando. Em certo ponto, Mamah tinha entrado no estúdio bem na hora que Frank arrancava o último desenho de Emil da prancheta, amassava e jogava fora no cesto, dizendo: "Maldição!" Mamah saiu correndo do estúdio e foi para a cozinha. Tinha o cuidado de respeitar o território de Frank. Ambos agora tinham cuidado com muitas coisas.

Emil não era a única cara nova em Taliesin. Havia também David Lindblom, um jovem imigrante sueco que cuidava do pomar e dos jardins. E havia também Tom Brunker e Billy Weston. Às vezes Billy levava o filho dele, Ernest, para ajudar no jardim, como tinha feito aquele dia. E outro rosto estava prestes a se juntar ao bando: Frank tinha contratado um cozinheiro japonês quando estavam viajando. Mas o homem estava tendo problema para entrar no país e, nesse ínterim, Mamah cozinhava de novo para uma multidão.

Se a família em Taliesin vivia mudando, as crianças também mudavam. Martha não era a mininha que passou o verão anterior andando a cavalo. Mamah percebeu que ela começava a ter uma vida privada, interior. Como John tinha. Foi um choque quando ela viu John descer do trem. O cabelo estava repartido no meio, sinal de que estava começando a reparar nele mesmo, se olhando no espelho. E Mamah foi tomada por uma sensação de urgência. Tinha perdido muito do tempo com eles, e tinha muito a fazer. Como espremer nessas visitas o tipo de momentos que lhe deram tanto prazer quando criança? Nessa visita, ela queria convidar os filhos do vizinho para montar uma peça ou fazer um show de talentos, talvez planejar um forte na árvore que eles pudessem construir no verão. Mas não tinha coragem de forçar nada disso. Cada reunião exigia uma série lenta de ajustes e adaptações até eles todos poderem respirar o mesmo ar com facilidade.

– Frank – Mamah disse baixinho.

Ele estava longe, concentrado sobre sua prancheta, com a testa apoiada na mão.

Emil viu Mamah e as crianças paradas na porta do estúdio.

– Sr. Wright – ele disse.

Frank levantou a cabeça, com os olhos vidrados.
— Não é uma boa hora? — perguntou Mamah.
— Martha! John! — ele chamou, levantou-se e abriu os braços caminhando para eles.

Quando Frank viu a menina tensa, imóvel, ele parou, estendeu a mão para os dois e curvou-se um pouco para Martha.
— Para esses dois é sempre boa hora.
— Pensei que talvez quisesse mostrar a eles o seu trabalho.
— Estou vendo que eles estão interessados — o olhar de Frank era de brincadeira.
— Claro — John era sempre educado.

Martha se encolheu, suas costas eram um arco de desapontamento.
— Frank está desenhando um lugar em Chicago para onde vou levá-los quando estiver pronto. É um prédio imenso que terá um jardim interno para concertos no inverno e uma área ao ar livre com um parque, um bar e concha acústica.
— Como o parque de diversões em Forest Park? — perguntou John.
— Bem, não terá montanha-russa, nem brinquedos — ela disse. — Será diferente de qualquer lugar em que você já esteve. Ouviu falar dos jardins suspensos da Babilônia, não ouviu?
— Na terceira série — disse John.
— Bem, vai ser mais ou menos como as pinturas que você viu desses jardins. Terá muitos patamares...
— Vocês ainda têm aquele cavalo, o Champion? — Martha perguntou de repente.
— Tenho sim — respondeu Frank.
— Podemos andar a cavalo?
— Podemos.
— Quando?

Frank virou para a janela como se avaliasse quanto sobrava de luz do dia.
— Os grous voltaram — Mamah disse.
— Por que não disse antes? Vamos agora.

Emil fez cara de espanto.
— Senhor, Mueller diz que não podemos prosseguir com a caixa do arquiteto a menos que...

Frank pôs o chapéu.

– Você sabe que Paul Mueller e eu construímos juntos o Unity Temple, não sabe, Brodelle?

– Sim, senhor.

– Mueller sabe esperar.

Os quatro saíram a cavalo pelo caminho e pegaram a estrada rural, até Frank virar numa estradinha estreita. Passaram por áreas de florestas e campos e chegaram a uma área pantanosa, quase alagada. Frank encontrou um grupo de árvores onde amarraram os cavalos.

– A caminhada não é muito longa.

Ele procurou pelo chão e encontrou quatro galhos retos.

– Não caiam na lama – ele disse, e deu cajados para os três.

Frank foi na frente pelo capim alto e molhado, seguido pelas crianças. Mamah foi atrás, logo depois de Martha, cujas botas novas afundavam dois ou três centímetros na lama cada passo que ela dava. Lá na frente Frank se virou, fez o gesto de "psiu" com o dedo na frente da boca. E logo eles estavam numa clareira.

Diante deles havia um campo e, aqui e ali, poças de água parada. Uma dúzia de grous cinzentos, com as cabeças coroadas de vermelho, tinha pousado nas poças. Dois deles estavam aterrissando, descendo do céu com suas asas abertas e as pernas compridas e finas penduradas, como pára-quedistas. Os grous na água jogaram suas cabeças vermelhas para trás e gritaram.

– Eu vinha a este lugar quando era menino – sussurrou Frank. – Mas agora não há muitos grous como antes. As pessoas caçam. Não sei qual o gosto que têm. Nunca comi um.

Mamah passou os binóculos que tinha levado. Eles se revezaram observando os grous endireitando os pescoços e bicos em forma de pináculos apontando para o céu.

– Aqueles caras devem ter acabado de chegar da América do Sul – disse Frank, apontando para os pássaros que tinham acabado de descer. – É isso que eles fazem. Todo ano voam milhares de quilômetros para o sul. Talvez pudessem parar na Califórnia ou no Mississippi e esperar o inverno passar, mas não fazem isso.

– Por quê? – quis saber Martha.

– Porque é a natureza deles. Eles fazem o que sentem que é o certo para eles.

Mamah encostou o binóculo nos olhos.

– Gosto de pensar que eles só sabem o que sabem.

John olhou para ela sem entender.

– O que eu quero dizer é que eles não devem dar a mínima para as pessoas. Nós somos formigas para eles, na melhor das hipóteses. Eles não sabem nada sobre governos, sobre culinária, jornais ou religião. O que eles vêem é água, campo e céu. E não têm palavras para essas coisas como nós temos. Mas eles as conhecem. E sabem entre eles todo tipo de coisas que nós não sabemos, coisas sobre os ventos, e como encontrar os lugares no caminho para voltar todos os anos. Talvez tenham uma linguagem da qual não sabemos nada. A experiência que eles têm neste planeta é completamente diferente da nossa, mas é tão real quanto a nossa.

– Se tivermos sorte, vamos vê-los dançar – disse Frank.

– Eles dançam? – perguntou Martha.

– Às vezes. Eles se acasalam para sobreviver e, quando é hora de ter bebês, eles dançam.

Os quatro se abaixaram e ficaram esperando. Depois de um tempo, as pernas começaram a doer e se levantaram para voltar para casa.

– Olhem – disse Mamah.

No capim alto, os grous tinham começado uma espécie de minueto, curvando-se, pulando, batendo as asas. Paravam para jogar a cabeça para trás e gritar, depois começaram a simular ataques ou a cavar tufos de capim da lama.

– Haverá ovos em breve – disse Frank.

CAPÍTULO 47

Em maio, ficou claro que não haveria cozinheiro japonês. O chef que os encantou tanto em Tóquio não estava simplesmente atrasado, segundo um breve recado que ele enviou em inglês, mas não tinha interesse algum em ir para o Wisconsin. Mamah teria de deflagrar nova procura, e a competição pelos empregados domésticos estava a todo vapor com a proximidade do verão. Poucos dias depois da chegada da carta de Tóquio, Frank anunciou que tinha encontrado um novo candidato. John Vogelsang, o homem que administrava o restaurante de Midway Gardens, disse para Frank que tinha a solução, uma mulher maravilhosa de Barbados chamada Gertrude.

– Ele disse que ela faz todos os pratos comuns e sobremesas sensacionais – Frank disse para Mamah uma noite. – Ela tem um marido que viria junto. Vogelsang disse que é um sujeito educado que trabalha muito, faz uma série de coisas. Nós podemos usar mais duas mãos por aqui, você não acha?

– Por que Vogelsang está disposto a se desfazer deles?

– Com as conexões que ele tem, consegue bons empregados em Chicago todos os dias. É um pequeno favor para nós, eu acho. Ele disse que acha que esses dois gostariam de morar no campo.

Mamah ficou ressabiada. Não seria mais uma pessoa, e sim duas. Como sempre, havia a incerteza sobre o dinheiro. Frank tinha recebido um pequeno adiantamento por Midway Gardens. Talvez entrasse dinheiro pelo Imperial Hotel, só que ninguém sabia quando.

– Por que você não os convida a vir trabalhar um fim de semana? – ela disse. – Vamos ver como se comportam.

Quando Gertrude Carlton chegou de Chicago, ela carregava uma fronha cheia de comida. Era jovem, de pele morena e lisa, tinha modos gentis e inspirava confiança. De blusa branca e saia azul de sarja, segurava uma sombrinha sobre seu chapéu de domingo.

Mamah lhe mostrou a cozinha e o jardim. A jovem ficou parada com as mãos na cintura examinando a horta, com cara de aprovação.

– Pimentas – ela disse.

– Mas ainda não estão maduras – disse Mamah.

– Não se preocupe. Trouxe algumas, recém-colhidas.

Ela se abaixou e arrancou um punhado de salsa e cebolinha.

Na cozinha, com um avental que ela havia levado, Gertrude amarrou um lenço colorido na cabeça. Mamah ficou boquiaberta com a comida que ela tirou de dentro da fronha. Goiabas. Quiabos. Limões.

– Minha nossa, onde foi que encontrou essas coisas?

Gertrude deu risada.

– O sr. Carlton tem amigos.

A voz dela tinha uma musicalidade ensolarada. Naquele momento, Mamah viu mais uma menina do que uma mulher. Quantos anos devia ter? Vinte e dois?

Quando Gertrude pegou vidros com temperos amarelos e vermelhos, Mamah suspirou desanimada.

– O sr. Wright prefere pratos simples. Peixe e frango. Batatas.

Gertrude sorriu.

– Espere para ver. Eu faço comida simples.

– Nós temos galinhas. Quer fazer uma esta noite?

– Amanhã. Esta noite é peixe do rio. O sr. Carlton vai pescar alguns.

– O sr. Wright não gosta de nada frito.

– Não vou fritar nada, madame.

– Nem de condimentos.

Gertrude fez cara de sofredora.

– Só um pouquinho no peixe, madame.

JULIAN CARLTON NÃO COMBINAVA com a mulher. Devia ter uns trinta anos, era pequeno mas com corpo bem-feito e bonito. Era muito sério e mais ainda com suas imaculadas camisa e gravata. O inglês dele era entrecortado e bem britânico, diferente do dialeto cantante da esposa.

No pátio lá fora, Frank apontava para as janelas que precisavam ser lavadas.

– Deixe o Julian ir pescar – Mamah disse para ele. – Ele vai pegar nosso prato principal.

O casal passou aquele sábado numa azáfama de atividade. Por volta das duas horas, Julian já tinha pescado seis peixes. Cheiro de alho, cebola e curry logo emanou da cozinha e encheu a sala de estar, onde encontrou o perfume de limão do polidor de móveis que ele passava na mesa e nas cadeiras. Nas duas últimas horas, Julian não parava um segundo, polindo a prataria, passando lençóis, subindo na escada para limpar as janelas.

Na hora do jantar, Mamah e Frank entraram na sala e o viram de paletó branco.

– Madame – ele disse, meneando a cabeça.

Julian acompanhou Mamah até a mesa de jantar, seguido por Frank. Ele puxou uma cadeira para ela, depois uma para Frank. Os guardanapos que passara aquela tarde estavam arrumados com dobras elaboradas, dentro dos pratos. Em questão de segundos, já levava a comida para eles em uma bandeja de prata com tampa que tinha encontrado, carregando-a sobre o ombro, na palma da mão. Quando ele voltou para a cozinha, Mamah olhou para Frank preocupada.

– Isso é demais – ela disse. – Essa casa é pequena demais para esse tipo de formalidade.

Mas quando cortaram o peixe, estava macio e saboroso, com temperos delicados e desconhecidos que tinham de ser caribenhos. E quando chegou a sobremesa, uma simples torta de maçã, mas talvez a melhor que os dois tinham provado, eles se entreolharam e sorriram de orelha a orelha.

– Onde foi que Gertrude aprendeu a fazer torta desse jeito? – Mamah perguntou para Julian quando ele apareceu para tirar a mesa.

– Fui eu que fiz a sobremesa hoje, madame.

– E como arrumou tempo? E onde aprendeu a fazer torta de maçã?

– Eu era carregador da Pullman, madame, antes de ir trabalhar para os Vogelsang. Aprendi a fazer tudo que era preciso fazer.

— Então é isso — ela sussurrou quando Julian saiu de perto. — Isso explica a formalidade, o jeito que ele carrega a bandeja. Meu pai sempre disse que os carregadores da Pullman são mais bem treinados do que os melhores garçons do mundo. Sabe aquele paletó branco que ele está usando? É paletó de carregador. Eles mesmos compram quando vão trabalhar para a Pullman.

O pai dela tinha sido grande admirador dos homens que trabalhavam nos vagões-leito. A formalidade de Julian se tornou familiar e carinhosa de repente. A atitude dele era digna, respeitosa, mas não aduladora.

— E sei de onde vieram as goiabas. De Nova Orleans. Aposto que ele pede para os amigos carregadores levarem comida para ele em Chicago.

— Bem, o peixe não podia estar melhor — comentou Frank. — O que você acha? Devemos contratá-los?

— Se eles quiserem.

Enquanto os Carlton faziam uma faxina na casa, Mamah e Frank foram sentar no jardim, sob o grande carvalho. Era início de junho e os mosquitos ainda não ameaçavam. Agora Frank estava raramente em casa. Midway Gardens devia ser inaugurado dia 23 de junho, e a obra ainda não estava nem perto de terminar. Ele contou que estavam todos em pânico, desde o supervisor da obra até o maestro da orquestra e os investidores.

Frank entreteve Mamah com histórias sobre a vida na obra, sobre a jovem que parecia uma sílfide e trabalhava de modelo para Iannelli, o escultor, que estava criando o molde das ninfas de concreto que iam decorar o jardim de inverno. Descreveu como ela passava todos os dias pelo meio dos operários sindicalistas até o barracão do escultor, de cabeça erguida. Contou que o escultor não olhava quando ela tirava a roupa, e só se virava quando ela ordenava. Que a menina ficava com os dois braços erguidos sobre a cabeça horas a fio, segurando uma esfera imaginária, enquanto o artista moldava seus seios redondos e coxas musculosas com seu bloco de cera.

— Que profissional — disse Mamah, com admiração.

– Gostaria que Iannelli fosse a metade desse profissional.
– Por que diz isso?
– Ah, ele é cabeça dura. Eu disse a ele exatamente como mudar a inclinação da cabeça dela, e ele me ignorou. Passou uma semana inteira fazendo outro molde que não melhorou nada.
– O que você disse a ele?
– Não adianta falar com ele.
Mamah ergueu as sobrancelhas quando viu que Frank enrubescia.
– O que você fez?
Ele se mexeu na cadeira e alisou um amassado na calça.
– Fiz uns furos naquela coisa.
Ela bufou. Esperou. Quando Frank contou alguns detalhes, a cena começou a se formar em sua cabeça. Frank entra no barracão do escultor sozinho, levanta o pano que cobre o modelo de cera e descobre uma nova versão errada como a anterior. Frank ergue a ponta da bengala e, ato reflexo, enfia nos olhos macios da figura, depois cobre o modelo de novo para Iannelli ter a surpresa desagradável.
– Eu perdi a cabeça – ele disse.
Mamah avaliou aquela batalha, para saber de que lado ficava. Frank estava sob pressão, todos na obra de pavio curto. Ela ia falar, mas se conteve. Aquela briga não era dela.
– Vou recomeçar tudo com ele na segunda-feira... pedir desculpas – ele disse.
Mamah relaxou e recostou na cadeira.
O único ruído no silêncio da noite era o bater das panelas na cozinha. Quando esse barulho cessou, ela viu a luz do quarto dos beliches acender.
– Você acha que os Carlton vão sobreviver?
– Eles querem o emprego. Vogelsang diz que freqüentam a igreja. Tenho certeza de que vão se juntar a alguma congregação.
– É exatamente sobre isso que estou falando. Em Chicago, até em Oak Park, há a Igreja Batista das Pessoas de Cor. Eles encontravam amigos lá, saíam juntos à noite. Mas aqui eu não sei o que vão enfrentar.
– Eles vão se arranjar. Não estou preocupado com isso – ele passou a mão no braço dela. – O que vai fazer agora que tem tempo de sobra?

Ela respirou fundo, satisfeita.
— É um luxo que tenho de pensar.
— Ellen já saiu do isolamento?
— Você quer saber se vou voltar a traduzir para ela? Sim, vou.
— E toda essa história de ela autorizar quem, para fazer o quê?
— Ah, não vou deixar de cobrar isso dela. E só Deus sabe como não concordo com ela quando diz que as mulheres vão condenar a raça humana se forem em massa para as fábricas. Mesmo assim, não acredito que qualquer outra pessoa tenha escrito textos tão poderosos sobre liberdade pessoal e a reforma da instituição do casamento. O que posso dizer? Ela não é perfeita, mas não posso esquecer o que fez por mim.
— Ela é que devia agradecer a você. Ralph Seymour ligou para o escritório esta semana e disse que as vendas de O *movimento feminista* foram muito boas.
— Perdoe-me se me vanglorio — Mamah deu uma risadinha. — Isso é boa notícia para Ralph também. Lembro quando seu principal revisor foi falar com ele na metade de *Amor e ética* e disse: "Sr. Seymour, estou com o senhor há vinte anos, mas prefiro renunciar ao meu emprego a continuar com este livro." Ralph teve a coragem de publicar Ellen quando outros não tinham.
— Ralph concorda totalmente conosco. Ellen Key é a nova estrela do movimento neste país. Ela nunca teria chegado a esse posto se você não tivesse traduzido os seus textos.
— Não seria bom se ela reconhecesse isso? Vamos ver. Ainda tenho uns dois ensaios para traduzir. Mas quase terminei o texto que ela autorizou. De qualquer maneira, andei pensando em escrever uma coisa minha.

Frank ficou animado.

— É engraçado você mencionar isso. Topei com Arnell Potter na estação quando cheguei esta manhã. Ele está pronto para se aposentar, vender o jornal. E eu estava pensando, por que não compramos? Por que você não se torna a nova editora de *Weekly Home News*? Você seria sensacional. Eu poderia escrever um editorial como convidado, de vez em quando.

Mamah começou a rir.

– Você não está falando sério.
– Não diga não ainda. Apenas pense.
– Ah, as ironias são muitas.
– Eu sei que um jornal do interior é café pequeno. Mas pense só no potencial. Se você escrevesse as suas histórias, e, no início, é mesmo o que precisaria fazer, teria um motivo oficial para chamar as pessoas e dizer: "Posso ir até aí para ver esse porco premiado de que tanto estão falando?"

Mamah sorriu com a idéia.

– Você pensa que estou brincando, mas não estou. Você seria brilhante. No minuto em que as pessoas a conhecem, elas adoram você. É assim com todas. E você se preocupa mesmo com os porcos delas. Eu a conheço. De qualquer modo, é uma coisa que podia funcionar para você, especialmente se não vai ficar no Japão o tempo todo.

Mamah já tinha dito a ele que não ia ficar o tempo todo da obra do Imperial Hotel quando começasse para valer. Tinha decidido isso. Na última vez, seis meses foi demais. Frank não recebeu bem essa notícia, mas o fato de estar falando dela significava que já havia certa aceitação.

– Olha, Mame, se você quer um projeto próprio, esse é ótimo. Deus sabe que ia mudar o seu perfil por aqui. E não precisa fazer do jeito do Arnell. Invente coisas diferentes. Apresente Ellen Key para as damas do condado de Iowa. Faça-as falar sobre amor erótico.

Mamah deu outra risadinha.

– Essa é uma idéia e tanto.
– Durma algumas noites sobre o assunto. É só isso que estou dizendo.

A IDÉIA DO JORNAL manteve Mamah acordada aquela noite. Brincou com o papel de editora, imaginou-se lendo o serviço de notícias que estalavam no telégrafo. O que podia ser mais doce do que comandar o navio do inimigo? Mas tinha outra idéia também. Acreditava que estava na hora de escrever um livro.

Liberdade da personalidade. Ela disse em voz alta. Um título meio pedante, pensou, quando ouviu. Mas esse seria o tema. O livro tinha de ser menos filosófico do que a prosa densa de Ellen. Mais simples, mais direto.

De manhã, o conceito tinha se transformado. Ela acordou sabendo que ia colecionar as histórias das mulheres contemporâneas, todo tipo de mulher que lutava contra a maré para ter uma vida autêntica.

A idéia fez o coração de Mamah dar um pulo. Era caro demais viajar por aí entrevistando as pessoas. Por enquanto, ela faria um questionário e mandaria pelo correio para aquelas de que lembrava melhor. Ellen Key. Charlotte Perkins Gilman. Else Lasker-Schüler. E outras que não eram famosas. Se as coisas melhorassem entre as duas, mandaria para Lizzie também.

Mas não ia mentir. Contaria coisas além dos triunfos. Escreveria sobre as derrotas, como as mulheres confundiam liberdade sexual com a verdadeira individualidade. Escreveria sobre os muros que estavam lá na frente, esperando para ser derrubados. Sobre os erros. Sobre a culpa e o remorso. Não só sobre as chances aproveitadas, mas também sobre as chances perdidas.

O problema dos livros de Ellen consistia no fato de serem filosóficos demais, com poucos exemplos da vida real. Ela daria tudo, quando estava em Berlim, para ler as verdadeiras histórias do caminho de outras mulheres para conquistar a liberdade pessoal. Se conseguisse reunir relatos concretos das mulheres que superaram seus medos, o desprezo e as fofocas para encontrar o próprio valor no mundo, definir o próprio futuro, isso seria muito valioso.

Teria de contar a sua história também, mas não sabia por onde começar. Por enquanto, escreveria no seu diário apenas para pôr as palavras no papel. Ia imaginar o rosto de Else, era isso que ia fazer. Como se a amiga estivesse sentada à sua frente no café, ela lhe contaria tudo.

Mamah sentiu uma animação que não sentia desde a descoberta da obra de Ellen. Idéias estalavam como fagulhas dentro da sua cabeça, e ela temia perdê-las. Saiu correndo do quarto para pegar caneta e papel no seu estúdio e quase derrubou Julian, de tão surpresa que ficou de encontrá-lo parado e quieto no corredor, endireitando uma gravura japonesa.

CAPÍTULO 48

23 DE JUNHO DE 1914
ESTRÉIA DO VESTIDO DE CONTAS.
F.

O telegrama chegou um dia antes da sua partida para Chicago. Mamah tinha dito a Frank que usaria o vestido de contas no dia vinte e sete. O que ele não sabia é que o vestido que ele comprara na Itália para ela já tinha sido "estreado" há muito. No último mês, ela vestira o corpete e o vestido de contas vaporoso uma dúzia de vezes, girando na frente do espelho do quarto para verificar as costas, depois a silhueta, pensando se usava na inauguração do Midway Gardens. Nos quatro anos que passaram desde que Frank lhe deu o vestido, ele ficou pendurado sem uso numa série de armários enquanto o corpo dela se modificava.

Mamah sempre detestou vaidade em mulheres de meia-idade. Ela e Mattie tinham prometido uma para a outra que deixariam a idade levá-las tranqüilamente, sem henna e sem pó. Mas, olhando para o seu reflexo agora, ela odiou o que viu. Não era o vestido, que era solto e disfarçava bem. Era a mulher mais flácida, menos vivaz, um pouco antiquada que olhava para ela do espelho. Aos quarenta e cinco, não se importava com o cabelo branco chegando, nem com a ruga entre as sobrancelhas. O que desprezava era o efeito da gravidade, porque fazia com que ela parecesse cansada, enquanto por dentro se sentia jovem, com a mais aguda clareza mental que tinha desde os vinte e cinco anos de idade.

Ela tirou o vestido, dobrou e pôs na mala. Sua aparência não era o mais importante. De qualquer maneira, a noite era de Frank, uma comemoração que já era devida havia muito tempo.

Frank não aparecia em casa fazia duas semanas, e só intermitentemente um mês antes disso. Os dois deixaram de comemorar juntos os dois aniversários. Nos últimos dias antes da inauguração, ele nem voltava para seu apartamento em Chicago; em vez disso, dormia numa pilha de cobertores de mudança e, quem sabe o que mais, no Gardens. Trabalhava até a madrugada, até não poder mais, depois levantava às seis para continuar a trabalhar.

Na sua última vinda para casa, ele andava de um lado para outro, despejando suas preocupações. Os investidores não conseguiram levantar fundos suficientes para cobrir os custos da obra, mas, confiantes demais, tinham iniciado a construção assim mesmo. Pagaram-lhe cinco mil dólares, mas agora falavam em acertar o resto do seu pagamento com ações. Pobre Mueller, o empreiteiro, foi forçado a dar a notícia para os trabalhadores na sexta-feira, que seus salários daquela semana iam atrasar.

No entanto, a obra estava andando, ele disse a ela, não sabia como, mas estava andando. E que elenco havia no lugar todos os dias! Pintores, escultores, comerciantes, engenheiros, músicos, chefs. Todos talentosos, todos procurando deixar sua marca. Entre os artistas e os representantes dos sindicatos, o lugar tinha mais prima-donas do que uma reunião de elenco de ópera. Iannelli era o maior. Frank tinha medo de ter cometido um erro terrível ao contratar dois pintores modernistas famosos para pintar os murais. Deu-lhes uma orientação geral e cores específicas para usar. Mas tudo o que tinha visto até o momento estava completamente errado.

– Os murais vão brigar com a arquitetura – ele disse. – Já sei que vão.

– Então seja firme – disse Mamah. – Você está exausto, mas agora não é hora de fraquejar, não num empreendimento tão importante. Essa é a primeira vez que o público vai realmente experimentar uma de suas construções. Vai abrir os olhos de milhares... milhões... com o tempo. Por que usar murais que não lhe agradam? Você pode fazê-los mais tarde.

– Você tem razão, é claro – Frank apertou a mão dela.

Mamah sabia que ele não precisava de seus conselhos. Era preciso um ego imenso para construir uma estrutura enorme como nunca se viu antes e ao mesmo tempo tranqüilizar os desconfiados de que ia ser uma obra brilhante. Mas precisava ter coragem e visão também.

Ele precisava era do apoio dela, e Mamah o apoiava incondicionalmente.

Estréia do vestido de contas. Ela riu alto. Tendo de lidar com pedreiros e artistas furiosos, ele planejava cada pequeno detalhe da noite da inauguração, até o que Mamah ia usar. Isso era típico de Frank, orquestrando cada pedacinho da experiência. E dessa forma, Frank estava dizendo a ela o que os dois sabiam, que a inauguração, para eles, era como sair do armário. Seria a revelação do seu primeiro prédio público em Chicago e a primeira aparição pública dos dois desde o escândalo. Ele queria que tudo, inclusive ela, estivesse perfeito.

Ao chegar em Chicago, Mamah deixou as malas no apartamento e embarcou no trem El para o sul. Desceu na Cinqüenta e nove com Jackson Park, a mesma parada em que tinha descido tantas vezes quando ia às aulas na universidade. Vendo os jovens passando por ela ao longo da Midway Plaisance, imaginou que curiosidade devia ter sido dez anos antes, quando estudava romance com Robert Herrick. Ela considerava os alunos colegas. Mas essa garotada da faculdade... Será que tinha ficado irremediavelmente velha ou eles eram bebês mesmo naquela época e ela não notou?

A distância, ela viu as duas torres quadradas que ancoravam as duas pontas do longo prédio de tijolos aparentes, tinham ficado mais altas desde a última vez que estivera lá. Frank empilhara mais varandas, uma em cima da outra, num feito arrojado. Chamava aquelas torres de belvederes, e Mamah podia ver que, dos balcões, se tinha uma ótima vista. Acima do último andar, um telhado em balanço parecia flutuar livre do prédio embaixo dele.

Quando chegou mais perto, viu que a textura da superfície da construção era muito complexa. E lúdica. Cada plano era decorado com um desenho diferente, desde a base amarela de tijolo e argamassa até as paredes de blocos de concreto, que eram montados em cima como a trama de um tecido. Para anunciar a atmosfera informal do espaço interno, Frank tinha posto estátuas de ninfas dos dois lados da entrada principal, com as cabeças baixas. Elas pareciam piscar para Mamah quando ela passou pela entrada.

Dentro de um belvedere, um artista no alto de um andaime punha as primeiras pinceladas de cor no temido mural. Ela viu as linhas desenhadas na parede acima dela, mas não conseguiu discernir nelas o desastre que Frank imaginava. Ela foi andando por um longo corredor e entrou no elevado jardim de inverno, onde camadas se multiplicavam em mais camadas enquanto ela olhava para cima e em volta.

Um misturador de cimento no meio do salão fazia o espaço trepidar. Vapores do gesso molhado flutuavam à luz da tarde que entrava pelas janelas. Um lépido entregador idoso cumprimentou Mamah, batendo na ponta do chapéu quando passou por ela empurrando um carrinho cheio de flores e de plantas.

— Isso não é maravilhoso? — ele comentou.

Mamah tentou imaginar como ficariam os terraços na noite seguinte. Os comensais estariam sentados às mesas, vendo mais embaixo a pista de dança com piso de tabuleiro de damas no centro do salão. Deveria ter hera caindo de todas as varandas. O lugar realmente fazia lembrar os Jardins Suspensos da Babilônia. Frank disse que algumas pessoas achavam que pareciam as pirâmides astecas.

Ela viu tudo isso e mais: a cervejaria ao ar livre que Frank e ela tinham visitado em Berlim e em Potsdam, os terraços por onde passearam na Itália. As estátuas de mulheres que Frank usara delineando os jardins inferiores lembravam os pilares retangulares de pedra com cabeças humanas esculpidas que Mamah vira nos jardins italianos. Mas lembravam também o Japão, os penteados angulares como abstrações das perucas de gueixas. Frank fundiu o que tinha vivenciado e visto em algo inteiramente novo: uma fantasia onírica.

Mais do que tudo, o que Mamah viu foi a alegria absoluta que ele exprimiu em Midway Gardens. Depois de todas as mudanças, a estrutura acabou ficando tão lúdica quanto as ninfas na porta da frente. Aquele lugar era um lugar de "bons momentos". Daria prazer a muita gente.

Para todo lado que olhava, Mamah via Frank brincando. No alto das paredes, em um friso de painéis de vidro, havia espalhadas pipas de vidro vermelho com rabiolas pretas contra o céu azul lá fora. Ela imaginou Frank segurando o barbante de cada uma delas, mantendo todas no alto juntas, com o coração pleno de felicidade como o de qualquer soltador de pipa.

— May-mah! — John Vogelsang voava pelo jardim de inverno quando a avistou e se abaixou para dar-lhe um beijo no rosto. — Como vai você? Frank sabe que está aqui?

— Não, eu cheguei sorrateiramente para saborear a animação.

— Não me fale de saborear nada. Provei tanta coisa hoje que minha língua está doendo.

— Você já está pronto?

Ele deu de ombros.

— Se os garçons aparecerem... Se os cozinheiros aparecerem... Se as pessoas vierem...

— As pessoas virão — ela afirmou.

— Mas me diga, como estão se saindo os Carlton?

— Eles são maravilhosos, só que eu acho que Gertrude fica meio solitária lá no campo. Quando eu estava saindo, ela confessou que gostaria de ir para a cidade também.

— Ela cozinha bem, não é?

— É um milagre.

— Peça para ela fazer *callalloo*. Lá em casa ninguém queria parar de comer. Ela não encontra o próprio *callalloo* por aqui, então prepara com espinafre.

Um homem com ar preocupado se aproximou de Vogelsang neste momento e o *restaurateur* teve de pedir licença.

— Quiabo e caranguejo — ele disse quando se despediu de Mamah. — Você não vai acreditar.

Mamah foi até uma varanda com vista do jardim de verão por cima. A orquestra estava ensaiando no pavilhão e ela ficou escutando com atenção. Tocavam Saint-Saëns e soava exótico. Ela entendeu o que Frank tinha feito — criando um salão sinfônico com aqueles terraços e balcões inclinados. Os carros podiam estar roncando pela Cottage Grove, mas, de onde ela estava, a música soava clara como se estivesse no primeiro balcão da Ópera de Berlim.

Ela o avistou lá embaixo, debruçado sobre desenhos, com um homem de barba que devia ser Paul Mueller. Lá fora, na vasta praça ao ar livre, cadeiras e mesas estavam arrumadas em filas perfeitas. A visão delas provocou um agradável arrepio de antecipação que percorreu os braços de Mamah. Meu Deus, há quanto tempo não ia a uma festa? Como adorava festas! Pensou no vestido de contas e na idéia assustadora de as pessoas ficarem olhando para ela na noite seguinte, ansiosas para dar uma espiada na "parceira" de Frank. Ela deu meia-volta e saiu apressada pela porta da frente, em direção à estação do trem.

MEIA HORA DEPOIS Mamah estava sentada no salão de cabeleireiro na Palmer House. Certa vez, quando estava lá para visitar os filhos, uma mulher muito amável tinha aparado seu cabelo comprido. Mas aquela mulher não estava mais no cabeleireiro. Um rapaz estava diante dela agora, segurando a imagem que Mamah vira na vitrine. Ela entrou no salão sem saber o que queria que fizessem com seu cabelo, apenas algo milagroso que a fizesse sentir-se bonita e jovem outra vez. Quando viu a imagem na vitrine, ela parou. A ilustração mostrava uma mulher de cabelo curto, cortado na altura do maxilar. Era o corte de Else.

– É chamado de cortina, madame – disse o cabeleireiro.

O homem tinha uma pose solene que não combinava com o nome bordado no jaleco de cabeleireiro: Curly. Seu cabelo, muito ondulado, que ele escolheu homenagear em vez de dominar, era evidentemente a origem daquele apelido. Repartido do lado esquerdo, o cabelo subia do lado direito da cabeça numa massa de ondas bem pequenas que se moldavam num cone inclinado, cuja ponta ficava bem a uns quinze centímetros do couro cabeludo.

Mamah se ajeitou na cadeira de couro vermelho do barbeiro. Olhando para o bizarro cabelo do homem, ela se arrependeu do impulso que a impeliu para dentro do salão. Maldita vaidade! Ficou imaginando se o corte dele também tinha nome.

O barbeiro enrolou papel em volta do pescoço dela e jogou uma capa em cima. Mamah respirou fundo e apontou para a imagem do corte-cortina.

– Eu quero isso – ela disse.

– Mas madame, seu cabelo não é liso – ele protestou.

– É suficientemente liso – ela disse. – Vou arriscar.

Ele começou a cortar o cabelo dela em tufos de trinta centímetros, depois se empenhou em deixar o capacete grosso todo por igual. Mamah ficou chocada de ver os montes de cabelo castanho-escuro em pilhas como feno pelo chão. O homem usava um banquinho baixo com rodinhas e rolava nele, em volta dela, cortando o cabelo por baixo. A experiência toda pareceu bizarra, mas ela acabou revelando ao cabeleireiro que ia à inauguração e o vestido que ia usar.

Quando ele se levantou, tirou um pente encerado de um vidro com álcool, lavou e secou na pia, depois fez o repartido no meio da cabeça dela. No espelho, uma mulher parecida com Else olhava para ela. Um sorriso se espalhou pelo rosto de Mamah. O corte de cabelo estava maravilhoso, radical, nada convencional e bonito, tudo ao mesmo tempo.

– Muito europeu – disse o cabeleireiro, satisfeito com ele mesmo. – Abaixe a cabeça.

Ela obedeceu e o cabelo caiu para frente.

– Está vendo como funciona a cortina? Agora levante o rosto – Curly sorriu de orelha a orelha. – E aí está, madame – ele disse triunfante. – Revelada.

CAPÍTULO 49

Havia coisas que ela queria lembrar da noite de inauguração de Midway Gardens. Da música, certamente. Dos cheiros dos buquês usados nas roupas e de cimento fresco. Da sensação que todos pareciam ter, de que eram os que tinham sorte de estar ali, naquele momento, naquele lugar mágico.

Algumas coisas ela não conseguia esquecer, nem se quisesse. Especialmente as luzes. Midway Gardens era um mundo de fantasia à noite. Dentro do jardim de inverno havia globos pendurados como grupos de balões nos cantos da pista de dança. Lá fora, postes cravejados de pequenas luzes brancas se erguiam do topo de muros como agulhas cintilantes. As chamas de velas tremulavam ao longo dos balcões nos terraços.

Frank chamava Midway Gardens de sua "cidade à beira-mar". Não era uma cidade e não era à beira-mar. Mas se alguém semicerrasse os olhos de certa maneira, como Mamah fez aquela noite, sem os óculos, a luz das velas nos terraços trazia à mente as vistas que ela vira do convés do navio: aldeias nas encostas de montanhas, com seus lampiões nas janelas brilhando à distância.

Mamah jamais esqueceria o carinho das pessoas com ela aquela noite. Frank ficou ao seu lado, a face muito corada, e a apresentava galantemente para uma pessoa depois da outra. Entre elas estava Margaret Anderson, a dona da *Little Review*.

– Frank mostrou-me há pouco o poema de Goethe que você traduziu – a mulher bela e imponente deu uma tragada num cigarro curto e piscou para Frank. – Uma descoberta impressionante.

Mamah deu risada.

– Ele tem muito orgulho. Leva sempre no bolso.

– Eu gostaria de publicar o "Hino à Natureza". Estamos com a pauta definida pelos próximos seis meses, mas será no início do ano

– os olhos verdes de Margaret examinavam o salão enquanto ela falava. – O que você acha?
Frank ficou exultante. Mamah procurou ser discreta.
– Seria ótimo – disse ela.
Quando a mulher se afastou, Mamah sussurrou animada para Frank.
– Ela publica Sandburg e Amy Lowell, pelo amor de Deus. Nem posso imaginar...
– Ela reconhece alguém em ascensão quando vê.
Ele segurou a mão dela e entrou no jardim de inverno. A cena era uma mistura de cores e movimento, os vestidos de baile rodopiando. Fazia tanto tempo desde que dançara com Frank pela última vez que tinha até esquecido como ele era elegante com os pés. Valsaram algumas músicas.
– Eu adoro esse corte de cabelo com o seu vestido – ele disse em certo momento, enfiando o nariz na orelha dela. – Eu já disse que você é a mulher mais linda neste lugar?
Mamah deu risada.
– "Em Xanadu, Kublai Kan criou com majestoso decreto um salão de prazer"... Como é que esse poema continua? "Com muros e torres... e jardins luminosos..."
– Você ouviu o que eu disse?
Ela chegou para trás e olhou para o rosto dele. Mais cedo, quando Frank conversava com jornalistas, ele ergueu o queixo e literalmente olhou para eles de cima para baixo. Mais tarde havia um brilho malicioso em seus olhos quando ele partilhou alguma piada particular com Ed Walter, um dos sócios do Midway Gardens. Agora havia uma ternura bem familiar em sua expressão.
– Ouvi – ela disse. – Obrigada.
Mais do que tudo, ela se lembraria de John Wright naquela noite. Ele trabalhou incansavelmente ao lado do pai na construção do Midway Gardens. Ele tinha de estar tão exausto como Frank, mas, do outro lado do salão, parecia ebuliente, rindo com os amigos. Aquela noite era dele também.
Não o tinha visto desde que era um menino com, talvez, dezesseis anos. E tinha ficado um belo jovem, tinha o colorido de Catherine.

Quando a viu olhando para ele, John não hesitou. Foi imediatamente falar com ela.

— Como vai, Mamah?

John segurou a mão dela entre as suas.

Ficaram conversando alguns minutos. Era carinhosa, mas apenas uma conversa trivial, nada que se aproximasse das feridas.

John Wright estava desobedecendo à lei da mãe que o impedia de ficar no mesmo lugar junto com Mamah. Mas ele agora era um homem, independente é claro, pois Mamah o achou muito educado e aparentemente inabalado pela presença dela apenas a um metro, ou pelos olhares que a proximidade deles atraía das outras pessoas. Quando ele pediu licença, seus olhos se demoraram um pouco nos dela.

— Meu pai está feliz — ele disse.

Mamah esforçou-se para evitar as lágrimas.

CAPÍTULO 50

Meu nome é Mamah Borthwick. Mamah é um apelido de Martha, e se pronuncia "Mei-mâ". É um nome que intriga quando as pessoas ouvem pela primeira vez. Elas perguntam: "É mama, como mãe?" O relacionamento com quase todas as pessoas que conheço começa com essa explicação.

Meus pais não escolheram Mamah da Bíblia, nem deram meu nome em homenagem a alguma tia querida. Eu sou a única Mamah de que já ouvi falar. Gostaria que houvesse uma grande heroína da história para inspirar essa escolha, mas não há. É simplesmente um apelido carinhoso dado pela minha avó.

Mas talvez haja alguns leitores para quem o nome traga alguma lembrança. É possível que se lembrem de terem lido as manchetes escandalosas sobre uma mulher chamada Mamah, cujo caso com um homem casado era o assunto predileto dos editores de "notícias". Eu sou esta mulher, e este livro tem o meu relato dos acontecimentos que provocaram aquelas manchetes ofensivas.

Trilhei um caminho angustiante desde que a imprensa marrom pôs meu nome e estampou minha foto na primeira página. No entanto, nas piores humilhações, eu encontrei esperança nas palavras de uma maravilhosa filósofa sueca. Traduzi sua obra para que outras pessoas pudessem se beneficiar com sua sabedoria. Com o tempo, porém, entendi que muitas mulheres facilitaram a minha jornada, em toda a minha vida. A todas elas, eu devo imensamente.

Nas páginas adiante, verão a história de mulheres que estão lutando para ter uma vida verdadeira, para criar vidas honestas e significativas para elas, apesar do fato de não termos, como gênero, a faculdade do voto, equiparação salarial, nem a liberdade pessoal que os homens consideram direito deles. Este livro é uma tentativa de dar nome a essas batalhas. Como grupo, falamos muito sobre o voto quando

tratamos das questões femininas. Mas há muitos outros aspectos que envolvem a realização da nossa individualidade e identidade.
As mulheres são contadoras de histórias. É assim que consolamos e instruímos umas às outras. Daí o formato deste livro. Algumas lerão o meu relato à procura dos castigos. Encontrarão muitos. Espero que também reconheçam os momentos de amor e de mérito. Posso lançar alguma luz no caminho de alguém, se outra mulher encontrar coragem para as próprias batalhas a partir das histórias verdadeiras deste livro, e assim terá valido a pena escrevê-lo.

MAMAH INCLINOU-SE mais para perto da máquina de escrever para reler a introdução do livro que acabava de escrever. Trocou algumas palavras, depois esticou os braços e arqueou as costas. *Não está tão ruim para uma primeira tentativa*, pensou ela.

Lá fora Lucky começou a latir para os cavalos que batiam os cascos no pátio. As crianças estavam chegando da casa dos Barton. Desde a chegada dos filhos em Taliesin, uma semana antes, eles praticamente não saíram de cima dos cavalos, foram à casa dos Porter, ficavam indo e vindo das fazendas vizinhas. Pela janela, Mamah viu quatro crianças, os dois dela e mais Emma Barton e Frankie, o filho de Jennie e de Andrew. Quando os quatro não estavam montados nas selas, iam para o celeiro e ficavam por lá, ajudando Tom Brunker a cuidar dos cavalos. Tom era muito carinhoso – viúvo, tinha filhos pequenos também em Milwaukee. Havia outra coisa que atraía Martha e John para o celeiro: o nascimento iminente de um potrinho.

– Está vendo aquela barriga? – disse Tom quando Mamah foi até o celeiro. – Ela está prenhe. As tetas estão secretando leite seroso há uma semana.

John apontou para uma secreção coagulada nas tetas da égua.

– Essa serosidade evita que o leite saia até o potro estar pronto para mamar – ele disse e virou para a mãe muito vaidoso de dar essa informação.

A égua beliscava a barriga distendida de vez em quando.

– Não vai demorar – disse Tom, mordendo seu cachimbo.

– É hoje? – perguntou Martha.

Ela estava de cócoras, sentada na parte de trás das botas, espiando por um vão no meio do portão.
– Pode ser hoje.
As crianças ficaram indo ao celeiro a manhã inteira. Estavam excitadas e agitadas, corriam pela casa, entravam no estúdio e eram enxotadas de lá pelos projetistas.
Naquela tarde, Gertrude fez sanduíche de rosbife para todos. A cozinha era o outro cômodo no qual as crianças descobriram que eram bem-vindas e ficavam por lá, rodeando a cozinheira enquanto ela trabalhava.
Mamah ouviu Gertrude recitar uma rima engraçada no dialeto *creole* de Barbados, chamado *bajan*, e lembrou-se de uma conversa que tivera com Frank na Itália sobre mudar para Wisconsin.
– Como é que eu vou sobreviver sem galerias de arte e sem a ópera? – ela perguntou a ele.
– Vamos levar a cultura para a fazenda – ele prometeu, e cumpriu a palavra.
Havia muita música e poesia em Taliesin. Mas Mamah achava que os Carlton, do jeito deles, também representavam uma ligação com o mundo maior, fora de Spring Green, e ficava satisfeita de ver que as crianças aproveitavam isso.
Mamah juntou-se a elas quando foram até o rio com suas varas de pescar. Deitou numa pedra chata e cobriu o rosto com o chapéu.
Aquele verão as crianças desenvolveram um ritmo próprio na fazenda. John chegou de Waukesha cheio de bom humor depois da viagem com os Belknap, mas Martha estava ansiosa no início. Mamah achou que era porque Lizzie a levara direto de Oak Park, e estava tensa como uma mola quando chegaram. Felizmente Frank não estava em casa. Lizzie comentou muito pouco sobre a casa ou a fazenda, mas Mamah a viu examinando tudo com muita atenção.
Mamah desejava recuperar a antiga intimidade com a irmã, o tempo em que ficavam acordadas até tarde conversando sobre tantas coisas — os pais, Jessie, amor, vida, ambições das mulheres no mundo dos homens. Agora Lizzie estava distante, fria. Mas era carinhosa com as crianças. Elas a adoravam e, com o passar dos dias, parece que a

suavizaram. Duas vezes, quando Mamah disse "Você se lembra...", Lizzie voltou com ela à infância, quando as duas se sentiam seguras.

Quando Lizzie foi embora havia uma trégua entre elas. Mamah tinha medo de esperar demais, cedo demais. E se preocupava com o futuro da irmã. Compreendia até que ponto o mundo de Lizzie se desfez quando ela saiu de casa.

Quando Mamah se casou com Edwin e levou a irmã para morar com eles, Lizzie adorou ser a tia esquisita que morava no porão. Mas isso tinha acabado havia muito tempo. Lizzie já saíra do seu apartamento no andar de baixo, em deferência à nova sra. Cheney. Uma profissional solteira como Lizzie ainda mantinha seu status social apesar de não fazer mais parte de um lar com família grande. Antigas amigas ainda a incluíam em seus jantares. E ela seria amada pelas crianças para sempre. Mamah, entretanto, não podia negar o óbvio: algo estava definitivamente perdido para a irmã.

MAMAH E AS CRIANÇAS voltaram do rio duas horas depois e havia uma comoção no celeiro, que fez os pequenos correrem para lá. Ela também se apressou e entrou no celeiro atrás dos quatro.

– Temos um potro! – Tom exclamou quando se aproximaram da baia.

O potrinho estava deitado no feno. A égua lambia seus olhos e narinas. Tom estava no canto da baia. Todos viram o cavalinho ficar de pé, cambaleante e procurar a teta da mãe para mamar.

– Não precisei fazer nada – Tom disse e deu uns tapinhas na anca da égua. – A mamãe aqui cuidou de tudo sozinha.

Embolada com John e Martha no portão da baia, Mamah saboreou a proximidade deles. O cheiro dos corpos quentes, misturado com o odor de feno, era muito doce. Ficou ali observando com eles um bom tempo antes de voltar para a casa.

Na cozinha, ficou desconsolada de ver Gertrude chorando.

– Acho que devemos ir embora – disse Gertrude, secando os olhos com o avental. – As coisas não estão boas.

– Você está com saudade de casa? – perguntou Mamah.

– Estou. Em Chicago as coisas são melhores.

– Está contente com o trabalho que faz aqui?
– Estou – respondeu Gertrude. – Não é esse o problema.
– Então por que não vai a Chicago no próximo fim de semana? Não é difícil. Julian já foi algumas vezes, por que você também não vai? – Mamah pôs a mão no ombro de Gertrude. – Nós achamos que está fazendo um trabalho excelente. E adoraríamos se ficasse.

A mulher sacudiu os ombros.
– Obrigada, madame.

AQUELA NOITE MAMAH deitou na cama com Martha. John estava na cama dele com Lucky embaixo das cobertas, no outro canto do quarto.
– Está acordado, John? – perguntou Mamah.
– Estou.
– Martha?
– Hã-hã.
– Quero perguntar uma coisa aos dois. Vocês às vezes sentem saudade de casa quando estão aqui?

Fez-se um longo silêncio.
– Hã-hã – Martha finalmente respondeu.
– Eu sei que deve ser difícil deixar seus amigos todo verão para vir para cá.

A voz de John soou na escuridão.
– Você nunca tem saudade de Oak Park?

A pergunta pegou Mamah de surpresa. Ela sabia o que ele estava perguntando. *Você nunca sente saudade de nós?*
– Não há um só dia que eu não sinta saudade de vocês. E alguns dias... bem, eu desejo coisas que não podem acontecer no momento. Mas tenho vocês dois no meu coração o tempo todo. É engraçado... É como se tivesse uma pequena sala dentro de mim, para onde eu vou, e vocês estão lá. E isso me acalma um pouco.

Ninguém mais disse nada depois disso. O único som no quarto era a respiração do cachorro.

CAPÍTULO 51

— Fico pensando se Else saiu da Alemanha — Mamah disse a Frank de um canto da sala de jantar, onde ela raspava a lama das botas de Martha numa lata de lixo.

Pensava sempre em Else desde que o assassinato do príncipe austríaco apareceu nas manchetes dos jornais. Mamah vasculhava o *Dodgeville Chronicle* à procura de algumas notas sobre notícias internacionais que o jornal podia trazer, mas tinha de esperar até Frank levar para casa os jornais de Chicago para se atualizar com a crise na Europa. Os que ele tinha trazido na sexta-feira à noite estavam cheios de notícias informando que mulheres e crianças lotavam as estações de trem de Berlim, tentando sair do país.

— Eu pretendia escrever para ela e perguntar se podia incluí-la no meu livro. Você sabe, para ela responder a algumas perguntas. Agora... — Mamah escovou as botas, preparando para uma camada de óleo —, penso em todos aqueles jovens que freqüentavam o café, falando de arte e filosofia. A essa altura, já devem ter recrutado todos — ela balançou a cabeça. — Sempre que penso em Else e no filho dela, ou em Berlim, eu rezo.

Era manhã de terça-feira e Frank tomava o café-da-manhã antes de sair para pegar o trem. Ia voltar para Midway Gardens para terminar a obra e deixava lá Herb Fritz. Herb esperava uma temporada tranqüila no campo quando chegou para trabalhar com Emil na exposição de arquitetura de San Francisco. Mas Wisconsin estava insuportavelmente úmida. Quando Mamah foi abrir sua escrivaninha aquela manhã, encontrou as gavetas totalmente emperradas.

Foi até lá fora para se despedir de Frank.

— Leve as crianças para ver os debulhadores — ele disse, dando-lhe um beijo no rosto.

— Vou sim.

Ela acenou quando ele desceu de carro pelo caminho e pegou a estrada entre as plantações. Homens em gigantescas debulhadoras eram esperados nas casas em torno de Taliesin. Eles avançavam pelo campo, de uma fazenda para outra.

Parada no jardim depois que Frank foi embora, Mamah sentiu o perfume do alecrim que tinha plantado. Um número surpreendente de flores estava vingando. Foi atraída por um movimento em volta de uma vistosa matricária e foi lá dar uma espiada. Borboletas brancas orbitavam loucamente em volta da planta e centenas de abelhas mergulhavam e saíam do universo ali dentro, juntando pólen. Quando ela tirou os óculos para secar o suor da parte de cima do nariz, o arbusto inteiro pareceu estremecer de vida e movimento.

Normalmente naquela época do ano, ela mal podia olhar para o seu jardim sem pensar em trabalho. Com aquela umidade e trinta e dois graus de temperatura, algumas plantas dobravam e murchavam. Tinha de arrancar ásteres e flor-de-cone ou purpúreas. As folhas das peônias estavam ficando roxas e precisavam ser podadas.

– David – ela chamou ao ver o jardineiro. – Estou vendo umas coisas aqui pedindo para serem arrancadas – ela apontou para a folhagem morta.

– Vou fazer isso – David Lindblom passou a manga da camisa no rosto. – Preciso ter uma conversa com a senhora, sra. Borthwick – ele disse.

– Claro.

Mamah sentou num banco à sombra e fez sinal para ele sentar numa cadeira perto.

– Não quero que Julian Carlton me ajude mais no jardim – disse David. – Ele tem o gênio ruim. Não posso trabalhar com ele.

Ela franziu a testa.

– O que ele faz?

– Diz que só recebe ordens do sr. Wright. Fica furioso quando peço para ele fazer alguma coisa.

– Já falou com o sr. Wright sobre isso?

– Eu ia falar, mas ele já tinha saído. Acho que Emil está tendo problemas com Carlton também.

– Quando vir o Julian, diga a ele que venha falar comigo, está bem?

– Sim, senhora.

O ROSTO DE JULIAN estava coberto de gotículas de suor quando ele apareceu, poucos minutos depois. Ficou de pé, tenso, na frente dela, como se estivesse em posição de sentido. Ele estava imaculado, como sempre, mas havia algo de perturbador em sua postura. Ele parecia apavorado.
– Todos me perseguem. Emil fez todo mundo ficar contra mim. Ele faz os homens correrem para contar mentiras ao sr. Wright.
– Não é verdade – disse Mamah. – O sr. Wright nunca mencionou isso. Mas por que discute com Emil e David?
– Eles ficam me dando ordens. Alguns me chamam de George. Sou homem. Não tenho de aturar isso.
Mamah sabia o que significava para um ex-empregado da Pullman ser chamado de George. Era um insulto, apesar de ser usado o tempo todo. Queria dizer: *Você não tem nome.*
– Eu trabalho para eles ou trabalho para o sr. Wright?
– Você trabalha para o sr. Wright e para mim, é claro. Mas, no jardim, tem de acatar as orientações de David. E no celeiro, Tom é o patrão. Terá de encontrar um jeito de fazer as pazes. Não podemos ter discussões aqui o tempo todo. Vou conversar com Emil.
Um sorriso de satisfação se espalhou pelo rosto de Julian.
– Muito bem, madame – disse ele.

NA QUINTA-FEIRA À TARDE Mamah foi ao celeiro com as crianças para ver o potro. Ficaram abaixados, como sempre, no corredor escuro entre as fileiras de baias, espiando pelo portão de onde estava o potrinho. Uma barulheira despontou no fim do corredor de repente.
– Ponha a sela! – era a voz de Emil.
Na penumbra, Mamah o viu de pé ao lado de um cavalo. Do outro lado do animal só deu para ver as pernas de Julian.
– Não trabalho para você, homem branco – a voz de Julian tremia de raiva.
– Eu mandei prender essa sela, seu negro filho-da-puta!
– Vou selar – gritou Julian. – E mandar você e seu maldito cavalo pro inferno.

Mamah prendeu a respiração, certa de que os dois homens iam começar uma briga. Martha grudou nela e cobriu as orelhas. Quando Julian deu meia-volta e saiu correndo, Mamah abraçou as crianças enquanto Emil montava e saía cavalgando.

Mais tarde no estúdio, Mamah encontrou Emil coberto de suor, contando a Herb o que tinha acontecido no celeiro.

– Ele não regula bem – Emil disse a Mamah. – Explode com as menores coisas. Ameaça as pessoas. David tem medo dele desde o dia em que chegou aqui.

– Conversei com David não faz muito tempo. Ele não disse que tinha *medo* dele.

– Antes de conhecer Carlton, David me disse para ficar fora do seu caminho. Disse que ele era um demônio esquentado e furioso. Bem... – Emil respirou fundo –, isso ele é mesmo.

Lá fora, no pátio, Billy Weston confirmou.

– Ele é inteligente e age com educação, mas tem um pavio curtíssimo. Não se dá com nenhum outro homem daqui.

Mamah foi para o seu quarto e sentou à mesa para pensar. Levou apenas um minuto para tomar uma decisão. Teria de mandar os Carlton embora.

A situação toda era lastimável. Gertrude era a melhor cozinheira que Mamah já tinha visto e, além do mais, uma pessoa adorável. Até Julian era o empregado ideal. Antes de tudo aquilo, ele parecia muito afável. Mas estava lá havia apenas algumas semanas, não era tempo suficiente para se conhecer alguém. Havia uma parte raivosa de Julian que ele obviamente não tinha exibido para os Vogelsang quando trabalhou para eles. Mamah não alimentava qualquer ilusão de mudar a personalidade do homem.

Mesmo assim, não devia ser fácil para Gertrude e Julian enfrentar aquela situação de ter de se adaptar a tantas personalidades diferentes. Mamah se lembrou dos seus primeiros anos em Taliesin. Como devia ser, para um estranho completo, e além do mais um homem de cor, viver entre eles? Ela se repreendeu por ter sido ingênua a ponto de achar que uma dúzia de pessoas podia conviver sem atritos. Era praticamente um milagre não terem tido problemas antes.

Por menor que fosse, Taliesin era uma verdadeira comunidade. Havia laços fortes entre os homens. Para ela, eles eram uma família. Ela sabia das noivas, esposas e filhos deles, e conhecia suas preocupações. Alguns estavam lá na pior época do escândalo. E ela nunca esqueceria que se ofereceram para proteger a ela e a Frank quando souberam que havia uma milícia de justiceiros a caminho.

Se havia crueldade entre eles, Mamah nunca viu, e pensava ter uma visão bem clara de quem eles eram. Demorou um tempo, mas os homens acabaram aceitando Mamah em sua sociedade. Eles a aceitavam como patroa quando Frank não estava. No dia anterior, Emil fez uma pergunta a ela sobre um projeto e a Billy sobre uma decisão na construção. Ela foi capaz de orientar os dois. Cada dia Mamah ficava mais segura na administração da fazenda.

– Belo trabalho – Frank disse nas poucas vezes que ela teve de tomar uma decisão na ausência dele.

Mesmo assim, desejava que ele estivesse ali agora.

Depois do jantar, Mamah chamou Julian na cozinha, onde Gertrude lavava os pratos.

– Não estou jogando toda a culpa em você pelo problema que tivemos aqui, Julian – ela disse. – O seu trabalho e o de Gertrude têm sido muito bons. Mas parece que você tem muitas diferenças pessoais com o resto dos homens. Pode parecer grande, mas, na verdade, este lugar é pequeno e, quando as pessoas não se dão bem, todos sentimos a tensão. Eu sinto muito, mas acho que é melhor você e Gertrude voltarem para Chicago.

A voz de Julian tremia como se ele fosse chorar.

– O sr. Wright sabe disso?

– Eu falo pelo sr. Wright – ela disse. – Quando vocês terminarem a semana, sábado à noite, será o fim da sua estada aqui. Alguém poderá levá-los de carro até Spring Green no domingo para vocês pegarem o trem.

Gertrude manteve a cabeça baixa enquanto Mamah falava. Mas agora olhava com medo para Julian. Naquele olhar Mamah enxergou todo o relacionamento. Não duvidou que Julian descarregava tudo nela.

– Muito bem – ele finalmente disse.
Mamah tocou no braço de Gertrude antes de virar e sair da cozinha.

AQUELA NOITE MAMAH não conseguiu dormir. Foi até o quarto das crianças e se encolheu ao lado do corpo suado de Martha. Mamah sempre dormiu profundamente no campo. Agora ela ouvia a brisa quente mexendo no carvalho fora do quarto. As árvores de vez em quando balançavam e roçavam as folhas umas nas outras, depois voltavam a cair num torpor.
Ela ficou acordada ouvindo o coaxar alto e longo dos sapos e o ruído dos insetos. Por alguns minutos voltou a ser uma menina de camisola fina de algodão, deitada na sua cama, procurando não se mexer naquele calor abafado e úmido. Naquela época todos os ruídos eram muito conhecidos. Quando criança, não se preocupava em saber qual inseto fazia qual parte da barulheira noturna. Agora os sons lhe pareciam a própria essência dos seus verões da infância. Pensou nas casas do seu quarteirão quando era menina. Vozes das varandas escuras. Famílias sentadas nos degraus, falando baixinho, rindo. A certeza daquilo tudo.
Mamah afastou mechas molhadas de cabelo da testa de Martha. *Que infância encantada eu tive,* pensou ela. Quando começou a adormecer, ocorreu-lhe que era hora de pôr Martha nas aulas de francês. E percebeu que devia encontrar um tutor em Oak Park para dar essas aulas no outono.

SEXTA-FEIRA PASSOU sem nenhuma briga. Na hora do almoço, Julian serviu os homens na sala de jantar e não parecia haver nenhum rancor entre eles.
No sábado, Gertrude bateu à porta do quarto de Mamah às oito horas da manhã. Tinha a mesma expressão preocupada de dois dias antes.
– Um telefonema para a senhora, madame – ela disse.

– Os debulhadores estão aqui! – a voz de Dorothea Barton parecia de menina do outro lado da linha. – Vocês vêm para cá?
– Não vamos perder por nada.
– Será que podem esperar até depois do almoço? Os homens querem ter tudo funcionando.
– Por volta de uma hora?
– Perfeito. Agora, espero que vocês fiquem para o jantar. Nós sempre fazemos uma pequena comemoração. Sam toca seu violino e as pessoas dançam. Você sabe que o piso da nossa sala de estar se inclina para um canto? Pois é, no fim da noite, estamos todos embolados naquele canto. Ah, mas é muito divertido.
– O que podemos levar?
– Vocês. Mas ninguém ia resistir a um dos bolos de Gertrude.

Mamah olhou para a cozinheira de cara amarrada, que fritava toucinho.

– Não posso prometer, mas veremos.

Depois que desligou o telefone, Mamah avaliou se falava com Gertrude, mas, em vez disso, foi para a sala de estar, onde Julian punha a mesa para o café-da-manhã.

– Bom dia – ela disse.
– Bom dia.

O aspecto dele tinha mudado, não tinha mais o ar de lamentação de dois dias antes. Julian tinha a mesma altura de Mamah e olhava para ela com uma frieza arrogante. Usava o mesmo paletó branco que sempre usou para servir, e então Mamah notou outra coisa. Estava usando uma calça de linho de Frank.

Mamah foi para o pátio e procurou se acalmar. Deu a volta na casa, à procura dos homens, mas não encontrou nenhum deles. Será que estavam ajudando no campo? Entrou novamente na casa e avisou na cozinha.

– As crianças e eu não estaremos aqui para o café-da-manhã.

Então ela correu para o quarto para trocar de roupa e acordar Martha e John.

Em minutos, as crianças e ela saíam pela porta com biscoitos e toucinho que Gertrude tinha embrulhado num guardanapo para eles levarem. Mamah sentiu-se melhor assim que saíram da casa.

– Por que Gertrude está zangada, mamãe? – perguntou John quando estavam no carro.

A cozinheira não respondeu quando o menino lhe disse bom-dia.

– Ela e Julian estão indo embora, querido. Não deu certo. Julian briga com todo o mundo.

– Ah.

– Está triste de vê-los partir? – perguntou Mamah.

– Ela, sim. Ele, não – disse John.

– Para onde nós vamos? – Martha quis saber.

– Fomos convidados para ir à casa dos Barton à uma hora da tarde. Por isso pensei em irmos pescar num lugar novo.

Tomaram o café-da-manhã numa praia ao longo do rio e depois começaram a cavar procurando minhocas. Quando as crianças juntaram algumas, Mamah sentou no cobertor perto de uns ramos de cenoura silvestre. Arrancou uma e começou a abrir a vagem.

Era possível que Frank tivesse dado a calça para Julian. Mas difícil, porque fazia parte do terno que ele mandara fazer na Itália. Não, o mais provável era que Julian tivesse se servido dela no armário de Frank. Havia um sentido horrível de violação naquela idéia. Ela não queria imaginar Julian se esgueirando no quarto deles enquanto estavam fora de casa. Mas suspeitava que fosse exatamente isso que tinha acontecido.

Por volta de onze e meia, eles entraram no carro e deixaram uma nuvem de poeira para trás, na estradinha de terra a caminho de Taliesin. Na frente deles, o calor tremulava em ondas. Melros de asas vermelhas saíam voando assustados do mato quando o carro se aproximava. Quando passaram pela casa dos Barton, o barulho dos motores era ensurdecedor. O cheiro da brisa tinha mudado de esterco de gado para óleo diesel. Por que ela achou os debulhadores tão cativantes no último verão? É verdade que era o tempo de os vizinhos se reunirem e ajudarem uns aos outros. Só que agora parecia muito barulhento e sujo. No campo, a máquina soltava uma coluna de fumaça que subia rodopiando e se espalhando, para manchar o céu. Ela não queria John nem Martha perto das debulhadoras, era possível perder um braço ou uma perna num piscar de olhos. Teria de ficar de olho a tarde inteira para mantê-los longe das máquinas.

Quando Mamah entrou na casa, procurou Julian. Ele estava pondo a mesa na sala de jantar temporária dos trabalhadores, perto do escritório dela. Quando ela falou, o olhar dele era ameaçador.

– Julian, eu pensei melhor. Acho que será melhor vocês irem embora hoje. Pagaremos a semana inteira. Você e Gertrude podem fazer as malas depois do almoço.

– Vamos encerrar nosso serviço direito – ele disse calmamente. – Planejamos ir à igreja em Milwaukee amanhã de manhã, depois pegar o trem para Chicago. Vamos para a casa da irmã de Gertrude.

– Entendo – ela disse.

A idéia de passar mais uma noite na mesma casa com Julian assustava Mamah. Se não pudesse livrar-se dele, Frank faria isso.

Mamah foi até a cozinha e encontrou-a, felizmente, sem a presença de Gertrude. Pegou o telefone.

– Selma – ela disse quando a operadora finalmente atendeu. – Quero que me conecte com o telégrafo.

Ela ouviu cliques na linha e um homem atendeu.

– Charley, é Mamah Borthwick, de Taliesin. Preciso passar uma mensagem para Frank imediatamente. Ele está no Midway Gardens, em Chicago.

– Certo. O que quer dizer? – ele perguntou.

– Diga: "Venha o mais rápido que puder. Precisamos de você em Taliesin imediatamente."

– Está bem, sra. Borthwick – a voz dele ficou séria. – Eu posso ajudar em alguma coisa?

– Não, não – disse Mamah perturbada.

Talvez estivesse exagerando. Pensou em reformular a mensagem.

– São apenas acontecimentos estranhos. Minha casa está cheia de homens. Estamos seguros aqui. Mas mande o telegrama para ele agora mesmo, por favor.

– Sim, madame – ele disse e desligou.

Frank receberia o telegrama por volta das duas horas, pensou Mamah, e chegaria em casa aquela noite, se pegasse o trem à tarde.

Mamah se recompôs e voltou para a sala de estar. Os operários estavam entrando na casa agora e indo pelo corredor até a sala no oeste, onde iam almoçar. Mamah olhou para a cara deles. Nenhum revelava o desconforto que ela sentia por dentro em relação a Julian. Brincavam uns com os outros, como sempre.

De repente Julian estava ao lado dela, pronto para ajudá-la a sentar. Ela queria passar o almoço sem ter de encarar o homem de novo, e depois conversaria com Billy. Pediria a ele que levasse os Carlton para a cidade aquela tarde, de modo que já estariam longe quando ela voltasse da casa dos Barton. *Há seis homens lá fora, contando com Ernest e o novo desenhista*, ela procurou se tranqüilizar de novo.

– Posso sentar sozinha – Mamah disse a Julian.

Ela atravessou a sala de jantar da família e foi até a varanda onde as crianças já estavam sentadas. Era o lugar favorito delas para fazer as refeições no verão. Quando se juntou aos filhos, Mamah sentiu uma brisa fraquinha vindo do rio e do laguinho. Ela secou a testa com o guardanapo antes de pôr no colo.

Enquanto esperavam a comida, ela procurou explicar as debulhadoras para Martha e John. Como entender as correias dos ventiladores, as peças e catracas, os motores que soltavam fumaça?

– Elas tiram os grãos das hastes – ela disse. – Eles prendem as debulhadoras a um motor a vapor...

Ela levantou a cabeça e viu Julian andando pela escura sala de jantar com uma bandeja segura no alto com uma das mãos. Na outra mão, ele carregava o que parecia um balde. O estômago de Mamah ficou apertado. *E agora, o que é isso?* ela pensou, pondo os óculos. Quando Julian se aproximou da varanda, a luz incidiu no rosto dele. Os olhos, meio arregalados, tinham a aparência feroz de um cervo alvejado. Alguma coisa – urina? – encharcava a frente da calça dele. E ela entendeu. Estava olhando para um louco.

O coração de Mamah acelerou quando o viu parar, largar a bandeja e levantar alguma coisa. Naquele instante, ela conseguiu discernir o objeto. O homem tinha um machado na mão, a lâmina brilhava.

– Corram! – Mamah berrou para as crianças.

Lá fora, ela ouviu o barulho de uma porta batendo. Num instante, surgiram chamas em volta das paredes da varanda. Ela sentiu cheiro de gasolina e entendeu. Seu pescoço e peito se aprumaram quando uma onda de força cresceu em seu corpo.

— Fujam! — ela berrou.

John ficou de pé de um pulo. Ela viu Martha levantar enquanto a fumaça começava a entrar pelas telas.

Julian correu para cima deles, com o paletó branco desabotoado e vestido só de um lado.

— Puta! — ele rosnou.

Mamah estava de pé, imprensada entre a mesa e a cadeira.

— Pare! — o grito dela se elevou sobre os estalos de madeira queimando.

Julian a alcançou. Segurou-a pelo pescoço. As mãos dele fediam a gasolina.

— Puta! — ele berrava, com olhos de louco. — Puta!

Mamah agarrou o braço que segurava o machado. A parte de cima do seu corpo era jogada para trás e para frente enquanto ela lutava para derrubá-lo. O corpo dele era só músculo, e ele se soltou. Ela caiu sentada na cadeira. Gasolina do balde cobriu a cabeça dela.

— Morra! — ele rosnou. — Queime!

Ele segurava o machado com as duas mãos e o levantou num arco sobre a cabeça. John se agarrou à perna do homem, tentando derrubá-lo. Mamah ficou de pé de novo e estendeu o braço esquerdo para proteger o filho. A mão direita dela subiu no ar e inclinou a cabeça para trás. Viu a lâmina em cima dela, o gume era uma linha preta pairando, depois perdendo a nitidez, e a pancada.

Mamah cambaleou para trás e caiu no chão. O sangue cobriu seus olhos. Ao fundo de um rugido, ela ouviu a voz de John chamando por ela. Ela se arrastou na direção da voz.

CAPÍTULO 52

— Desça daí, John, você não pode fazer as duas coisas ao mesmo tempo.

Frank Lloyd Wright está no salão do bar de Midway Gardens, olhando para seu segundo filho, que está ajoelhado num andaime. O rapaz está comendo um sanduíche com uma das mãos e pintando os círculos do novo mural com a outra.

— Consegue ver bem as linhas para saber? — pergunta John.

— Eu sei — diz Frank, encostado no balcão de charutos com tampo de vidro da taverna. — Este é o desenho correto.

Frank está aliviado que a pintura anterior, ainda não terminada, esteja toda coberta. Tinha ficado louco com as figuras roubadas dos gregos sem nenhuma sintonia com o resto do Midway Gardens, em escala exageradamente grandiosa. Ele desenhou o novo mural para ter círculos que se cruzam, como bolhas ou balões flutuando no ar. Leve. Arejado. Abstrato. Festivo.

Frank está com fome. Precisa de um banho. Os dois precisam. Nas duas últimas noites, John e ele têm dormido em Midway Gardens, numa pilha de serragem coberta com uma lona.

O dinheiro acabou todo. Todos ali estão trabalhando por crédito. O mural é uma das últimas coisas que eles podem terminar sem recursos. Ed Walter não entende por que Frank quer repintar em cima de um mural requintado, de um dos melhores pintores da cidade. Mas Walter aprendeu que não pode demover Frank Wright de suas convicções como faz com os outros. E de qualquer maneira, Walter tem muita coisa em jogo para ficar perdendo tempo com uma pintura. Os credores estão aos berros. O barco tem de flutuar, pronto ou não.

A noite da inauguração do Midway Gardens reaparece, em toda a sua glória, pela centésima vez na cabeça de Frank. Doce vingança. Ele vê a expressão de Harriet Monroe, os olhos dela sobem para os balcões dos terraços, enquanto ela examina a multidão com seus cintilantes vestidos longos, bailando ao som da orquestra.

"Brilhante", foi a palavra que ela usou. "Isso eleva a arquitetura de Chicago a um novo patamar."

Mamah olhou para Frank sorrindo depois que a temida crítica se afastou.

– Menos uma mosca para esmagar – ela disse.

– Telefone, sr. Wright – um amigo da firma de Walter tirou Frank de seu devaneio.

Ele olha para John.

– Desça aqui, filho, e almoce direito.

Frank e o assistente de Walter atravessam o jardim de inverno e descem a escada para o escritório no porão.

– Wright falando.

– Frank – diz uma voz.

Parece a voz de seu amigo Frank Roth, de Madison. Por que está ligando para Chicago?

Frank dá uma risada.

– Ora, seu velho maroto! Como vai?

O amigo hesita.

– Frank – ele começa de novo. – Alguém ligou para você? Há um incêndio na sua casa.

– O quê? O que está acontecendo?

– Uma coisa terrível...

– Onde está Mamah? Havia alguém lá dentro?

– Eu não sei. Acabei de saber por um amigo que trabalha no jornal. Você não recebeu um telegrama?

– Não! É muito sério?

– Acho que é.

– Vou para lá o mais rápido que puder.

Frank desliga e liga para Mamah. Fica esperando, mas só ouve ruídos na linha, nem a operadora atende. Larga o fone e corre pela construção. Quando chega onde John estava, mal consegue respirar.

– O que foi? – pergunta o filho.

Frank se apóia numa mesa e geme.

– Taliesin está pegando fogo.

Pegam um táxi até Union Station e correm para o Portão 5, o mesmo portão que usa para ir para Spring Green. Mas são quase duas da tarde.
— É um parador — diz um carregador.
— Ah não... — Frank reclama. — Não tem outro?
— Não, senhor.
Frank conhece aquele trem. Já viajou nele antes e jurou que nunca mais o faria. Ele pára em cada maldito casebre entre Chicago e Madison. Só chegaria lá por volta das dez da noite.
— Não temos escolha agora, pai — diz John, pessimista.
Frank olha para a multidão à frente deles. John e ele não devem nem conseguir lugar para sentar quando conseguirem embarcar. As pessoas entram no trem devagar. Carregam sacolas de compras, malas, filhos. Um homem vira para trás e olha diretamente para Frank. É Edwin Cheney.
Frank vai até ele. O rosto de Cheney está branco, os lábios quase azuis.
— Ed — diz Frank com tristeza, agarrando a mão dele. — O que você sabe?
— Ligaram para mim e disseram que houve um grande incêndio. Meus filhos estão lá.
— Eu sei.
John Wright abre caminho até o começo da fila. Ele fala agitado com o condutor lá na frente. As pessoas olham para trás para ver os dois homens. John acena para o pai e Edwin se juntarem a ele. As pessoas na fila olham para eles, irritadas, enquanto avançam e são puxadas nos degraus pelo condutor.
Edwin desaba em um banco. Frank no outro, John trata de guardar as pastas no compartimento de bagagem.
— Eles deviam estar fora da casa — as palavras de Edwin são meio pergunta, meio afirmação.
— Tenho certeza de que estavam — responde Frank. — Eles devem estar na casa dos Barton. É tempo de debulha — ele olha para Edwin. — Mesmo se estivessem dentro de casa, há portas de todos os lados.

São mais vinte minutos até o trem sair lentamente da estação. Vai chacoalhando para o norte pelos subúrbios de Chicago como se estivesse em uma excursão de férias. Depois de uma hora faz a primeira parada. Agora vai seguir, desacelerar e parar, desacelerar e parar, pelo resto do caminho, enquanto pessoas embarcam e desembarcam nas cidades rurais do sul de Wisconsin.

O vagão é sufocante de tão quente. Os homens se levantam, cada um de uma vez, para tirar os paletós no espaço exíguo. Na frente de Frank, Edwin está encharcado de suor, o rosto uma máscara de preocupação. Engordou com a idade, sua cabeça é grande e redonda. A curtos intervalos, o trem sacode mais forte e os joelhos de Edwin batem nos de Frank.

Em algum lugar depois de Beloit, um homem bate na janela do compartimento deles. John abre um pouco a porta.

– *Milwaukee Journal* – Frank ouve o homem dizer.

– Vá embora – diz John.

– Espere – Edwin se levanta. – Pergunte o que ele sabe.

John abre a porta. O homem olha para os rostos no compartimento e se concentra em Frank. Expressa reconhecimento: este é o homem que mandaram encontrar.

– O que você sabe? – rosna Frank.

– O editor me disse que a casa está pegando fogo há duas horas. O corpo de bombeiros de Spring Green está lá. E muitas outras pessoas estão tentando apagar o incêndio.

– E as pessoas? Havia alguém lá dentro?

O homem fica confuso. Constrangido, ele move o peso do corpo, de um pé para o outro. Esperava ser ele o observador, quem faria as perguntas, não quem daria a notícia.

– A última coisa que eu soube foi duas horas atrás – ele olha para os três. – Há mortos – ele diz.

Edwin agarra a lapela do homem com as duas mãos.

– Quem? Quem morreu?

Agora o homem demonstra medo.

– Ouvi dizer que três pessoas foram assassinadas.

– Assassinadas? – Frank grita, incrédulo. – Foi obra de alguém?

O repórter olha em volta e engole em seco.

— O negro. O empregado. Acham que ele trancou todas as portas. Jogou gasolina em volta da parte da casa onde todos estavam almoçando. Eu acho que tudo se incendiou – ele estalou os dedos —, assim. Quando todos correram para a única porta que ele não tinha trancado, ele os atacou com um machado. E depois fugiu. Estão à procura dele.

O homem tenta se afastar da porta do compartimento. Frank está histérico e agarra o homem pela manga.

— A dona da casa – ele diz. – Mamah.

O repórter parece horrorizado e hesita.

— Disseram, senhor, que ela foi... Que ela faleceu.

Frank cambaleia e cai sentado.

Edwin avança e agarra a outra manga do repórter.

— Os dois filhos dela estavam naquela casa. Um menino e uma menina... São meus filhos...

O homem abaixa a cabeça.

— Não conseguiram encontrar o menino, senhor. A menina... Acho que está muito queimada.

Edwin Cheney grita, soca a parede do compartimento. O corpo dele treme com os soluços. Num canto, os braços e pernas de Frank começam a tremer furiosamente. John joga seu paletó no colo do pai.

AR QUENTE ENTRA PELA JANELA. O compartimento está cheio de moscas quando o trem se arrasta para a estação de Madison. Na plataforma, à luz de um poste, Frank vê as duas tias, Nell e Jennie, junto com seu primo Richard.

— Eles vieram nos pegar – disse John.

John ajuda o pai a se levantar.

Os passageiros ainda não estão se movendo pelos corredores. Os três homens se levantam e esperam.

— Extra! – grita um menino vendedor de jornais na plataforma da estação.

Edwin tira moedas do bolso, se inclina na janela e compra o *Wisconsin State Journal* do menino, que faz um esforço enorme para entregar o jornal. Edwin desdobra o diário e segura de modo que Frank possa ler também. "Negro maníaco mata três e incendeia casa de Frank Lloyd Wright."

Os olhos de Frank descem imediatamente para a lista de nomes na coluna de baixo.

> Os mortos: sra. Mamah Borthwick, cuja cabeça foi partida em duas, além de dois empregados. Os feridos: a filha de nove anos da sra. Borthwick, que levou uma machadada na cabeça e está seriamente queimada. Os desaparecidos: o filho de doze anos da sra. Borthwick, possivelmente seqüestrado. Também desaparecido está Julian Carlton, o assassino.

Os joelhos de Frank dobram quando ele desce os degraus para a plataforma. O primo Richard o agarra e o sacode com força.

– Prepare-se – ele diz, gritando como se Frank não pudesse ouvi-lo. – O negócio está feio por lá, tão feio como poderia estar. Controle-se.

Richard leva os homens para o carro.

– Encontraram meu filho? – pergunta Edwin do banco de trás do automóvel, com os olhos vidrados.

– Não – responde Richard. – Ele estava na casa, foi o que disseram. Essa história de seqüestro é mera especulação, porque Carlton também desapareceu.

– Martha, minha filha?

– Sinto profundamente, sr. Cheney. – Richard engasga e se esforça para continuar falando. – Ela morreu esta tarde.

Frank não pode ver o rosto de Edwin Cheney.

– Quem mais? – pergunta Frank, depois de um tempo, chorando.

– Um garoto de treze anos, Ernest Weston.

– Filho do Billy – diz Frank, desarvorado. – Ele ajudava no jardim. E quanto ao Billy?

– Está ferido, mas vivo.

– E um desenhista – diz Richard. – Um desenhista morreu.

– Brodelle? Emil Brodelle?

– Sim.

No caminho para Taliesin, no escuro, as colinas estavam como sempre ficam, em agosto, grandes curvas escuras sob um manto de estrelas cintilantes. Quando o carro se aproxima da casa, as estrelas desaparecem numa mortalha de fumaça. No chão tremulam centenas de lampiões. Quando o carro vira numa curva, Frank consegue ver, mesmo no escuro, que metade da casa está faltando. Nuvens de fumaça sobem da cicatriz negra na encosta. O carro sai da auto-estrada e ele vê homens com rifles e cães andando pela estradinha, se afastando de Taliesin.

Depois ele ficará sabendo que setecentas pessoas foram ajudar. Os homens largaram seus tratores e debulhadoras para correr para Taliesin. Mulheres deixaram suas cozinhas com panelas e baldes para combater o fogo.

A caçada pelos milharais terminou, mas Frank ainda não sabe disso. Vizinhos e policiais já encontraram Julian Carlton escondido na fornalha do porão, mudo e fraco por ter bebido ácido muriático. O xerife Pengally já salvou o maníaco de uma turba que queria linchá-lo. O que Frank vê agora é o rosto cansado e sujo dos vizinhos, iluminados pelos lampiões, voltando para casa, para suas fazendas.

Num tempo que ainda virá, Frank vai tentar apagar da mente as coisas que vai ver na casa da irmã Jennie, para onde os mortos e feridos foram levados: o corpo de Mamah, quando ele puxa o lençol, o crânio aberto no meio, o cabelo todo queimado, a pele cheia de bolhas pendurada no osso; o corpo queimado e sem vida de Martha Cheney, o anel de safira – a única coisa que serve para identificá-la; os corpos horrendamente mutilados de Tom Brunker e David Lindblom, ainda se agarrando à vida, mas inconscientes. Mais tarde ele pensará nos campos de batalha quando lembrar de Taliesin, da forma que vai encontrá-la. Ele lutará para tirar da cabeça a angústia do que Edwin fará amanhã de manhã... Cavar com as mãos nuas os destroços carbonizados, à procura de alguma prova, à procura dos ossos do filho. Amanhã, por volta do meio-dia, terá encontrado.

CAPÍTULO 53

Frank acordou confuso, sem saber onde estava. Está deitado de lado, todo encolhido na colina, a orelha encostada na terra, latejando junto com o coração. Sente o cheiro da grama molhada, sente as lâminas que estavam encostadas na pele se soltando do rosto quando senta. O braço sobre o qual ficou deitado durante a noite está dormente. Ele o desdobra e balança até formigar.

A consciência chega como o sangue avançando pelo braço. Vê a casa de Jennie, e sabe que passou a noite no pasto ali perto. Essa idéia se completa antes de outra substituí-la.

Mamah está morta.

Frank se lembra da noite anterior, de ter deitado durante um breve tempo no quarto de hóspedes da casa da irmã. Embaixo desse quarto, a sala de estar virou uma enfermaria com os homens feridos que tinham enfrentado o fogo deitados em catres. Assim que entrou na casa na noite anterior, ele foi primeiro ver Mamah. Depois Tom e David, que percebeu que estavam morrendo diante dos seus olhos. No catre de cada homem que lutara com tanta bravura contra o fogo, ele se ajoelhou e agradeceu a coragem deles. Um vizinho, um homem que ele não conhecia, estendeu a mão e tocou no ombro de Frank carinhosamente, como se o benzesse.

À noite, o som do sofrimento subiu a escada, chegou até seu quarto e o fez sair de lá. Não eram apenas os gemidos, mas o fato de saber que naquela sala, embaixo dele, estava o corpo de Mamah no chão, coberto com um lençol. Ao lado dela estava Martha, também coberta. Quando desceu a escada no meio da noite, ficou do lado de fora da sala, querendo entrar e velá-las. Mas foi tomado por um medo terrível, de que se entrasse naquela sala, se visse Mamah de novo como tinha feito horas antes, jamais conseguiria lembrar-se dela de outro jeito.

Enquanto vê o sol nascer, o que mais lamenta é ter falhado com ela. Ele pensa no terror que ela sentiu. Dizem que foi rápido, como se isso diminuísse o horror de alguma forma. Pela centésima vez, Frank imagina o que teria acontecido se ele estivesse em casa. Ele se vê agarrando as pernas de Julian Carlton, derrubando-o, arrancando o machado da mão dele enquanto os outros fogem.

O perfume da grama dá lugar ao cheiro da fumaça. Está no ar, nas roupas, no cabelo dele. Sua garganta está impregnada. Ele tosse, tosse, depois se levanta, certo de que, se não pensar em outra coisa, vai sentir o cheiro de carne queimada de novo. E terá ânsia de vômito e ficará inutilizado o dia inteiro.

As pessoas ainda estão dormindo na casa de Jennie quando ele entra pela porta da frente. Ele sobe a escada até o banheiro dela e usa apenas três ou quatro centímetros de água. Haverá outros que vão precisar de água quente esta manhã. Sentado na banheira, ele sente o peso daquilo tudo como um saco cheio de pedras sobre o peito. Os braços e pernas estão muito pesados, por isso imagina como vai fazer para sair da banheira. Mas precisa se vestir e ir fazer um caixão para Mamah.

Ele se imagina de pé. E diz em voz alta: "levante-se." Então se levanta. No quarto, encontra uma camisa limpa, meias e roupa de baixo separadas para ele sobre a colcha.

Edwin está sentado à mesa na cozinha, o rosto dez anos mais velho do que era ontem. O marido de Jennie, Andrew, está ao lado dele em silêncio, e o filho deles também, Frankie, de olhos arregalados, com um pote de cereais diante dele. Jennie estava em Madison quando o incêndio começou. Está dormindo agora, trabalhou a noite inteira cuidando dos feridos.

Edwin já anunciou que vai levar os filhos de volta para serem enterrados em Oak Park, assim que for feito um caixão para guardar o que restou deles.

– Podíamos fazer o funeral de Mamah aqui em casa – arrisca Andrew.

– Não – diz Frank. – Vou enterrá-la hoje.

Ele não diz em voz alta na frente de Edwin o que pensa, que a idéia de um agente funerário ou de um velório tradicional lhe parece profana. Ele não quer palavras falsas de nenhum desconhecido. Não havia um só osso falso no corpo dela. Ela ia querer o mais simples possível.

– Frankie e eu vamos até a cidade comprar madeira para fazer os caixões – diz Andrew. – O que você quer?

– Pinheiro – responde Frank. – Pinheiro limpo e branco.

Edwin faz que sim com a cabeça.

OS TRABALHADORES NO LOCAL ainda estão jogando água nos escombros quando Frank chega. O sol aparece e desaparece atrás das nuvens.

Esses homens que assentaram tijolos para ele, que carregaram areia do rio para emboçar as paredes da sua casa, agora se adiantam para manifestar simpatia. Eles também estão de luto pelos amigos perdidos ou feridos e por ela, a quem aprenderam a respeitar. Estavam todos ali ontem lutando contra o fogo. Estão cansados e com ar perdido, e querem entender o que aconteceu. Formam um círculo aberto, com as mãos nos bolsos. Um deles diz em voz alta o que estão todos pensando. Como é possível um homem dominar sete pessoas, quatro delas homens fortes, e incendiar a casa?

Danny Murphy, carpinteiro, conversou com Herb Fritz e com Billy Weston antes que os dois fossem levados para um hospital. Tem tentado juntar os pedaços do que ele sabe.

– Os homens estavam almoçando na sala de jantar deles – ele diz para os outros. – A sra. Borthwick e as crianças estavam na varanda da sala de estar. Carlton senta e serve todo mundo, como sempre faz, depois vai até o Billy e pergunta se pode limpar os tapetes. Billy não suspeita de nada. Ele diz que está bem. – Danny suspira. – Por isso os homens não se preocuparam quando sentiram cheiro de gasolina.

Danny tem certeza de que aconteceu assim.

– Ele pegou a menininha. Não foi só o fogo que a pegou – ele diz baixinho. – Por conta das três marcas do machado acima da orelha dela. Como a menina viveu aquelas horas... – ele balançou a cabeça.

Frank está quase vomitando. Fica aliviado de ver que Edwin saiu de perto.

– Então o filho-da-mãe vem para onde os homens estavam e põe fogo naquela parte da casa. Um depois do outro, eles vão saindo por aquela porta e aquela janela, e ele os pega. Ele usou um machado, e Billy disse que a força dele equivalia à de mais de três homens. Tom Brunker estava logo na frente de Billy quando finalmente conseguiu sair pela porta. Julian simplesmente desceu o machado na cabeça de Tom... – ele pára de falar e dá um gemido que vem lá do fundo. – Por sorte... – ele balança a cabeça –, pela graça de Deus, Billy tropeçou quando saiu correndo, por isso o demônio o atacou, mas ele não morreu, que é o principal. Lá fora, ele encontra David todo cortado, mas ainda de pé, e os dois correm juntos para a fazenda vizinha. Então eu acho que David simplesmente... – ele balança a cabeça de novo, com tristeza e seca uma lágrima. – Ele apenas caiu. Não podia mais.

Um outro trabalhador continua a história. Conta com emoção como Billy Weston encontrou o filho dele, Ernest, morto no pátio.

– Billy uivava e chorava – disse Herb. – E então, sabem o que ele fez? Pegou a mangueira e lutou sozinho contra o fogo até as pessoas começarem a chegar.

Fizeram silêncio por um tempo antes de os homens se perguntarem em voz alta sobre o que tinha acontecido com Gertrude. Ela foi encontrada ontem com sua roupa domingueira, descendo a estrada.

– Ela disse para o xerife que Julian dormiu com seu machado no travesseiro três noites antes de enlouquecer. Disse que morria de medo dele.

– Mas por que ela estava vestida como se soubesse antes o que ele ia fazer? – alguém pergunta. – Ela podia ter evitado aquilo tudo.

Eles acham bom ela também estar na cadeia com Carlton.

Os homens balançam a cabeça e discutem por que aconteceu aquilo. Porque Mamah despediu Julian. Porque ele achava que as pessoas implicavam com ele. A mente de Frank também está perturbada por perguntas. Imagina como um homem pode se transformar, em três dias, passar de um empregado solícito a um assassino. Fica pensando se aquele homem desequilibrado foi insuflado pelo sermão de algum pregador na igreja, falando de perversão, de pessoas vivendo em pecado. Será que, na sua loucura, ele acreditava, na hora em que trancou todas as portas, que o massacre que ia perpetrar era justo?

– Ele era louco – Frank diz em voz alta.

Os homens viram para ele, surpresos com a voz que subitamente entra na conversa.

Danny concorda.

– Antes de morrer, David disse para Billy que, na noite anterior, Carlton apareceu no barracão do jardineiro com um enorme facão de açougueiro, dizendo loucuras.

Se ao menos David tivesse contado para Billy essa história da faca... Se ao menos Gertrude tivesse tomado a iniciativa de contar para alguém sobre o machado... Os homens mexem no entulho de cinzas com as botas, pensando em todas as possibilidades, de que forma aquela coisa poderia ter sido diferente.

– De que adianta isso? – resmunga Frank.

Os homens param de falar.

– Podemos começar a limpeza, sr. Wright? – pergunta um deles.

– Não – ele responde. – Não toquem em nada. Ainda não.

Edwin aparece, descendo uma colina, na direção deles. Quando chega na casa, pergunta onde ficava a varanda em que estavam seu filho e sua filha quando o incêndio começou. Frank mostra a área para ele, que agora não passa de um buraco, onde pequenos fios de fumaça ainda se erguem.

Frank se afasta, por respeito, quando Edwin começa a cavar no meio dos destroços.

No INÍCIO DA TARDE Edwin já tinha levado os ossos do filho para a casa de Jennie. Quando Andrew retorna com a madeira, os homens começam a construir os caixões de pinho. Frank olha para baixo e vê que está usando botas que não são dele. Não se lembra de tê-las calçado. Embaixo dos seus pés ainda há sangue nas pedras do piso da varanda.

Ele caminha pelas ruínas, procurando. Aqui e ali, pequenos pedaços de louça brilham ao sol como conchas numa praia. Ele recolhe o que ainda é reconhecível, só que não há nada inteiro, nem mesmo as coisas que foram resgatadas. Seu piano foi jogado por uma porta e está sem as pernas. Alguém o pôs no estúdio dele, sobre blocos de madeira. Algumas cadeiras recuperadas também foram parar lá e duas urnas chinesas de metal carbonizadas. Apenas trinta das quinhentas cópias de sua monografia guardada no porão foram salvas. Todo o resto simplesmente não existia mais. Até o cachorro das crianças tinha desaparecido por completo. Incinerado, imagina Frank, como tudo o mais.

Frank continua a busca a tarde inteira enquanto Danny Murphy martela ao fundo. Ele acha um pedaço com cerca de seis centímetros do diário com fragmentos escritos com a elegante caligrafia de Mamah... *tão contente que...* Procura um pensamento completo e só encontra fragmentos. *Adoro essa idéia...* Que idéia ela adorava? Que projeto ela contemplava com tanta alegria quando escreveu aquelas palavras?

Alguém lhe dá uma caixa e ele guarda nela as partes das coisas que encontra.

As HORAS PASSAM. Levam comida para Frank, e ele não come. Tio Enos aparece à tarde para lhe dizer que pode enterrar Mamah no terreno da família perto da capela Lloyd Jones. Frank olha para o velho Enos, todo cheio de rugas e de cabelo branco, como estava seu avô logo antes de morrer. Pensa nas gerações que tornaram aquelas colinas terra sagrada da família. É um ato de amor e generosidade o mais velho do clã permitir que uma estranha seja enterrada na terra da igreja da família.

– Obrigado – diz Frank.

Ele observa Danny e os outros terminando os dois caixões de pinho, um para ela, um para as crianças. Quando ficam prontos, ele e o filho John vão para Tan-Y-Deri numa caminhonete e ficam do lado de fora enquanto os homens levam o caixão pequeno para a sala. Há um carro esperando para levar Edwin e os restos dos filhos para Spring Green.

Edwin sai da casa, com o terno que usava na véspera, com os olhos inchados e vermelhos. Todos esperam juntos, em silêncio, até o pequeno caixão ser posto no carro. Então ele vira para Frank e estende a mão. Frank segura com as duas mãos a de Edwin. Os dois homens ficam assim um longo tempo. Frank quer dizer: *Eram crianças mara-*

vilhosas. Eu as amava também. Mas tais palavras, saídas de sua boca, seriam profanas para os ouvidos do outro homem.
– Adeus, Frank – Edwin diz, finalmente.
– Adeus, Ed.
Olham-se nos olhos mais uma vez e Edwin vai embora.

QUANDO OS TRABALHADORES carregam o caixão grande para a casa de Jennie, Frank e John vão junto. Pai e filho põem gentilmente o corpo carbonizado e ferido de Mamah dentro dele.
– Encontre-me na casa – Frank diz para John.
Ele volta a pé para Taliesin, nauseado e trêmulo, procurando forças. Não quer despencar de novo na frente do bom e corajoso filho. Lá na frente, o buraco negro na encosta se avoluma como a imagem refletida do seu coração.
Só resta o seu estúdio e o celeiro. Pede para um dos primos que está no celeiro para encilhar Darby e Joan, depois pega uma foice e vai até o jardim de Mamah. É incrível, mas o jardim está praticamente intocado pela destruição. Algumas rosas de Mamah acabaram de abrir.
Ele afunda os joelhos entre as flores e fala com ela mentalmente, esperando ouvir sua voz respondendo. Mas o espírito de Mamah não está ali, nem no seu jardim. Ele senta nos calcanhares sentindo a fragrância de meia dúzia de plantas diferentes, tentando encontrar algum consolo.
Depois de um tempo, ele gira a foice e corta as flores que ela amava. John abre o caixão de pinho para o pai poder cobrir o corpo com malvas-rosa, rosas, girassóis e zínias. Então ele fecha a tampa e os dois põem o caixão na carroça, jogando braçadas de purpúreas e margaridas em volta.
Já é noite quando partem para o cemitério da capela. Nuvens de tempestade passam no céu e derramam gotas pesadas de chuva em Frank e John, que caminham ao lado da carroça primaveril, puxando os alazões. No pátio da igreja, dois primos de Frank estão à espera para ajudá-lo a baixar o caixão na cova recém-cavada. O caixão está surpreendentemente pesado. O ar se enche de grunhidos e do ruído das cordas roçando na madeira. Quando é depositado no fundo, pai

e filho jogam flores sobre o caixão até ficar todo coberto, e a cova fica toda cercada de flores com pétalas amarelas, azuis e vermelhas. Então Frank pede para todos irem embora e deixá-lo ali sozinho.
De pé à beira da cova, ele diz a ela:
– Você enfrentou tudo com muita bravura, minha amiga.
Frank e Mamah tinham conversado muito sobre seus espíritos e almas, como se fossem coisas palpáveis. Ele não sente presença alguma, mas, mesmo assim, fala.
– Você foi uma mulher tão boa, Mamah. A melhor deste mundo.
Antes da escuridão total da noite, ele tira do bolso uma cópia escrita à mão do poema de Goethe que traduziram juntos. Partes ele sabe de cor, e o resto lê em voz alta.

Natureza!
Somos cercados e envolvidos por ela, impotentes para emergir e impotentes para penetrar mais fundo.
Sem convite e sem aviso ela nos leva no rodopio de sua dança e nos arrebata, até que, exaustos, caímos de seus braços.

Frank lê o longo poema até o fim, com a voz trêmula, enquanto a chuva fria encontra em seu rosto lágrimas quentes.

Ela me pôs aqui; ela me levará daqui...
Eu me entrego a ela.
Pode fazer comigo o que quiser: ela não vai desprezar sua obra.
Não falo dela. Não, o que é verdadeiro, e o que é falso, ela mesma já disse tudo.
Toda a culpa é dela; e é dela toda a glória.

CAPÍTULO 54

No quartinho atrás do estúdio, Frank se encolhe na cama, revivendo a semana que passou. Na terça-feira, Tom e David morreram e, na quarta-feira, Frank enterrou David no terreno da família. Sete mortos ao todo. Só Billy e Fritz sobreviveram.

Quando ele finalmente consegue adormecer, pernas e braços se agitam enquanto sonha que está batendo na cara de louco de Julian Carlton. Ele vê o couro cabeludo queimado de Mamah, os poucos tufos que restam do seu cabelo grosso espetados na cabeça como mato. Pula da cama, aterrorizado, corre lá para fora e deita na terra, mas está tudo molhado. A chuva não parou de cair desde que ele a enterrou. Na noite de domingo caiu uma tempestade de granizo.

Alguns poderiam considerar o granizo, junto com todo o pesadelo, como sinal de um ajuste de contas do céu com Mamah Borthwick. Ele não precisa ouvir "foi a mão de Deus" para saber o que andam dizendo. Na segunda-feira, quando lê o relato da tragédia no *Chicago Tribune* de domingo, cada linha parece prenhe de palavras não escritas: retaliação divina.

Numa crise de fúria, ele compõe uma carta para o *Weekly Home News*. A ponta da caneta quase rasga o papel quando ele escreve.

Para os meus vizinhos,

Para vocês que se uniram com tanta bravura e disposição para nos ajudar... Para vocês que têm sido invariavelmente bondosos conosco... Eu devo dizer algo em defesa de uma mulher corajosa e adorável contra o toque pestilento das histórias inventadas pela imprensa para o homem da rua, principalmente agora, com os companheiros leais jazendo mortos a seu lado, pois qualquer um deles teria dado sua vida para defendê-la. Não posso deixar de dizer coisas que talvez iluminem a lembrança dela na mente de qualquer um. Mas essas coisas não podem ser ditas. Agradeço a todos que demonstraram a ela bondade e cortesia, e foram muitos. Nenhuma comunidade em qualquer lugar poderia ter recebido as circunstâncias adversas da vida dela de modo mais magnânimo. Acredito que enquanto ela vivia entre vocês, em nenhum momento viu outra coisa que não fosse cortesia e simpatia. Isso ela conquistou por ela mesma, pela sua dignidade inata e gentileza de caráter, mas em outra... talvez em qualquer outra comunidade... ela seria vista através dos olhos da imprensa que, mesmo agora, insiste em decorar sua morte com o fato, principal e mais importante, de que ela fora um dia mulher de outro homem, "uma esposa que largou os filhos".

Isso não pode ser esquecido neste mundo dos homens. Uma esposa continua sendo "propriedade". No entanto, o fato conhecido de todos, de que outra mulher leva o nome e o título que um dia foram dela, não teve significado algum. Soltaram as aves de rapina sobre ela na morte, assim como na vida... Mas esta nobre mulher tinha uma alma que pertencia apenas a ela... que valorizava a feminilidade sobre o papel de esposa ou de mãe. Uma mulher que tinha a capacidade de amar e de viver, realmente forjada por uma coragem maior, um ideal mais elevado e mais difícil do que a chama branca da castidade que era "moral" ou vantajoso, pelo qual ela foi obrigada a crucificar tudo que a sociedade considera sagrado e essencial da boca para fora...

Na nossa vida juntos nada foi feito às escondidas, a não ser para proteger outros das histórias escandalosas dos jornais; nenhum fingimento de uma situação que não existia. Nós vivemos honesta e sinceramente segundo o que acreditávamos e tentamos ajudar outras pessoas a viver suas vidas segundo seus ideais.

Nenhum de nós esperava exercer uma influência poderosa na vida dos nossos filhos para sempre. E não exercemos. Nossos filhos não tiveram a atmosfera de um amor ideal entre pai e mãe – nada mais que pudesse comprometer seu desenvolvimento. Quantas crianças têm mais nos lares convencionais? Os filhos de Mamah estavam com ela quando ela morreu. Estavam com ela todos os verões. Ela sentia que fazia mais pelos filhos mantendo acima deles a feminilidade da mãe do que sacrificando essa feminilidade por eles. E na vida dela, a tragédia foi que se tornou necessário escolher uma coisa ou outra...

Mamah também nunca pretendeu dedicar sua vida a teorias ou doutrinas. Ela amava Ellen Key como todos que a conhecem. Só o verdadeiro amor é um amor livre, nenhum outro tipo é, nem pode ser livre. A "liberdade" com a qual nos unimos foi infinitamente mais difícil do que qualquer conformidade com os costumes seria. Poucos assumirão esse risco. Não são as vidas vividas neste plano que ameaçam o bem-estar da sociedade. Não, elas só podem servir para enobrecê-la...

Mamah e eu tivemos nossas batalhas, nossas diferenças, nossos momentos de possessividade pelos nossos ideais de um para o outro. Essas batalhas existem em qualquer relacionamento humano íntimo, mas elas só serviram para nos unir ainda mais. Nós éramos mais do que meramente felizes, mesmo quando sofríamos momentaneamente...

A alma dela entrou em mim e não se perderá.

Vocês, esposas com seus certificados de amor, rezem para que possam amar da mesma forma, ou serem amadas como Mamah Borthwick foi! Vocês, mães e pais que têm filhas, fiquem satisfeitos se a vida delas, na qual investiram, vier a se realizar num plano tão elevado quanto a vida desta adorável mulher. Ela foi derrubada por uma tragédia que pende daquele fino fio de razão sobre as vidas de todos, um fio que pode arrebentar a qualquer momento em qualquer casa, com conseqüências desastrosas...

Ela está morta. Eu a enterrei no cemitério da pequena capela da minha família. E, apesar de a casa onde ela morou comigo estar carbonizada e arruinada, as pequenas coisas da nossa vida diária destruídas, eu substituirei tudo, pouco a pouco, o que for possível. Vou levantar tudo de novo para que os mortais que viveram nela e que gostaram dela continuem a viver ali. Meu lar continuará lá.

Frank Lloyd Wright
Taliesin
20 de agosto de 1914

Quando termina de escrever a carta, ele está esgotado. Entrega a um dos trabalhadores para levar para Spring Green, depois deita na cama de novo.

Como deseja sentir a vida que tinham juntos. Mesmo alguns poucos minutos seriam uma dádiva. Meu Deus, como viveram. Eles estavam *vivos. Juntos.* Por um breve momento ele consegue visualizar o exato tom de verde dos olhos dela. No verão, ela sempre usava vestidos azul-claros e o verde dos olhos virava verde-água.

Ele se lembra de uma manhã poucas semanas antes. Tinha chegado em casa vindo do caos de Midway Gardens para um dia de descanso.

– Vamos passear a cavalo amanhã – ela disse assim que o viu, percebendo que ele precisava desesperadamente se afastar de argamassa e cimento, e da tensão do local da construção.

Foram para um passeio no campo no dia seguinte, levando uma cesta de piquenique, como sempre, presa na anca de Champion. Era uma gloriosa manhã de verão, das mais lindas que ele lembrava. Até os cavalos pareciam inspirados pela atmosfera. Seguiram uns três ou quatro quilômetros por uma trilha, depois abriram caminho em meio a varas de ouro e ásteres roxos até uma pequena clareira. Mamah usava sua velha calça de montaria. Ela desmontou e pegou sua bolsa com apetrechos do piquenique.

Frank levou os cavalos para perto de um carvalho e amarrou-os à árvore. Um deles soltou um jorro de urina e Mamah perguntou:

– Isso é você?

Ela estava brincando, é claro, mas sabia que podia ser ele. Mamah achava engraçado Frank "marcar território", uma vez ou outra, quando estavam no campo, como um cão, sempre que avaliava um possível terreno para construção.

– Apenas avaliando, querida – ele respondeu.

Gertrude tinha feito sanduíches apenas com fatias grossas de queijo, mais nada. Frank mordeu um e franziu a testa.

– Ela devia estar lendo uma revistinha quando fez esses sanduíches.

– Ah, mas tem a sobremesa – disse Mamah.

Ela desembrulhou os biscoitos, com aparência deliciosa, que tinham nozes-pecãs dentro. Comeram todos.

– Genciana azul – ela disse depois de um tempo, olhando através dos óculos com armação de osso para uma flor que se abria perto da ponta do cobertor.

– Você usava óculos o tempo todo quando me apaixonei por você? – ele perguntou.
– Acho que não.
Ele estendeu a mão e tirou os óculos dela.
– Sabe, se você exercitar seus olhos, não vai precisar disso.
Ela deu risada e o riso musical caiu em cascata e virou uma gargalhada.
– Você é suscetível às idéias mais bobas. Eu já disse isso antes?
– E as botas são certamente uma moda recente – ele disse. – Lamento dizer que fui eu que comprei essas malditas coisas. Você costumava usar botinhas mais delicadas de couro – ele desamarrou as botas e as tirou. – E olhe só para essas meias. Onde é que nós estamos? Na Criméia?
Frank tirou as meias grossas de algodão que Mamah usava. Ele ficou de joelhos, pôs as mãos nas costas dela e desabotoou a blusa solta, depois a combinação. Mamah sorriu para ele.
– Aí está ela – ele disse, tirando o chapéu de palha.
O que ele via era cabelo castanho-escuro com mechas prateadas. Uma mulher de quarenta e cinco anos sentada, quase nua, sob o sol inclemente. No entanto, meu Deus, como era exótica e adorável!
Ele a fez deitar no cobertor. Olhou para cima. O céu estava quase da cor da genciana, enorme e azul como nunca viu. O vento soprava no mato alto e fazia o som de batidas, como ondas na praia.

FRANK ABRE OS OLHOS. Em volta da cama vê as coisas resgatadas do incêndio: um tapete enrolado fedendo a fumaça, as duas poltronas que o casal usava para sentar na frente da lareira, as duas agora sem as pernas. Quando fecha os olhos novamente, a lembrança se vai. O que ele não sabe é que não conseguirá recuperá-la nunca mais daquele jeito. Ele vai tentar. E dirá para ele mesmo: *Ela adorava brincar. Tinha uma risada maravilhosa.* Mas não será capaz de ouvi-la, não por muito e muito tempo.

O TORPOR QUE O IMPULSIONOU no enterro de Mamah, nos funerais de David e de Ernest, nas terríveis cenas de lamentação quando as famílias de Tom Brunker e a noiva de Emil Brodelle foram pegar os corpos abandonou Frank. Agora existem apenas dois estados: de sofrimento e, quando consegue dormir, de ausência de sofrimento. Passaram duas semanas desde que ele voltou para casa, para a devastação de Taliesin. Quando não consegue dormir, levanta no meio da noite e vai sentar lá fora, no escuro. A lembrança do cheiro da morte pode chegar a qualquer momento, encher seu nariz, provocar náuseas no estômago. As costas e o pescoço estão cheios de furúnculos. Ele está magro e apático. Até seu coração começou a bater diferente. Salta de repente, bate nas costelas e depois fica minutos acelerado. A explosão de raiva que o moveu a escrever a carta se retraiu e virou uma rocha de dor nas suas entranhas.

Ele pergunta "por quê"? Por que uma mulher decente que só queria fazer o bem com sua vida? Por que agora, depois de tanta luta, quando a vida que desejavam, juntos, estava finalmente se realizando?

Não vinham respostas. Ele imagina se há alguma lógica cósmica naquilo tudo, que aqueles que são mais altos são os que os raios atingem. Mas deixa de lado essa idéia. Acreditar nisso seria tão equivocado como acreditar que foi castigo de Deus. Não, foi o tipo de azar que a vida distribui ao acaso. Mamah estava no caminho de um louco. Não existe explicação melhor.

Nas semanas seguinte, Frank lê que Julian Carlton, fraco demais para ser julgado, morreu na prisão sem revelar nada, nenhum motivo, além da raiva que sentia por Emil. Ele morreu de inanição, pelos danos provocados pelo ácido, ou pela vontade de morrer. Gertrude é julgada inocente, e posta em liberdade. Para as pessoas do condado de Iowa, cujas vidas naquele dia de agosto ficaram algumas horas dominadas pelo terror, o medo passa. Mas, para Frank, o horror continua.

Não permite que qualquer pessoa amiga se aproxime dele. Anna Wright o visita de vez em quando, mas ele não suporta a bondade dela, nem de Jennie, nem dos filhos. Manda a mãe embora sempre que ela aparece, por mais sofrida que a expressão dela possa parecer. Ela se habituou a deixar comida para ele em pratos no chão, perto da porta. Agora, se ele fala com alguém, é com os trabalhadores que foram limpar a área. O único alívio do sofrimento esmagador é o trabalho.

Não há esperança em tentar se comunicar com o espírito de Mamah. O mais perto que ele consegue chegar é perguntar para ele mesmo: *O que ela ia querer que eu fizesse?* Não precisa ouvir a voz de Mamah dentro da sua cabeça. Não tem nenhuma dúvida de qual seria a resposta dela.

CERTA MANHÃ BATEM À PORTA e ele espera ver a mãe. Para sua surpresa, é Billy Weston. O carpinteiro fica ali parado, com as pernas afastadas, a cabeça e um braço enfaixados. Frank não o vê desde o enterro do filho dele, Ernest.
— Entre — diz Frank.
Billy entra no estúdio. Ele olha em volta do cômodo lotado com todo tipo de coisa resgatada do fogo. Seus olhos param no piano quebrado e depois ele fala.
— Ouvi dizer que o senhor pretende reconstruir.
— Ouviu corretamente.
Frank mostra ao carpinteiro a planta que está na prancheta. Não precisa explicar nada para Billy Weston. Quando aponta para o local de um novo pórtico no desenho, não precisa dizer: *Foi aqui que o pior aconteceu.* Ele não precisa explicar que mudou as coisas para não se lembrar dos assassinatos. Algum dia, quando estiver naquele cômodo, poderá olhar para fora e ver a capela da família Lloyd Jones e o cemitério ao longe. Billy sabe disso.
— Você é capaz de construir uma nova Taliesin? — pergunta Frank.
Billy endireita as costas e levanta o queixo.
— Um homem precisa trabalhar.
— E o seu braço?
— É temporário.
— Você conseguirá vir aqui todos os dias depois do que aconteceu?
Billy não responde. Os olhos azuis ficam marejados de lágrimas. Ele olha para outro lado e vê a caixa cheia de pedaços de vidro e de papel. Chega perto e pega uma lasca de louça.
— Vai colar isso tudo, ou o quê?

– Vou pôr na construção da nova casa. Talvez misturar com o concreto para fazer os alicerces.

– Podemos fazer isso... – diz Billy, e o olhar dele demonstra compreensão. – Podemos fazer isso.

Frank enrola a planta. Lá fora ele a desenrola e segura aberta para Billy poder ver. O carpinteiro estuda o desenho e depois caminha ao lado de Frank enquanto medem com passos o perímetro.

POSFÁCIO

A*rquitetura de um sonho* é uma obra de ficção baseada em acontecimentos relativos ao caso de amor do brilhante e controverso arquiteto Frank Lloyd Wright e uma de suas clientes, Mamah Borthwick Cheney. Em 1903, Mamah, com o marido Edwin Cheney, contrataram Wright para projetar uma casa na East Avenue, em Oak Park, Illinois. Este livro retrata o período que vai de 1907 até 1914, no qual floresceu o caso Wright-Cheney.

Qualquer um que more em Oak Park, como eu morei por 24 anos, rapidamente absorve informação sobre Frank Lloyd Wright. A aldeia era um subúrbio que crescia na periferia de Chicago em 1889, na época em que o arquiteto desenhou uma casa para a mulher dele, Catherine, e para a família deles, que, com o tempo, passou a ter seis filhos. Oak Park acabou se tornando o laboratório de Wright durante esse seu "período de pradaria", quando, a cada nova casa que criava, refinava suas idéias que evoluíam sobre a arquitetura orgânica. Hoje em dia, especialmente no verão, as ruas de Oak Park ficam cheias de turistas de todo o mundo que vão até lá para conhecer as muitas casas que ele desenhou, e para vivenciar, em primeira mão, os lendários espaços do arquiteto. Wright é o cidadão mais famoso de Oak Park (Ernest Hemingway o segue de perto, em segundo lugar), e sua casa e o complexo do seu estúdio foram restaurados à aparência que tinham em 1909, ano em que o arquiteto deixou a cidade.

Não lembro quando fiquei sabendo sobre Mamah Borthwick Cheney, mas me recordo com muita nitidez de uma excursão muito tempo atrás que fiz à casa dele e ao estúdio e que no fim alguém perguntou: "Por que Wright saiu daqui em 1909?" Apesar de o nome de Mamah Cheney não estar incluído na resposta, o guia turístico explicou a constrangedora verdade. O famoso arquiteto, que celebrava em suas construções os valores da família e do lar, partiu para a Europa em 1909 com a mulher de um cliente e nunca mais residiu com a família permanentemente. Com o tempo, aprendi que a casa de Mamah e de Edwin Cheney ficava a poucos quarteirões ao norte da minha casa na East Avenue. Eu tinha passado muitas vezes pela casa nas minhas caminhadas matinais, sem conhecer sua história. Quando apreendi alguns fatos sobre Mamah, passei a parar diante da casa baixa de tijolos, querendo saber mais.

Frank Lloyd Wright escreveu muitos livros sobre arquitetura durante sua longa vida e também escreveu uma autobiografia. Estudiosos documentaram a vida de Wright e exploraram suas obras em centenas de publicações. No entanto, havia pouca informação sobre o relacionamento de Wright com Mamah Cheney. Os biógrafos do arquiteto lamentaram a falta da correspondência entre os dois. Na ausência de papéis pessoais pertencentes a Mamah, eu juntei os detalhes de sua vida que consegui encontrar em antigos jornais, lembranças dos moradores de Oak Park, relatórios de censo, histórias dos lugares onde ela morou, livros sobre o papel das mulheres na primeira parte do século XX e o breve relato de Wright sobre ela em sua autobiografia. Então foi muito emocionante descobrir, já dois anos nesse projeto, a existência de dez cartas que Mamah escreveu para Ellen Key, a feminista sueca para quem traduzia. Ali estava a voz de Mamah! E, embora as cartas tratassem principalmente do trabalho de tradução, em poucas frases, aqui e ali, Mamah Borthwick Cheney abriu seu coração e revelou seus sentimentos mais profundos para a mulher que escolheu como tutora. Os detalhes fornecidos pela correspondência me ajudaram a formar uma imagem mais clara de quem ela era e de como era sua vida durante o caso que teve com Wright.

Uma romancista histórica pode abordar um assunto de diversas maneiras. Neste caso, eu resolvi ficar o mais próximo possível dos registros históricos, não só porque estava escrevendo sobre acontecimentos reais na vida de pessoas reais, mas também porque achei as partes documentais da história arrebatadoras. Mesmo assim, havia grandes vazios. Sobrepondo a vida bem documentada de Wright à de Mamah, como aparecia nas cartas e outros registros, examinando as idéias e os eventos que davam vida ao tempo e a lugares nos quais eles viveram, e integrando o que Mamah estava traduzindo e Frank estava escrevendo, uma imagem das suas personalidades e experiências, num período de sete anos, evoluiu. Essa estrutura me deu uma plataforma confortável na qual imaginar o relacionamento pessoal entre Mamah e Frank, e para criar acontecimentos e personagens, alguns baseados em pessoas reais (Mattie Chadbourne Brown, Lizzie Borthwick, Taylor Woolley e Billy Weston, para citar alguns) e outros que não são.

Os excertos de artigos de jornais em todo o livro são tirados da cobertura real da imprensa na época. Por outro lado, todas as cartas no livro são inventadas, com a exceção de um trecho de uma das cartas de Mamah para Ellen Key, escrita em 1911, e a carta-editorial que Frank Lloyd Wright escreveu em 1914 para o *Weekly News* de Spring Green.

Mamah Borthwick Cheney era uma intelectual, mãe, feminista e tradutora. Em meio ao seu tumultuoso caso com Wright, ela traduziu do sueco o ensaio de Ellen Key intitulado "O Torpedo sob a Arca – Ibsen e as Mulheres". Nesse ensaio, Key analisa os personagens femininos criados por Henrik Ibsen, cuja peça de 1879, *A casa das bonecas,* abalou o mundo teatral quando seu personagem principal, Nora, largou o casamento em vez de continuar a ser tratada pelo marido como uma dócil boneca. Key observa que o dramaturgo teve prazer em retratar o momento exato em que suas personagens femininas, sentindo-se confinadas pelo papel, se revoltavam e lutavam pela liberdade. ("Com alegria deixo meu torpedo sob a arca", escreveu Ibsen). Key chamou atenção para o fato de que o escritor achava mais interessante explorar em suas peças a personalidade orgânica e sempre em evolução da mulher, em vez do caráter determinado e já definido do macho contemporâneo.

"É a mulher que desejou totalmente, que amou totalmente, sim, e muitas vezes pecou totalmente", escreveu Ellen Key. "Quase sempre é a mulher que foge da gaiola, ou da arca, ou da casa de bonecas. E [Ibsen] acredita que ela, sem as barreiras, encontrará a sua estrada certa, levada por um instinto mais certo do que o homem. Para Ibsen, não há lei moral mais elevada do que a dedicação da personalidade a este ideal." Na visão de Ibsen, Key continua, a prova da grandeza de uma pessoa é o "poder de se manter sozinha, de ser capaz, em todo caso individual, de fazer a própria escolha; atuando para escrever novamente sua própria lei, escolhe seus sacrifícios, corre os próprios riscos e perigos, com a própria liberdade, põe em jogo a própria destruição, escolhe a própria felicidade".

Eu acho que Mamah Borthwick Cheney refletiu profundamente enquanto lia essa passagem no sueco original, e que certamente isso influenciou sua experiência de vida enquanto a traduzia.

FONTES

Certos livros foram valiosíssimos para mim no curso da pesquisa sobre Frank Lloyd Wright e Mamah Borthwick Cheney. Entre eles estão *Frank Lloyd Wright – The Lost Years 1910-1922*, de Anthony Alofsin; *Frank Lloyd Wright*, de Meryl Secrest, e *Many Masks*, de Brendan Gill, ambos biografias; *Autobiography* de Wright; e *My Father*, Frank Lloyd Wright, de John Lloyd Wright.

Ninguém escreveu com mais eloqüência sobre sua arquitetura do que o próprio Frank Lloyd Wright. Seus ensaios, compilados em *Frank Lloyd Wright Collected Writings*, editado por Bruce Brooks Pfeiffer, dão luz à sua obra. Outras fontes incluem "Taliesin, 1911-1914", *Wright Studies*, vol. I, editado por Narciso Menocal; *Frank Lloyd Wright and Midway Gardens*, de Paul Kruty; *Wrightscapes*, de Charles E. Aguar e Berdeana Aguar; *Frank Lloyd Wright and Taliesin*, de Frances Nemtin; *Frank Lloyd Wright Remembered*, de Patrick Meeham, editor; *Frank Lloyd Wright and the Art of Japan*, de Julia Meech; *Beyond Architecture: Marion Mahony and Walter Burley Griffin*, editado por Anne Watson. Um pequeno livro da Dover, *Understanding Frank Lloyd Wright's Architecture*, de Donald Hoffman, explica a obra de Wright em prosa simples e elegante.

Um pequeno número de estudiosos se destaca na busca do entendimento do papel de Mamah Borthwick Cheney na vida de Wright. Anne Nissen, com sua tese de mestrado do M.I.T. de 1988, *From the Cheney House to Taliesin: Frank Lloyd Wright and Feminist Mamah Borthwick*, esteve entre os primeiros a explorar a influência de Cheney na arquitetura de Wright. Num periódico acadêmico de 1995, chamado NORA, Lena Johannesson, professora de História da Arte na Universidade de Linkoping na Suécia, publicou um ensaio intitulado, "Ellen Key, Mamah Bouton Borthwick e Frank Lloyd Wright". Foi esse artigo que me alertou para a localização das cartas de Mamah na coleção de Ellen Key da Biblioteca Real Sueca em Estocolmo.

Family Memoires of Four Sisters é um livro de memórias escrito por Margaret Belknap Allen, que morava ao lado dos Cheney e foi amiga de infância de John e de Martha Cheney. Suas lembranças dos filhos e de Mamah foram pequenas jóias. Útil também foi *Yesterday*, a história de Oak Park, de Jean Guarino; e *A Look at Boulder from Settlement to City*, de Phyllis Smith.

Tremendamente comovente é o poema "A Summer Day that Changed the World", escrito por Edna Meudt, amiga dos filhos de Cheney em Taliesin, que, já adulta, tornou-se poetisa laureada de Wisconsin.

Berlin Metropolis: Jews and the New Culture, 1880-1918, de Emily D. Bilski, é uma maravilhosa descrição do surgimento do Modernismo na Alemanha e me apresentou à poetisa Else Lasker-Schüler. Fontes do feminismo no início do século XX incluem *Women as World Builders: The Living of Charlotte Perkins Gilman*, de Floyd Dell, uma autobiografia; e *Feminism in Germany and Scandinavia*, de Katherine Anthony. Todas as traduções que Mamah Borthwick fez da obra de Ellen Key foram uma visão da tradutora, assim como da filósofa.

AGRADECIMENTOS

Muitas pessoas foram indispensáveis à publicação de *Arquitetura de um sonho*. Eu quero agradecer a Susanna Porter, minha editora na Ballantine, minha agente, Lisa Bankoff e a outras pessoas maravilhosas – leitores, fontes de informação e apoiadores – que ajudaram na feitura deste livro: Elizabeth Austin, Barry Beck, William Drennan, John e Ellen Drew, Kathleen Drew, Heiko Dorenwendt, Dixie Friend Gay, Jane Hamilton, Polly Hawkins, Kathy Horan, Tom Horan, Steve James, Susan Kaplan, Alex Kotlowitz, Bob Kotlowitz, Gretta Moorhead, Karyn Murphy, Leslie Ramirez, Judy Roth, Jim Rutledge, Friedbert Weiman, Bob Willard e Maria Woltjen.

Bibliotecárias foram minhas heroínas na pesquisa para *Arquitetura de um sonho*. Agradeço a ajuda de Grace Lewis, da Biblioteca Pública de Oak Park, e a Wendy Hall, da Biblioteca Carnegie em Boulder, e também à assistência do Frank Lloyd Wright Home & Studio Research Center, ao Getty Archive em Los Angeles, à Biblioteca Real da Suécia em Estocolmo e à Sociedade Histórica de Oak Park. Obrigada também à Ragdale Foundation, onde tive duas produtivas temporadas como residente.

Agradeço especialmente a um grupo de leitoras cujas análises foram muito valiosas: Elizabeth Berg, Veronica Chapa, Pam Todd e Michele Weldon; e à minha irmã, Colleen Berk, pela sabedoria, pelo apoio e disposição para ler numerosas modificações nos manuscritos.

Para finalizar, quero agradecer ao meu marido, Kevin Horan, pelo seu bom humor, estímulo e fé inquebrantável, e pelo amor e torcida dos meus filhos, Ben e Harry, enquanto escrevia.

Este livro foi impresso na Editora JPA Ltda.,
Av. Brasil, 10.600 – Rio de Janeiro – RJ,
para a Editora Rocco Ltda.